Le ricette di dio

I0653292

Massimo Angelo Pastorino

Le ricette di dio

IIIa edizione: Maggio 2021 © Massimo Angelo Pastorino

ISBN **978-0-359-12367-4** Tutti i diritti riservati

In copertina: particolare de El hombre controlador del universo di Diego Rivera

A Giovanni Ardizzone, Andrea Oberbizer e Abdul Razak che, se fossero da qualche parte, saprebbero perdonarmi per il postumo omaggio.

prologo

Può essere che finalmente ci capirò qualcosa.

Gli ultimi quindici anni sono stati incredibilmente insensati, ho corso come un pazzo per tutto questo tempo e guardate un po' cosa mi è rimasto.

Certo c'è da ridere pensando a stamattina, in cattedrale, non ho fatto in tempo a vedere quasi nulla ma immagino i titoli sui giornali, i servizi in tv.

Già, a guardar bene mi viene proprio da ridere, ma ho sempre creduto lo fosse tutto in fondo; anche dio o meglio l'idea ne esista uno, mi ha sempre o quasi fatto sbellicare, e magari così arrogante e presuntuoso da giudicarti più o meno buono alla bisogna sua.

Tu sì, tu no, tu sì, tu no.

Caro dio dei miei stivali chi credi di essere per dirmi ciò che posso o non posso fare? Dove andare e dove non andare? Chi frequentare e cosa mangiare e, se non ti sto simpatico, condannarmi a infernali lavori forzati? Queste sono violazioni dei diritti umani mio caro, dovrebbe intervenire l'ONU se soltanto contasse qualcosa!

Qui non c'è bisogno di un dio vendicativo, c'è bisogno di chiarimenti invece, perché la verità è che nessuno ci ha mai capito niente, anche se tutti si affannano a dimostrare, a dimostrarsi il contrario.

E allora rilassati e siediti a tavola, voglio farti assaggiare qualche ricetta di mia invenzione, che so? Un filetto al Bordeaux e senape, o qualcosa di più semplice, degli spaghetti al finocchio ad esempio. E mentre preparo le salse e il manzo s'indora, avrai l'opportunità di spiegarmi con calma la tua posizione. Se gli argomenti che porterai a sostegno della tua causa avranno almeno la stessa bontà delle mie pietanze, sarò ben lieto di cambiare opinione. Sarebbe comunque importante che la facessi finita con quegli atteggiamenti da sbruffone, non credo aiutino la causa della comprensione, fenomenologica o metafisica che sia.

Più o meno è questo ciò che intendo dirgli nel caso remoto in cui, al termine di questa notte, dovessi incontrarlo. Che sarebbe sempre meglio della metempsicosi credo.

Tutto questo e altro ancora mi ha sempre fatto ridere, a volte vorrei smettere che ho male alle mandibole e allora mi accendo una sigaretta, è la prima della giornata ed è già buio. Non sono neppure riuscito a diventare un fumatore come si deve, uno col vizio insomma. Chissà che oggi non sia il giorno buono.

"Cambiano cielo, non animo, coloro che corrono al di là del mare." Omero

Libro primo: Ulises

Miti e leggende dal mar dei Caraibi

Il risveglio

26 maggio dell'anno 2003

"Sara yeye bakuro. Sara yeye bakuro"

Quando aprii gli occhi dovevo esser sveglio da oltre un'ora ma ero rimasto immobile, come incantato da quella voce femminile che intonava una nenia di cui solo comprendevo la forza. Era un suono delicato ma al suo interno una poderosa eloquenza mi convinse a destarmi e, spalancando gli occhi, grande fu il piacere che provai nel trovarmi di fronte la giovane vestita da infermiera intenta a pronunciare quei versi stendendoli su note altrettanto suadenti.

"Si è svegliato! Mislaidy, dottor Figuereda, si è svegliato!"

Era davvero molto bella quella giovane e così eccitata. Nemmeno compresi stesse parlando di me. Arrivò trafelato un tizio e con lui altre due donne, una bianca e una nera.

"Bene, i nostri sforzi sono stati ripagati, specie i tuoi Yesenia..."

Lo disse quello che intuii essere il dottore, allargando la bocca in un ampio sorriso che lasciò scoprire denti bianchissimi e brillanti ancor più su quella omogenea carnagione olivastra. La cantante, che mi guardava e pareva felice, precisò: "Sì, gli sforzi di tutti ma grazie a Obatalà."

"Orsù Yesenia! Lo sai che il dottor Figuereda non vuole si parli di queste cose nel suo ospedale!"

"Lo so Mislaidy, ma stavo proprio intonando la sua preghiera..."

"Farò finta di non aver sentito." chiosò l'uomo che intanto aveva preso ad auscultarmi il cuore, e solo allora notai come fossi collegato a strani apparecchi di cui non conoscevo né lo scopo né il nome.

Già, il nome, ma io come mi chiamavo? Fui come tramortito da un panico profondissimo e cercai di parlare, ma niente riuscii a cavarmi di gola oltre a un oscuro suono gutturale. E dov'ero? In un ospedale, ma dove? E perché? Mi agitai forse troppo e non so come né se mi sedarono, ma mi riaddormentai e quando riaprii gli occhi, questa volta senza bisogno di quel canto, di quella preghiera, doveva esser di già il giorno dopo.

La visita passava quotidianamente due volte: la mattina il dottor Figuereda, al pomeriggio il dottor Pinto, con loro quasi sempre Mislaidy, che delle infermiere doveva esser la capo. Guardavano quegli apparecchi a cui ancora restavo collegato, mi tastavano, mi piegavano le gambe: sentivo la pressione sui muscoli delle cosce ma non mi riusciva di muoverle come invece avevo fatto con le braccia già dai primi momenti seguiti al risveglio, dal principio cioè dei miei ricordi. Perché addietro il canto melodioso e i bellissimi occhi azzurri di Yesenia, non ricordavo nulla. Di lei conoscevo invece il nome e il cognome, "Maceo, come il comandante." ma non perché mi avesse preso così a cuore tanto dal farmi visita anche quando il suo turno era finito. Non lo sapevo né mi riusciva di chiederglielo. Avevo invece appreso che ero vivo per miracolo.

In un tardo pomeriggio di ormai quasi due anni prima, a causa presumibilmente di una tempesta elettrica, un vecchio velivolo da carico, un bimotore a eliche di fabbricazione sovietica, era precipitato sulla strada che da Holguin inerpica sino a Velasco, schiantandosi al suolo mentre stava sopraggiungendo un camion pieno di pendolari che, a quell'ora, facevano ritorno a casa dopo la giornata di lavoro in città. L'autista non era riuscito a evitare la collisione con l'aereo cadutogli innanzi, e il boato che aveva seguito l'esplosione si era udito sin nell'ultimo barrio, mentre le fiamme si sparpagliavano tra la boscaglia complice la veemenza del vento. I soccorritori si trovarono di fronte a un quadro drammatico: grande la confusione e scarsa l'organizzazione, cosicché le poche ambulanze giunte da Holguin dovettero fare la spola più volte per trarre i feriti all'hospital Lenin, l'ospedale Universitario Provincial. Sette, me compreso, i superstiti - ma l'autista sarebbe deceduto il giorno appresso - sei le vittime, quattro occupanti il camion e due il piccolo aeroplano. Si chiamava Gustavo Delgado l'esperto aviatore schiantatosi al suolo che, più o meno una volta al mese da circa due anni, percorreva quella rotta trasportando dall'Havana merci varie, elettrodomestici per lo più, destinate ai negozi statali di tutta la provincia holguinera. Il passeggero, che non avrebbe dovuto essere a bordo non risultando, come chiarito dall'indagine, imbarcatosi ufficialmente, era tal Andrea Oberbizer, un italiano residente all'Havana, dove rappresentava un'azienda del suo paese operante nell'ambito delle forniture alberghiere. Restavano ignari i motivi per cui viaggiasse su quell'aereo. Al momento del mio ritrovamento non avevo documenti né furono rinvenuti tutto intorno all'incidente o su quel che restava del camion o dell'aereo. Dal quindici settembre del 2001 ero rimasto privo di coscienza, mentre le varie fratture, le ferite, erano andate ricomponendosi, cicatrizzandosi. Nessuno sapeva chi fossi o come mi chiamassi, da dove venissi; nessuno dei sopravvissuti era stato in grado di riconoscermi o di ricordare se fossi o meno a bordo del camion. Qualcuno aveva allora ipotizzato potessi essere italiano come l'Oberbizer, ma benché ancora non parlassi, pensavo in castigliano e in cuor mio lo esclusi. Il dottor Figuereda e soprattutto il dottor Pinto, quando riacquisii un po' di forze e con queste la possibilità di restar desto diverse ore durante la giornata, avevano cercato di spiegarmi il quadro clinico. Ero vittima di un trauma cranico encefalico, c'era stato un contatto tra le ossa del cranio e il cervello, questo talvolta provocava la perdita di alcune funzioni mnemoniche e quella che loro chiamavano memoria retrograda era molto comune in situazioni come la mia "In questa fase, non è particolarmente preoccupante." mi rassicuravano. Prima o poi, sostenevano, sarebbe tornato tutto alla normalità, anche se non era possibile fare previsioni sui tempi. Nello stato di intorpidimento nel quale mi trovavo dopo il risveglio, non provavo angoscia per non saper chi fossi, tristezza invece e rabbia che di tanto in tanto si traducevano in lacrime, erano per le mie povere gambe e i loro muscoli inesistenti o quasi, disubbidienti agli ordini che ostinatamente e con tutta la forza di cui disponevo davo loro, ma i medici sostenevano che non fosse stata compromessa la colonna vertebrale e quindi muoverle dipendeva dalla mia volontà, così come parlare. Non riuscirvi accresceva ancor più l'afflizione. Sino a quando una mattina mi riuscì di chiamare "Yesenia!" pur se così piano che lei non sentì, non si voltò. Lo stesso mi allietai e d'incanto il magone si sciolse in lacrime ma questa volta di gioia.

Credo fosse già trascorso un mese e mi stavo guardando allo specchio, avevo preso a farlo spesso. Quanti anni avevo? Non mi pareva meno di trentaquattro o trentacinque.

"Non più di trentatré Ulises." Ulises, così mi aveva fin dal secondo giorno battezzato Yesenia. "Ti piace? È il nome che ho scelto per te."

Che mi chiamassi così o in qualunque altro modo, in quello specchio si rifletteva la mia impotenza, perché più mi osservavo e più sconosciuto mi riconoscevo.

La bella infermiera mi parlava di sé e della sua famiglia, del piccolo Manuelito, il figlio avuto da Jofre, un tanghero che ben presto li aveva abbandonati "per andarsene in Europa..." Non aveva avuto una vita facile ma la fede nel suo protettore mai l'aveva abbandonata. Il bracciale bianco di Obatalà le ornava il polso sottile e dal giorno in cui, ormai molti anni prima, si era fatta devota al santo, mai lo aveva sfilato. Io viceversa nulla portavo addosso che lasciasse intendere quale fosse il mio santo, né bracciali né croci. Chi era il mio santo, il mio dio? Ce l'avevo un dio? Chissà. Ma ero così grato a quella giovane donna e lei così certa fosse merito della signora della Misericordia se mi ero risvegliato, che di sicuro non l'avrei messo in dubbio.

"Compañero, mi chiamo Pablito e sono qui per farti fare quattro passi."

Un uomo nero nero e gigantesco varcò la porta della mia stanza.

"Farai in tempo a ballare al carnevale di Santiago!"

Mi venne non so perché da ridere.

"Bravo, il buon umore fa bene alla salute, ti piace ballare? Ti piacciono le mulatte?"

Avrei voluto rispondergli sì, ma ancora non mi era riuscito di dir quasi niente e poi aveva messo piede nella stanza Yesenia, così mi limitai ad annuire. Pablito mi spiegò di essere fisioterapista al Lenin da quasi sei anni e si disse certo che presto avrei camminato: a suo dire si trattava di recuperare tono muscolare e volontà. Tutto dipendeva da me. Era simpatico e forte Pablito, veniva sempre la mattina seguendo la visita di Figuereda e, dopo aver commentato qualche notizia del Granma, passava all'azione con energici massaggi ed esercizi per le gambe, che dopo una decina di giorni iniziarono a dare risultati, tanto che adesso riuscivo a piegare da solo la sinistra, mentre con la destra ancora faticavo.

"Non preoccuparti, è solo questione di tempo." mi rassicurava nei momenti in cui lo scoramento rischiava d'avere la meglio.

Era trascorso circa un mese dal nostro primo incontro quando, in una caldissima mattina di fine giugno, arrivò trainando dietro sé un deambulatore. "È arrivata l'ora di andare a fare una passeggiata." Fui sorpreso e opposi qualche resistenza, non mi sentivo pronto, temevo di non farcela, ma lui mi sollevò di peso senza sforzo, forse anche perché nei lunghi mesi trascorsi al Lenin - in coma mi aveva detto Yesenia, "in stato vegetativo..." aveva precisato correggendola il dottor Pinto- ero dimagrito di oltre quindici chili. "Rilassati e una volta su, tieniti forte!" Mi issò su quella specie di carrello che, alto pressappoco sino alle mie ascelle, avrebbe dovuto permettermi di circumnavigare la stanza anche solo trascinando le gambe grazie all'inerzia delle sue rotelline. "Prima la destra, ora la sinistra, così bello che ce la fai!" E ce la feci. Dopo una settimana, Pablito si convinse che fosse giunto il momento di uscire dall'angusta stanzetta per percorrere il lungo corridoio che sfociava nel cortile. La sera precedente, forse per la prima volta, avevo come messo a fuoco lo scorrere del tempo che, dall'attimo del mio risveglio era scivolato ineffabile, ma che in quel frangente - per un battibaleno - sembrò lasciarsi osservare nel suo passo disciplinato, cadenzato com'era dalle visite dei medici, la somministrazione dei pochi farmaci che ancora assumevo, la distribuzione dei pasti insipidi del Lenin. Mi parve in quell'istante di avere il vuoto sotto i piedi e nella pancia, riflettendo che mi avevano trasportato qui nel settembre del 2001 ed eravamo nel luglio del 2003! Ma adesso ero là sopra e fuori da quella mura dopo tutto quel tempo e l'aria spessa e calda sembrò sospingermi tanto che... "Pablito guarda, cammino!" Il negro, che si stava facendo fresco con una copia di Juventud Rebelde, sollevò il capoccione e mi guardò mentre quasi facevo correre il deambulatore nel vialetto che tagliava il prato d'erba giallognola del cortile interno. "Pinga!" esclamò e con un balzo mi venne incontro continuando a saltare per poi abbracciarmi. "Riesco anche a parlare!" Sì, ci riuscivo, anche se con fatica e voce cartavetrata. Mi venne da parlare e parlai. "Te lo avevo detto, prima del carnevale di Santiago, prima del carnevale!" Rise ancora forte e anch'io tanto che uscì Mislaidy e poi Pinto e Figuereda e Antonia, l'altra infermiera sulla quale avevo ascoltato qualche chiacchiera delle colleghe, come quella d'essere l'amante di Pablito, il quale doveva star bene attento vista la gelosia del marito, poliziotto per giunta; sino a quel momento solo questo avevo potuto fare: ascoltare ma ora parlavo e camminavo madre mia, camminavo! Yesenia arrivò ansante verso sera, quello era il suo giorno di riposo ma qualcuno doveva averla avvertita ed era al settimo cielo. Portò del ron con il quale volle festeggiare, ma in silenzio, perché Figuereda non se ne accorgesse e non fu semplice dovendo versare un quarto di bottiglia almeno a Obatalà, la vera autrice del miracolo, ne era certa più che mai. Io non avrei saputo dire ma non trovai nulla in contrario nell'offrire da bere alla santa, prima che un goccetto toccasse anche a me. Dio com'era buono e forte! Mi sembrò di riconoscere quel sapore e stavo per dirlo a Yesenia che però mi fece cenno di tacere, quindi mi baciò per la prima volta e per me, che non ricordavo altre labbra, fu davvero la prima volta. Passarono uno o due giorni, parlavo che dovevano farmi star zitto. Ora che le parole suonavano inconsciamente speravo forse potessero prender più facilmente la forma dei ricordi o magari quella di una porta - da qualche parte nel mio cervello doveva pur esservi! - che una volta aperta, avrebbe potuto introdurmi nella stanza dove albergavano le reminiscenze di chi ero, di quel che avevo fatto, vissuto sino al momento dell'incidente. Figuereda e Pinto continuavano a sostenere fosse solo questione di tempo e anche Yesenia cercava di rassicurami:"Non fare come il moscone che continua a picchiare contro lo stesso vetro chiuso, stai calmo e l'uscita la troverai, anzi, sarà lei a venirti incontro. È questione d'avere pazienza, fidati dei dottori e non ti preoccupare." In effetti nei quindici giorni che seguirono, tra gli esercizi di fisioterapia e le camminate che facevo ormai senza quasi più usare il deambulatore, le visite ufficiali e ufficiose di Yesenia e i miei colloqui col dottor Pinto, Sebastiano Pinto, simpatico davvero, la sera ero così stanco che neppure dovevo rifuggire i cattivi pensieri legati alla mia condizione di amnesico, addormentandomi, anzi precipitando nel buio totale ma rinfrancante di un sonno senza sogni.

Una di quelle mattine Pablito dimenticò una copia del Granma dove subito riconobbi Fidel, di cui mi tornarono alla mente le gesta, e piano piano mi resi conto di sapere tutto su ciò che era accaduto a Cuba dai tempi di Colombo ai giorni nostri, o almeno sino a quel settembre di tre anni prima! Stupito oltremodo, ne informai Pinto che invece non se ne sorprese. "Ci sono diversi tipi di memoria, ad esempio la memoria procedurale che riguarda i comportamenti appresi, le nozioni, le competenze che uno possiede e che si sono nel corso della vita automatizzate e questa nulla ha a che vedere con l'altra memoria, quella detta dichiarativa e che ha a che fare con gli episodi della vita personale, mi segui? Spesso solo un tipo è compromesso: una persona può dimenticare i particolari di identità personale ma mantenere ancora abilità apprese, come che so? La capacità di suonare il pianoforte. Nel tuo caso evidentemente devi aver studiato molto bene la storia dell'isola, e comunque è un buon segno"

Sarà stato così, ma per il momento solo di una cosa ero sicuro: il pianoforte non lo sapevo suonare. Il fatto poi di conoscere tanto bene la vita di José Martí da poterne essere biografo, ma nulla della mia, mi gettò in un sino a quel momento sconosciuto stato di agitazione.

Erano trascorse un altro paio di settimane quando, dopo la consueta visita che constatò come stessi riacquistando peso e forza nelle braccia e nelle gambe, Figuereda mi prospettò la venuta "Da qui a pochi giorni" dell'autorità. Lì per lì non compresi ma Yesenia si affrettò a spiegarmi: si sarebbe presa cura lei di tutto, conosceva bene Cubela, l'autorità, era un buon amico di Oscar, il suo patrigno e non si sarebbe certo messo di traverso alla richiesta di potermi ospitare a casa sua una volta dimesso dall'ospedale. "Insomma, non ti devi preoccupare."

Nondimeno lo ero, perché cosa avrei potuto rispondere alle domande di quel tizio? Quell'incontro sarebbe stato un interrogatorio, che altro? Avrei solo potuto dire la verità e cioè che non ricordavo nulla, ma sarebbe bastato all'autorità?

mi sento bene e in forma quasi non so chi fossi né come mi chiamavo ma so che voglio bene a Yesenia e lei a me e poi anche se non son mai uscito dal cortile mi pare di conoscere Cuba molto bene parlo e scrivo lo spagnolo non so che lavoro saprei fare ma non mi sembra di essere tanto vecchio da non poter imparare e questo santo mi è vicino sembrerebbe

Cercavo di darmi coraggio, che altro avrei potuto fare?

Fu così che qualche giorno dopo aprendo gli occhi alla mattina, vidi un vecchio affianco al mio letto e, in quello che forse era ancora un dormiveglia, mi parve coglierlo distogliere lo sguardo dirigendolo verso un punto indefinito nell'orizzonte limitato della piccola stanza, ma per un attimo soltanto, prima di tornare a guardarmi, presentandosi: "Buongiorno compañero, sono Fernando Cubela e rappresento il C.D.R. di Velasco." Era l'autorità ed ebbi la sensazione fosse là dentro già da un po' anche se non aveva forzato il mio risveglio, forse volendo studiare, nel silenzio, la mia fisionomia.

"La sua storia ha destato sensazione e ora che fortunatamente sta meglio, mi correva l'obbligo di incontrarla per capire se davvero non ricorda nulla come mi ha riferito il dottor Figuereda." Proseguì, adesso fissandomi dritto negli occhi. Mi stiracchiai sbadigliando, notando dietro a quel vecchio Figuereda e Yesenia, bellissima nella sua uniforme per l'occasione dotata di un copricapo nel quale aveva raccolta la chioma trigueña. "Mi scusi signore, non sapevo sarebbe venuto oggi, altrimenti mi sarei reso presentabile." Chissà perché in quel momento la mia preoccupazione era d'aver la barba incolta e i capelli spettinati. "Non si preoccupi per questo, mi dica piuttosto: davvero non ricorda nulla?" "Sì signore, la prima cosa che ricordo sono gli occhi dell'infermiera Maceo, è come se fossi nato in quel momento." "E i nomi di Gustavo Delgado e Andrea Oberbizer? Le dicono qualcosa?" "Niente signore, davvero niente." "Il dottor Figuereda mi ha spiegato, cosa che avrà fatto anche a lei, che nei casi di amnesia bisogna essere molto pazienti, ci possono volere mesi, a volte anni, ed è chiaro che non possiamo farla stare in ospedale tutto quel tempo ancora..." "Lo immagino."

Cubela era uomo che mai doveva esser stato bello, e però aveva nel portamento una certa naturale eleganza, tanto che anche quel vecchio completo di cotone color cachi così poco sartoriale, russo o cinese che fosse, lo ben vestiva, quasi si trattasse dei panni di scena di qualche film hollywoodiano d'ambientazione caraibica, solo leggermente grande su quell'omino che vieppiù si andava restringendo, anche se le braccia, ora che toltosi la giacca era rimasto in maniche di camicia, si rivelavano ancora muscolose come ai bei tempi in cui avevano portato a spasso forse l'obice, certo il fucile sulla Sierra. Si stava facendo fresco col vecchio panama bianco: doveva aver conosciuto i tempi di Machado quel cappello, ma essendo panama autentico, aveva resistito a lui, a Batista e fatta che ebbe la Rivoluzione, stava terminando i suoi giorni riposando sulla testa del vecchio segretario del C.D.R. di Velasco, ma più spesso tra le sue mani col compito ingrato di portargli sollievo nelle afose giornate che trascorreva nel suo ufficio senza mai molto da fare. Perché Velasco, nonostante contando tutti i barrios di cui si componeva, come Naza, La Gegira, Blanquizal, El Recreo, San Mateo, San Cristobal, Ayorquin e tutti gli altri, avesse raggiunto il numero ragguardevole di oltre ventimila anime, restava il paese tranquillo a quindici minuti di carro da Holguin; il paese che era stato sin dai tempi precedenti alla via del sale, quando già era pieno di medio campesinos e aveva fama di granero de Cuba; il paese, uno dei tanti, di cui il capoluogo era circondato, dove a parte qualche suicidio o i più frequenti litigi tra mogli o mariti fedifraghi, non succedeva quasi nulla, così che al buon Cubela non restava che organizzare le feste di quartiere, far funzionare la pulizia stradale e, cosa alla quale più d'ogni altra teneva, promuovere le donazioni di sangue anche tra i contadini più riottosi.

A Holguin Cubela e il suo cappello scendevano di rado e solo in occasioni ufficiali quali assemblee plenarie o ricorrenze del socialismo, mai comunque più di due o tre volte l'anno. Ma questa dello smemorato aveva dato molto da cianciare e più d'uno in paese aveva di già mormorato sulla simpatia che Yesenia, la figliastra di Oscar, altro uomo molto conosciuto a Velasco, nutriva per lo sconosciuto lungodegente. Nascosto dai baffi importanti che celavano il labbro superiore offeso combattendo la guerriglia, potevo pensare di avere di fronte un uomo bonario o un tristo figuro, perché le sopracciglia imponenti, curiosamente diverse tra loro nel disegno arcuato dal sembrar minaccioso della destra tutta composta di peli bianchissimi, mentre ben distesa e pacifica oltre che quasi completamente nera la sinistra, descrivevano due profili ben differenti che insieme mi spiegarono come i costi sostenuti per la mia degenza fossero già troppo salati per il magro bilancio del Lenin e, salvo diverse comunicazioni dall'Havana, dove il mio caso era stato più volte segnalato al ministero dell'interno, dovevo essere dimesso entro quella stessa settimana.

"So che c'è chi si è proposto di darle un tetto e sostentamento sino a che non sarà chiarita la sua posizione, e io non trovo nulla da eccepire."

Si voltò verso Yesenia che lo ringraziava, cosa che mi sembrò inevitabile affrettarmi a fare anch'io. Mi salutò, ma quando fu per varcare l'uscio si fermò e mi chiese ancora: "Davvero non ricordi nulla?" "Proprio nulla, mi spiace."

A casa di Yesenia

17 settembre dell'anno 2003

In ospedale avevo salutato tutti tranne Pablito che si era dovuto recare a Santiago per sbrigare non so quale affare di famiglia; la sera prima mi aveva stretto in un abbraccio gagliardo promettendomi che sarebbe venuto presto a farmi visita. Sembravano tutti felici e al contempo commossi, persino Figuereda dopo una vigorosa stretta di mano volle stringermi a sé e Mislaidy fece lo stesso, con tenerezza. Pinto versò addirittura una o due lacrime: il dottor Pinto di cui in quei mesi ero divenuto buon amico nonostante, certo com'era fossi europeo, mi ritenesse in qualche pur esigua misura corresponsabile dei misfatti, "le barbarie di Colombo" e dei suoi discendenti. Vista la facilità con cui ricordavo anche le date più insignificanti della storia cubana, si era convinto fossi un professore di storia.

"Devi essere un fottuto professore di storia spagnolo, uno di questi giorni ti porto a Guardalavaca a vedere la statua del tuo compaesano Cristobal"

A niente serviva ricordargli che Colombo non fosse spagnolo, per lui gli europei erano tutti uguali. Lacrime sincere le sue, anche se forse un po' esagerate, visto che mi stavo trasferendo solo a pochi chilometri e non pensavo affatto dovessimo perderci di vista.

A bordo di un sidecar ci aspettava Carlos, il fratello minore di Yesenia, un bel ragazzo che, nei tratti fini del volto e nel blu vivo degli occhi, le somigliava moltissimo essendo però più scuro, non nero ma di un luminoso marroncino, lontano dalla nivea carnagione della sorella e, più in generale, di tutta la famiglia. Per spiegarmi quella diversità, molto tempo più tardi, qualche chismoso mi avrebbe riportato una cattiveria che nel barrio circolava su mamma Renata

"Ha fatto come la madre di Fidel e Raul, si è presa una vacanza dal marito..."

E sì, perché anche sulla paternità del fratellino del lider maximo la vulgata voleva esistessero dubbi. Non era amato dalla gente Raul, nonostante coraggio ne avesse mostrato in gioventù, anzi lui riuscì al palazzo del tribunale mentre Fidel - per sfortuna forse, o imperizia, chissà? - fallì a Moncada (non guidava forse lui la macchina che si imbatté, senza riuscire a evitarla, nella ronda di Batista?) Ma il destino di Raul era quello di non essere apprezzato e di vivere all'ombra del fratello, come i cinquant'anni successivi avevano dimostrato, forse per questo la maggioranza dei cubani mal lo sopportavano e i più coraggiosi si lasciavano andare sottovoce a quelle insinuazioni che lo volevano mestizo certamente e, forse, maricon. Non mi sarei mai dato grossa pena di saperne di più della famiglia Castro, né mi sarebbe mai importato che avessero o meno ragione le malelingue del paese riguardo al vero padre del fratello di Yesenia.

"Prego, accomodatevi." ci invitò Carlos e io mi accomodai, si fa per dire, a bordo del suo sidecar, Yesenia disse d'aver paura a stare in sella con quello spericolato del fratello e si accovacciò sopra di me in quella protesi saldata alla motocicletta.

Sfrecciavamo o almeno così mi parve, immagino perché non ricordavo d'essere mai stato su altro mezzo che non fosse il deambulatore. Del mio bagaglio non avevo dovuto preoccuparmi, non possedendo nulla. Pensandoci ora, la cosa più incredibile, non è come mi accolsero in quella casa, nelle loro vite, ma come a me sembrò del tutto normale.

"Bella vero?"

Andava orgoglioso Carlos di quella moto e io ne immaginavo il motivo, che non doveva essere solo sia sempre meglio possedere un mezzo di trasporto che doversi accalcare sulle guagua o, peggio, sui camion. No, il vero motivo che lo faceva andare in giro tutto fiero nonostante questa specie di vasca da bagno attaccata sul fianco della motocicletta, era che si trattava dello stesso modello di quella a bordo della quale il Che aveva fatto il suo giro per l'America maturando in sé l'idea di combattere la disuguaglianza planetaria.

"La Poderosa, la chiamava Alberto Granado" disse credo volendo verificare se fosse vero che conoscevo a menadito la storia del Che, come sua sorella gli aveva assicurato, e fu per dargliene conferma che obiettai: "Sì, il modello è lo stesso, una Norton M 18, ma la sua non era un sidecar." Sorrise soddisfatto ma ancor più incuriosito. Salendo da Holguin a Velasco, mentre godevo del panorama che si squadernava appena collinoso, a tratti ricoperto di cuabales e poi di rose di Savana e dai querceti, anch'io cercavo di capire come mai avessi nella testa tutte quelle nozioni su Colombo e sulle spedizioni degli inglesi, sugli spagnoli e sull'importanza dello zucchero (ma a Velasco avrei scoperto quella della via del sale) e le storie sui piantatori e gli schiavi e i mercanti; perché conoscessi così bene la storia della guerra ispano-americana e i proconsoli Brooke e Wood, Don Tomas, Magoon, poi Gomez e la Buona Vita, quindi Machado, la sua caduta e la rivoluzione girondina con la controrivoluzione e Batista, quel mezzo sangue di Batista.

"Fu perché mezzo negro che gli americani in fondo non si impegnarono più di tanto per aiutarlo."

Ricordavo che qualcuno me lo avesse detto, ma chi? E la caduta di Prio a Moncada, la Sierra Maestra ed Herbert Matthews, la caduta del regime e Fidel con il Che, poi senza, la fine del capitalismo e la crisi dei missili, gli uomini nuovi, gli utopisti, ma dopo qualcuno che ne dice male e quei gommoni per Miami in lontananza. Ero forse un balsero che voleva trasvolarlo l'oceano anziché solcarlo? Ma no, gusano proprio non mi ci sentivo. Forse aveva ragione Pinto ed ero un fottuto professore di storia spagnolo. Per certo, tutto quel che ricordavo, non potevo averlo vissuto in prima persona salvo avere l'età della scoperta delle Americhe. I pensieri scompigliati, come i capelli dall'aria e dalle mani di Yesenia che iniziava a farsi impudente, osservavo la conca dove la canna da zucchero lasciava spazio agli agrumi e si macchiava di tabacco la Serra, che dal falsopiano notavo ora divisa a metà dal rio Guabasiabo.

"Se alzi gli occhi vedi anche il Pico de Cristal."

Non sapevo niente, non capivo niente, avevo dentro un'anima smagliata ma ero felice mentre percorrevo la carretera Puerto Padre verso la mia nuova vita.

La casa di Yesenia era nel barrio di Tres Palmas e per arrivarci bisognava passare dalla strada che tagliava il centro dove Carlos mi indicò un edificio massiccio e imponente "È la casa della cultura." Ben presto mi sarebbe divenuto familiare. Tutte le strade erano sterrate e non potei fare a meno di notare le differenze tra le piccole case, poco più di capanne che segnatamente al perimetro stradale si snodavano senza soluzione di continuità, e altre più grandi in mattoni e cemento che s'accalcavano in quello che doveva essere il centro di Velasco, dove da qualche minuto avevamo preso ad inoltrarci.

"Siamo quasi arrivati, noi stiamo leggermente fuori dal centro, verso San Manuel" mi informò Yesenia.

Ad attenderci c'erano tutti. Il vecchio Oscar, il patrigno di Yesenia, minuto, piccolissimo, non credo arrivasse al metro e cinquanta, fu il primo a venirmi incontro attribuendomi un festoso benvenuto e presentandomi la famiglia: Felix, il fratello maggiore di Yesenia, uguale a Carlos solo bianchissimo come la madre, mamma Renata che aveva poco più di cinquant'anni e, seppure la vita dopo la morte del primo marito Eusebio fosse stata dura, conservava una bellezza rara, appena sciupata da un'eccessiva magrezza. Da sola era riuscita ad allevare i quattro figli, poi solo tre dopo l'incidente a Socorrita, la più piccola, l'ultima a vedere la luce, la prima a spegnerla. Non che la famiglia non le fosse stata vicina, ma per i contadini senza terra tutti i periodi erano especiales e quella vicinanza non poteva certo tradursi, se non di tanto in tanto, in conforto materiale sufficiente a tirar su le creature. Così accettò, malgrado l'opinione contraria di genitori e fratelli, con i quali per diversi mesi neppure parlò, un impiego da cameriera al Media Cohiba, il grande albergo dell'Havana, rifuggendo la corte di Oscar, quel piccolo contadino che la bramava da quando era ragazzina e che sembrava averla aspettata, se appena sei mesi dopo la morte di Eusebio l'aveva chiesta in sposa. Lei però non aveva ceduto alle sue avances ed era partita per la capitale. Ma quel lavoro durò poco, come la storia con il vecchio amico del marito, addetto alla sicurezza dell'albergo, colui che era riuscito a farla assumere e che nero come la pece, i maligni avrebbero poi insinuato essere il vero padre di Carlos. Fu con la coda tra le gambe che fece ritorno a Velasco, facendo pace con la famiglia e finendo con l'accettare la corte del guajiro, in fondo un brav'uomo e poi ricco, almeno come poteva esserlo un contadino con un po' di terra, autosufficiente perlomeno e intelligente, se era stato eletto segretario dei piccoli contadini autonomi del poblado di Velasco. Renata era l'unica che già conoscevo, da quando un mercoledì di circa un mese prima, scesa a Holguin per il mercato, non aveva resistito alla curiosità di conoscere chi avesse fatto ritardare così spesso la figlia.

"Benvenuto figliolo, vedo che stai riprendendo colore, lascia che ti presenti il resto della famiglia."

E così feci anche la conoscenza di Augustina, la moglie di Felix, una mulatta di un metro e ottanta bella e sensuale e del suo primogenito Bebeto, un ragazzo di circa tredici anni segaligno e dall'aria non particolarmente sveglia. Il figlio di Yesenia stava giocando a non so quale gioco con Mirela, la secondogenita di Felix e Augustina, bella come la mamma ma con gli occhi verdi chiarissimi, quasi gialli del padre. Manuelito era invece un bel bimbo paffuto e biondo che trascorreva l'ultimo anno libero dalla scuola, e brontolò con capricci che quasi si fecero singhiozzi, strappato da nonna Renata al passatempo per colpa di quello sconosciuto. "È timido" lo giustificò Yesenia. Emozionato e allegro volli mettere subito in chiaro una cosa: non sapevo cosa mi sarebbe successo ma volevo ripagarli, lavorare, guadagnarmi il pane insomma. "Non preoccuparti ragazzo, ora pensa a rimetterti in salute, poi mi pare che tu abbia buone braccia, non faticherò a trovarti un lavoro, in campagna c'è sempre qualcosa da fare." Detto questo Oscar mi prese sottobraccio accompagnandomi verso la tavola imbandita. "Ma adesso basta parlare, non hai fame?"

Mamma Renata l'aveva apparecchiata per l'occasione nel patio e sì, quella prima mattina fuori dal Lenin che appetito mi aveva fatto venire! Pollo, maiale, congris, le verdure fresche e il formaggio, jugo de piña. Quello era un pranzo! Non ci fu nulla che non gradii, per non dire della birra, freddissima, Cristal si chiamava, come la montagna.

"Ulises, hai mai fumato un puro?" Stavo ancora gustandomi il flan e non sapevo che rispondere a Oscar ma ci provai e non fu semplice accenderlo.

voi chi dite che io sia?

Avevo in mente di chiederlo da un po', ma non fu necessario perché mentre fumavo il tabaco senza un colpo di tosse, malgrado l'aspirassi contravvenendo alle indicazioni di Felix, l'intera famiglia già si era lanciata nel gioco delle ipotesi. "È cubano vi dico, non lo vedete come fuma e mangia?" Oscar ne era convinto e lo diceva scuotendo il capo per negare qualunque altra possibilità. "No, guarda il profilo, è galiziano come Patrizio, te lo ricordi il fidanzato di Aniuska? Sembra suo fratello..." obiettò Felix prima che Carlos chiosasse: "Per me fa lo stesso, sembra un buon diavolo, da dove arriva non è poi così importante." La conversazione avveniva in mia presenza ma nessuno se ne curava, pareva parlassero di chissà chi, tanto che anch'io provai a far congetture ma, come sempre, nulla mi sovvenne.

"Ora basta discorsi." Yesenia giunse a spezzare il filo di quelle tonterie e sedendosi sulle mie ginocchia mi sussurrò qualcosa che non compresi, per poi tirarsi su e prendermi per mano obbligandomi a seguirla. Quella era la casa di uno degli uomini più ricchi del paese e io avevo visto solo la cucina e il patio della costruzione di due piani, ma ora lei mi conduceva verso la porta che tangeva il piccolo acquaio, varcata la quale mi ritrovai in una cantina dove, steso sopra un tavolaccio, riposava del formaggio e in piccole botti, il rum. La percorremmo per tutta la lunghezza giungendo a varcare una porta che introduceva in quella che doveva essere la stalla, grande appena abbastanza per ospitare tre magrissime vacche. Uscimmo quindi sul retro della casa che a differenza del fronte di fresco ridipinto di un vivace color rosa, era di un granata sfinito dalle intemperie di almeno cent'anni che una tettoia ugualmente vetusta non riusciva più a difendere. Là sotto mi spiegò, Oscar era solito girare il tabacco quando non riparava gli attrezzi o sminuzzava il foraggio per il bestiame. Di fronte erano state costruite delle piccole baracche di legno, in quella più grande stava il maiale, nelle altre le galline.

"Il cane ha quattro zampe, ma non prende due strade alla volta. Il cane ha quattro zampe, ma non prende due strade alla volta." Una voce gracchiante e inattesa mi spaventò facendomi sobbalzare. Rise forte Yesenia. "È Melquiades, il merlo di Oscar." Sopra il pollaio stava infatti una gabbietta dalla quale quell'uccello nero ciarlava e, ora rivolto a Yesenia, ripeté: "Il cane ha quattro zampe, ma non prende due strade alla volta. Il cane ha quattro zampe, ma non prende due strade alla volta." "Taci uccellaccio, mai che ti faccia gli affari tuoi!" fece lei infastidita. Il volatile girò allora il capo verso di me: "La vita è un ramo di palma piegato dai venti. La vita è un ramo di palma piegato dai venti." "Ma, parla?" "E sei fortunato se non si mette a cantare, sono anni che è qua e il bello è che non vuole andare da nessuna parte, Manuelito gli apre la gabbia ma lui non ne vuol sapere di uscire." "E' Oscar che lo ha ammaestrato?" "No, sapeva già parlare la sera che lui lo trovò in casa, poco tempo dopo la morte di Melquiades, un suo vecchio amico gitano; per quello lo ha chiamato così. Anzi, è convinto che quel tipo si sia reincarnato nell'uccello." "E cosa dice?" "Proverbi, ogni giorno diversi, e ti devo dire che un po' di paura al principio la faceva anche a me, ma ormai mi ci sono abituata. Quando è di umore malinconico canta vecchi boleri, hai presente Antonio Machin e tutta quella roba strappalacrime? E prese a canticchiare una vecchia melodia: "Dos gardenias para ti con ellas quiero decir te quiero te adoro mi vida... ah, ah, ah!" "Dici sul serio?" "Te ne accorgerai..." Rimasi a osservarlo contraccambiato: mi fissava negli occhi e pareva sorridere e sarei rimasto così per chissà quanto tempo se Yesenia non mi avesse ripreso per mano distogliendo la mia attenzione dal pennuto.

"Vedi dove vivo? " "Mi piace, è bello." "Dici? Io invece vorrei andarmene, all'Havana o anche più lontano. Se non avessi Manuel sarei già scappata."

Non capii e non seppi che dirle. Rientrammo in casa passando sul retro che dal cortile portava al piano superiore. "Questa è la camera di mia madre e di Oscar." Era una stanza grande arredata con bei mobili antichi e notai che, a differenza della cucina dove nessuna delle seggiole erano parenti tra loro, qui tutto sembrava scelto con cura e gusto. La stanza di Yesenia era invece minuscola. Ci sedemmo sul letto a una piazza, ero nervoso e lei se ne accorse. "Non ti preoccupare, questa è camera mia e tutti hanno compreso che non devono disturbarci." Non sapevo che dire, che fare, così chiusi gli occhi e mi affidai a lei, la mia bella infermiera che mi baciò, guidando la mia mano verso il suo sesso e continuando a baciarmi sino a giungere al mio. Già nudi, le lingue insinuanti, fui preso dall'irrefrenabile pulsione di penetrarla e la penetrai "Ahi papito, come sei bravo!" non so per quanto, prima di finire in un morbido visibilio, attimo meraviglioso che non estinse però il desiderio ma anzi, mi fornì la certezza che d'altro non vi fosse bisogno se non di ripeterlo e ripeterlo ancora.

Così passammo le ore di quel pomeriggio, sino a che non sentimmo Carlos salire le scale e, non esistendo una vera porta a delimitare la riservatezza della camera ma solo una spessa tenda scarmigliata, ci ricoprimmo rapidi, mettendo un punto al primo incontro dei nostri sensi, dal quale uscii deciso a rifarlo al più presto.

La primera poesia y la Odisea

14 ottobre dell'anno 2003

Erano di già trascorse alcune settimane da quando ero stato dimesso ma ancora Oscar non mi aveva permesso di lavorare nei campi: "Non è stagione, hai preso qualche chilo, è vero, ma pensa a rimetterti del tutto e quando ci saranno le raccolte vedrai che non ti mancherà da fare. Per intanto ti insegnerò a tenere l'orto." Così aveva preso a spiegarmi come e quando piantare le melanzane e la ayuhama, ma prima ancora a come tenere una zappa in mano. Più o meno tutti i giorni bagnavo e muovevo la terra, rimestandola in attesa del via per la semina, ma questo lavoro mi teneva impegnato non più di un paio d'ore la mattina, dopo di che bighellonavo nel cortile o sul retro della casa, non avendo ancora trovato il coraggio per avventurarmi fino in paese. Tutti quanti in famiglia avevano qualcosa da fare, e a me non restava che la compagnia degli animali. "Il forestiero è forestiero un giorno soltanto. Il forestiero è forestiero un giorno soltanto." Me lo aveva ripetuto Melquiades di buon'ora quella mattina, fissandomi dritto negli occhi come suo solito, prima di aggrottare lo sguardo, scuotere a scatti repentini la testa, dar qualche beccata al pan secco e prendere a fischiettare un uggioso bolero che bene accompagnava la mia melanconia. Perché Yesenia era all'Havana già da qualche giorno, vi si era dovuta recare per un corso di aggiornamento, o qualcosa del genere, e se le giornate si erano ben presto fatte noiose, ora senza la mia infermiera inutili mi sembravano le notti. Per fortuna sarebbe ritornata quella sera e avrei certamente passato la giornata contando le ore, non fosse che a interrompere l'attesa, intervenne l'inaspettata visita di Cubela. Era accompagnato da altri due esponenti del C.D.R. che però non mi presentò, lasciandoli con Oscar nel patio, da dove li sentivo parlare della necessità, "l'esigenza!" di variare le colture. Il segretario invece mi porse le stesse domande del nostro primo colloquio, pur rimarcando la non ufficialità di questo incontro che dovevo intendere solo come visita di cortesia. Che si trattasse di quella o invece di un controllo di routine, il vecchio rivoluzionario riuscì solo a constatare gli inesistenti progressi della mia memoria, approfittando comunque per informarmi confidenzialmente che, pur non avendo ancora ricevuto istruzioni ufficiali, nel corso di una conversazione informale un funzionario del ministero si era lasciato sfuggire qualcosa su un mio probabile prossimo trasferimento all'Havana. "Ma questo fai finta che non te l'abbia detto..." si raccomandò subito dopo con l'aria di essersi già pentito. "Io preferirei restare qua..." protestai timidamente. "Non preoccuparti, è normale che quelli del ministero vogliano vederci chiaro, approfondire questa situazione, ma se non hai fatto niente, niente hai da temere." Ma era proprio questo il punto: non lo sapevo, avrei potuto essere un criminale come un santo. "Mierda!" Quando l'anziano rivoluzionario si congedò, mi scappò di dirlo forte.

Yesenia arrivò di lì a qualche ora e ancor prima che le raccontassi dell'incontro con Cubela e dei timori che ne erano seguiti mi parve preoccupata. Sì, un'inquietudine s'insinuava intermittente nel blu dei suoi occhi, e pur celata dal sorriso come sempre radioso, a tratti si lasciava scorgere. Stavo per dirglielo, tuttavia la fretta di metterla al corrente ebbe la meglio e dopo non ne trovai più il tempo, perché subito prese a consolarmi. "Non succede niente amorcito non fasciarti la testa, vedrai: andrà tutto bene." Ma non la trovai convincente, era lì accanto, la vedevo, la toccavo, eppure l'avvertivo lontana. "Tu come stai, mi sembri strana..." "Bene, sono solo un po' stanca..." Non aveva l'aria d'esserne persuasa.

che sappia qualcosa e non me lo voglia dire?

Però poi facemmo l'amore, e fu lo stesso di sempre. Anzi no, più intensa la sua passione, violenta a momenti che quasi ne fui travolto e non impiegai più di un minuto, avvinto ai suoi sospiri, a scordar tutto il resto almeno sino alla mattina seguente.

Passarono altri giorni e l'agitazione seguita al colloquio col segretario del C.D.R. andava stemperandosi.

magari si dimenticano di me con tutto quello che avranno da fare

Anche in Yesenia sembrò scomparire il velo d'angoscia, così le giornate tornarono all'abituale serena monotonia. Ogni mattina, lavorato l'orto, trascorrevo il lasso d'ore che mi separavano dal pranzo ad ascoltare Melquiades o correndo dietro a Hugo, il bastardino di una mezcla indecifrabile anche al più valente degli esperti di acido desossiribonucleico. Dopo mangiato aiutavo Renata a sbrigare qualche faccenda come lavare i piatti e tenere in ordine l'acquaio o spazzare il patio. Dopo molte resistenze tollerava adesso che l'aiutassi a pulir dentro casa, con l'unica eccezione della piccola stanzetta dedicata ai santi. Non che fosse una vera madrina né, bianca com'era, avesse discendenze africane, ed era cattolica e battezzata, ma anche lei come tanti aveva bisogno di una religione magica ma terrena al contempo. Quella proibizione non fece che aumentare la mia curiosità. Sapevo già che la Santeria nasceva in Nigeria, la patria degli Yoruba ed era arrivata sin qui nel nuovo mondo con gli africani deportati come schiavi, i quali però furono presto costretti a occultare le loro pratiche magiche e religiose agli occhi degli spagnoli, che certo non erano esempio di tolleranza a quei tempi. Sapevo già che fu per ciò che alle divinità chiamate Orisha, piene di vizi e difetti umani, oltre che di potenza ancestrale, avevano dovuto affibbiare il nome di santi cristiani: Changò divenne così Santa Barbara pur continuando a governare il fuoco, il tuono e il fulmine oltre a restar simbolo di potere bruto, di passione e virilità. Oshun si fece Nostra Signora della Caridad del Cobre simboleggiando le acque del fiume oltre a essere riconosciuta come dea dell'amore, della fertilità e del matrimonio. Elleguà si trasfigurò in San Antonio da Padova ma rimanendo il bambino degli dèi, imprevedibile e sconcertante coi suoi poteri enormi che possono aprire tutte le strade, governando il destino rendendo così possibile ogni impresa. Oya si vestì da Santa Teresa proseguendo a governare i venti e a vigilare sui cimiteri e sui fulmini. Ogun si mutò in San Pietro, patrono dei metalli e protettore di agricoltori, carpentieri, macellai, chirurghi, meccanici, poliziotti e di tutti coloro che lavoravano con metalli e armi. La santa di Renata era Yemaya, nostra signora di Regla, patrona dell'Havana che rappresentava il mare, a lei si rivolgevano le donne in maternità per ricevere protezione. Obatalà, grazie alla cui volontà, anche la mamma di Yesenia non aveva alcun dubbio, dipendeva il mio risveglio, era Nostra Signora della Misericordia creatore del genere umano. Sapevo già tutte quelle cose eppure...

Yesenia pregava, ma senza sapere o voler dar risposta ai quesiti che di tanto in tanto le avevo posto sugli orisha e i loro poteri. Perciò confidavo in Renata, ma l'unica volta che mi permise di entrare con lei dentro la stanza della santa, la mia faccia dovette trasmetterle una tale incredulità, che dopo avermi osservato mentre impacciato depositavo sull'altarino i fiori di pesco, mi si rivolse in tono tanto definitivo dal far venir meno la possibilità di porle qualsiasi domanda: "E' ciò che senti l'importante, la fede è credere in quel che avverti dentro, prima di aderire a ciò che afferma qualcun altro." Doveva quasi certamente trattarsi un consiglio ma lì per lì fui certo invece si trattasse di un rimbrotto. Perché aveva ragione. Sapevo dei santi, ma come conoscevo la storia del paese: stavano nella mia testa ma non sulla mia pelle, o nel mio cuore. Così restai in silenzio e finii col sentirmi in colpa per quel non sentire, considerato anche come le persone che mi volevano bene fossero tutte devote e certe della benemerenza dei santi, rispetto alla mia guarigione oltretutto! Santi o non santi, il tempo continuava a lasciarsi trascorrere adagio, senz'altro offrirmi oltre le armoniche rotondità di Augustina che rimiravo mentre in sottoveste stendeva i panni del marito e dei figli. Più di una volta mi ero sorpreso a fantasticare su quella negra alta e sinuosa, ma dovevo smetterla! Avevo quel bel fiore di Yesenia, di che altro avevo bisogno? Mica ero Changò con le sue tre mogli, dovevo smetterla subito, anche se era difficile staccarle gli occhi di dosso, e madre mia, cosa m'induceva a immaginare quella bocca! Una di quelle notti pensai di averla sognata, anche se non avevo potuto vederlo il viso della creola con la quale stavo facendo l'amore. Anche quella mattina ero seduto sul dondolo, nel patio ombreggiato dalle palme nane, eppure caldissimo; il solo Manuelito si avventurava al sole, a lui di giocare con me proprio non interessava. Che non gli fossi simpatico mi sembrava chiaro, geloso di sicuro per via del tempo che la madre trascorreva con me, ma non avrei saputo come giustificarmi, come spiegargli e cosa, e forse neppure mi venne in mente di farlo: non avevo mai parlato a un bimbo di cinque anni e non sapevo da che parte s'iniziasse.

e se invece ho un figlio anch'io da qualche parte forse una moglie?

Scacciavo ogni volta con forza quel pensiero perché se lo avessi fissato troppo a lungo, ero certo che sarei impazzito. Per distogliermi presi a curiosare sugli scaffali della piccola libreria del soggiorno. Cercavo un testo che la sera prima Oscar mi aveva mostrato, un librone che raccoglieva i discorsi di Fidel sino al 1999. Il padrastro di Yesenia non l'aveva fatta la Rivoluzione, e non perché non ne fosse acceso sostenitore, tutt'altro, era un fidelista convinto, è che non ne ebbe l'occasione. Felix mi raccontò, ma non potrei giurare si trattasse della verità, che ci aveva anche provato a entrare nella guerriglia insieme con Cubela, ma mentre il suo amico riuscì a unirsi alle schiere del Che, lui fu scartato perché troppo esile nel fisico e di statura così bassa che il fucile a tracolla avrebbe strisciato per le terre. Quell'omino volentieri mi parlava di socialismo e sembrava fargli un gran piacere trovarmi così puntuale nell'ascolto e interessato ai suoi argomenti. "Per forza, sei l'unico che ha la pazienza di starlo a sentire!" mi aveva spiegato Yesenia, ma io davvero mi sentivo vicino al pensiero di Marx e agli ideali del socialismo! "Ti sta indottrinando per bene..." aveva aggiunto Carlos, prendendomi in giro, non comprendendo come potessi condividere l'entusiasmo di quel vecchio verso Marx, Engels, Lenin e tutto il resto. "Non che non veda i problemi che ci sono, ma credimi figliolo, noi siamo dalla parte giusta..." mi rendeva edotto Oscar, già trovandomi persuaso certo più di quanto lo fossi dei poteri di Obatalà. Ma su quello scaffale stava anche un altro libro, che non doveva aver meno di cent'anni a giudicare dalle pagine ingiallite e dalla loro fragile consistenza, era l'Odissea. Yesenia aveva detto di aver trovato il mio nome là dentro e così incuriosito, iniziai a leggerlo, accorgendomi ben presto che dovevo chissà quando e dove averlo già fatto, ma lo stesso fui rapito da tutti quegli altri dèi e dai mari sconosciuti senza però che mi riuscisse di comprendere quale somiglianza avesse potuto scorgere tra me e quel tipo così ostinato sulla strada del ritorno, non sapendo io oltretutto dove ritornare, quale la mia Itaca. "Hola compañero!" era Pablito finalmente giunto a farmi visita e così interruppi di navigare per quei mari. "Amico mio, finalmente!" e lo abbracciai. Lui tutto compito salutò mamma Renata e rimirò Augustina affacciatasi, curiosa come una gatta, dal terrazzo del primo piano. "Hola mamita." le si rivolse dando sfoggio al più fascinoso dei suoi sorrisi che dovette però riporre subito visto che anche Felix aveva fatto capolino. "Todo bien?" gli chiese un poco burbero il fratello di Yesenia,"Como siempre!" rispose Pablo aggiungendo: "Venceremos!" aprendosi nella consueta grassa risata contagiosa.

"Allora smemorato, come ti senti? Un goccio di medicina?" mi chiese dopo aver estratto da un sacchetto due cartocci di ron blanco. "Grazie." risposi accettando "sto bene, ma non chiedermi niente perché ne so quanto prima." "Hombre, non sono mica della Seguridad, stai tranquillo! E qui ti trovi bene? Yesenia dice che ormai, non solo cammini, ma balli la salsa come un professionista." "Non esagerare; però quando c'è il carnevale a Santiago?" Ridemmo e brindammo ancora, di quei cartocci Pablito ne aveva una scorta. Poi decise, senza tenere in considerazione la mia opinione, di portarmi a casa di una sua vecchia zia che abitava non lontano da lì, nel barrio Piedra del Indio. "E' una cuoca provetta, sentirai che delizie e poi legge le carte..."

La viejita viveva in una casetta di madera sulla strada che portava al camposanto ed era una mulatta dall'età indecifrabile. Rugosa come una tartaruga dava l'idea d'aver vissuto molte delle cose che i più tra i vivi, potevano aver appreso solo dai libri di storia. Solo due o tre denti componevano il sorriso col quale ci accolse e che mai in quelle ore sarebbe venuto meno. Parlava poco Zenaida, quello era il suo nome, però cucinava benissimo: non avevo ancora provato una carne così tenera e gustosa come quella dello spezzatino che ci servì accompagnandolo con arroz bianco."Ti piace?" mi chiese Pablito "È squisito, ma cos'è?" "Tartaruga, zia Zenaida aveva paura che ti spaventassi o qualcosa del genere..." "Ma no, perché? È una vera delizia." "Te l'avevo detto che questo mio amico mica è un turista canadese... al massimo è chicano!" aggiunse ancora Pablo rivolgendosi alla vecchia zia. "Per questo ho fatto mettere anche un po' di peperoncino, vedrai che stasera Yesenia sarà ancora più contenta" e rise ancora mentre Zenaida continuava a mostrare le gengive del suo piccolo ghigno perseverante. Mi disse però di non parlare troppo in giro di quel pranzo essendo proibita la carne di tartaruga e non facendosi quasi mai i vicini i fatti loro.

"Zia, ti va di fare le carte al mio amico?" Ma Zenaida si rifiutò: "I santi hanno smesso di parlarmi." disse soltanto; si era convinta di aver perso il potere di leggere il futuro e io avrei voluto dirglielo che solo il passato mi interessava, ma non lo feci vedendola troppo stanca che già aveva preso a pisolare sul dondolo.

Fumando uno dei sigari che Oscar arrotolava, presi a raccontare delle mie giornate, dell'amore con Yesenia, di come continuassi a non ricordare nulla della mia vita prima del risveglio, del ventilato viaggio all'Havana, raccomandandomi di tenerlo per sé. "Non ti preoccupare, sono una tomba." "Cosa ne pensi?" "Dell'Havana? Chi non la vede non la ama...Non ti preoccupare troppo, però ti do un consiglio: non fidarti degli sbirri, anche quando non sono in divisa..." Non sapevo cosa intendesse o se volesse riferirsi a Cubela, ma preferii non approfondire non volendo tradire ulteriormente la parola data al vecchio presidente del C.D.R. Di palo in frasca mi raccontò di sua madre che, affetta da Alzheimer, lo faceva venir matto perdendosi per le vie di Holguin ogni volta che riusciva a sfuggire al suo controllo e che questo lo aveva costretto a pagare una vicina, nonostante il salario da fame che percepiva dal Lenin, faticando tanto che nemmeno dieci anni prima durante il periodo especial e che forse avrebbe fatto meglio a seguire il fratello, che a Miami in qualche modo c'era arrivato, anche se ormai erano mesi che non ne aveva notizie e pure questo lo angosciava. L'ascoltavo e per la prima volta il mondo si rivelava decisamente più complicato di quanto l'avessi sino a quel momento percepito. Io stavo ancora nell'ovatta, ma dalla seconda visita di Cubela avevo la sensazione che quei giorni stessero per terminare. "No es facil" conclude Pablito per poi prendere un'altra sorsata di ron. "Ma parlo sempre io, e tu?" Gli raccontai dell'orto, di Melquiades, di come trascorressi le giornate nell'attesa del ritorno di Yesenia e di come mi stessi appassionando alla lettura, rammaricandomi per quanto poco fornita fosse la libreria di Oscar. "Ma perché non vai alla casa della Cultura? Lì trovi tutti i libri che vuoi."

Adesso Pablito doveva proprio andare. "Ho un po' di carne di tartaruga da vendere, cosa vuoi? Devo arrotondare..." "Ma non mi hai detto che è proibita?""Qui quasi tutto è proibito ma se non vuoi fare la fame devi arrangiarti." Mentre l'osservavo allontanarsi sentivo montarmi dentro un'imprecisa apprensione. Che aveva voluto dire parlando di sbirri? Con fatica una volta tornato a casa, mi reimmersi nella lettura delle gesta del mio omonimo e solo dopo il libro ventesimo quarto mi tranquillizzai, forse perché già le anime dei Proci erano state guidate da Mercurio sino all'Ade e Ulises ascoltando i consigli di Minerva firmava infine la pace. O era invece che durante la lettura mi ero scolato quasi una bottiglia, fatto sta che un po' sbronzo posai l'Odissea e presi a scrivere:

Quieto mi tiempo

navego placido

non busco la vuelta

y l'agua es espejo

si el rayo truena

ya esta bajo mi pies

Redonda es la vida

pero solo quiero

pasear contigo

en el languido mar

Tu eres mi Itaca

de nada mas necesito

y veo sobre el Cristal

Olofin y Minerva

cantar para nosotros.

Traduzione:

Fermo il mio tempo

navigo placido

non cerco la rotta

e l'acqua è uno specchio

se il fulmine tuona

sto coi piedi per terra

Rotonda è la vita

però io voglio soltanto

roteare con te nel languido mare

Tu sei la mia Itaca

di niente altro ho bisogno

e vedo sopra il

Cristal Olofin e Minerva

cantare per noi.

Quella sera ero più ansioso del solito di rivedere Yesenia e dopo cena, saliti nella nostra stanza le mostrai ciò che avevo scritto.

"Davvero l'hai scritta tu?" Pareva non credermi. "Sì." "Ma allora sei un poeta?" mi disse, non capii se per prendermi in giro. "Sì, è chiaro, prima di perdere la memoria eri un poeta." Ne era sicurissima. "Come hai fatto, cioè come ti è venuta?" Non lo sapevo, era venuta fuori e basta. "Come l'hai intitolata?" "In nessun modo." "El cantico de Olofin y Minerva, ti piace?"

sì mi piace e mi piaci tu e tutto questo bene che mi dai e solo che ti amo io sono sicuro

Non mi venne lì per lì, ma era questo che avrei voluto dirle mentre tornavo a non pensare a niente, mai pago della sua bocca, delle sue carezze.

La Casa della Cultura

28 ottobre dell'anno 2003

Fu con Pinto, che abitava a circa tre chilometri dalla casa di Oscar, nel barrio di Blanquizal, il primo che si incontra provenendo da Holguin, che finalmente entrai alla Casa della Cultura in calle 24 al numero 3519. Il mio amico dottore non era sposato e non aveva figli, ma nemmeno una fidanzata, né amici al di fuori dell'ospedale e la prima volta che era venuto a farmi visita, era di sicuro stato per lo scrupolo che metteva in ogni cosa. Ma poi era tornato così spesso solo per le chiacchiere. Non so quanto avrei impiegato a scoprirlo se non me lo avesse detto Renata :"È chiaramente omosessuale." Se con quella frase avesse voluto emettere un giudizio, fare un pettegolezzo o semplicemente fornirmi un'informazione non l'avevo compreso, ma comunque non me ne curai. Men che meno mi venne alla mente che la simpatia nei miei confronti nascondesse altri interessi, come qualcuno a breve avrebbe insinuato. Le conversazioni in quei primi incontri fuori dal Lenin vertevano sempre e soltanto sull'amnesia, sul mio caso così particolare che doveva davvero avere incuriosito un po' tutti se, addirittura, era apparso un articolo sul Granma. Il dottore continuava a cercar lumi e, pur con grande difficoltà, visto la fatica di trovar posti dove fosse possibile connettersi a internet al di fuori dei grandi alberghi dell'Havana, era riuscito grazie alla complicità di un suo zio funzionario di Etecsa, la compagnia telefonica cubana, a reperire un bel po' di letteratura sull'argomento, ma a tutt'oggi, sembrava non ci fossero cure in grado di accelerare il processo di recupero della memoria in casi come il mio. Sulle prime mi aveva sottoposto a qualche test, ma ben presto si era persuaso che non producessero nessun effetto. "Sei proprio un fottuto professore."

Di solito giungeva verso metà pomeriggio trovandomi a leggere seduto in veranda e per una o due ore restava a farmi compagnia parlando di come andassero le cose in ospedale, ma anche restando a lungo in silenzio osservandosi attorno senza guardare niente. Non erano però silenzi imbarazzati, si stava zitti e basta. Ma oggi era arrivato prestissimo, non dovevano essere neppure le due, in casa solo Carlos che dormiva, mentre sulla terrazza di fronte Augustina malediceva il giorno del suo primo parto.

"Un serpe avrei dovuto metter al mondo!"

A Bebeto, di studiare proprio non andava e a lei che in cuor suo lo sperava medico o avvocato, non poteva risultare indifferente l'idiosincrasia ai numeri come alle lettere del primogenito. Con quegli urlacci cercava di spronarlo, quando non era con le cattive che provava a convincerlo ma: "Chi non ha testa ha gambe" aveva detto più di una volta Oscar, e quelle di Bebeto erano molto veloci, così che sempre gli riusciva di schivare gli schiaffi oltre allo studio. "Forse è meglio andare a farsi un giro..." Pinto annuì e mentre scendevamo per la calle sei gli chiesi se gli andasse di accompagnarmi alla Casa della Cultura, da qualche tempo avrei voluto recarmici, da quando Pablo mi aveva parlato della fornitissima biblioteca ospitata al suo interno, ma esitavo; forse era l'imponenza di quell'edificio a incutermi soggezione, o il nome che mi pareva enfatizzare le mie molte ignoranze. Quel giorno però ero deciso. Pinto disse che da un pezzo non ci metteva piede ma che quel luogo lo conosceva bene, avendo ai tempi dell'università saccheggiata la biblioteca grazie all'amico custode che gli concedeva di tenere per un tempo assai più lungo di quanto le regole stabilissero i testi di anatomia e fisiologia sui quali preparare gli esami più insidiosi. "Certo, andiamo così saluterò Jesus Angel, è un secolo che non lo vedo!"

Eravamo davanti a quello strano massiccio edificio di mattoni rossi che sorgeva al centro di un campo fiorito tutto cinto da una ringhiera azzurra, come il cancello alto almeno tre metri aperto solo per metà. Lo varcammo giungendo al portone spalancato ed entrammo in un grande salone dove un vecchio pisolava, la testa reclinata quasi a poggiare sulla scrivania dietro la quale sedeva, e su cui stava aperto un gran tomo.

"Compañero!" lo apostrofò Pinto a voce alta "studiare troppo fa male lo sai?" Il vecchio, come fulminato, sollevò il crapone e strabuzzò gli occhi.

"Madre mia chi si vede, il dottore! Lasciati abbracciare." Pinto mi presentò a Jesus Angel che si disse felice di conoscermi dopo aver tanto sentito parlare di me: non lo sapevo ma ero una celebrità in paese. "Tu sei cubano per forza, chi altri può decidere di vivere a Velasco?" Questo il sunto del suo pensiero. Dopo che con Pinto ebbero rivangato un po' i vecchi tempi, ci introdusse al primo dei tre locali dove erano ammassati moltissimi volumi, pensai stessero così alla rinfusa in attesa di essere classificati per autore o data o argomento, ma invece no. "Catalogato con metodo Galiziano." mi disse tutto serio il bibliotecario, e io non compresi se stesse scherzando mentre Pinto sghignazzava. "Adesso vi lascio, devo tornare al mio lavoro, intanto il dottore conosce questo posto meglio di me." E così dicendo si congedò. "È l'uomo più disordinato del mondo, il meno indicato a fare questo lavoro, una volta era solo il custode, ma dopo la morte di Antonio, il vecchio bibliotecario, lo hanno promosso, cioè, fa entrambe le cose." "Ma perché non è stato sostituito il bibliotecario?" "Lo hanno sostituito, o meglio, avendo promosso Jesus Angel hanno preso un altro custode, Ernesto, che poi è suo nipote, ma a quanto pare ha anche meno voglia di lavorare dello zio, che lo copre per non fargli perdere il posto."

Pinto conosceva l'edificio come le sue tasche e mi condusse nei vari locali. Entrammo in una stanza con al centro un grande tavolo rettangolare dove mi spiegò si riunivano i rappresentanti del poblado, poi in un'altra più grande e piena di sedie. "E' qui che si tengono le assemblee pubbliche nelle ricorrenze della Rivoluzione." Il secondo piano ospitava il piccolo museo dove stampe e quadri illustravano la storia di Velasco fin dal 1755. In particolare, mi colpì un dipinto che ritraeva la valle del Cristal, che la leggenda voleva meta di Olofin in cerca di tranquillità. Scendemmo quindi nei sotterranei dove era stata allestita una palestra. "Era qui che mi allenavo." Non vi era neppure un attrezzo, fatta eccezione per un cavallo solitario al centro di quel grande spazio, e sul perimetro alcune corde che arrivavano sino all'alto soffitto. "Una volta ero un ginnasta, anche bravo sai? La mia specialità era il corpo libero." disse con un punto di civetteria.

Il suo corpo ben modellato rivelava quei trascorsi sportivi ed era in generale davvero un bel ragazzo, i capelli nerissimi su un ovale aggraziato, solo la bocca disegnata appena troppo grande quando si apriva nel sorriso che metteva in rilievo i bei denti. "E poi hai smesso?" "Si, mio padre non vedeva di buon occhio la ginnastica artistica e voleva giocassi alla pelota, come tutti o quasi qui, ma a me non piaceva perché...ma lasciamo perdere." Forse c'entrava con quanto mi aveva detto Renata. Sinceramente non comprendevo come a un uomo potessero piacere altri uomini ma, se anche fosse stato, che m'importava? Non la pensavano così Oscar e Felix e a dire il vero le battute di quest'ultimo sui maricones mi erano parse davvero infelici, anche se non glielo avevo detto essendomi limitato a osservare come si trattasse solo di illazioni in fondo. "E allora perché non glielo chiedi?" "Perché non mi impiccio in ciò che non mi riguarda!" gli avevo risposto stizzito. Sembrava divertirsi un mondo a stuzzicarmi su quell'argomento. D'altro canto, Pinto non aveva mai accennato qualcosa a riguardo. "E perché dovrebbe farlo?" Aveva chiesto Yesenia concludendo che: "Quello che fa nel suo letto sono solo affari suoi." Ero d'accordo, ma non capivo perché avrebbe dovuto nascondere, nel caso, la propria omosessualità e così, candido com'ero, candidamente quel pomeriggio pensai non ci fosse nulla di male a domandarglielo e lui, credo apprezzando quella totale mancanza di malizia, decise di aprirmi il suo cuore:"Ho capito, o meglio, ho ammesso tardi di essere omosessuale, stavo quasi per entrare all'università; mia madre credo lo sapesse da sempre, forse anche da prima di me. Mio padre no e comunque non lo avrebbe mai potuto accettare, anzi, neppure ammettere. Ora non c'è più e alle volte credo sia un bene, per lui intendo." Sembrava certo che la morte avesse preservato il genitore da un dolore inaccettabile. Mi parve una follia e glielo feci osservare. "No es facil" disse per poi prendere a raccontare delle prese in giro, talvolta violente e sempre odiose degli anni della scuola, e la solitudine "La clandestinità affettiva..." che aveva finito con l'accettare come ineluttabile. "Per me è normale star solo." "Ma le donne proprio non ti piacciono?" "Non le desidero." Compresso tra il desiderio di manifestarsi per quel che il cuore gli gridava nel petto, e la sua etica di medico cubano e marxista che solo gli permetteva di lanciare muti segnali all'esterno, mortificava la carne e ancor prima la psiche che doveva esser sofferente molto più di quanto lasciasse trasparire.

"Ma hai mai avuto una relazione?" "Ho una persona all'Havana, ne sono molto innamorato e penso anche lui, ma lavora per il governo, è un pezzo grosso e non è facile." "Ma avete mai fatto l'amore?" Rise. "Quante cose vuoi sapere! Sì, ma è passato ormai molto tempo ero all'Havana per il corso post-laurea, però ci scriviamo ancora, sempre di nascosto." "E perché di nascosto?"Rise ancora. "Allora non è proprio vero che conosci tutto di Cuba." e mi spiegò come non fosse tanto il partito, che negli anni si era andato ammorbidendo a spaventarlo, ma il machismo ortodosso presente nell'isola da ben prima di Fidel "Anche se lui non è mai stato tenero coi maricones, a volte penso che questa continua ostentazione di virilità nasconda il fatto che forse froci lo sono un po' tutti, o comunque abbiano un fottuto timore di esserlo."

Gli stessi babalawo mi spiegò che, medium di Changò e Obatalà, maledicessero chiunque praticasse la sodomia. Rideva infelice Pinto e anch'io ero adesso permeato da quell'angustia e avrei voluto manifestargli vicinanza, ma non mi riusciva di pensare a nulla di intelligente da dire.

"Guarda, a me piacciono le donne, però mi va di abbracciarti..." dissi spalancando le braccia. Lui fece altrettanto e scherzò:"Non preoccuparti, non sono contagioso." Scoppiammo a ridere entrambi. "Ma non eravamo qui per trovare delle buone letture?" Dunque, iniziammo a perlustrare i testi posti sugli scaffali alla rinfusa. "Questo è il metodo Galiziano di Jesus Angel" Scoprii quel pomeriggio due autori che mi avrebbero in seguito fatto compagnia nelle lunghe giornate trascorse cavalcioni al muraglione del Malecon: Lazama Lima e Mario Benedetti. "Benedetti ti spiega il sentimento della Rivoluzione, forse Lazama Lima... ma leggili, poi mi dirai." Quando ci salutammo ero confuso. "Ulises, tutto quello che ti ho detto deve rimanere tra noi." Lo rassicurai, ma temendo di essere stato offensivo per l'aver messo in dubbio la mia discrezione, si sentì in dovere di giustificarsi: "Scusa, ma devi capire..." Ma già avevo capito, non tutto forse, ma avevo capito.

Rientrato a casa vi trovai Cubela che cianciava con Oscar, ma si limitò a un saluto senza porre domande sullo stato dei miei ricordi, soltanto curioso dei miei libri. "Buona sera hombre. Ah, bravo, vedo che leggi, posso vedere?" Gli porsi i libri presi in prestito alla Casa della Cultura, o meglio, fu lui a sfilarmeli dalle mani. "Mario Benedetti è uno dei più grandi poeti del Sudamerica, ottima scelta; su Lazama Lima avrei da ridire, ma leggilo e poi mi dirai..."

Quella sera però non mi riuscì di legger nulla, solo avevo voglia di far l'amore con Yesenia che invece si attardava guardando la novela in tv, non perdeva una puntata di quelle storie sdolcinate piene di amori contrastati senza soluzione di continuità. Quando finalmente terminò, almeno per quella sera, mi raggiunse in camera. "Tu lo hai mai fatto con un'altra donna?" domandai e lei, ridendo divertita: "Descarrado, ma come ti viene in mente?"

Il funerale di Zenaida

12 novembre dell'anno 2003

La morte cadde una sera di novembre proprio lì vicino. Zenaida era morta, la vecchia cuoca di tartarughe non avrebbe mai più cucinato. Era venuto Pablito a dirmelo e non piangeva. "Era vecchia, doveva succedere prima o poi."

Al suo funerale partecipò gran parte del barrio e la vecchia chiesa di pietra era colma di gente mentre don Gabriel consolava salmodiando quel che rimaneva della striminzita vecchietta, raccomandandone l'anima al signore. Ero passato altri pomeriggi a salutarla e certamente anche lei conosceva quel proverbio che Melquiades aveva gracchiato una mattina: "Hai un dente solo? Sorridi con quello! Hai un solo dente? Sorridi con quello!" perché proprio così faceva ogni volta accogliendomi. Avrei in ciascuna di quelle occasioni voluto porle una domanda, ma mai mi era riuscito di trovare le parole. Avrei voluto chiederle del tempo, a lei che ne aveva visto molto ma senza mai partecipare a nessuno degli eventi che, forse in una misura solo parallela alla sua, avevano attraversato Cuba. Tutte quelle cose che avevano trasformato l'isola senza apparentemente neppure sfiorarla, sempre uguale a sé stessa, del primo o del secondo Batistato non gli e ne era calato un gran che, così come della Rivoluzione. Sì, li aveva visti i manifesti che negli anni si erano fatti sempre più grandi "Patria o muerte venceremos!" e li sentiva da ormai più di quarant'anni tutti gli anni, i discorsi e le musiche il 26 luglio, ma la sua casa era sempre la stessa, le sue faccende sempre uguali e le tartarughe sempre riottose, ma poi tenere divenute stufato. Aveva vissuto tutto quel tempo progettando soltanto la giornata a venire ogni sera, e doveva essersene scordata quell'ultima volta, forse troppo stanca dopo quello che in fondo era stato un unico giorno lunghissimo, durato una vita e trascorso a spellar tartarughe. Per quella dimenticanza non si sarebbe svegliata mai più. Pablito mi aveva raccontato di averla trovata sulla sedia a dondolo, appena più chiaro il nero del suo viso sorridente, gli occhi orientali socchiusi, e che solo dopo averla toccata, visto che non gli rispondeva, si era accorto del trapasso.

Zenaida

Vieja, vieja, cuales absolutas memorias entre tus manos

son tus dedos pequeños nudos hechos para no olvidar

Zenaida que has transcurrido la vida escondida sobre de ella

como fuera un tiburón del que evitar

pero sin miedo virando veloz vislumbrado el peligro

esconderte tras la aleta en el rincón ciego

y desde allí proporcionar a las necesidades de todos: hijos, nietos, viandantes

sin nunca pedir mucho

ni a ellos ni a la vida siempre igual

como el caldo de tortuga siempre igual pero bueno

sin nunca pedir mucho, sólo lo justo

qué tú supiste no ser en fin mucho.

Traduzione:

Vecchia, vecchia, quali assolute memorie tra le tue mani

sono le tue dita piccoli nodi fatti per non dimenticare

Zenaida che hai trascorso la vita acquattata su di essa

come fosse uno squalo dal quale sfuggire

ma senza paura virando veloce intravvisto il pericolo

nasconderti dietro la pinna nell'angolo cieco

e da lì provvedere ai bisogni di tutti: figli, nipoti, viandanti

senza mai chiedere troppo

né a loro né alla vita sempre uguale

come il brodo di tartaruga sempre uguale ma buono

senza mai chiedere troppo, solo il giusto

che tu sapevi non essere poi molto

Non avevo detto nulla a Pinto dei versi che da qualche tempo scrivevo, Yesenia a parte, nessuno lo sapeva. Ma quella mattina, mentre attendevamo il feretro fuori dalla piccola chiesa, forse perché un poco mi sentivo in colpa a non condividere anche con lui, che per me più non aveva misteri, volli leggergli la poesia scritta la sera prima per Zenaida. "Sei un poeta! Un fottuto poeta oltre che professore di storia." Come al solito, l'insicurezza fece sì che pensassi mi stesse canzonando. Ma no, parlava sul serio e, tradendo la mia fiducia, la fece leggere a Pablito che la trovò bella, e avrebbe addirittura voluto la declamassi nel corso della cerimonia funebre e fu solo grazie a Don Gabriel, il vecchio parroco che si disse contrario a una lettura così poco ortodossa, che me la scampai. Terminò in breve tempo il rito, e poche parole bastarono al prete per riassumere la lunga vita di Zenaida. L'avevano voluto cristiano i nipoti, i figli della vecchina erano morti da diverso tempo, perché tutti devoti a

Cristo Salvatore. Erano giunti da Holguin insieme alle mogli e alla pletorica progenie e non sembravano affranti. Uscito dalla chiesa mi si fece incontro Cubela. "Buongiorno Ulises." Da qualche tempo, invero senza un motivo preciso o comunque senza ancora riuscire a metterlo a fuoco, mi procurava fastidio quell'uomo, pur garbato come sempre era stato; erano i prodromi della mia avversione, che in futuro tanti guai mi avrebbe procurato, verso il potere, il suo esercizio. E dopo parecchio altro tempo avrei capito anche perché tutti, chi più chi meno, cercassero di evitarne il contatto ma, nell'impossibilità e per il quieto vivere, vi si asservissero fino a farsene orecchio, col triste risultato di non potersi fidare praticamente di nessuno, essendo tutti quanti possibili delatori. "Qui è meglio farsi gli affari propri." mi aveva messo in guardia Pablito il giorno che gli avevo chiesto la ragione per cui nessuno parlasse ad alta voce di politica, solo sussurri erano infatti le parole che mi era capitato d'ascoltare su questo o quel ministro. "Buongiorno signor Fernando." Mi passò per la mente di chiedergli se avesse ricevuto qualche altra soffiata sul mio conto dall'Havana, ma era di sicuro meglio non svegliare il can che dorme e così mi limitai a contraccambiare il saluto. I nipoti di Zenaida vollero invitare anche me a pranzo nella vecchia casa ereditata da tutti loro. "Io non ho intenzione di venderla" mi aveva informato duro Pablito che sembrava una minaccia. Le donne cucinarono del pesce di rio, loro le tartarughe proprio non le sopportavano. Avevo la sensazione che avrebbero faticato a trovare un accordo sulla spartizione della povera eredità: le discussioni erano ben presto iniziate intorno a quel tavolo e certo sarebbero continuate a lungo, anche per questo, oltre al fatto di sentirmi a disagio visto che non c'entravo nulla ma sembravano, chissà perché, tutti intenzionati a farmi recitare la parte dell'arbitro, decisi, subito dopo un imbevibile caffè, di togliere il disturbo nonostante Pablo mi rimproverasse con lo sguardo, credendo forse di star perdendo un alleato.

Quando rientrai a casa erano circa le tre, Manuelito rincorreva lucertole in cortile aspettando la mamma, Carlos portava in camera la terza novia di quella settimana mentre Renata scuoteva la testa apparentemente poco fiera di quel figlio dongiovanni. Oscar, come ogni giovedì, guardava alla televisione "La mesa redonda", di cui quel giorno unico protagonista era Fidel. Mi sedetti a fianco del padrastro di Yesenia per ascoltare il Comandante parlare di G.W. Bush come di un fascista ma dicendosi convinto che negli U.S.A. non potesse instaurarsi un regime di quel tipo che invece volentieri gli yankee esportavano altrove. "Anche qui?" Domandai a Oscar senza ricevere risposta. Ma Fidel ne era certo, così come che quell'uomo dalla faccia tremendamente stupida, il presidente dei gringos, ci considerasse solo "miserabili insetti" proseguì accalorandosi. "come d'altronde tutti i cittadini che vivono nelle sessanta nazioni del mondo scelte da lui dai suoi collaboratori - e nel nostro caso dai suoi amici di Miami - e dovremo mai abbassare la guardia o retrocedere di un metro, sempre pronto il fucile a difesa della Rivoluzione, visto che stanno pensando di sottoporci, come già hanno fatto con l'Afghanistan, a bombardamenti preventivi! Bombardare noi, popolo eroico ora accusato di delitti che invece dal 1959 sono gli stessi Stati Uniti, direttamente o per mano dei vermi traditori di Miami, a compiere contro Cuba, contro la Revolucion! Bombardare noi cubani che, viceversa e nonostante tutto quello che il bloqueo ci ha fatto, siamo stati tra i primi a solidarizzare con il popolo americano, sinceramente, così come sempre siamo quando manifestiamo i nostri sentimenti, senza ipocrisie. Ma oggi ci chiediamo chi sia stato in realtà favorito dall'attacco dell'undici settembre, coloro che il presidente Eisenhower denominò complesso militare industriale, coloro che avevano bisogno di un fatto che incrementasse la loro autorità messa in dubbio dalla frode elettorale, la mafia terrorista di Miami, coloro che vogliono distruggere l'Organizzazione delle Nazioni Unite, coloro che concepiscono politiche egemoniche dominanti e che vogliono plasmare il mondo a loro voglia e piacimento! Tutti questi ne avevano tratto giovamento."

Lo ricordavo l'undici settembre, ma non come ricordavo l'assalto al palazzo di Battista, era un ricordo vivido, lo avevo vissuto quel momento non soltanto letto su qualche libro; ah, se solo mi fossi ricordato dove! Perché lo sentivo vicino, vedevo una traccia, confusa però. Dov'ero solo quattro giorni prima che mi ritrovassero sulla strada per Velasco? E cosa stavo facendo? Non lo sapevo e, come la vecchia Zenaida, con gli eventi della storia probabilmente non avevo a che fare. Ma allora che importanza avevano le parole del Comandante per la mia vita? Parole che proprio ora Fidel scagliava convinto:

"Sono stati Bush e gli ebrei a organizzare tutto quanto." Fidel non sembrava davvero avere dubbi.

E nemmeno Oscar che rincarò la dose dicendosi pronto a combattere e chiedendomi se anche io lo fossi. Non volendo deluderlo risposi che sì, certamente non avrei esitato a sparare ai gringos, anche se in cuor mio nutrivo qualche dubbio che avrei potuto dar loro filo da torcere se avessero preso a bombardarci per smantellare i nostri presunti arsenali. Più tardi, già a letto, ne parlai a Yesenia che a dire il vero non mi mostrò molta attenzione limitandosi a commentare: "Papito non è importante se il gatto che mangia il topo è bianco o nero."

Qualunque cosa avesse voluto significare smisi di crucciarmi e mi dedicai solo a lei nel tentativo di migliorare un po' il mondo. Anche Fidel a quell'ora doveva aver finito di parlare.

Fiesta! ·

16 dicembre dell'anno 2003

Non era stato Cubela a portare la missiva ma il capitano Sallusti della Seguridad, un uomo spaventoso e pallido come mai nessuno avevo visto, neanche in ospedale. Carlos, una sera di ritorno dal bowling, me lo aveva indicato fuori dal posto di polizia, intento a rimproverare un subordinato.

"Arriva sempre facendosi precedere dagli avvoltoi."

Aveva fama di menagramo, sinistro com'era, e se avessi alzato lo sguardo, sicuro l'avrei trovato l'aura sopra casa di Oscar, qualche minuto prima che il capitano s'annunciasse. Per fortuna l'incontro fu breve, Renata lo salutò appena, Oscar si chiuse in cucina per non vederlo nemmeno un secondo.

"Ma con che nome devo firmare?"

"Non importa, è solo una formalità." rispose muovendo il ghigno sul teschio, e così feci uno scarabocchio sul registro che le mani scheletriche del poliziotto mi avevano porto. Mi consegnò una lettera ma non la aprii immediatamente, nonostante il desiderio di conoscerne il contenuto stesse per farmi scoppiare, e ciò parve disturbarlo, anche se il vampiro, perché di questo doveva trattarsi, era di certo già informato su quanto quella busta, che notavo recare la dicitura del ministero dell'Interior, racchiudesse.

"È tutto?" E quello, sarcastico mentre si voltava verso l'uscita: "E così mio caro hombre del misterio, la pacchia sta per finire..." In quel momento provai un moto d'animo sino ad allora sconosciuto: rabbia e repulsa, voglia di colpirlo, fargli male. Felix che nel patio, seminascosto dalle siepi, aveva ascoltato la scarna conversazione e letto nel mio sguardo quelle intenzioni, quasi saltò incontro a Sallusti:

"Hola capitano, non l'avevo vista, come sta?" "Bene grazie" rispose asciutto lo sbirro girando i tacchi senza aggiungere altro. Il ministero dell'Interior nella persona del segretario del ministro Pablo Armando, mi convocava il giorno 15 gennaio all'Havana presso i loro uffici per verificare il mio stato e dare il la alle pratiche conseguenti. Con quel linguaggio fumoso mi stavano dicendo, proprio come aveva vaticinato Sallusti, che la pacchia era terminata. Ne ero certo, anche se Oscar cercò di dissipare i miei timori: "Stai tranquillo, vedrai che con i buoni uffici di Cubela farai presto ritorno."

Quella sera anche Yesenia era nervosa e non ci andò di fare l'amore; la notte trascorse senza che riuscissi a chiuder occhio, se non per qualche attimo in cui sognai di nuovo la creola che questa volta però mostrava il suo bellissimo viso. Era vestita in modo strano, da uomo forse e mi parlava ma in una lingua che non comprendevo o forse era una musica percussiva a coprire le sue parole. Più tardi, nella veglia, decisi che non avrei permesso all'apprensione per quel che mi riservava il futuro imminente e oscuro - non meno del mio passato del resto - di guastare i giorni che mi separavano dalla partenza. Non aveva senso preoccuparsi per qualcosa sulla quale non avevo alcun controllo. Presto sarebbe arrivato Natale, poi Capodanno e già stasera la festa per il compleanno di quell'amica di Yesenia, alla quale comunicai appena sveglia le mie intenzioni: "Voglio festeggiare e ballare tutto il mese!" Mi guardò strabuzzando gli occhi probabilmente pensando fossi impazzito. Non si negò però quando la costrinsi a togliersi la divisa già indossata, per consumare in fretta - il lavoro l'aspettava - un po' d'amore.

Yesenia e Yuliet sin da bambine erano state migliori amiche finché Yuliet, appena sedicenne, era scappata all"Havana o a Varadero. Erano i primi anni Novanta, il momento peggiore della storia recente, il tempo in cui i turisti presero a venire a Cuba attratti dalle spiagge e dalla storia ma soprattutto dalla fama delle cubane che in Europa come in Canada e in Mexico, era di essere belle, libere e generose sessualmente, oltre che povere e quindi a buon prezzo. Me lo aveva raccontato Pinto e anche da quello dipendeva il suo malanimo verso gli stranieri. "Sono tutti dei porci." Su questo il giovane medico non nutriva alcun dubbio. Anni dopo Yuliet aveva invitato la vecchia amica nella capitale ma successse qualcosa che incrinò il loro rapporto, Yesenia non mi svelò di che si fosse trattato, denaro? Un uomo? E io, pur curioso, non glielo avevo domandato. Quella sera Yuliet avrebbe festeggiato il suo ventiseiesimo compleanno, un evento per l'intero paese, e non soltanto perché vi faceva ritorno dopo più di otto anni. Da giorni, infatti, non si parlava che della festa e dei fuochi artificiali che l'avrebbero resa indimenticabile. Non aveva badato a spese; d'altro canto, a Vincent, il canadese di origini italiane che aveva sposato l'anno prima, i soldi non mancavano. "È tanto ricco quanto brutto mi ha detto sua sorella." Si lasciò sfuggire malgrado non fosse solita lasciarsi andare al pettegolezzo. "Grasso e alcolizzato" l'arricchì di dettagli.

Ora potevo vederli i quattro ragazzi che, giunti appositamente da Holguin, stavano terminando l'allestimento dello spettacolo pirotecnico tutt'intorno alla nuova grande casa. Yuliet l'aveva fatta costruire, non lontano da quella di Oscar, per il padre Sergei, il quale inizialmente non aveva condiviso le scelte della figlia avventuriera ma, a quanto pareva, si era nel tempo fatto persuadere dal benessere che assicurava all'intera famiglia, composta da non saprei dire quanti tra fratelli e sorelle, se non che non bastassero le dita di due mani per contarli. Subito dopo le nozze festeggiate in spiaggia a Tararà, dove Vincent viveva in un residence sul mare, erano partiti per Vancouver, ma in Canada lei c'era rimasta solo pochi mesi, non sopportandone il freddo e tantomeno la monotonia. Era letteralmente fuggita dopo una lite col marito che però, pur di non perderla, aveva accettato di viverle lontano sei mesi l'anno, quelli durante i quali non gli era davvero possibile trascurare i suoi ristoranti in patria. Forse anche conscio che i trent'anni in più non l'aiutassero a contenere l'esuberanza della giovane moglie, imparò a stemperare la gelosia, finendo col tollerare bizze e scappatelle. Beveva e sopportava.

"Una vera fortuna aver incontrato un tipo così comprensivo." Avevo commentato ma Yesenia subito mi corresse: "No, non è fortuna, è che lei è abilissima a manipolare gli uomini, e forse anche le donne." Fortuna o tremendo talento che fosse, le era andata assai meglio di quanto capitasse, a dire di Pinto, a quasi tutte quelle che, trovando uno sposo straniero e quindi un po' di materiale benessere, erano costrette a trasferirsi negli impossibili sobborghi di Monaco o di Stoccarda, nelle campagne nebbiose del nord Italia, per non dire del Canada. "Quelle con miglior ventura fanno perdere la testa a uno spagnolo: Valencia, Madrid o Barcellona sono belle città, il clima non è impossibile e la lingua è quasi identica ma gli spagnoli sono tutti dei caimani." sentenziava il mio amico dottore. Insomma, sempre un prezzo da pagare c'era a sentir lui. "Sì, gli spagnoli sono i peggiori." confermò Yesenia ponendo fine a quei discorsi.

Yuliet non voleva che la sua rentrée passasse inosservata. Era arrivata il giorno prima col marito guidando una vettura sportiva. "E' una Audi TT farà i trecento all'ora e la renta non può costare meno di cento dollari al giorno." mi aveva informato Carlos che di motori se ne intendeva. Arrivare in questo paese di povera gente a bordo di quel bolide mi sembrò cosa tremendamente arrogante e stupida e ritenni che anche i contadini che passavano la vita a indurirsi i calli per non più di quanto fosse a malapena sufficiente per sopravvivere, l'avrebbero pensata così, ma mi sbagliavo a giudicare dalla processione verso la sua casa. Andavano contenti verso le tavole imbandite. Bastavano loro i maialini arrosto che da ore Guillermo, l'autista della guagua cugino di Yuliet, rigirava sullo spiedo, e le casse di birra. E poi ci sarebbe stato anche il concerto di un imitatore di Polo Montanez, e non fosse che l'originale era mancato l'anno prima, forse Yuliet, o meglio i soldi del marito, avrebbero convinto anche il guajro natural in persona a deliziare con la sua musica romantica questo paesone in cima a un monte. Cosa ne avrebbe pensato il Che mi stavo chiedendo mentre Yesenia ancora si attardava continuando a cercare un vestito degno della festa, maledicendo la miseria e Fidel Castro, mentre Renata cercava di calmarla. "Non farti sentire da Oscar, sai come la pensa..."

Per la prima volta mandò al diavolo anche me che solo le dicevo quanto fosse bella comunque. Ma se ci rimasi male non fu per quelle parole dette in un attimo di stizza, ma per quanto mi fecero sentire inutile. Alla fine, si decise. "Tanto quella è di sicuro venuta qui con i suoi dollari per umiliarci, non c'è abito che tenga. Disculpa mio amor." Avrei voluto comprarglielo io un abito, e un anello magari! Non potevo continuare a farmi mantenere, iniziavo a pensare che forse fosse un bene andare all'Havana.

almeno qualcosa succederà

Uscimmo da casa che erano passate le nove, Renata, Carlos, Felix e Augustina erano già tutti alla festa, mentre Oscar avrebbe fatto la guardia a Manuelito stranamente addormentatosi prestissimo, lasciando pregustare al vecchio la quiete che per una sera avrebbe ritrovato simile a quella di quando scapolo fabbricava nel silenzio i suoi sigari. Arrivati trovammo Yuliet all'ingresso della grande casa dove stava accogliendo gli ospiti a uno a uno; vicino a lei quello che compresi subito essere il marito, un uomo tozzo più che grasso, fortemente stempiato e con i pochi capelli tinti di un nero rossastro, così come i baffetti curati sotto il naso da pugile. "Mamita che linda!" Sembrava sinceramente emozionata nel rivedere la sua vecchia amica e si abbracciarono e si baciarono saltando come dovevano aver fatto tante volte da bambine. Yesenia parve sciogliere in quella gioiosa commozione i brutti pensieri che l'avevano accompagnata fin là. "Questo è mio marito Vincent, e lui..." chiese indicandomi curiosa " è lo smemorato?" "Sì, ma non chiamarlo così, te ne prego, si chiama Ulises." "Encantada." fece porgendomi la piccola mano. "Mucho gusto." risposi divertito avendo notato come su ognuna delle unghie portasse dipinta una minuscola bandiera degli Stati Uniti.

Era piccola Yuliet, più o meno un metro e sessanta, ma il fisico armonioso, gli occhi orientali e furbi, le labbra carnose su quel profilo indio, le conferivano indubbia sensualità.

"Ma che bell'abito..." si complimentò Yesenia "Ti piace? È di Cavalli." le rispose Yuliet senza che io ne comprendessi il senso, *cavalli?*

Osservandole non potei fare a meno di notare che, anche senza abiti costosi, sembrasse Yesenia una principessa e come il semplice pareo che indossava, riempito dalle sue forme armoniose, prendesse l'aspetto di una veste preziosa. E i capelli vaporosi e neri, il nasino e i denti bianchi, le labbra perfette, forse solo troppo rosse stasera pittate per l'occasione col rossetto di mamma Renata e gli occhi, blu di norma, ma che nella sera stellata erano ora turchesi. Una bellezza da perdere la testa, che uomo fortunato mi sentivo! Ben presto le due amiche sparirono, credo per andare a confessarsi i segreti di tutti quegli anni, e io rimasi in compagnia di Vincent che, evidentemente già ebbro, mi parlava in un incomprensibile franco-spagnolo dei suoi ristoranti. In poco meno di mezzora si scolò almeno tre birre e non so quanta vodka. "No me gusta el ron." fu praticamente tutto quel che mi riuscì di capire. "Necesito toilette." mi disse a un certo punto per poi scomparire con mio grande sollievo.

Seduto a tavola riempivo gli occhi, prima ancora della pancia, con il congrì, l'insalata di pasta e il cocktail di aragosta e camarones. La birra scorreva in quantità, come il rum, mentre il pesce ancora andava grigliandosi e i maialini s'avvitavano sul fuoco come le coppie nel cortile sotto il palco dal quale l'imitatore di Montanez gorgheggiava le sue romanticherie. Danzavano tutti, giovani e vecchi, disturbati, ma senza darsene gran pena, da almeno trenta bambini che correvano nella pista improvvisata sull'aia. Qualche ragazzino appena più grande sbuffava, mal sopportando le languide note del cantante che stava però ormai salutando, lasciando spazio a un dj che non si fece pregare per scatenare i giovani al ritmo del reggaeton più sfrenato, diffuso a un volume altissimo; "Questa è musica antisociale." si lamentò Renata, ma i ragazzi sembravano impazziti e le ragazze, anche le più giovani, ancheggiavano esprimendo primizie di una selvaggia sensualità. Stavo bevendo troppo e non mi sentivo a mio agio. Tutti mangiavano a quattro ganasce e guardando i campesinos voraci mi tornò alla mente una frase di Pinto: "È vero che a Cuba nessuno muore di fame, tutti però hanno un gran appetito..." Nessuno, apparentemente, sembrava far caso alla mia presenza, tuttavia mi sentivo scrutato. Al paese ero sceso di rado e sempre nell'ora dedicata alla siesta, alla Casa della Cultura, oltre a Jesus Angel non c'era mai nessuno. Ero stato anche al bowling due o tre volte con Carlos, ma lì era stato invece il caos a nascondermi dagli sguardi indiscreti e al funerale di Zenaida ero forse troppo compreso nel cordoglio per notare occhiate indagatrici. Non c'erano dubbi che tutti avessero sentito parlare di me, ma quella era la prima volta che mi vedevano e avevo la precisa sensazione non volessero perdersi l'occasione per sbirciarmi. O forse erano le paranoie di un ubriaco. Ora il dj era passato alla salsa e stavo seduto tenendo il ritmo delle clave e i tempi alti di quella musica cercando di non far caso ad altro quando mi si avvicinò Guillermo che, odoroso di unto e brace, insistette nel rendermi edotto sulle modalità preparazione del maiale arrosto, non trovando nulla da obiettargli, avrebbe potuto parlare per chissà quanto tempo ma per fortuna sopraggiunse Yesenia: "Vieni, balliamo". Guillerme non eccepì e mi feci così trasportare dalla musica, mettendo finalmente a frutto le lezioni quasi quotidiane della mia infermiera.

ah mi vedesse Pablito

Ballavo e giravo, ballavo e giravo che mi girava anche la testa adesso e nella testa mi girò che all'Havana non ci volevo andare, contraddicendo i pensieri di solo qualche ora prima.

perché devo partire se qui sto così bene?

Non mi sembrava d'aver mai fatto altro nella vita oltre a danzare quando incontrai gli occhi di Yuliet che mi stava fissando con quel suo sguardo carnale, ma girai ancora seguendo le note e la vidi mentre si spostava all'ingresso dove ora stava facendo cerimonie a un tizio grande e grosso, biondo con boccoli volgari su una testa troppo grande e un collo taurino su cui posavano spiccando, catene d'oro pesantissime. Chissà dov'era finito quell'ubriacone di Vincent.

probabilmente si è addormentato nel bagno

"Quello è Barbaro." mi informò Yesenia alla quale non era sfuggito dove fosse finita la mia attenzione, "Un tipaccio." "Cioè?" La invitai a chiarirmi il concetto e lei non si fece pregare, raccontandomi una storia tanto assurda che si faticherebbe a immaginarla. Barbaro faceva il pescatore dalle parti di Guardalavaca sin da bambino, così come suo padre e prima ancora suo nonno, finché un giorno non gli era capitata nella rete della droga, ma tanta, davvero tanta. Era la cocaina che i colombiani scaricavano in mare e che i narcos di Miami recuperavano con i loro potenti fuoribordo. Ben presto Barbaro scoprì che con quella roba avrebbe potuto fare una fortuna, perché una volta tagliata, il quantitativo si sarebbe per lo meno quintuplicato. Non solo: una volta compreso studiando le correnti, come di quegli incontri avrebbe potuto farne altri, aveva messo su una piccola flotta di pescatori amici suoi che inviava ogni sera a sorvegliare il mare in cerca d'altra polvere. In breve tempo era divenuto uno dei più grossi fornitori di coca delle discoteche frequentate dai turisti, prima a Holguin, poi all'Havana e a Varadero. "Perché i turisti si drogano?" domandai a Yesenia che rise forte di tanta ingenuità. E Barbaro si diceva fosse ricercato. "Ma se arriva Sallusti?" "Ahi Madre! Non devi mai nominarlo quel menagramo, te l'ho già detto di non nominarlo!" quasi urlò fingendosi alterata, per poi ridere ancora e baciarmi, tanto che adesso ero sicuro di aver addosso gli occhi di tutti." Ma ora sediamoci che tra un po' arriva la torta." Ma la torta non arrivò e nell'attesa tracannai una quantità d'alcol da tener testa a Pedro e Luis, i più forti bevitori del barrio, rimpinzandomi di marquitas, per non dire delle patate al forno col morro criollo a contornare il maialino. Satollo, non mi riuscì di dir di no a Guillermo che volle farmi assaggiare altro maiale che lui stesso aveva magistralmente affettato e disposto su quel piatto che, vista la famelicità con la quale gli ospiti vi si erano avventati, aveva ben presto rivelato la decorazione dipinta sul fondo: Oshun, bella e nera, la più bella tra le belle. Ormai completamente ubriaco ero certo di aver riconosciuto nell'immagine dell'Orisha dell'amore, la donna che ricorreva nei miei sogni: aveva i medesimi occhi e le stesse sue labbra dal sorriso rapitore. Ma poi là intorno tutto prese a girare e corsi via cercando un posto riparato dove poter vomitare senza essere visto. Dietro la casa diedi di stomaco che mi sembrò di soffocare. Yesenia arrivò di lì a poco. "Ecco dov'eri finito! Ti avevo detto di non mischiare! Rum, birra, aguardiente...era il minimo che ti potesse capitare." Non era arrabbiata, materna invece ma la pregai lo stesso di lasciarmi solo perché mi sembrava che in due mancasse l'aria. O la verità era che mi vergognavo come un ladro ora che la testa stava smettendo di girare. "Come vuoi, vado a salutare Yuliet, non ti muovere da qui eh, fai il bravo." Sì, mi trattava come si tratta un bambino. O un ubriaco.

Mi sdraiai, il cielo un tutt'uno col resto del paesaggio e solo qualche rara luce ancora accesa permetteva di distinguere il profilo delle povere costruzioni del barrio. Le stelle brillavano in un cielo nerissimo che stingeva qua e là in macchie blu. Sul retro della grande casa tutte le luci erano spente, poi una si illuminò e vidi Yuliet in compagnia di Barbaro, ritrovandomi così guardone mio malgrado. Erano in una stanza da letto e l'omone biondo stava staccando lo specchio appeso alla parete sopra il comò posizionandolo sul grande giaciglio, quindi, dopo aver estratto un sacchettino dalla tasca della camicia a fiori - che gli conferiva l'aria di un cespuglio fiorito – ve ne rovesciò il contenuto: polvere bianca. Li vedevo mentre si chinavano ad annusarla per mezzo di una cannuccia color oro. Ripeterono quei gesti una, due, tre volte, quindi Yuliet si inginocchiò e Barbaro esclamò qualcosa, ritraendosi, ma lei che sorrideva maliziosa insisteva e quello cedette, calandosi i calzoni senza più far obiezioni adesso che la festeggiata gli baciava il pene per poi farselo completamente scomparire in bocca. Subito mi venne da ridere, per la situazione ma anche della mia eccitazione tramutatasi all'istante in erezione. Barbaro invece sembrava aver problemi in quel senso: il suo pene, nonostante Yuliet non lesinasse l'impegno, restava floscio. Mi colse a quel punto l'imbarazzo e decisi di alzarmi spostandomi, piano per non correre il rischio di essere scoperto, verso la festa che non voleva terminare. "Stavo per venirti a prendere, Yuliet è sparita, lei fa sempre così. Se vuole salutare sa dove trovarci, adesso andiamo." Senza dirle niente di quel che avevo visto, la seguii. Che strana serata e che sensazione mi aveva lasciato Yuliet, e quanto avevo bevuto. "Vedrai domani che mal di testa." mi stava rimbrottando. "Ha un sacco di soldi ma non mi sembra felice." "Chi, Yuliet? Sì, ma se non ne avesse lo sarebbe di sicuro molto meno." concluse Yesenia mentre i fuochi d'artificio prendevano a brillare nella notte, ma non ci fermammo a guardarli, perché lei aveva fretta di rincasare, certa che Manuelito fosse sveglio e l'aspettasse.

Un salvataggio.

31 dicembre dell'anno 2003

Avevo zappato l'orto piantando semilla di melanzana e dopo pranzo pisolavo sul dondolo in cortile. Yesenia non avrebbe dovuto essere in servizio, ma era stata chiamata in ospedale per sostituire una collega malata e non sarebbe tornata che verso le sette. Oscar si era ritirato in stanza per il consueto riposo pomeridiano mentre Renata spignattava preparando la cena di festa, rifiutando come sempre ogni aiuto, il mio ma anche quello di Augustina che non considerava granché come cuoca. "Porto i bambini al rio" aveva detto allora la moglie di Felix uscendo con Mirela e Manuelito che inseguivano piccole farfalle inafferrabili. Per un attimo pensai di unirmi a loro, Manuelito finalmente sembrava avermi accettato, tanto che il giorno di Natale mi aveva regalato un disegno raffigurante io, lui e Yesenia, proprio come una famiglia. Dopo quel pranzo tutti si erano scambiati piccoli presenti e nessuno scordandosi di me: Carlos donandomi un libro di poesie di Pablo Neruda, Renata una camicia, Felix e Augustina la bottiglia di un rum buonissimo, Oscar un vecchio orologio, una cipolla. "Apparteneva al mio amico Melquiades e diceva avesse visto tutte le ore del mondo." Yesenia aveva invece atteso la sera, una volta rimasti soli, per porgermi un rosario. "Tienilo sempre con te, è benedetto, ti porterà fortuna." In difetto, senza soldi e nemmeno un pensiero, in colpevole imbarazzo passai quei momenti non trovando parole, ma nessuno parve farci caso. Mancavano poche ore alla fine di quell'anno e se alla fine decisi di non andare al fiume fu soprattutto perché volevo far loro dono della poesia che, dalla mattina, parola dopo parola, mi era andata costruendosi in testa e aspettava ora solo d'essere scritta.

Mi familia

Que mas necesito?

Caído sobre el algodón refinado no reboto

Me acomodo en cambio y no existe otro lugar donde quisiera ir.

el fervor bondadoso del destino

Me ha hecho abrir los ojos sobre la luz de este nuevo cielo

donde vagare solo e incierto como una golondrina desorientada

no me habría su bandada tomado de la deriva.

Que mas necesito?

Tengo agua y pan todos los días

y tiempo en un futuro para encontrar nuevos recuerdos

y estas manos que pueden apretujar y tocar

pero que no bastaran para recompensar

ya que es valor sin precio una familia.

Traduzione:

Mia famiglia

Di che altro ho bisogno?

Caduto nell'ovatta raffinata non rimbalzo

mi adagio invece e non vi è altro luogo dove vorrei andare

Lo zelo bonario del destino

mi ha fatto aprire gli occhi sulla luce di questo nuovo cielo

dove vagherei solo e incerto come una rondine sperduta

non mi avesse il vostro stormo sottratto alla deriva

Di che altro ho bisogno?

Ho acqua e pane tutti i giorni

e tempo nel futuro per trovar nuovi ricordi

e queste mani che possono stringere e toccare

ma che so non basteranno a sdebitarmi

poiché è valore senza prezzo una famiglia.

L'avrei letta loro quella sera prima di mezzanotte, durante la cena, l'ultima di quell'anno in cui ero rinato; era poco ma nient'altro potevo permettermi. Loro erano la mia famiglia, specie ora che con Manuelito stavo facendo passi da gigante, dopo i primi tempi in cui sempre mi guardava sospettoso, senza quasi mai rivolgermi la parola. Mi era capitato di discutere con Yesenia in quei mesi, quando lo aveva rimbrottato invitandolo ad essere un po' meno scorbutico col sottoscritto, perché non volevo lo forzasse, lo comprendevo: lui un padre già ce l'aveva e non si era rassegnato del tutto al fatto di averlo perso il giorno in cui   -aveva solo tre anni- il genitore era partito, scappato per l'Europa senza più dar notizie. Pazienza ci voleva e tempo, ma ne avrei avuto?

"Sta per cambiare il cielo, viene a piovere." Oscar terminata la siesta stava fumando uno dei suoi puros vaticinando sul tempo, come suo solito senza mai sbagliare. Nel cielo si muovevano veloci, allargandosi sino ad oscurare il sole in pochi attimi, gravi nuvole nere, rendendo ora la volta un pesante soffitto dal quale si scrostavano le prime gocce. Un lampo cadde lì vicino e il tuono assordò tutti quanti. In un attimo si aprirono le cataratte e lo scroscio si fece trambusto mentre in lontananza s'indovinava l'aria turbinante, ora che l'acqua cadeva di sbieco sospinta dall'impeto del vento.

"Augustina è andata al rio coi bambini, speriamo sia riuscita a venir via." Sentivo Melquiades fischiettare un bolero drammatico mentre la pioggia rendeva il cortile uno stagno. "Vado a cercarli." comunicai a Oscar che di rimando mi chiese: "Sai la strada?" senza attendere risposta, avendo già deciso di venire con me. C'ero stato qualche volta con Yesenia ma non ero sicuro di conoscere la via più breve quella che, indossata la mantella di caucciù, Oscar intraprese senza difficoltà. "Passando dal bosco non ci vogliono che dieci minuti." Era un sentiero invisibile a occhi inesperti ma di cui il vecchio aveva ben cognizione, avendolo percorso sin da bambino. Trovammo Augustina e i bambini zuppi ma sani e salvi sotto la tettoia della casupola di legno, disabitata in quei giorni essendo Pedro, il vecchio proprietario, ad Holguin ospite per quelle feste della figlia. Ci unimmo loro e aspettavamo che cessasse il diluvio, quando una donna correndo e urlando sbucò d'improvviso dalla selva: "Mia figlia! Mia figlia! È sull'altra riva e il rio sta ingrossando." Il piccolo Oscar non esitò e fece segno alla donna di guidarci là dove era il pericolo, e anch'io li seguii, dopo aver raccomandato ad Augustina di non muoversi di là. Il rio era normalmente un rigagnolo d'acqua e le due sponde un unico pezzo di terra dove incolte crescevano piante inutili, ma un poco più a valle, alimentato da sorgenti sotterranee si apriva un laghetto, anzi due, visto che un lieve dislivello dava vita a una cascatella che ne formava un secondo. Tutta l'acqua piovuta in così breve tempo aveva però trasformato il torrente in secca in un fiume veemente. "Dianesy stava giocando ed è iniziato a piovere, in un attimo la corrente ci ha separati."

Quando arrivammo Dianesy, una ragazzina di dodici anni ma che ne dimostrava anche meno, la figlia di quella donna che solo più tardi avrei scoperto essere la sorella di Sallusti, stava abbracciata a un grosso arbusto sulla riva ormai quasi inesistente a far da argine sottile al corso del fiume.

"Madre mia!" esclamò Oscar mentre la donna piangeva. "Resistiancora un attimo che arrivo." le urlai. Sentivo la forza della piena e sassi a colpirmi le gambe completamente immerse, che faticarono a percorrere il pur breve cammino, dovendo per giunta schivare i rami schiantati dal temporale e trasportati veloci da tutta quella furia. Ma alla fine ce la feci, la piccola staccò la presa e si posò sulle mie spalle. "Tieniti forte." Traversai a ritroso la corrente il più velocemente possibile, riuscendo a mantenermi in equilibrio e portando così in salvo lei e la mia carcassa. Dianesy riabbracciò la madre che non smetteva di ringraziarmi. "Pregherò per te, pregherò per te." "Di niente, di niente." "Oggi ti sei guadagnato la pagnotta." si complimentò a suo modo Oscar e fui felice perché mi parve di scorgere ammirazione nello sguardo di Manuel che, sulla strada del ritorno, per la prima volta mi prese per mano. La pioggia era cessata e il sole si riproponeva nuovamente caldo quando, giunti a casa, Renata ci abbracciò tutti quanti. "Vai a cambiarti sei fradicio Ulises!"

Mi ero sdraiato sul letto aspettando Yesenia, quando: "Ehilà, eroico compañero, ci sono degli amici che ti portano gli auguri." Erano Carlos con Pinto e Pablito che già doveva aver iniziato a festeggiare, perché sentii il rum nel suo alito mentre mi abbracciava e stringendomi forte cantando sguaiato accennò un passo di salsa per poi inciampare, cadere e subito dopo ridere senza ritegno, gioioso. "Auguri amico mio." Disse anche Pinto e pure lui doveva aver aver bevuto "Ma no che dici? Lo sai che sono astemio!" negò per poi intonare una vecchia marcetta di Josè Marti, imitato anche da Carlos e Oscar che richiamato dal clamore era nel mentre sopraggiunto. Scendemmo in cucina e iniziammo a brindare, presto scacciati da Renata che stava apparecchiando, mettendo in tavola le posate d'argento appartenute alla madre nonché unico suo lascito, ma per nulla scoraggiati proseguimmo in cortile. Mancavano sei ore all'anno nuovo, ma il veglione poteva dirsi cominciato quando si materializzò Sallusti. "Auguri a tutti." disse svelto come a voler sbrigare una fastidiosa formalità e poi, rivolgendosi a me: "Ti devo parlare un momento." Di colpo anche le rane, che come normalmente a quell'ora avevano preso a gracchiare, si ammutolirono. "Capitano, gradisce una birra?" gli domandò Felix.

"No, grazie, sono qui in veste ufficiale" poi, ancora rivolto a me: "Devo prendere accordi riguardo la tua partenza." "Sì, mi dica, ma mancano ancora due settimane. "Chi ha tempo non lo aspetti." Ricapitolò per sommi capi di quanto già ero stato informato dalla missiva del ministero: il giorno e l'ora in cui avrei dovuto prendere la corriera per L'Havana. "Ti scorterò sino a Holguin." Gli feci presente che avrei preferito andare con Carlos e Yesenia. "Mi porterebbe lui con la moto." "Non se ne parla, io ho ricevuto ordini precisi, vieni al posto di polizia alle sei, da lì ci muoveremo con una nostra macchina." "Ma Yesenia potrà venire con noi?" "No." "Ma capitano..." "Basta così, questi sono gli ordini!"

Il profilo aquilino, gli occhi grigi e vicinissimi, il cranio dalla nuca pronunciata, le labbra inesistenti sempre tese in un ghigno involontario, la scheletrica magrezza e quelle mani dalle lunghe dita, tutto in lui contribuiva a conferirgli un'aria maligna. "Ora tolgo il disturbo." e si avviò deciso verso l'uscita mentre io lo fissavo domandandomi quale fosse la ragione per cui ce l'avesse così tanto con me, poi d'un tratto si voltò: "Ah! Quasi dimenticavo di ringraziarti per oggi... Dianesy è la figlia di mia sorella. Ma questo, sia ben chiaro, non cambia nulla." quindi avanzò verso il cancello e se ne uscì.

non cambia nulla cosa? e perché non posso andare con Carlos e Yesenia? ordini? che senso hanno? pensano forse che voglia svignarmela? e dove? e perché quel giorno e non prima? ma forse mi stanno sorvegliando, sì, mi avranno spiato per tutto questo tempo!

Questo si agitava nel mio cervello e lo sguardo doveva tradirlo tanto che Pinto cercò di tranquillizzarmi. "Lascialo perdere quello, è lo sbirro più sbirro che ci sia. Però a suo modo è onesto." "A me sembra un aguzzino..." "Be', certo l'aspetto non l'aiuta, però ti posso assicurare che è più ottuso che cattivo, altrimenti da un pezzo non sarebbe più qui." "Cosa intendi?" "Ha chiesto da anni di essere trasferito all'Havana, ma nonostante il suo impeccabile stato di servizio, non glielo hanno mai concesso e sai perché? È un rompicoglioni, uno tutto di un pezzo, così ligio al dovere dall'essere ottuso, per lui una cosa o è bianca o è nera. Uno così ce lo vedi all'Havana dove intrallazzano tutti?"   "Sì, lui esegue ordini ma che senso hanno quegli ordini non capisco..." Pablito che sino a quel momento aveva ascoltato in silenzio scrollò il ricciuto capoccione. "È la burocrazia di questo paese assurdo, non devi cercare una logica." Continuavo a non capire ma entrò Yesenia balzandomi al collo. "Mio eroe!" Era già informata dell'episodio pomeridiano - come correvano veloci le notizie in quel paese! - e prendendomi in giro ripeteva "Mio eroe!" ricoprendomi con mille bacini.

"Dai, andiamo a cambiarci per la festa."

Bevvi molto quella sera e ballai e feci l'amore e non pensai più a Sallusti e alla sua aurea mortifera. Però mancava sempre meno alla partenza.

Il padrino

13 gennaio dell'anno 2004

Solo una manciata di ore mi separava dalla partenza e non saprei dire se fossi più confuso o spaventato. Il proposito di vivere con leggiadria il tempo che mancava alla partenza per L'Havana, da giorni si era infranto al pensiero di quel viaggio che avvertivo come discriminante per un avvenire di cui tutto ignoravo, e senza neppure essere in grado di formulare ipotesi plausibili, non conoscendo ciò che le autorità avevano in mente, sempre che qualcosa avessero in mente. Dal giorno dopo l'ultimo dell'anno le più torve congetture s'agitavano nella mia testa già dolente per il troppo alcol ingerito, e anche una volta smaltiti i postumi della sbornia, non diradavano, insinuando anzi la loro metafisica, allargandosi sino a colmare ogni spazio in quei rimasugli di presente, facendomi percepire già come ricordi i giorni sgombri di responsabilità, e Yesenia col suo amore, donatomi senza ragioni né pretese, che ora temevo potesse venir meno e con quello l'equilibrio sulla vita che continuava a non offrire nulla dal mio passato, buco nero nel quale a momenti mi sembrava di cadere, con quel viaggio sempre più vicino.

"Cosa vuoi che ti dica amico mio? Beviamoci su!"

Aveva senz'altro ragione Pablito, vittima quel giorno delle mie paturnie, cos'altro avrebbe potuto fare oltre offrirmi del rum? Ma ad un tratto si fece pensieroso, prese ancora un sorso dal cartoccio e, guardandomi serio come poche altre volte l'avevo visto, disse: "Voglio portarti dal mio padrino, non so come mai non ci ho pensato prima." Mi spiegò quindi che Aurelio, il suo padrino, era oracolo devoto a Changò e babalawo assai rispettato, in grado di divinare e non solo quello, perché conoscendo come pochi la magia, gli eventi era in grado di prevederli, ma anche di modificarli attraverso cerimonie e sortilegi prodigiosi. Si disse certo che potesse perciò, avvistare almeno un po' del mio tempo che fu. Non sapeva in che percentuale ma il tentativo valeva certamente la pena.

Non avevo più pensato alla religione e con questo non voglio affermare che avessi smesso di essere grato a Obatalà, ammettendo lo fossi mai stato. "Senza fede siamo tutti all'inferno." mi aveva avvertito Yesenia l'unica volta in cui mi ero posto qualche interrogativo sul come la santa avesse fatto a guarirmi. "Ti fidi di tua madre?" mi aveva chiesto, e io che ovviamente non lo sapevo, non lo ricordavo, stavo per dirglielo, ma a lei non importava la mia risposta e senza attenderla aveva continuato: "Mica c'è bisogno di una dimostrazione pratica per fidarti di chi ti ha messo al mondo." lasciandomi, se non convinto, senza nessuna obiezione che mi sembrasse pertinente.

"Credi davvero possa aiutarmi?" domandai a Pablo. "Se non può lui nessun altro può." Pablito non aveva dubbi e così, pur titubando lo seguii.

Per Blanquizal erano non più di due fermate di guagua ma poi scarpinammo una buona mezzora per raggiungere il monte dove era la casa del vecchio sacerdote della Regla de Ocha, e salendo mi interrogavo sui motivi per i quali Yesenia non avesse mai pensato di condurmi dal suo padrino, che tante volte aveva magnificato e non mancava di visitare almeno un giorno a settimana.

ma se ha ragione Pablo questo è ancora più potente

Di quel pensiero avvertii il grottesco, e la razionalità mi indusse a scacciarlo. Arrampicando il sentiero sterrato e viepiù pendente verso la dimora di colui che avrebbe, ma davvero faticavo a comprendere come, potuto svelare qualcosa della mia vita, del mio passato, mi sentivo sciocco e per quello risi. Pablito che mi precedeva di qualche passo si voltò: "Che c'è da ridere?" "Niente, niente, ma è ancora molto lontano?" Camminavamo ormai da quindici minuti e per fortuna le nubi offuscavano il sole e una brezza sottile a tratti repentini sferzava la giornata, ancora calda per essere in gennaio. "No, siamo quasi arrivati."

Stavamo passando vicino a una casa che non si lasciava vedere ma che doveva essere ben grande a giudicare dal muro di cinta alto non meno di tre metri e lungo forse cento sul lato che stavamo tangendo.

"Ci siamo?"

"No, questa è la casa di Maurito, lui è il capo di un'Abakuà, io lo conosco bene ma se non sei invitato è meglio stare alla larga." "Abakuà?" Sopravvalutava le mie conoscenze. "Sarebbe?" "È una società segreta, una specie di mafia e lui è un capo." "Si, ma cosa fanno?" "A parte riti vari di magia nera, gestiscono traffici come i combattimenti dei galli e le scommesse, un mucchio di soldi insomma, per non parlare della boleta." Non avevo mai visto un combattimento di galli ma alla boleta, il lotto clandestino, avevo giocato, per interposta persona e senza sorte, quella volta che Carlos mi aveva chiesto tre numeri e io glieli avevo dati: 26,5,3, quelli di giorno mese e anno del mio risveglio.

"È pericoloso?" "Maurito? No, non più, è vecchio e si è praticamente ritirato da tutto, gli è rimasta la passione per i gallinacci, però adesso li alleva e basta, solo di rado organizza qualche incontro. Norma mi ha anche detto che è malato, ha sempre bevuto e fumato troppo il vecchio." "Chi è Norma?" "Sua figlia, anni fa siamo stati fidanzati." "Ma quante fidanzate hai avuto?" "Oh, finché me le ricordo tutte, vuol dire che non sono poi molte." ma poi aggiunse: "Il libertinaggio è la sola libertà che si può avere." e non sembrava scherzare.

"Al ritorno se vuoi passiamo a salutarlo."

Come voleva, il tempo non mi mancava, Yesenia non era riuscita ad avere la giornata libera e come al solito non sarebbe rincasata prima di sera. Però ora, mentre deviavamo verso un viottolo che s'addentrava nella boscaglia, non vedevo l'ora di arrivare a casa di questo Aurelio, fosse stato mai che avesse avuto ragione Pablo invece del mio cervello con il suo sconfortante raziocinio... e finalmente arrivammo.

Era la casa del babalawo, una costruzione fatta con assi di legno tutte dipinte turchese con un tetto in lamiera ondulata che ebbi la sensazione stesse su per miracolo. Non aveva un cortile perché gli alberi sembravano serrarla quasi fossero le dita di una mano che si stiano per stringere in pugno. "Padrino! Padrino!" chiamò a gran voce Pablito ma solo dopo qualche minuto e senza essersi fatto precedere da una risposta, uscì dalla catapecchia un uomo alto e magrissimo vestito da un lungo caffettano di uno sgargiante rosso mirtillo, eccezion fatta per le maniche nere, ordita d'oro la trama che attraversava i due tessuti legando così i colori di Oshun. "Hola Pablo, qual buon vento?"

Di quell'uomo lungo e sottile altre due cose mi colpirono: la pelle così scura da sconfinare in un punto di blu e la voce grave ed al contempo flautata. In breve, il mio amico gli spiegò i motivi della visita, ma Aurelio non sembrava prestargli attenzione e mi fissava dritto con quegli occhi infossati dove iride e pupilla erano la stessa nerissima capocchia di spillo e la sclera tanto chiara dal sembrare trasparente. "Interessante, ma entriamo adesso." ci invitò il vecchio quando Pablo terminò di illustrargli il mio caso. Tre locali componevano la casa: la piccola cucina dove troneggiava un moderno frigorifero americano che mal si conciliava col resto dell'arredo e cioè un tavolaccio di legno, due sedie e uno sgabello, oltre al lavatoio in pietra; una camera da letto che vidi di sfuggita, potendo però notare un grande dipinto raffigurante San Antonio, e un'altra camera, quasi completamente spoglia dove il padrino mi introdusse e nella quale solo erano presenti un tappeto, uno sgabello e una credenza sulle cui mensole di vetro azzurrato, in ordine apparentemente sparso, stavano calici di cristallo, diverse bottiglie di rum, alcune varietà di sigari, mentre sul ripiano di legno appena più profondo, erano posate pietre colorate, conchiglie e varie immagini di Orishas, oltre a un grande libro senza copertina le cui pagine che un tempo dovevano essere state bianche erano ora consunte e di un colore appena più chiaro delle foglie del tabacco.

2Io mi fermo qua." disse Pablito mentre mi indicava i piedi senza che riuscissi a comprenderne il motivo. "Devi toglierti le scarpe, rimanere scalzo." fu più esplicito Aurelio "Vieni e siediti." Ubbidii. Il vecchio si sedette a terra incrociando le lunghe esili gambe. Io gli stavo di fronte e per sedia avevo uno sgabello quasi rasoterra che non avrei potuto dire comodo; tra di noi un tappeto sul quale era posata una scatola, una custodia di legno dalla forma rettangolare il cui lato lungo non misurava meno di cinquanta centimetri e quello corto trenta. Era cesellata con scene di caccia primitive e tutta bordata d'avorio. Lo sguardo di Aurelio era posato su di me ma sembrava perduto nel vuoto. Per buoni cinque minuti restò così immobile senza fiatare, quindi mi invitò ad alzarmi conducendomi al centro della stanza. Il pavimento era grezzo e bucciato di pietrine che avvertii aguzze sotto i piedi nudi che ebbi la sensazione stessero per ferirsi ora che giravo su me stesso una, due, dieci volte, obbedendo agli ordini del vecchio che, mentre ruotavo, recitava convinto orazioni in un idioma che immaginai africano, battendomi le spalle con fili verdi di escoba amarga. Ritornato a sedermi mi girava la testa; il babalawo stava aprendo la scatola rivelandone il contenuto: dieci gusci di caracoles bianchi e rosa, alcuni appena screziati di marrone. All'interno della scatola erano disegnati dei cerchi concentrici. Aurelio con un rapido gesto chiuse le caracoles tra le mani e dopo averle agitate per qualche secondo, riprendendo a parlare quella lingua a me sconosciuta, le lasciò cadere sulla scatola aperta.

"Arrivi da molto lontano"

Questa, dopo i primi tre tiri, la sua sentenza che pronunciò dopo aver consultato il vecchio libro.

"Una donna scura ti sta cercando. È molto innamorata di te. Ne vedo anche un'altra: è bianca e ti farà soffrire."

Il verdetto del secondo lancio.

"Vedo molto denaro perduto."

Questo lesse nell'ultimo colpo di caracoles, dopo il quale fece segno di alzarmi per ripetere i gesti che avevano preceduto la divinazione. Girai quindi nuovamente su me stesso una, due, dieci volte mentre Aurelio tornava a far posare su di me i colpi del ramoscello intonando una nuova preghiera, e mi ci volle qualche minuto per riemergere dalla sensazione di catatonia nella quale ero sprofondato durante tutta la cerimonia. Aurelio, come un medico che prescriva una ricetta, mi stava indicando quali fiori avrei dovuto offrire al mio santo e non rispose alle mie domande.

"Ma come mi chiamo? E lontano sì, ma da dove arrivo?"

Mi mise invece in guardia su come dovessi far molta attenzione alle donne, insistendo in particolare che fosse opportuno evitassi di baciarle tra le gambe. Non reiterai i miei interrogativi e lo ringraziai, non prima però di aver offerto a lui e ai santi una bottiglia di ron come Pablito, che nell'attesa aveva preso a pisolare sulla sedia a dondolo in cucina, mi aveva consigliato.

"Pablo!" Lo richiamò alla veglia Aurelio "Il tuo amico ha il cuore bianco e persone che pregano per lui." Nient'altro aveva da aggiungere e così ci salutammo.

"Cosa mi dici?" domandò curioso il mio amico mentre percorrevamo a ritroso il sentiero tra gli alberi.

"Cosa mi ha detto? Che arrivo da lontano, però non mi ha detto da quanto, potrebbe essere da Pinar del Rio come da Madrid; vede anche dei soldi e una negra innamorata che mi sta cercando." "Nient'altro?"

"No, ah sì, dice anche che devo stare attento a besar el coño" e dicendolo scoppiai a ridere. Pablo mi guardò interrogativo per poi ridere a sua volta, trattenendosi subito però.

"Aurelio è il babalawo più rispettato dell'intera provincia, non sottovalutare quanto ti ha detto."

"Sì, sì d'accordo." tentai di ricompormi, e lui di rimando riprendendo a ghignare "Certo... non sarà contenta la tua fidanzata..." poi di nuovo serio "meglio che niente no?"

Di nascosto dalla razionalità avevo cullato la speranza che le visioni del vecchio spalancassero una luce sul mare notturno dove forse galleggiavano i miei ricordi, sospingendoli verso l'approdo alla memoria, così adesso ero deluso. Aurelio e i suoi santi poco avevano potuto e, mentre ormai raggiunta la strada principale il cielo terso e maestoso avvampava in un languido tramonto, mi sentivo come dentro un cubicolo cieco. Poi in quel buio una meteora: la donna scura dei miei sogni, forse quella di cui parlava Aurelio. Per un attimo l'ebbi chiara nella mente, la vidi e non era Oshun la giovane che mi sorrideva, reale che per un attimo mi sembrò di poterla chiamare per nome, ma: "Allora ti va di conoscere Maurito?" domandò Pablo, e tanto bastò per farla di nuovo scomparire, con il suo nome, che per qualche istante avevo avuto sulla punta della lingua.

"Pinga!" Pablito mi vide interdetto. "Tutto a posto Ulises?" Che cosa spiegargli? "Sì, sì tutto a posto."

Eravamo giunti nei pressi del muro di cinta della casa dell'abakuà, "Che dici allora, andiamo a trovarlo?" Non ero dell'umore di far nuove conoscenze e stavo per dirlo al mio amico quando giunti non lontani dal cancello, vedemmo non visti, un uomo e una donna varcarlo: erano Barbaro e Yuliet.

"Che ci faranno qua?" mi domandai ad alta voce. "Li conosci?" "Sì, quello è il tipo della droga e lei è Yuliet, l'amica di Yesenia, ricordi? Te l'ho raccontato." "Ah, bene, forse sarà meglio che Maurito te lo presenti un'altra volta." Lo pensavo anch'io, e così proseguimmo per il sentiero senz' altre esitazioni. Arrivammo sulla strada principale che era ormai buio. Lasciammo passare una guagua stracolma di gente, nemmeno un bimbo ci sarebbe entrato, figurarsi Pablito. A quell'ora ogni lavoratore e anche gli sfaccendati rincasavano e così, quando ne arrivò un'altra appena meno traboccante, decisi di procedere a piedi, in fondo erano poche centinaia di metri, ma Pablo diretto a Holguin, vi montò su, non prima però di avermi abbracciato con il solito energico calore. "Vai con dio amico mio." Non sapevo quando lo avrei rivisto e restai qualche istante fermo a guardare la corriera che si allontanava, quasi subito avvolta dall'oscurità, come sempre inoperosi i rari tralicci della luce.

A casa trovai Yesenia, era riuscita ad andare via qualche ora prima dall'ospedale per passare un po' di tempo con me e invece..."Dove sei stato sino a quest'ora?" Le spiegai così della visita al babalawo e anche se non disse nulla intuii un turbamento in lei, come se la notizia di quel mio incontro le provocasse un fastidio profondo, ma lì per lì non me ne curai, anzi proseguii nel racconto finché alla mia domanda sui motivi per cui si fosse sempre rifiutata di portarmi dal suo padrino sbottò: "Ma non lo capisci?" Non lo capivo. "Avevo paura." Continuavo a brancolare nel buio. "Perché? Di cosa parli?" "Se fosse stato in grado di aiutarti, se avesse scoperto chi sei veramente, probabilmente ti avrei già perduto!" Quell'applicare la razionalità poggiandola su elementi irrazionali aveva irritato anche me e per un attimo pensai potesse aver ragione, ma le risposi comunque con forza: "Questo mai! Non potrei mai lasciarti, anche se non perderesti granché: un poveraccio senza un soldo che nemmeno ricorda il proprio nome!" "Non me ne importa niente dei soldi! Se avessi voluto fare come Yuliet credi che non lo avrei trovato uno yuma? Ma io non mi faccio comprare. Ricordatelo qualunque cosa dovesse accadere non sarà per i soldi: io non mi faccio comprare! Io vorrei solo un uomo sincero e appassionato, uno che mi amasse tutti i giorni e fosse gentile e non arrivasse a casa ubriaco e magari manesco." E scoppiando in lacrime aggiunse: "Ulises, e se questa fosse la nostra ultima notte?" "Ma perché, cosa stai dicendo io ritorno di sicuro." Si calmò accoccolandosi tra le mie braccia. Passammo la notte così, solo carezzandoci senza riuscire a dormire, come in una di quelle sue novelas in tv.

L'Havana!

14 gennaio dell'anno 2004

Alle sei del mattino ero davanti al posto di polizia. Avevo salutato tutti quanti, anche il merlo che sembrò metter su il broncio ammutolendosi. Poi, mentre già gli davo le spalle mi volle rivelare: "La persona che parte per un viaggio, non è la stessa che fa ritorno. La persona che parte per un viaggio non è la stessa che farà ritorno" prima di prendere a fischiettare un bolero drammatico.

Oscar, Renata, Felix Augustina, Carlos, tutti quanti mi avevano invece fatto coraggio, dicendosi certi che ci saremmo rivisti prestissimo. Yesenia si spinse sino all'entrata della caserma. "Chiamami appena arrivi all'Havana." quindi, non prima essersi assicurata che avessi con me il rosario di cui mi aveva fatto dono, mi baciò per un'ultima volta. In quel momento fece la sua apparizione un tizio che si presentò come capitano Morales nuovo comandante della stazione.

"Bene, vedo che è puntuale, mi segua ora."

Ci avviammo verso la Lada. Un agente mi aprì lo sportello posteriore indicandomi di entrare per poi sedermisi a fianco. Morales salì davanti al posto del passeggero, un altro agente già stava seduto alla guida e senza attendere oltre avviò il motore e la macchina si mosse. Yesenia mi salutava e tenendo fede alla promessa che ci si era fatti la sera prima, non piangeva. Percorremmo senza fretta i tornanti immersi nell'esuberanza della vegetazione e dai finestrini abbassati per metà, potevo sentire l'aria fresca e umida carica di tutti i profumi del verde mattutino.

"Scusi comandante, ma il capitano Sallusti?"

Morales era concentrato sulla lettura del Granma e si limitò a rispondere: "Trasferito all'Havana." Pinto si era sbagliato, il vampiro alla fine ce l'aveva fatta.

sai che festa quando lo sapranno in paese?

Sì, Oscar avrebbe di sicuro offerto sigari a tutti, non aver più quel menagramo tra i piedi valeva la spesa.

Giungemmo a Holguin che mancava poco alle sette. Nel centro della città le case sono bianche e tutte uguali, parallelepipedi di mai più di due piani a tagliare le strade strettissime che disegnano un dedalo labirintico, dove perse l'orientamento anche il poliziotto alla guida, e fu una fortuna per lui che il suo superiore si fosse appisolato. Avrebbe dovuto chiedere indicazioni ma, temendo forse di svegliare il comandante, non lo fece, girando a vuoto per un po' prima di riuscire a capire dove fosse la piazza delle corriere, la nostra destinazione. "È grande Holguin..." commentai. "Se ti sembra grande qui come farai all'Havana?" mi rispose Morales che intanto si era svegliato. Avevo con me la lettera del ministero che valeva come lasciapassare, vi erano indicati la data e l'ora in cui avrei dovuto prendere quella nuova corriera che mi avrebbe permesso di presentarmi "Tassativamente" presso i loro uffici entro e non oltre le dieci del giorno successivo. La rigiravo tra le mani nervosamente, quante volte l'avevo letta!

"Siamo arrivati, vai che stanno aspettando solo te!" mi ordinò Morales come se il ritardo fosse colpa mia, scesi veloce dalla Lada senza salutarlo e mi imbucai sulla corriera dove impaziente mi accolse il conducente: "Hombre, il viaggio è lungo e Arturo è l'autista più puntuale di tutta Cuba, fai veloce su..." Gli mostrai il lasciapassare, vi gettò appena uno sguardo distratto annuendo per poi bofonchiare qualcosa che non compresi, quindi la porta del pullman si chiuse dietro me, il motore già avviato, ci stavamo muovendo. Guardai dal finestrino Morales che era rimasto impalato ad aspettare la partenza, poi la corriera svoltò dirigendosi verso la carretera central.

Sul pullman, una vera meraviglia rispetto alle guagua a cui mi ero abituato, addirittura era installata l'aria condizionata e l'autista, forse ancora accaldato per gli anni trascorsi a guidare vecchie corriere scassate, la teneva al massimo, così che dovetti indossare l'unica giacca che possedevo e che mi stava decisamente larga, essendo appartenuta a Pablito sino a pochi giorni prima, quando, in vista della mia partenza, aveva per forza voluto farmene dono. Oltre a me gli unici passeggeri erano una coppia composta da un canadese e una mulattona che riversava sul pover'uomo una scarica di male parole senza che questi reagisse, limitandosi a incassarle come lo sparring partner di un campione di box, un peso massimo in questo caso. "Castrato!" "Taccagno senza cuore" "Tiburon!" e via così, destro sinistro destro, gli epiteti che si abbattevano sul poveraccio, jab e montanti senza sosta. Erano il risultato a quanto compresi, delle mancate regalie alla famiglia del donnone. "Delle negre bisogna sempre aver paura, se non te la fanno in entrata te la fanno in uscita." mi spiegò l'autista Arturo Paredes, come scritto sul tesserino appuntato sul petto della camicia azzurrina; cinquant'anni, braccia forti sulle quali cresceva una fitta vegetazione di peli nerissimi, come le folte sopracciglia a far da contrasto con i capelli bianchi. La pancia pronunciata non si spiegava probabilmente solo con la sedentarietà di quel lavoro ma anche con l'amore per la birra. Avevo preso posto sulla poltroncina alla sua destra, l'unica singola, e non mi ci volle molto a capire come l'avvertenza di non parlare al conducente non valesse all'incontrario. Il suo commento sulla mulatta corpulenta mi fece ricordare una frase sfuggita ad Augustina osservando l'ennesima conquista di Carlos: "Cosa mai ci troveranno le donne in quel negro..." nonché la chiosa della sua amica, nera anch'ella come il carbone: "Io con un negro non ci andrei per nulla al mondo."

Ma non era stata l'unica volta in cui mi era capitato di ascoltare roba del genere, sentimenti quelli, che se già non riuscivo a comprendere quando erano i bianchi ad esprimerli, figurarsi in bocca a una nera! Stavo per appisolarmi ma le chiacchiere di Arturo non me lo permisero. "E così te ne vai per l'Havana compañero" "E sì, il viaggio è lungo eh?" "Oh sì, ma sono abituato, vado col pilota automatico ormai..." "E a che ora è previsto l'arrivo?" "Stasera potrai pescarti la cena dal Malecon." Passammo Las Tunas senza fermarci, non c'era nessuno al capolinea e Arturo ne approfittò per recuperare sulla tabella di marcia, ma dopo poco fu costretto a pararsi perché due poliziotti a bordo strada stavano facendo con gran gesti segno di arrestarsi e, non dissimulando la stizza, "Cosa vogliono 'sti due caproni?" accostò e li fece salire. Si andarono a sedere dietro il canadese che continuava a prendere cazzotti dalla compagna e, mentre il più alto dei due, non prima d'essersi sfilato gli anfibi, cosa che Arturo mostrò di non gradire affatto, limitandosi però a un indistinto brontolio, si appisolò, l'altro prese a corteggiare la grassa mulatta. Il canadese, tutt'altro che geloso, parve quasi essergli grato per quelle attenzioni rivolte alla compagna che gli concedevano finalmente una tregua. La vista di quei due in divisa aveva infastidito anche me e sentivo ora crescere l'agitazione.

"Che vai a fare all'Havana?" mi domandò l'autista. Già, che ci andavo a fare? Forse a farmi arrestare? Se mi avessero identificato e fossi risultato un delinquente non avrebbero potuto fare altrimenti. Magari vendevo droga come Barbaro...

"Devo sbrigare alcune faccende..." gli risposi vago, provando quindi a riprendere sonno ma era impossibile perché Arturo aveva preso a parlare di pelota e non aveva nessuna intenzione di smetterla. "A Cienfuegos ci fermiamo, non hai voglia di pisciare?" "Si, quanto manca?" "Mezz'ora più o meno." Il tempo sufficiente per raccontarmi che stesse per compiere quindici anni di carriera. "Ne ho viste di tutti i colori..." e prese a ricordare di viaggi e viaggiatori, quelli che più gli si erano fissati nella memoria: ubriaconi, turisti particolarmente generosi con le mance o disperati per l'essersi ritrovati con le corna, e donne soprattutto, bellissime e disponibili almeno con lui che, nonostante dall'aspetto non paresse, era evidentemente un dongiovanni. I poliziotti vollero scendere lungo la strada in un tratto che si sarebbe detto in mezzo al nulla. "Scapperanno dalla gorda..."

Arturo ciarlava, ciarlava e ora aveva preso a dirsi fortunato e non solo perché da quasi un anno guidava quella nuovissima corriera, "Dopo essermi rotto la schiena su un catorcio russo..." ma soprattutto per lo stipendio che medici e insegnanti potevano solo sognare, per non dire dei militari. "È che mi pagano con soldi spagnoli." mi disse strizzando l'occhiolino. Si sentiva fortunato anche perché aveva solo figli maschi. "Di jinetere in casa mia non ne avrei sopportate, le donne al giorno d'oggi sono tutte attratte dai soldi come le api dal miele." E non aveva nessun dubbio che fosse colpa dei turisti se di questi tempi era più facile che una ragazza facesse la puttana che il medico, o magari entrambe le cose, come Kennery, la ginecologa sua vicina di casa che arrotondava lo stipendio allargando le proprie di gambe, e il più spesso possibile, con ogni risma di straniero: giovane, vecchio, grasso o magro non le importava purché pagassero. Con lui invece si era sempre negata quella stronza, anche quella volta che c'era andato pieno di soldi. Proprio non gli era andato giù quello che, era chiaro, considerava un affronto rivolto non solo a lui ma a tutti i maschi cubani. "La mucca schizzinosa fa il latte acido." concluse saccente. Mi stava davvero infastidendo.

praticamente per questo son tutte puttane è chiaro che non ha mai conosciuto donne come la mia Yesenia ma è fastidioso come cento mosquitos parla parla ma ho già i fatti miei a cui pensare

Finalmente ci fermammo, giusto il tempo per pisciare, Arturo era davvero ossessionato dalla puntualità e non ci concesse che pochi minuti non sufficienti per bere un guarapo o mangiare un panino.

meglio così devo stare attento coi soldi

Quelli che aveva voluto darmi Oscar "Per il lavoro dell'orto..." e che facevano di me un uomo ricco di ben mille pesos, che pur sembrandomi un bel gruzzolo, avevo deciso di spendere con parsimonia, non avendo idea di quanto costasse la vita nella capitale né per quanto vi avrei protratto il mio soggiorno. Lungo tutto il tratto di strada che separava Cienfuegos da Camaguey, Arturo si ammutolì con mio grande sollievo. All'ingresso della città ci accolse un enorme manifesto sul quale capeggiavano un cappio sopra l'immagine di Cuba e una scritta che recitava: "Bloqueo: il genocidio più grande della storia." "A Camaguey non è previsto ristoro" Annunciò il nostro autista facendo andare su tutte e furie la mulattona. Ci fermammo su un grande piazzale dove salirono una giovane coppia e un tizio vestito di tutto punto che portava con sé una grande valigia, Arturo lo salutò con deferenza e addirittura lo aiutò col pesante bagaglio. Un pezzo grosso senz'altro pensai. Il mio bagaglio era invece leggero, solo composto di pochi vestiti e dal quaderno dove scrivevo le poesie, oltre alla forma di formaggio che recavo a Minola, la sorella di Oscar che mi avrebbe ospitato, almeno per quella notte, nella sua casa in Vapor e accompagnato il giorno appresso al ministero.

"Facciamo tutta una tirata sino a Ciego" annunciò Arturo riavviando il motore dopo aver battibeccato ancora un po' con la mulattona che avrebbe voluto scendere a sgranchirsi le gambe e che, prima di tornare al suo posto, attaccò bottone raccontandomi del suo mal di schiena e di quanto sperasse di poter andar presto in Canada. "Gratis, dicono che ti curano, gratis, ma se non hanno le medicine!" ripeteva. Dopo un po' smisi di ascoltare le sue lamentazioni e mi addormentai, più o meno. In quell'incoscienza intermittente sognai la solita mulatta, e la chiamavo o meglio mi vedevo mentre lo facevo ma era come se stessi guardando un film muto così che il suo nome rimaneva senza suono.

"Pinga!" D'un tratto fui strappato al sopore, Arturo frenò, poi sterzò per non finire contro un vecchio veicolo male in arnese fermatosi poco più avanti, in mezzo alla strada e senza preavvisi nella luce ingannevole di un cielo increspato da nubi scure e cariche d'acqua. Sull'asfalto stava gran parte del carico di angurie e meloni cadute da quella vettura, un invento ottenuto giuntandone l'un l'altra non meno di tre; ma quelle saldature dovevano aver ceduto, così che le sponde si erano aperte lasciando andare il contenuto del cassone. Un uomo si stava disperando sul ciglio della strada, un altro più giovane ma dall'espressione ugualmente inconsolabile, cercava invece di recuperare il carico salvando il salvabile e Arturo, che sulle prime mi era parso voler scendere per dargli una lezione, dopo aver parlottato con il più anziano dei due, cercava invece ora di dargli una mano a raccogliere i frutti non spiaccicatisi del tutto. Mi unii anch'io all'operazione.

"Poveracci, hanno fatto la strada da Matanzas spendendo fino all'ultimo centesimo per comprare meloni e formaggio da rivendere alle paradar di Varadero, e adesso hanno perso quasi tutto, e se arriva la polizia passano anche dei guai seri..." Già, perché era illegale quell'attività considerata contrabbando e si rischiava qualche anno di galera. Meno male che i due sbirri erano scesi un bel po' prima. "Cojones, questa volta mi sa che non ce la faccio a rispettare la tabella di marcia!" Era assillato dalla puntualità come non ricordavo d'aver mai incontrato nessuno. Terminato di raccogliere quei frutti ammaccati che difficilmente avrebbero potuto trovar posto sulle tavole dei turisti, i due uomini ci ringraziarono e riprendemmo in quarta il tragitto verso Ciego.

Tornato al mio posto provai a riprendere i fili sottili del sogno, era forse la sosia di Oshun quella che mi si presentava sempre più spesso una volta caduto nel sonno, o la donna innamorata che il padrino aveva detto mi stesse cercando? Ma chi era? E come si chiamava? E cosa voleva da me? Io amavo Yesenia e quei continui tradimenti onirici mi lasciavano in dote una gran pena. Le sensazioni che sentivo provenire dall'ignoto e che sembravano a tratti vicine al rivelarsi, permettendomi forse di riappropriarmi della mia vita, erano sfavillii che solo mi riusciva di intuire a occhi chiusi, restando nella veglia pendii dirupati impossibili da scalare. Impantanato in una valle silente, priva di indizi o simboli. Dovevo concentrarmi sul futuro, dovevo smetterla di cercare il mio passato e, se il sonno portava sogni disturbanti, be' allora era meglio non dormire. A Ciego smontarono il canadese e la sua grassa compagna che doveva essere riuscita a strappargli almeno qualche promessa su future regalie, visto che ora l'abbracciava sdilinquendosi: "Ti amo papito..." A bordo stava cercando di salire con l'aiuto della figlia e di un sempre più costernato Arturo, una vecchia in carrozzina; l'operazione non durò meno di buoni dieci minuti conferendo all'espressione dell'autista prima sgomento, poi solo rassegnazione. Salirono anche due italiani che andarono a sedersi non lontano da me, e mi sorpresi per quanto facile da intendere fosse il loro idioma. Erano delusi dal soggiorno a Ciego, ce l'avevano con un tizio di nome Giacomo per averli così mal consigliati. Compresi che il problema fossero le ragazze, perché se era vero che costavano assai meno che all'Havana o a Cayo Largo, certamente a letto valevano la metà. "Sono proprio delle campagnole, la mia non si depilava nemmeno le ascelle, ti lascio immaginare che ho trovato là sotto!" Diceva sghignazzando sguaiato quello più giovane dei due mentre l'altro, di cui non potei fare a meno di notare il ridicolo riporto e il rosso improbabile dei capelli a coprire il rondò sulla sua testa, annuiva convinto.

adesso capisco Pinto sono davvero dei maiali e vengono qui pensando di potersele comprare come si compra un giocattolo

Mi offrirono del cioccolato ma lo rifiutai, non mi erano simpatici per niente. Intanto Arturo faceva filare la corriera più che poteva, ma stava iniziando a piovere e in brevi istanti le goccioline si trasformarono in una cascata d'acqua, un acquazzone irruente al punto da render cieco il percorso e far imbufalire il conducente costretto a ridurre l'andatura a passo d'uomo. Procedemmo così per circa mezzora prima che i nuvoloni diradassero e la pioggia tornasse finissima, sino a che anche gli ultimi cirri lasciarono spazio all'arcobaleno. Passammo Sancti Spiritus che era ormai notte, ero stato uno sciocco a scordare la vecchia cipolla donatami da Oscar, non funzionava ma avrei sempre potuto portarla a un orologiaio vero, all'Havana chissà quanti ce n'erano. "È ferma da un pezzo, ma basterà farla vedere a Esteban, è un mago, aggiusta qualunque cosa." aveva detto il padrastro di Yesenia ma nemmeno lui era stato in grado di rimetterla in moto. "Non ci capisco niente, tutti gli ingranaggi sembrano funzionare perfettamente ma le lancette si rifiutano di muoversi!" si era rassegnato costernato il vecchio aggiustatore, e così erano rimaste a marcare le cinque di chissà quale giorno, e per chissà quanto sarebbe rimasta chiusa nel cassetto del vecchio mobile della cucina dove l'avevo riposta. Chiesi l'ora ad Arturo: erano le nove di sera. Tra l'incidente, la vecchia in carrozzina e il diluvio, questa volta avrebbe battuto il suo record all'incontrario. "Madre mia! È la prima volta che mi succede una cosa del genere." ripeteva avvilito "Ma capiranno quei cazzo di spagnoli che non è colpa mia..."

Compresi così che la fissazione per la puntualità non fosse legata a un rigido schema mentale, ma alle direttive impartite dai severissimi capi della compagnia. "Quindici anni e adesso guarda un po' se mi tocca cambiar lavoro alla mia età..." Già una volta, mi confessò, gli fosse andata bene: lo avevano sorpreso a dare un passaggio gratis "un'amica mia, devi vedere che culo che tiene...", e sembrarono lì per lì volerlo denunciare, ma dopo una specie di processo interno avevano deciso di soprassedere, e neppure lo licenziarono proprio in virtù del suo valente stato di servizio e della leggendaria puntualità. "Ma alla prima che fai sei fuori" era stato avvisato dall'hidalgo a capo dell'ufficio dell'Havana che, per essere certo di esser stato chiaro aveva aggiunto: "Cerca di arrivare sempre in anticipo e prega i santi che gli affari migliorino se ci tieni al tuo culo."

che tipo arrogante quello spagnolo

Cercai di rincuorarlo ma non è che avessi molti argomenti, e poi già da sé aveva preso a farsi coraggio: "ma sì, meglio ridere, come i delfini ce l'hanno anche loro sempre l'acqua alla gola."

Entrati in Santa Clara mi ricordai la raccomandazione di Oscar: "Manda un pensiero all'argentino..." il Che che riposava nel locale cimitero. Chissà dove aveva trovato il coraggio di lasciare Cuba per andare incontro a morte più che probabile in Bolivia, mentre io ero spaventato all'idea di lasciare Velasco! Mi stavo biasimando per tanta codardia quando l'autista fermò la corriera per l'ultima volta prima dell'arrivo nella capitale. Era ripreso a piovere, non scese nessuno e in fretta salirono due belle ragazze in compagnia di un turista, un ragazzo spagnolo con in testa un basco nero come quello del comandante Guevara. Indossava una maglietta rossa con su stampigliata l'effige del Che e una sua famosa frase: "Muchos me diran adventurero y lo soy! Però di quel tipo che rischia la pelle per riportare un po' di giustizia nel mondo."

Stavo dormendo un sonno senza sogni, quando l'annuncio di Arturo al microfono mi svegliò, ci informava dell'arrivo a capolinea tra pochi minuti, stavamo percorrendo la strada del porto. Ero arrivato, finalmente ero all'Havana e ho ancora bene impresso nella mente che quasi lo sento nel naso l'odore acre di benzene che sembrava permeare tutto quanto, e poi le luci e il mare scurissimo, senza orizzonte a perder gli occhi oltre il muro del Malecon. Era la prima volta che lo vedevo.

Bislacche contenzioni e rivolgimenti fortunosi.

15 gennaio dell'anno 2004

Era la prima volta che salivo in ascensore: al paese erano pochissime le case che avessero più di un piano e quelle pochissime avevano le scale. Questo il mio ricordo inaugurale dell'Havana. A causa di tutti gli inconvenienti occorsi durante il viaggio, era passata da un pezzo l'ora prevista per l'arrivo ma, nonostante il pesante ritardo, Minola stava appena giungendo all'appuntamento. Era quell'anziana, seppur di qualche anno più giovane, la fedele copia del fratello Oscar e come lui semplice e gentile, ma con un piglio deciso e spiccia nelle maniere. Non si profuse in convenevoli e durante il tragitto verso casa, che percorremmo a piedi avendo rifiutata la mia proposta di salir su un bici taxi,

"Niño, è troppo pericoloso la notte e a camminare sono abituata, non ti preoccupare..." si limitò a illustrarmi il piano per la mattina seguente. "Ci svegliamo per le sette, facciamo colazione e ti accompagno al ministero, da casa non sono più di quindici minuti." Era rimasta vedova da circa un anno; Hugo, suo marito da tanto tempo che non lo ricordava, era stato stroncato da un arresto cardiaco proprio il giorno della partenza per il Venezuela di Marco, il loro unico figlio. "È medico, e là almeno guadagna un po' meglio, con quattro figli da crescere non è facile vivere in città. E poi comunque quando la patria chiama..." Così si era trasferita con nuora e nipoti, per non star sola ma soprattutto per dare una mano ad Amelia coi bambini, che ne aveva gran bisogno da quando si era impiegata presso la compagnia di telecomunicazioni e usciva presto la mattina non rientrando che alla sera. "Mi piacerebbe farti conoscere mio figlio, è un medico bravissimo, specializzato in infettivologia, è il mio orgoglio e mai ci ha dato preoccupazioni nemmeno da ragazzo." si era vantata tutta fiera. Oscar le aveva certamente raccontato tutto di me ma lei a nulla fece accenno, solo arrivati di fronte al portone del palazzo dov'era il suo appartamento si lasciò sfuggire: "Yesenia è davvero una brava ragazza..." e lo disse con tono severo come se implicitamente mi stesse mettendo su qualche avviso.

Era la prima volta che entravo in un ascensore, l'appartamento era all'ultimo piano del palazzo costruito negli anni Trenta dagli americani, ma non mi riuscì di provare l'ebrezza della salita. "Madre mia, pare me lo faccia apposta! Andava solo un'ora fa, quando devo scendere funziona quando devo salire si blocca questo maledetto..." Così ci toccarono le scale e salendole notai come l'intero palazzo desse la sensazione di esser lì lì per trasformarsi in macerie. Il fetore avvolgeva i pianerottoli e un reggaeton a tutto volume si sovrapponeva alle grida di un litigio provenienti da uno degli appartamenti. "Sei sempre ubriaco, non ce la faccio più, vai a cercarti un lavoro!" "Non è colpa mia! Non è colpa mia se dopo essere stato in galera un lavoro non me lo dà più nessuno!" Minola scosse la testa "È anche per questo che ho preferito andare da Amelia dopo la morte di mio marito..." Proprio davanti alla porta del suo appartamento un vecchietto, un nero con la barba lunghissima e bianca, stava dormendo circondato da cartocci di rum. Lo scavalcammo. "Che tempi, che tempi!" disse ancora la vecchia sempre più contrariata.

L'abitazione era molto piccola: una cucina, un bagno e due camere, una matrimoniale e l'altra con un letto singolo, quella che era stata di Marco e conservava alle pareti ritagli di foto dei pelotisti dell'Industriales, El Duke Hernandéz doveva essere stato il suo idolo di gioventù a giudicare dal numero di immagini che lo ritraevano. A me non piaceva granché la pelota, ma conoscevo la storia del lanciatore di Villa Clara, l'avevo ascoltata da Carlos, che lo considerava un traditore dopo la sua fuga negli States, ne aveva discusso a lungo una sera un po' sbronzo con Pablo, ancora più alcolico di lui, che invece ne prendeva le parti. "Avrai appetito, ti preparo del congrì." "No grazie, ho mangiato durante il viaggio, Yesenia mi aveva preparato dei bocaditos e pan y tortilla."

"E' proprio una brava ragazza, tienitela stretta...Buonanotte allora e non preoccuparti per la sveglia, soffro d'insonnia e alle cinque sono sempre già in piedi, ti chiamo io." "Grazie, buonanotte." Anch'io temevo che avrei faticato a dormire, agitato per l'indomani e da quel primo impatto con l'Havana, così diversa da come l'avevo immaginata, piena di bei palazzi, di luce e di mare. La miscela di benzene e le immondizie, il barbone che ronfava là fuori sdraiato sul pavimento sudicio, le grida infelici della coppia, tutto contribuiva a rimescolarmi l'animo, ma invece nulla di tutto ciò mi impedì di prender sonno. Ebbi appena il tempo di rileggere la poesia che avevo scritto sulla corriera.

También hubo el sol con la oscuridad

Hubo la lluvia sobre la meseta

Pero hubieron los arcoiris

Y la concordia que todo envolvió

Hubo nuestro amor y la satisfacción de la carne

Hubo un gran banquete dónde Changò

dios del fuego del rayo y el trueno

anunciaron su bodas

Hubo todo esto y vacío de mí todavía hubo

¿Cuándo habría vuelto?

Traduzione:

C'era stato

C'era stato il sole anche col buio

C'era stata la pioggia sulla piana

Ma poi c'erano gli arcobaleni

E la concordia che tutto aveva avvolto

C'era stato il nostro amore e la soddisfazione della carne

C'era stato un grande banchetto dove Changò

dio del fuoco del raggio e del tuono

avevano annunciato le loro nozze

C'era stato tutto questo e vuoto di me c'era ancora

Quando sarei ritornato?

Minola, come promesso, anzi in anticipo, bussò decisa alla porta per svegliarmi ma io desto lo ero già da più di un'ora e pronto. Mettemmo piede fuori dal palazzaccio e la città era invasa da una luce abbagliante mentre le pozze, che la sera prima la pioggia aveva formato per le strade riempiendo le buche nell'asfalto, stavano asciugando sotto il sole già caldo. Percorremmo a piedi il tratto che da Vapor conduce al Malecon, l'oceano impassibile, solo un po' più scuro del cielo pulito di nubi, si rese visibile appena fatti cento metri. Minola salutava qualcuno a ogni angolo, da qualche tempo mancava e perciò tutti nella via sembravano ansiosi di scambiare due parole ma lei, scrupolosa nell'attendere al ruolo di mia scorta, li liquidava con un semplice saluto riservando solo ad alcuni la promessa di ripassare più tardi. Sul muretto che costeggia il Malecon pochi pescatori, con canne rimediate e in alcuni casi solo con le lenze, cercavano di pescarsi il pasto, proprio come mi aveva detto Arturo il giorno prima.

chissà se è riuscito a non farsi licenziare

Poca gente camminava veloce. Mi sarebbe piaciuto attraversare per vedere il mare da più vicino ma non potevo far tardi e rinunciai. Sulla strada le auto d'epoca erano ormai minoranza rispetto alle Lada, alle polacche e alle vetture nuove fiammanti destinate ai turisti.

"Ecco la guagua..."Era affollata e si sudava. "La prossima fermata scendiamo, da Plaza de la Revolucion a piedi sono meno di cinque minuti" mi informò Minola appropinquandosi all'uscita.

In quella piazza enorme, sulla facciata di un palazzo enorme, una struttura di potenti filamenti d'acciaio stilizzavano un enorme volto del Che, Minola mi guardò per un attimo mentre io ormai giunto là sotto lo guardavo a bocca aperta. "Ricordi qualcosa? Sei già stato qui?" Non ne avevo idea e glielo dissi benché mi sembrasse di conoscere quella piazza, ma come conoscevo la storia di Guevara di cui presi a parlarle entusiasta. "Sembri quasi uno della propaganda." si limitò a commentare. Eravamo arrivati. Minola mi accompagnò sino all'ingresso di un brutto edificio tutto vetro e cemento armato. Ci salutammo. "Quando hai finito chiama questo numero, è di Yolanda, la mia vicina, ha lei le chiavi di casa, io torno a casa di mia nuora." "Grazie ancora Minola" "Di niente e non ti preoccupare che tutto andrà per il meglio, l'ho capito io che sei un bravo ragazzo..."

Ero là dentro con la mia lettera in mano, nel grande atrio stava al banco delle informazioni, una giovane e graziosa usciera. "Mi hanno detto di presentarmi qua oggi." dissi porgendole la carta. "Il suo nome?" "Ulises." Mi guardò sorridendo divertita. "Ulises e poi..." "Veramente Ulises e basta." Ma leggendo quel foglio comprese. "Ah, sì, un attimo, si accomodi pure..." fece indicandomi quella che sembrava una zona d'aspetto. Obbedii mentre lei alzò la cornetta del telefono e, dopo aver scambiato poche parole, con chi non sapevo, mi si rivolse nuovamente: "Adesso vengono a prenderla." Mi sorpresi a mordicchiarmi le unghie: il mio cervello era sgombro e come un automa mi muovevo senza provare particolari emozioni ma quelle evidentemente salivano a galla, tradendo in quel gesto inconsapevole le turbolenze dei miei nervi. Dopo cinque minuti, arrivarono due poliziotti, due orientali certamente, che m'invitarono a seguirli verso un ascensore molto ben funzionante e veloce che ci condusse al terzo piano. Una volta usciti mi fecero sedere sull'unica sedia di quel corridoio dove si affacciavano le porte di vari uffici. Il più alto in grado, a giudicare dai baffi sulla camicia, si avviò verso quella della "Segreteria particolare", come informava la targa postavi al lato, e bussò, attendendo brevemente la risposta, quindi entrò per uscirne un attimo dopo facendo segno al collega di trarmi là dentro.

Ero adesso in piedi davanti a una vecchia scrivania dietro la quale stava un uomo di circa cinquant'anni, in cravatta ma scamiciato, nonostante in quell'ufficio funzionasse a pieno regime l'aria condizionata. Portava enormi occhiali e stava, la testa piegata, leggendo le carte sulla scrivania, dando in quel modo risalto alla pelata. Entrando avevo salutato senza essere contraccambiato. Dopo qualche momento congedò i due poliziotti. "Prego, si accomodi." Eseguii e quello attaccò: "Caro signore, io mi sono documentato sul suo caso, so tutto di lei: quel che sostengono le diagnosi e le prognosi dei medici, so dei suoi mesi a Velasco, delle sue amicizie e dei suoi amori. So anche delle sue notevoli conoscenze storiche e del suo entusiasmo per il comandante Che Guevara. So che scrive poesie."

Sapeva davvero tutto, non mi avevano perso di vista un solo momento si sarebbe detto.

pinga anche le poesie

Com'era possibile? Solo pochissimi amici lo sapevano, chi tra loro aveva fatto la spia? Continuò: "Sappiamo", era passato al plurale "sappiamo tutto di lei dal momento dell'incidente sino a oggi, e abbiamo anche avuto modo di apprezzare alcuni suoi comportamenti, come quando ha rischiato di essere travolto dalla corrente per salvare una bambina..." Parlava della nipote di Sallusti, il vampiro che delle spie doveva essere il capo, ma che se aveva riferito di quell'episodio in fondo banale, forse avrei dovuto ringraziare, visto che mi sembrava chiaro deponesse a mio favore. "Il problema vede, è che non ci basta, dobbiamo stabilire, che lei possa o non possa aiutarci, che voglia o non voglia farlo, stabilire la sua identità." "Piacerebbe anche a me."

Il funzionario che, come diceva la targa, era il segretario particolare del ministro dell'interno, e che alzando la testa dalle carte aveva rivelato un piccolo naso, poco più di due narici, mi guardava in cagnesco: "...e così la trasferiamo presso una struttura speciale dove verrà interrogato da professionisti." Stavo sudando freddo ma forse la colpa era del condizionatore, perché non è che immediatamente realizzai cosa mi stesse per capitare. "Sì, non c'è problema, però le giuro che davvero non ricordo nulla." "Saranno i nostri esperti a stabilirlo, non mi ha appena detto che anche lei desidera scoprire chi è?" "Certo, ma dove mi portate? Vorrei avvisare la famiglia..." "Famiglia? Intende forse la signorina Yesenia Monteagudo?" "Sì, lei e Oscar, Renata..." "Questo per ora non le è consentito. Sergente!" Non ebbi tempo di obiettare che entrarono il graduato e l'altro militare e praticamente mi sollevarono di peso. "Ma signore perché? Mi state arrestando?" accennai a protestare. "Non ho altro da aggiungere, buongiorno e buona fortuna." si congedò quel tipo di cui nemmeno avevo inteso il nome, mentre in mezzo ai due sbirri mi avviavo verso l'ignoto.

Riprendemmo l'ascensore scendendo sin nei fondi del palazzo e da lì sbucammo su quello che doveva essere il retro, avvolto da mura torreggianti. Fui messo a sedere su di una panca in cemento sotto la tettoia in quello che pareva essere lo spazio destinato al posteggio di automobili.

"Aspetta qui e non ti muovere."

ma dove mi portano? e cosa pensano di farmi? però non mi hanno messo le manette se avessero in mente di torturarmi mi avrebbero trattato in un altro modo ma perché non farmi chiamare Yesenia?

Cercavo di farmi coraggio mentre osservavo i due poliziotti rientrare nell'edificio da un altro accesso che introduceva in un ufficio proprio lì a piano strada, dove potevo vedere due ragazze, anch'esse in uniforme, che a loro volta mi stavano osservando, parlottando ridanciane. Una delle due era davvero molto carina e la divisa non ne guastava le forme, tutt'altro, lasciandole la gonna attillata scoperte le belle ginocchia sotto le quali calze di cotone definivano l'aggraziato disegno di polpacci e caviglie. "Vamos!" mi ordinò il sergente facendo segno di alzarmi e seguirlo verso l'auto che stava fermandosi a pochi metri da noi."Xiomara, vieni anche tu." La bella ragazza si unì a noi, il sergente montò sulla Lada sedendosi vicino al conducente, io salii dietro dopo l'altro poliziotto finendo così schiacciato tra lui e la bella Xiomara salitami appresso e di cui ora sentivo tutto l'intenso profumo. L'auto si avviò verso l'uscita, due militari alzarono la pesante sbarra e ci immettemmo in una strada che costeggiava i binari del treno. Ebbi la sensazione che ci stessimo dirigendo dal centro verso l'esterno della città, ma sbagliavo perché ci inoltrammo invece sul Malecon, che a quell'ora, doveva essere almeno mezzogiorno, era ben più trafficato di come l'avessi trovato la mattina. Lo percorremmo sino a che non fu più visibile il mare. Osservando le indicazioni sulla strada compresi stessimo andando verso l'aeroporto. L'abitacolo della vettura in dotazione al ministero era angusto e forse per questo Xiomara era costretta strusciarsi su di me a ogni piccolo movimento, ma se ancora avevo il controllo dei miei nervi, altre parti rispondevano al puro istinto e adesso la mia preoccupazione non era più per quanto aveva preannunciato minaccioso il segretario del ministro, ma che nessuno si accorgesse dell'erezione che lo strofinamento della coscia di Xiomara sulla mia e del suo seno prosperoso sul mio braccio, avevano istantaneamente provocato.

sono pazzo mi stanno portando in galera e guarda un po' cosa mi va a succedere

La speciale struttura sorgeva alla periferia di Boyeros, una caserma cintata da un basso reticolo presso la quale arrivammo dopo circa un'ora di viaggio. Una volta smontati il sergente mi consegnò a un suo pari grado che stava là fuori ad aspettarci. I due militari che fin là mi avevano condotto non mi salutarono, Xiomara accennò un sorrisino. "Venga con me." mi ordinò il nuovo sergente che mi fece strada per un lungo corridoio, in fondo al quale si apriva la stanza dove mi introdusse. Le pareti erano verde acqua, così come il soffitto e il pavimento, non c'era nemmeno una finestra. Al centro di quell'ambiente stava una poltrona simile a quella di un dentista. "Stia qui e non si muova." mi intimò il nuovo accompagnatore uscendo e chiudendo a chiave la porta.

dove pensi possa andare coglione

Sentivo montare la rabbia, che senso aveva recludermi ora? Ero stato libero per ben sette mesi, perché non l'avevano fatto prima? Ma forse faceva parte di un piano preciso, avevano voluto studiarmi: fossi stato una spia speravano forse in quel modo di cogliermi sul fatto. Turbinavano le congetture e adesso ero spaventato e preoccupato per quanto sarebbe stata in pensiero Yesenia, non avesse ricevuto a breve mie notizie. Avrei voluto chiamarla quella sera, ma ora che ero prigioniero a tutti gli effetti, come avrei fatto? Restai là dentro per non saprei quanto tempo prima che il sergente facesse ritorno, non portando buone notizie. "Venga, l'interrogatorio è rimandato a domani." "Posso riavere il mio zaino?" "No." "Ma perché? C'erano dentro solo della biancheria e il mio quaderno." "Mi dispiace ma questi sono gli ordini." Chi impartiva quegli ordini? E cosa pensavano di trovare? Fui fatto salire al primo piano. "Per stanotte questa è la sua camera."

per stanotte? allora forse domani sarò libero o mi metteranno in un carcere?

Nella camera c'era un piccolo bagno provvisto solo di un wc e di un lavandino, mi sciacquai alla bene e meglio. Avendomi sequestrato lo zaino, non avevo ricambi e così fui costretto a rindossare gli stessi indumenti. Mi distesi sul letto cercando di tranquillizzarmi

in fondo hanno qualche ragione forse io al loro posto farei lo stesso domani spero di convincerli della mia buona fede e se poi riusciranno a scoprire qualcosa in fondo non potrò che gioirne che uomo sono adesso senza ricordi?

Provai a chiudere gli occhi ma non mi riuscì di prender sonno, il tempo non passava e non facevo che pensare a Yesenia.

"Buon appetito." "Grazie." Verso sera mi portarono una zuppa piena d'acqua e sale, del pane duro e una specie di frittata dal gusto indefinibile, ma avevo fame e mangiai tutto quanto, mandandolo giù con l'acqua del rubinetto che sapeva di terra. Mi balenarono nella mente le immagini di Xiomara e Yuliet che scacciai, poi della donna del sogno e feci altrettanto tornando a ricordare Yesenia, la sua bocca, i nostri amplessi e il desiderio si impossessò di me tanto che feci per masturbarmi ma forse mi stavano spiando anche in quel momento e lasciai perdere. Dopo ancora un bel pezzo, e molti pensieri nefasti, riuscii ad addormentarmi.

"Voglio sapere se sono detenuto e in quel caso se ho diritto a un avvocato." domandai la mattina seguente appena la porta fu aperta da una soldatessa, ma quella come compito aveva nient'altro che portarmi pane e latte annacquato e unicamente mi rispose che dovevo aspettare. Non so quante ore passarono, ma doveva essere trascorsa più o meno tutta la mattina, quando entrò nella stanza il sergente del giorno prima al quale reiterai la domanda. "Dobbiamo aspettare che giunga il capitano." "Cioè?" "Oggi è previsto il passaggio di consegne al nuovo comandante di questa sezione, fino ad allora non so che dirle, comunque non dovrebbe tardare." E invece tardò e passai così il resto della giornata camminando su e giù per l'angusta stanzetta. Mi furono almeno portati della biancheria pulita, più o meno della mia misura, e una camicia militare.

hanno le loro ragioni e se fossi davvero una spia di Miami se lo fossi stato perché adesso non lo sono di sicuro e allora qualunque cosa anche avessi fatto oggi sarei innocente perché l'avrebbe fatta qualcun altro di cui ignoro persino il nome

Mi sembrava così assurdo esser costretto là dentro, ma tutta la mia situazione d'altronde lo era. Chiesi ancora che ne fosse del mio quaderno ma il militare che di tanto in tanto faceva capolino per controllare chissà che - certo da lì non avrei potuto scappare! - neanche sapeva di che stessi parlando. "Pinga! Ma è possibile almeno avere un foglio e una penna?" quasi gli urlai sulla faccia, ma quello altro non fece che sollevare le spalle prima di richiudere la porta dietro sé. Riprendendo l'inutile passeggio immaginai di essere una cavia e le sue stesse sensazioni su e giù per la gabbietta stavo provando ma senza nemmeno la variante di una ruota in quel sempre identico percorso inconcludente. Stavo pensando che se avessi dovuto trascorrere così molti altri giorni, sarebbe stato impossibile non ammattire, quando la porta si aprì nuovamente e non saprei spiegare la dimensione della mia sorpresa quando nella stanza entrò Sallusti. "Hola hombre del misterio, ci rivediamo..." Allo stupore si unirono, a formare un unico rabbioso groviglio, sgomento e apprensione e nessuna parola mi uscì di bocca. "Sono il nuovo comandante della Sezione Speciale e ho intenzione di aiutarti. O smascherarti." Il suo atteggiamento non era cambiato, né i suoi convincimenti. "Capitano, dalla nostra ultima conversazione non è cambiato nulla, io non ricordo nulla, ma questo lei già lo sa..." "Quindi non puoi escludere di essere un controrivoluzionario?" Si, potevo escluderlo. Sentivo di non avere alcun dubbio sui principi della Rivoluzione e tanto meno mi sentivo una spia, ma era il mio un sentimento appunto, non disponendo di prove né in un senso come nell'altro e a mentire non avevo ancora imparato. "No capitano, non potrei." "E allora..." "Non posso escludere di esserlo stato però adesso..." ma non mi diede il tempo di concludere la frase. "Basta così, da domattina inizieranno gli interrogatori." "Mi devo preoccupare?" "Vedi tu, ma se pensi a violenze o torture, beh, non hai nulla da temere." "A dire il vero non pensavo a niente del genere, ho sempre creduto che le voci sui maltrattamenti ai dissidenti le mettano in giro i gusanos e gli yankee..." Mi fissò forse per esser certo che quelle parole non le avessi pronunciate con l'intento di farmi gioco di lui e forse un poco confuso fece per andarsene. "Ora ti lascio, tra poco arriva la cena, ci vediamo domattina." "Ancora una cosa capitano, posso avvisare Yesenia?" "No." "Ma perché?" "Non ho più niente da dirti per ora, buonasera." "Ma almeno posso riavere il mio quaderno?" Ma Sallusti era già uscito e la porta di nuovo chiusa.

Mi avevano portato di buon'ora, a sensazione non doveva essere più tardi delle sei, nella stanza del dentista, la stessa del giorno prima e qui ero stato energicamente invitato a sedere sulla poltrona. Per almeno mezzora mi fece compagnia un giovane militare che evidentemente doveva avere avuto la consegna del silenzio e non rispose infatti al mio saluto, figurarsi far conversazione. Stavo quasi per appisolarmi quando nella stanza entrarono un tizio, un medico militare intuii dalla cappa bianca indossata sopra la divisa, e Sallusti, bieco come al solito. Ancora non mi era riuscito di capire se fosse davvero un uomo di legge tutto di un pezzo o invece un sadico, ma mi apprestavo a comprendere che le due cose fossero in fondo sovrapponibili. E poi quanto giocasse in tutto ciò la conformazione del suo scheletro e se fosse la fisiognomica a definirne le azioni o viceversa.

"Tenente, questo è il signore che dice di aver perduto la memoria..." mi presentò Sallusti al tizio vestito da dottore, che restò a fissarmi senza rivolgermi la parola per poi prendere sottobraccio il suo superiore e, spostatosi verso l'uscita, confabulare di qualcosa che non riuscii a comprendere. Colsi invece la risposta di Sallusti: "Farò il possibile ma non so dirle quanto tempo ci vorrà. Per adesso avevo inteso che avrebbe provato con l'ipnosi, o sbaglio?" Non sbagliava e difatti il medico estrasse un pendolo dalla tasca della cappa e facendosi di nuovo vicino mi si rivolse con voce calma ma decisa: "Ora cerchi di rilassarsi, non pensi a niente e si concentri sul pendolo." Aveva preso a farlo ondeggiare e io ne seguivo l'andamento con lo sguardo ma senza che l'esperimento sortisse gli esiti sperati. "È un soggetto difficile, poco suggestionabile a quanto pare..." A questo punto alzò il tono della voce. "Le ho detto di non pensare ad altro, si concentri solo sul pendolo, non esiste niente altro intorno a lei, si rilassi, si rilassi." Ricordo che intravvidi in via periferica la faccia di Sallusti che mi sembrava esprimere la convinzione fossi una spia ben allenata e che stavo per dirglielo come invece non stessi opponendo alcuna resistenza quando: più nulla.

"Al mio tre si sveglierà: uno, due, tre!" Allo schioccare delle dita del tenente medico riaffiorai nel verde della stanza tornando a scorgere la faccia di Sallusti a dir poco indispettita. "Mi spiace capitano, il coma ha evidentemente prodotto un trauma che nemmeno l'ipnosi riesce a scalfire." "Ma potrebbe fingere?" "Tenderei a escluderlo." "Non voglio mettere in dubbio le sue competenze ma resto della mia idea: questo tizio sta mentendo." "Capitano, lei è un mio superiore in grado e non voglio contraddirla; io non dico che questo signore non sia una spia, affermo però che se anche lo fosse non lo ricorda, ed è proprio perché temevo

potesse accadere una cosa del genere che le ho fatto quella richiesta..."
"Consideri la cosa già fatta, oggi stesso inoltrerò la richiesta e con carattere d'urgenza!"

Assistetti a quel dialogo e, ancora intontito, per un attimo mi parve d'essere spettatore di una mediocre commedia ma in grado comunque di strappare un sorriso, perché in effetti stavo ridendo, tanto che Sallusti mi lanciò uno sguardo fiammeggiante che nulla di buono lasciava prospettare, e infatti, dopo aver militarmente salutato il tenente che uscì dalla stanza, furioso venne verso di me e per un attimo ritenni volesse colpirmi, ma si limitò invece a puntarmi l'indice scheletrico alla gola, affondandolo quel tanto che sentii l'unghia aguzza ferirmi la pelle sotto il mento. "Non c'è un bel niente da ridere. Io non mi faccio prendere per il bavero, fai molta attenzione." minacciò stridulo il vampiro. "Lei è pazzo!" risposi e gli avrei afferrato l'artiglio, forse lo avrei preso a pugni, non si fosse ritratto rapace mentre stavano entrando il sergente in compagnia di un altro militare, che in fretta mi portarono via senza che altre parole fossero pronunciate.

Su cosa avesse richiesto "e con carattere d'urgenza", mi interrogai per tutto il dopopranzo, per buona parte della notte, per tutto il giorno dopo e per l'intera settimana, che trascorse così senza altre novità. Mi era permesso per un'ora al pomeriggio e un'ora la mattina, di uscire dalla stanza, i primi giorni solo per   passeggiare lungo il corridoio adesso anche nel cortile interno alla caserma, sgranchendomi le gambe girando intorno al piccolo carrarmato posizionato come si fosse trattato di una statua. Il tutto avveniva sempre sotto uno sguardo più o meno vigile a seconda di chi fossero i sorveglianti ai quali avevo cessato di far domande e richieste che avevo ben chiaro ormai, sarebbero rimaste disattese. Anche di Sallusti avevo perso traccia, era evidente che fossero in attesa di qualcosa, ma di cosa? Avessi almeno potuto chiamare Yesenia! Trascorsero in quel modo dieci giorni quando finalmente ricevetti una nuova visita del vampiro.

"Come andiamo hombre del misterio? Ti è venuto in mente qualcosa?"

"Capitano, se così fosse l'avrei fatta chiamare immediatamente." "Ostinato eh? Ancora qualche ora e la sua farsa sarà finita." "Adesso basta! Io non so per quale motivo ce l'abbia tanto con me, io sono sempre stato sincero. Comprendo e credo anzi sia giusto che cerchiate di capire chi sono, è quello che voglio anch'io come le ho già detto e però deve smetterla di mettere in dubbio la mia parola! Sono stato in coma, sono andato a tanto così dalla morte e se le dico che non ricordo nulla, è perché non ricordo nulla! Ha capito bene? E penso anche di aver diritto a un avvocato e voglio anche parlare con Yesenia!" Stavo urlando. "Voglio, voglio...nella tua posizione non puoi pretendere nulla e in quanto all'avvocato, mi pare che tu ci sappia fare con le parole, ti stai difendendo no? Ti lascio per il momento dire tutto ciò che vuoi, ma datti una calmata! Come ti ho detto è questione di poco tempo ormai."e così dicendo uscì senza permettermi di chiedergli cosa stessimo aspettando e perché fosse tanto certo che a breve avrebbe viste confermate quelle sue che, più di ipotesi, sembravano aspettative. Di lì a meno di un paio d'ore fui ricondotto nella solita stanza verde dove mi aspettavano un eccitatissimo Sallusti, la cui soddisfazione più che trasparire brillava, tanto che risultava meno lugubre del solito, il tenente medico ipnotizzatore e un altro seduto a una scrivania sulla quale stava uno strano apparecchio.

"Non è stato per niente facile ma alla fine eccola qua!" trionfava Sallusti. "Bene, bene, passiamo all'azione dunque." rispose il tenente anch'egli ansioso. Mi fu fatta togliere la camicia e, si fa per dire, accomodare sulla solita poltrona da dentista dove il tenente mi cinse una specie di cintura attorno al petto e allo stomaco e un manicotto al braccio sinistro, mentre degli elettrodi mi vennero applicati alle dita delle mani per mezzo di piccole mollette. "Adesso inizierò a rivolgerle qualche domanda." Se inizialmente avevo pensato a un elettrocardiogramma, adesso finalmente mi era chiaro: ero attaccato alla macchina della verità, era un poligrafo quell'affare!

"Mi dica il suo nome e cognome."

"Ulises."

"E il cognome?"

"Non lo ricordo."

"Dove è nato?"

"Non lo ricordo."

"La sua data di nascita."

"Non la ricordo."

Sallusti, intanto, si era avvicinato alla scrivania, dove il tizio seduto non sembrava essersi granché appassionato all'interrogatorio, avendo la testa china sul Granma aperto alla pagina sportiva, e nemmeno l'arrivo del vampiro nei suoi pressi ne distolse l'attenzione dalla lettura. Dal rumore continuo dei quattro aghi, che vedevo muoversi asincroni, immaginai le mie parole decifrate in grafici sbilenchi in grado di dimostrarne l'autenticità o di smascherarle in quanto menzogne. Non avevo idea del modo in cui avrebbero fatto i sensori, come sanguisughe, a succhiare dal mio cervello informazioni, né tanto meno come quell'aggeggio avrebbe potuto discernere il vero dal falso.

"Come si chiamavano i suoi genitori?"

"Non ricordo."

"Ha una moglie?"

"Non ricordo?"

"Ha dei figli?"

"Non ricordo."

"Qual' è il suo lavoro?"

"Aiuto Oscar con l'orto."

"Si, ma prima qual era la sua occupazione?"

"Non ricordo."

"Ha una fidanzata?"

"Si.""

"Come si chiama?"

"Yesena Monteagudo."

 A quel punto intervenne Sallusti:

"Allora? Come va? E che domande sono queste?"

"Capitano, mi scusi ma so fare il mio lavoro! Si chiamano control question test, servono per stabilire i parametri... mi lasci proseguire per favore!"

Sallusti abbozzò poco convinto.

"Di cosa si occupa?"

"In che senso"

"Ha degli interessi? Quali sono?"

"Scrivo poesie."

"E di cosa parlano?"

"Non saprei...scrivo quel che mi viene sul momento."

"Ad esempio?"

"I sentimenti, le emozioni che provo..."

"Cosa pensa di Cuba?"

"Amo Cuba."

"E della Rivoluzione?"

"Io sono un convinto sostenitore delle ragioni della Rivoluzione."

"E del Comandante Fidel Castro?"

"È sicuramente un grand'uomo."

"Cosa pensa dei cubani di Miami?"

"Non mi piacciono."

"E perché?"

"Sono imperialisti, io li disprezzo come disprezzo il capitalismo con le sue ingiustizie."

A questo punto l'altro medico richiamò disperato l'attenzione.

"È finito l'inchiostro e non me ne sono accorto!"

"Mierda! Ma come è possibile? Fino a che punto è arrivato?"

"Mi faccia guardare..." raccolse la carta che s'era andata srotolandosi dalla stampante sin quasi al pavimento e avvicinandosi fin sotto il naso il primo foglio disse:

"Vediamo un po', ah sì, Mi dica il suo nome e cognome...e secondo l'apparecchio la risposta è sincera..."

"Ma è la prima domanda che ha fatto!" Sbottò un incredulo Sallusti. "Ehm, sì mi dispiace, dobbiamo ripetere la prova una volta cambiata la cartuccia." "Ma è inaudito! Io vi faccio rapporto! Vi faccio spedire nell'ultimo campo! Vi faccio degradare! Ma come avete fatto a non accorgervene?" "Mi perdoni capitano ma la responsabilità è soltanto del tenente Vicente." disse convinto il tizio seduto alla scrivania. Ma anche quello non ci stava a prendersi la colpa che tentò a sua volta di scaricare.

"Io sono un criminologo non un ingegnere, io altro non dovevo fare che la perizia sui dati, che colpa ne ho se ci hanno portato una stampante senza inchiostro?"

Forse a Sallusti venne in mente che fosse proprio egli stesso il responsabile in quanto comandante della sezione nonché autore della richiesta e smorzò i toni.

"Va bene, basta. Bisogna in fondo solo recuperare una cartuccia, darò subito ordine in tal senso."

Fui riaccompagnato nella mia solita camera e non sapevo se ridere o piangere. Trascorsero altri tre giorni, ero riuscito almeno a farmi dire il nome della militare che aveva sostituito l'arcigno sergente, lei aveva modi gentili ed era almeno un piacere guardarla così alta e bionda. Gillisbet si chiamava e mi concesse un po' di confidenza tanto da rivelarmi che non stavano trovando la cartuccia per il poligrafo.

"Siamo a Cuba hombre, c'è quel che c'è!" E così chissà quanto tempo ci sarebbe voluto perché mi sottoponessero nuovamente alla prova, ma quando ormai disperavo, arrivò Sallusti e aveva l'aria soddisfatta. In quei giorni mi ero ripromesso di provare a capire quell'uomo, trovare un linguaggio che permettesse almeno un contatto tra i nostri due mondi;

in fondo è umano anche lui

mi ero andato ripetendo, ma vedendomelo di fronte, fui invaso dal consueto moto di orrore e il tono con il quale gli porsi la domanda stava lì a tradirlo.

"Mi scusi capitano, io davvero vorrei capire perché ce l'ha con me, non mi conosce, non le ho fatto niente, possibile che non tenga in considerazione l'ipotesi che stia dicendo la verità?" Mi guardò perplesso per poi rispondermi con malcelata stizza.

"Tu non capisci, non è certo una questione personale, io faccio solo quel che devo fare: il mio dovere! Che non è per inciso quello di fornirti spiegazioni." Avessi parlato in cinese avrei avuto le stesse possibilità di farmi comprendere.

"Ma ora basta con queste quisquilie e seguimi. Tu sei fortunato sai che non ho le mani libere, perché altrimenti conosco metodi più antichi ma certamente più efficaci, altro che macchina della verità! Per intanto ho trovato il pentotal..." e sul suo viso scarnificato si affacciò un sorriso beffardo.

Per l'occasione avevano cambiato il teatro dell'interrogatorio, invece che nella stanza verde fui condotto in quella che mi parve essere l'infermeria, dove mi aspettavano un medico che non avevo mai visto, una donna che immaginai essere un'infermiera e un'altra in divisa seduta alla scrivania dove poggiava un computer portatile.

"Venga, si stenda e si rilassi; ora le faremo un'iniezione, sentirà un po' di caldo ma non si preoccupi...poi le farò qualche domanda..." Mentre seguendo le sue indicazioni mi stendevo sul lettino, il dottore avvitava l'ago a una grossa siringa di vetro che teneva nella mano sinistra, quindi prese un boccino ancora sigillato e con quello lo infilzò aspirandone il liquido. Un'infermiera frattanto mi aveva legato intorno al braccio destro un laccio emostatico invitandomi a stringere il pugno. Mi avevano già iniettato più di metà del contenuto quando bussarono alla porta che Sallusti aprì spazientito.

"Capitano, c'è una persona che le deve parlare." "Sergente, adesso non posso, non vede?" "Mi scusi se insisto capitano ma è importante..." e così dicendo si avvicinò al suo superiore sussurrando qualcosa che non compresi. Vidi però il volto di Sallusti farsi in un attimo ancor più terreo. "Dobbiamo sospendere tutto!" quasi urlò. "Ma capitano, gli ho già praticato l'iniezione." Obiettò il medico. "Non importa, non importa, presto, riportatelo in camera." E così fecero probabilmente, anche se non ricordo bene, perché mi addormentai e non saprei dire quante ore fossero passate quando mi ridestai madido di sudore e ancora intontito, mentre incontravo lo sguardo di Sallusti che, sbigottito più che collerico mi stava dicendo: "Io non so che santi hai in paradiso...ho ricevuto l'ordine di rilasciarti, preparati subito." Tutto in lui tradiva dispetto: com'era difficile accettare le nuove disposizioni calate chissà perché e chissà da chi. Lui così assoluto nel bisogno di ordine e chiarezza non poteva intimamente accettare di non essere riuscito a dimostrare ciò che gli appariva lampante, avendomi da subito nel suo cervello incasellato trai nemici della Rivoluzione. Stava soffrendo indicibilmente adesso che l'ordine di qualcuno più in alto gli sfilava dagli artigli la preda, ma non poteva fare a meno di inchinarsi, mettendo di lato il proprio ego e con esso, quella che a me appariva pervicace perfidia ma che per lui era invece dedizione alla legge, alla causa. Sì, soffriva come un pazzo per la frattura che avvertiva tra l'intima convinzione e l'ubbidienza dovuta al sistema di cui non si sentiva semplice rappresentante ma tutt'uno invece. Stordito, lo guardavo senza reazione tanto che ancor più livido dovette ripetermi l'ordine: "Ti ho detto di prepararti subito, sei sordo?" Non ebbi tempo né desiderio di salutare nessuno, mi furono restituiti lo zaino e il quaderno e, senza nemmeno aver capito come ci fossi finito, mi ritrovai in strada, dove un'auto mi stava aspettando.

"Che giorno è?" Avevo potuto prender posto vicino all'autista, nessun altro mi accompagnava, il militare era un tipo bonario e non ebbe problemi a rispondermi. "È venerdì sei febbraio."

da quasi un mese non do mie notizie chissà come saranno in pena a Velasco

"Dove mi sta portando?" "Andiamo al Museo della Rivoluzione." "E a far cosa?" "Non lo so hombre, io devo solo portarti sin là." poi prese a parlare di sua moglie mugugnando e rimpiangendo i bei giorni da scapolo. Passato da poco mezzogiorno il sole investiva la provinciale che tagliava Boyero sino a Guanabacoa, e di gran sollievo era sentire sul volto l'aria corrente dal finestrino. Cos'era successo? Dove stavo andando? Inutile porsele quelle domande e ancora drogato mi addormentai.

"Amigo, siamo arrivati."

Avevo di fronte un elegante palazzo alto quattro piani e con un'enorme cupola brillante, rivestita esternamente con lastre di ceramica smaltata. Il militare della Seguridad mi accompagnò sin là dentro e una volta percorso un vasto salone deviammo, imboccando un lungo corridoio al termine del quale ci fermammo nei pressi di una porta. Il mio accompagnatore bussò. "Avanti." Una voce di donna. "Prego, entra..." mi invitò il poliziotto quasi sospingendomi là dentro. "Buongiorno, ho una lettera per il signor Gonzalo." Dalla tasca interna della divisa estrasse una busta gialla che consegnò alla donna, anch'essa in uniforme, seduta dietro la scrivania. "Bene, vi stava aspettando, un attimo solo..." e così dicendo si alzò e uscì dalla stanza. Non passarono che pochi minuti quando la porta si riaprì. "Buenas, sono Enrique Gonzalo." I capelli nerissimi e impomatati, dove sulle tempie potevano scorgersi rari filamenti argentati, sembrava un ballerino di tango quel bell'uomo alto e asciutto che si presentava. "Lei può andare, grazie, mi occupo io del signor Ulises." congedò il militare che uscendo mi strinse la mano augurandomi buona fortuna. "Ah, mi saluti il capitano Sallusti." aggiunse Gonzalo. "Senz'altro..." fece ancora in tempo a dire il militare prima di uscire di scena e non gli riuscì di trattenere un sorriso mentre quell'ultima frase lo inseguiva.

"Bene Ulises, finalmente la conosco personalmente..." Mi ero a quel punto ripreso quasi del tutto, o così mi sembrava. "Mi scusi signore, non ho inteso bene il suo nome...io io non ci sto capendo niente. Perché mi trovo qua? Sono detenuto? Posso avvertire qualcuno? E lei chi è?" L'uomo di bell'aspetto sorrise. "Mi chiamo Enrique Gonzalo e posso tranquillizzarla: lei non è accusato di nulla e quindi non è detenuto. Ho voluto incontrarla dopo che di lei mi ha parlato un caro amico che abbiamo in comune..."

un amico in comune? forse hanno scoperto la mia identità?

"A chi si riferisce? Io non ho molti amici o comunque non ricordo di averne avuti..."

"Non importa mio caro, non è opportuno far nomi mi creda...ma mi racconti di lei, cosa avrebbe intenzione di fare?"

Mi sembrò singolare quella domanda alla quale il mio affascinante e gentile interlocutore non mi diede però il tempo di rispondere.

"Ma sarà affamato, le va di mangiare qualcosa? O preferisce fare un giro nel museo?"

Stralunato, ero senza parole o forse lui troppo svelto a decidere. "Ma sì, le faccio visitare la sala José Martì, conoscerà le sue poesie?" Le conoscevo eccome e mi sentii subito a mio agio con quest'uomo che, passeggiando nei grandi saloni dedicati alla Rivoluzione, mi raccontava, ma soprattutto mi stimolava, a parlare di storia e poesia. "Sa che questa era la residenza di Fulgencio Batista." "Si, lo so." Avesse o meno secondi fini non era importante in quel momento, tanto che non mi infastidì neppure sapere che avesse letto - chissà a che titolo, le mie poesie. "Ho letto le sue cose sa? Trovo abbia talento" Lo ringraziai imbarazzato. "Dico sul serio, è commovente a tratti la sua ingenuità..." "Ingenuità? In che senso?" "Ah ah ah! Non lo fosse così tanto non mi farebbe questa domanda."

Fu chiacchierando su quanto fosse ancora attuale la visione del Che sul Sud America e non solo che mi accorsi di avere una fame da lupi. "Adesso sì che mangerei volentieri qualcosa..." "Ha ragione, sono un pessimo ospite, sarà meglio che il Granma e il Salón de los Espejos glieli mostri un'altra volta... Per farmi perdonare la porto dal mio amico Victor, ha la fonda migliore dell'Havana!"

quindi io sarei ospitato non più detenuto...

Mangiavo camarones, sorseggiavo Cristal e continuavo a non capirci nulla.

"Ma allora sono davvero libero?".

Mi feci coraggio e glielo domandai d'un fiato, perché nonostante mi fosse simpatico e i suoi modi garbati e rassicuranti, conservavo il timore di essere ributtato in qualche caserma o galera.

"Sarò franco con te, posso darti del tu?" "Certamente." "Il tuo è un caso unico e sono tutti spiazzati, al ministero nessuno sa che pesci prendere...gli interrogatori ai quali sei stato sottoposto non sono stati di nessun aiuto, anzi... Certo se fossi rimasto nelle mani del nuovo comandante..." "Sallusti intende?" "Sì, ha talmente insistito, che alla fine lo hanno trasferito all'Havana proprio perché diceva di aver seguito dal principio il tuo caso e che non avrebbe pertanto faticato a smascherarti... comunque dicevo, fosse dipeso da lui sarebbe passato a metodi un po' meno amichevoli...ma io sono contrario... e se fosse venuto fuori che sei, che so? Spagnolo o Italiano, sarebbe stato difficile giustificarli...e poi Pinto dice che è solo questione di tempo, prima poi la memoria ti ritorna di sicuro." "Lei conosce il dottor Pinto?" "Sì, è un mio buon amico." Il mio amico Pinto! A lui dovevo l'esser stato sottratto alle grinfie di Sallusti.

Gonzalo non aveva fretta di tornare in ufficio e ci dilungammo bevendo un caffè; non che non fosse curioso ma poneva domande gentili sembrando interessato soprattutto ai miei quasi due anni di incoscienza, accennando ad un suo zio che, risvegliatosi dopo alcuni mesi di coma, gli aveva raccontato di un tunnel e di una luce bianca abbagliante, ma fui costretto a deluderlo perché di niente del genere mi ricordavo. E così il discorso deviò nuovamente sulla bontà della Rivoluzione di cui stavo parlando con la consueta enfasi, provocando in lui curiosità ulteriore e financo un'ilarità appena a stento contenuta e di cui non comprendevo il motivo. "So che Yesenia ti ha ribattezzato col nome di Ulises, l'eroe dell'Odissea, ma io penso che il nome giusto per te sarebbe stato Candido..." Non afferrai immediatamente cosa intendesse e Voltaire neppure mi passò per la mente in quel frangente. "Vieni, torniamo al museo così ti spiego cosa dovrai fare..."

Pagò il conto e uscimmo. Nel suo piccolo e modesto ufficio, che mal si attagliava a quello che, visto la velocità con la quale Sallusti ne aveva eseguito la volontà, immaginavo essere un pezzo da novanta della nomenclatura, mi ribadì che ero sì libero, ma che non avrei potuto lasciare la capitale. La mattina seguente mi correva l'obbligo - disse proprio così- di recarmi al palazzo del municipio di Centro Havana dove mi avrebbero rilasciato un carnet d'identità. "Però hai bisogno di un cognome..." disse mentre terminava di scrivere la lettera che avrei dovuto presentare il giorno dopo al funzionario comunale. "Che ne dici di Tienesuerte, mi pare azzeccato no? Suona bene...Ulises Tienesuerte." Sembrava anche a me e annui ripetendomelo mentalmente, ma chissà se sarebbe piaciuto a Yesenia? Gonzalo mi domandò ancora se avessi un posto dove stare per qualche giorno - pur sapendo dell'appartamento di Minola - aggiungendo che dalla prossima settimana avrei iniziato il lavoro presso la fabbrica di macellazione della via Panamericana e mi avrebbero trovato una sistemazione là vicino. "E continua a scrivere, ma non dimenticare di farmi avere tue notizie."

Ogni sabato avrei dovuto fargli visita dopo le quattro di pomeriggio. Prima dei saluti mi consegnò due lettere, una da presentare al municipio, l'altra alla fabbrica.

"Salutami il nostro amico dottore." concluse stringendomi energicamente la mano.

Ero più o meno libero quando uscii dal museo, inoltrandomi per le vie dell'Havana che mi sembrò bellissima e camminando confuso senza sapere dove mi trovassi ero felice come un bimbo. Dovevo subito chiamare Yesenia.

Nuovi incontri e vecchie conoscenze.

6 febbraio dell'anno 2004

Esistevo finalmente, ufficialmente. Avevo un nome e un cognome, lo potevo leggere sotto la mia foto sul tesserino carta zucchero, il mio carnet d'identità: Ulises Tienesuerte. Seguendo le istruzioni di Gonzalo, di buon mattino mi ero recato al Municipio. Yolanda, la vicina custode delle chiavi di casa della sorella di Oscar, mi aveva spiegato per filo e per segno come arrivarci attraverso la via più breve e così feci, non senza disorientarmi in quelle strade per me nuove, ma solo a tratti, perché restando fedele alle indicazioni ricevute, tenendo sulla mia sinistra il Malecon che mai si negava alla vista per più di qualche passo, e la cupola del Capitolio come stella polare, era quasi impossibile perdere la direzione. Credendomi in anticipo,

devo trovare un orologio

mi ero fermato a comprare del mango su un banchetto a lato della calle 23 y tercera, ma quando varcai la porta del Municipio capii di non essere trai primi arrivati: una piccola placida folla pigia pigia si distribuiva in una coda incoerente. C'era chi doveva rinnovare il carnet, chi registrare un nuovo nato o un vecchio morto, chi ottenere un qualche certificato, donne e uomini a cui non sembrava pesare l'attesa che io viceversa trovai presto insopportabile. Ancora dovevo chiamare Yesenia e anche Pinto che tanto sapevo dover ringraziare. La sera prima non mi era riuscito di trovare un telefono e stanco, sbalestrato e confuso, le uniche energie le riservai a una lunga doccia prima di addormentarmi sfinito. Arrivato il mio turno ci fu un intoppo: non avevo le foto indispensabili per l'emissione del documento. Per fortuna la gentile impiegata, lasciando il suo posto e accompagnandomi fin fuori l'ufficio - cosa che a qualcuno della coda non piacque molto a giudicare dagli sguardi astiosi e dai brusii irritati che ci accompagnarono nel breve tragitto - mi indicò una piccola bottega, all'apparenza un ferramenta, vuoto di viti, utensili e bulloni ma pieno invece di mille cianfrusaglie e, alla bisogna, studio fotografico. Dietro al banco di quel negozietto c'era un telefono e dopo che l'improvvisato fotografo, un giovane rasta, ebbe effettuato gli scatti con una vetusta macchina e stavamo aspettando si sviluppassero, domandai se fosse possibile chiamare.

"Pagando tutto è possibile"

Ma la sua richiesta di un dollaro mi sembrò esagerata.

"Puoi sempre andare alla compagnia dei telefoni, magari risparmi un centesimo." fece quello sarcastico. E così mi ripromettevo di fare adesso che, dopo un'altra ora di attesa, uscivo dal Municipio con il mio bel documento in tasca. Chiesi a un primo tizio, poi a un secondo e a un terzo, ma, o non sapevano dove si trovasse, o fornivano indicazioni labirintiche che non mi riusciva di trattenere in testa per più di un secondo. Solo dopo non meno di dieci tentativi, una ragazza gentile e paffuta mi propose:

"Vieni con me, ci sto andando anch'io."

E così camminammo lungo Neptuno sino in Parque Central e poi tagliandolo, sino a Obispo, a quell'ora un vero formicaio dove brulicavano per lo più stranieri richiamati dalle musiche che uscivano dai locali dove altri turisti, quasi sempre in compagnia di belle ragazze o bei ragazzi indigeni, ballavano improbabili, o bevevano cocktails.

"Chissà quanto costa bere là dentro..."

La ragazza gentile e paffuta mi squadrò ben bene per poi rispondermi seria.

"Troppo mio amor, troppo..."

Ricco, era chiaro, non lo dovevo sembrare, guajiro piuttosto.

La coda che avevo fatto per ben due volte al Municipio era niente! Quella fuori la porta della compagnia telefonica, di cui ora costituivo l'ultima appendice, si componeva di non meno di cento persone.

Il sole precipitava i suoi raggi caldissimi senza offrire nessuna possibilità di trovar riparo all'ombra, salvo perdere il posto, ma non potevo più ritardare la chiamata e non potei quindi far altro che attendere il mio turno. Quanto sentivo mancarmi i placidi pomeriggi di Velasco e i boleri di Melquiades, contro il quale più di una volta avevo inveito ottenendo di rimando le medesime insolenze, adesso che perfino il cra cra delle rane sarebbe stata gradita melodia sul trambusto importuno dell'Havana.

"Hola Augustina, sono Ulises, come va? Come state."

Tutto bene mi rassicurò la moglie di Felix, Yesenia però era al lavoro. La salutai raccomandandole di abbracciare tutti quanti. Per fortuna sul quaderno avevo appuntato anche il numero del Lenin, dove il telefono suonava libero senza che nessuno rispondesse per poi dare il suono di occupato. Solo dopo parecchi tentativi qualcuno all'ospedale di Holguin sollevò la cornetta.

"Vorrei parlare con l'infermiera Yesenia Monteagudo."

Era contro il regolamento mi disse la centralinista che però, una volta capito chi ero e spiegatale la situazione, fece uno strappo alla regola.

"Amore mio come stai?"

"Ulises, sei tu...sapessi quanto sono stata in pensiero..." la sua voce squillò allegra.

Le raccontai quel che mi era accaduto ma già lo sapeva, Pinto l'aveva tenuta informata quasi tutti giorni e sì, anche del suo interessamento con quell'amico del museo era informata. Ciò che non sapeva, e il suo tono a quel punto si riempì di disinganno, era che non mi fosse possibile far subito ritorno.

"E quando ci potremo vedere?"

Non lo sapevo.

"Io ti aspetto...ma fai presto per favore."

Se fosse dipeso da me sarai partito in quel momento.

"Ti amo." mi sorpresi a dirle pensando che mai prima d'allora lo avevo fatto.

"Anch'io, torna il più presto possibile, ti prego."

Pinto non era in ospedale e così l'incaricai di ringraziarlo e di abbracciarlo forte; avrei provato certamente a chiamarlo l'indomani.

"Riguardati amor mio e torna presto."

Quando riagganciai avevo il cuore nelle rose: metà tra petali profumati, l'altra nelle spine.

Ero all'Havana, solo e senza niente da fare per due giorni almeno. Era sabato e soltanto lunedì avrei dovuto presentarmi al mattatoio. Distinte ma pure avvinghiate, paura ed entusiasmo mi scalciavano dentro mentre percorrevo il Malecon dove fui preso dalla voglia di tuffarmi nel mare come stavano facendo i ragazzi e le ragazze che, abbandonata la divisa della scuola, saltavano in acqua, apparentemente senza pensieri oltre quello di schivare gli scogli. Ma sapevo nuotare? Camminai risalendo Galiano tornando verso Paseo del Prado. Assetato e senza meta né orari da rispettare, decisi di bere una birra.

venti pesos spesi bene

Ma il piccolo bar che vendeva amburghesas e perro caliente non accettava moneta nazionale e così tagliai verso il Boulevard; entrai in un mercatino per turisti dove su decine di banchetti spille e portachiavi raffiguranti il Che abbondavano, come le magliette simili a quella che indossava quello spagnolo sulla corriera.

ma tutti questi stranieri che lo idolatrano cosa fanno nei loro paesi imperialisti? perché vengono qui invece di combattere a casa loro le iniquità del capitalismo? al Che non farebbe piacere vedere tutto questo

Sempre alla ricerca di un posto dove poter spendere i miei pesos fermai un tizio.

"Hola compañero, sai dove posso pagare una birra in valuta nazionale?"

Quello mi guardò e senza pensarci troppo mi rispose:

"Certo amigo, vieni, ti accompagno, ho sete anch'io."

Così percorremmo tutto il Boulevard, attraversammo una via grande e molto trafficata inoltrandoci per Industri e giù, giù per Bolivar sin nei vicoli del Sitios.

"Io sono Silvio ma tutti mi chiamano Eta Beta."

"Piacere, io mi chiamo Ulises."

"Da che parte di oriente vieni Ulises?"

"Da Velasco."

"Mai sentito, sarebbe?"

"È un paese sopra Holguin."

"Holguin...dovrei avere qualche parente da quelle parti. Però non sembri un palestino..."

"Come?"

Non avevo mai sentito quel termine e solo tempo dopo avrei scoperto che gli havaneri definissero in quel modo gli orientali, con intenti non certamente lusinghieri, se non palesemente razzisti.

"Niente, niente..."

"Silvio, giusto? Che significa Eta Beta?"

"Non è che sei uno sbirro?"

Quel piccoletto aveva una faccia simpatica e quella frase che, se pronunciata da qualcun altro mi avrebbe perlomeno infastidito, dalla sua bocca mi fece sorridere.

"Non ti preoccupare, anzi non mi stanno per niente simpatici."

Non so quanto rassicurato, mi spiegò che il soprannome glielo aveva affibbiato anni prima un italiano.

"È un personaggio di Walt Disney, un extraterrestre amico di Topolino che estrae dai pantaloni tutto quello di cui il topo ha bisogno."

E anche lui diceva di essere in grado di procurare, se non tutto, certamente donne, case particular, sigari e altro ancora ai turisti bisognosi.

"Anche maria ma coca no."

tutte cose di cui non ho bisogno

"Hola Rubio, come va?"

Eravamo giunti al chiosco e finalmente potevo dissetarmi.

"Eta Beta, proprio te cercavo..."

Il piccoletto e l'enorme barista biondo platino si appartarono di lato lasciandomi solo con la mia latta di Bucanero. Il Rubio teneva la canotta bianca arrotolata sino al petto e pareva farsi vanto della grossa pancia. I due parlottarono qualche minuto fitto fitto e al finale si strinsero la mano suggellando chissà quale accordo.

farò bene a raccontargli la mia storia?

A questo stavo pensando mentre la birra era finita e ne ordinavo un'altra al barista tornato dietro il banco del suo chiosco di lamiera arrugginita.

"Cosa ci fai all'Havana, sei in gita?"

"Macché! Inizio a lavorare lunedì al mattatoio della via Panamericana."

"Al mattatoio... Non ti invidio davvero..."

e perché?

Ma non glielo domandai sembrandomi chiaro che a quel tipo lavorare non doveva piacere per niente.

"Sta arrivando Katy, meglio andare..."

Una giovane donna nerissima e magra magra era appena entrata dentro il chiosco sistemandosi dietro l'approssimativo bancone e, con gli occhi sgranati di una pazza, aveva preso a ricoprire Rubio di contumelie

"Sei uno scansafatiche, maledetto il giorno che ti ho incontrato, solo capace di far festa con gli amici e le puttane!"

Il panciuto non ribatteva ma sembrava sul punto di scoppiare.

"È meglio andare prima che quella bruja inizi a girarci contro i santi. Tu dove vai?"

Non avevo voglia di andare a casa e avevo ancora sete, magari non di birra, neppure lo sapevo di che cosa, ma tutta quella folla e la luce e i suoni, quel frastuono, ora invece di irritarmi come solo qualche ora prima, mi irretivano.

"Non lo so, non ho niente da fare."

"Accompagnami allora."

Di nuovo sul Malecon, ci stavamo recando a casa di una cliente di Eta Beta quando mi passò per la mente che forse non fosse granché intelligente passeggiare con questo tipo, visto che immaginavo Sallusti o chi per lui tenermi d'occhio, e ne ebbi la conferma quando mi rivelò quale fosse la consegna da effettuare.

"Questa è una chica che ha capito tutto...certo per sopportare il marito deve fumare un bel po' di maria, ma se vedi in che casa vive...vale la pena, vale la pena."

All'altezza dell'Hotel Blanco, all'angolo con Calle 23, stava, ristrutturato di fresco, un palazzotto di tre piani, dove ampie vetrate permettevano ai fortunati che lo abitavano una vista maestosa sull'oceano: era la residenza della cliente, e là ci fermammo innanzi al portone.

"Aspettami qua sotto, torno in cinque minuti e ci andiamo a fare un'altra birra, questa volta offro io."

Ma quasi non fece in tempo a terminare la frase che il portone si spalancò e uscirono due giovani ragazze tutte allegre e ridanciane, una era alta e bionda, l'altra la riconobbi: era Yuliet.

"Hola Eta, vieni entra...questo è un tuo amico?"

Non ricordava la mia faccia e la cosa mi insolentì.

"L'hai portata? È tutto il giorno che vado di bianca, ho bisogno di rilassarmi un po' adesso..."

Eta Beta aveva già pronte cinque sigarette e le passò a Yuliet che gli mise in mano dei cuc, due biglietti da dieci e uno da cinque poi, muovendosi veloce ma sempre tenendo per mano l'amica, quasi balzando sugli scalini che dovevano condurre al suo appartamento cinguettò:

"Carino il tuo amico..."

"Sì mami, anche la tua amica, quand'è che facciamo una festa?"

cercò di raggiungerla Eta alzando la voce, ma quelle avevano girato l'angolo e solo si udirono ancora per un attimo le loro risa, prima del rimbombo nell'androne di una porta chiusa di malagrazia.

"Che guapa! Sei fortunato amico se te la scopi, di solito va solo con gente col grano."

Lusingato e infastidito, imbarazzato e colpevole, così mi sentivo in quel frangente. Non dissi a Eta Beta che già la conoscevo e gli risposi invece, ma forse lo stavo ripetendo a me stesso:

"Io sono fedele alla mia fidanzata."

Il mio nuovo amico non mi prese sul serio e squadrandomi un attimo subito mi rispose scuotendo la testa ridacchiando:

"Che cara de palo tieni amico ..." proseguendo a raccontare cosa avrebbe gradito fare a Yuliet e alla sua amica.

Passammo il resto del pomeriggio a bere, prima birra poi rum; Eta Beta non sapeva ascoltare e in fondo non mi dispiaceva, non era certo il caso di raccontargli i fatti miei. E non sarebbe stato facile credermi del resto. Ma il piccoletto era davvero un mattacchione e i suoi aneddoti sboccati e divertenti, quasi mi ammazzavano dal ridere, sbronzo come neanche alla festa di Yuliet. Quando Eta mi caricò su un bicitaxi non mi reggevo in piedi, il cielo sfiammava in un rosso già cupo, il sole declinato da un pezzo sotto l'orizzonte indistinguibile dell'oceano ormai buio.

"Vapor 63" riuscii a dire al ciclista e quello prese a pedalare di buona lena allontanandosi dal Malecon,

"Sconvolgente, immenso, superbo ispira pace e paura." sfuggì al mio entusiasmo, ma il guidatore non era in vena di poesia.

"Sì amico, sì, vedrai domani che mal di testa." disse soltanto, pedalando veloce verso casa di Minola.

Lavoro duro e salotti letterari.

6 di febbraio dell'anno 2004

Il lavoro era fatica e basta. Non ci voleva molto cervello ma solo braccia buone per spostare le bestie - già sventrate, spellate e con gli arti mozzati degli zoccoli - fin sui tavolacci di marmo, dove macellai più raffinati terminavano l'opera restituendo carcasse pronte a essere disposte, appese con un gancio, su due tubolari d'acciaio da dove più tardi sarebbero state sfilate e caricate sui camion, pronte per essere distribuite alle carnicerias e alle cucine dei grandi alberghi. La forza non mi mancava anche se la mano sinistra non aveva riacquistato del tutto la sensibilità. Il vero problema era il fetore tremendo del mattatoio. Vomitai subito quella mattina e i miei nuovi compagni risero e qualcuno mi chiamò mammoletta.

Avevo trascorso tutto il sabato e gran parte della domenica a smaltire la sbronza e a sentirmi in colpa perché prima di prender sonno mi ero masturbato pensando a Yuliet. Non avendo niente da mangiare ero stato a un certo punto costretto a scendere in strada pensando di poter ritrovare la fonda dove ero stato con Gonzalo, ma il mal di testa e il sole ardente che sembravano trapanarmi il cervello, mi fecero desistere e accontentare di un perro caliente dal sapore sconveniente che un carrito vendeva all'angolo di Vapor. Tornato a casa rilessi una poesia che non ricordavo d'aver scritto, la notte prima tra i fumi dell'alcol.

Era di tutta evidenza stata composta per Yuliet e che stupido ero!

Tocarte como quiero es un delito

Viciosa mestiza mariposa

sobre lados equidistantes

el corazón tuyo oscuro

cargo libre y jubiloso

sobre tus labios deslumbrantes

e insinúo las rendijas que

me ofreces

de respiros tan clandestinos

que ni siquiera supe tenerlos dentro de los pulmones

te quiero, te quiero, te quiero

pequeña bruja que

después de haberlo encendido

tendrás, incluso que apagarlo todo este fuego

Traduzione:

Toccarti come desidero è un delitto

Viziosa meticcia mariposa

sui lati equidistanti il cuor tuo scuro

gravo libero e gioioso

sulle tue labbra abbacinanti

e insinuo gli spiragli che mi offri

di respiri tanto clandestini

che neppure sapevo aver dentro ai polmoni

Ti voglio ti voglio ti voglio

piccola strega che dopo averlo acceso

dovrai pur spegnerlo tutto questo fuoco!

non toccherò più un solo goccio di alcol

Avrei dovuto starle alla larga perché avevo paura dello sconvolgimento che, il solo vederla, aveva recato ai miei sensi.

Il lavoro iniziava alle sette e finiva alle quattro, ma per essere puntuale dovevo svegliarmi alle cinque e mezza. Per la via Panamericana dovevo prendere due guagua.

sabato ne parlerò con Gonzalo ho bisogno subito di una sistemazione più vicina al mattatoio e poi non voglio abusare dell'ospitalità di Minola

Il salario era una miseria, più o meno duecentocinquanta pesos a settimana "Ma con la libreta sei quasi ricco!" mi aveva spiegato quella prima mattina il ragioniere del mattatoio, un omaccione che sembrava più adatto a far macelli che di conto, e avevo riso interpretandola come una battuta spiritosa senza coglierla come la presa per i fondelli che in realtà era.

"Qui chi ha le mani lunghe fa una brutta fine, uomo avvisato mezzo salvato..."

ma con chi crede di parlare? mi sta dando del ladro?

Era il primo giorno e abbozzai senza ribattere ma durante la pausa per il pranzo me ne lamentai con Martin, il tizio al quale il ragioniere mi aveva affidato affinché mi illustrasse le mansioni che avrei dovuto svolgere là dentro, compito che non gli rubò più di un paio di minuti, visto la semplicità dei mei incarichi.

"Lascia stare, è normale, qui si arrangiano tutti, il primo a rubare è lui e forse teme la concorrenza..."

qui si arrangiano tutti me lo aveva detto anche Pablito ma allora non avevo capito

Dovevo parlare con Gonzalo, mi stavo rendendo conto solo adesso che non avevo ben compreso chi fosse, ero ancora drogato quando mi avevano condotto nel suo ufficio al Museo dopo il trattamento Sallusti, e il giorno dopo troppo distratto ed emozionato dall'Havana e dalla libertà prima, quindi ubriaco. Ma Gonzalo non lo avrei visto sino al prossimo sabato.

E con Pinto devo parlare anche con lui e non solo per ringraziarlo certo sa qualcosa che ci faccio qua dentro ad esempio e per quanto dovrò rimanerci c'è una puzza di merda insopportabile

Non mi sentivo tagliato per questo lavoro, non avevo abbastanza calli sulle mani e il tanfo marcio del mattatoio non mi sembrava poterlo sopportare troppo a lungo. La pausa terminò senza che lo stomaco chiuso e una nausea tremenda mi avessero permesso di mandar giù il pan con tortilla che Martin, gentile, intendeva dividere con me, e sembrò offendersi per il rifiuto: lui la puzza non la sentiva e non capiva di che stessi parlando. La seconda mansione, dopo che per tutta la mattina avevo scaricato quarti di bue, consisteva nella sommaria pulizia dei locali, per ultimo quello dove le bestie compivano il loro destino di anelli della catena alimentare.

"Non farti venire in mente di portar via nemmeno una frattaglia." mi avvisò Clemente, il ragazzo di San Miguel del Padron con il quale condividevo la responsabilità di riempire i sacchi di interiora e zoccoli, rimuovendoli dal pavimento impregnato delle emorragie di tutti quei cadaveri. Ma il tono di questo ragazzone era quello di un amico che ti voglia dare un buon consiglio, viceversa da quello minaccioso del ragioniere.

che abbia davvero la faccia del ladro?

Il pensiero d'arraffare qualcosa in quella merda non mi aveva neppure sfiorato, e poi che c'era da rubare? Delle carogne ben poco non finiva utilizzato - m'era parso di veder tritare persino qualche dente nell'impasto del churrito- e quel poco sarebbe andato bruciato nella fornace che, dall'ambiente attiguo, scrocchiava zampilli rendendo l'aria già calda e ammorbata, afa impossibile da respirare. Clemente mi spiegò poi che il ragioniere, per farsi bello coi capoccioni, fosse solito scovare un ladruncolo, nel dubbio sempre l'ultimo assunto.

"È così che distoglie l'attenzione da ciò che ruba lui..."

sono capitato in un bell'ambiente

Sulla parete in fondo allo stanzone una scritta inneggiava alla laboriosità del popolo cubano e alla Rivoluzione, offrendo solo la morte come opzione alternativa, mentre su quella dov'erano incassate le lastre di marmo, i tavoli operatori dei macellai, un murales raffigurava il loro protettore: Oggun patrono di tutti i metalli, costringendolo in quel modo ad assistere ogni mattina allo stesso spettacolo granguignolesco, durante il quale i suoi protetti, dopo aver immobilizzati le vacche, i vitelli o i tori legando loro le zampe, impugnando una specie di pistola, individuavano il centro nei testoni delle bestie sparando un colpo solo, un lungo chiodo che s'infilzava nei loro crani non lasciandogli che qualche istante di vita, prima di abbattersi già cadaveri per le terre. Io a Velasco avevo tirato il collo a qualche gallina senza aver mai provato rimorso o compassione, ma forse per la mole o gli occhi dei bovini che, pur restando ebeti, esprimevano sguardi di terrore, ero certo che mai avrei potuto esser io a esplodere quel colpo. Non aspiravo a far carriera nello scannatoio, anzi non ci volevo proprio stare là dentro. La sera stessa lo avrei detto a Pinto, certo dopo averlo ringraziato. Sarei stato costretto a chiedergli di intercedere nuovamente per me.

voglio tornare a Velasco

Ma la sera ero così stanco! E il posto telefonico chiudeva alle cinque, non ce l'avrei comunque fatta, così rinunciai a chiamare, anche perché distrutto dopo quella prima giornata, mi addormentai appena toccato il letto. Così capitò il giorno dopo e quello appresso, tanto che presi a scrivere una lettera al mio amico medico, ma la vicina di casa mi informò che non ci sarebbero voluti meno di quindici giorni prima che arrivasse a destinazione, così rinunciai, avrei aspettato sino a sabato, il sabato per fortuna non lavoravo. Stavo facendo amicizia con Rolando, l'aiutante del capo macellaio e con Clemente, un poco più indietro nelle stratificate sfere sociali del mattatoio, ma a nessuno avevo raccontato la mia storia. Quei due ragazzi avevano entrambi ventitré anni e si conoscevano sin dai tempi della scuola primaria a Marianao, prima che la madre di Clemente divorziasse trasferendosi dalla famiglia a San Miguel. Si erano rincontrati qui dopo parecchi anni e passavano gran parte del tempo a ricordare l'infanzia e gli scherzi alla maestra, le strofe storpiate dell'inno nazionale ogni mattina all'alzabandiera, le punizioni del maestro di ginnastica. Rolando era stato un lanciatore niente male sino a che non si era fratturato una clavicola senza che quei cani del policlinico se ne fossero accorti. Avevano in seguito dovuto operarlo ma non era più stato lo stesso, e costretto ad abbandonare il progetto di una carriera nella pelota ora il suo sogno era un altro: scappare. Voleva andarsene a Miami dove aveva uno zio da qualche parte e con quella chimera aveva contagiato anche Clemente.

"Ma dove pinga li troviamo 500 dollari?"

Quello il costo per un passaggio in motoscafo. Così fantasticavano di sposare una turista o vincere alla boleta o alla mal parata partire su un gommone. "Dà la claustrofobia questa isola." mi aveva più volte ripetuto Rolando. E mi guardavano entrambi come si guarda un idiota mentre obiettavo loro della Cuba di Batista, esaltando i valori della Rivoluzione e dell'antimperialismo, di come qui nessuno morisse più di fame, snocciolando dati -chissà perché ne disponevo- sulla mortalità infantile tra le più basse del mondo compreso l'occidente, sulla sanità gratuita così come la scuola e, vantando il fatto che non vi era nessuno senza un tetto sulla testa, sostenevo che ogni cubano dovesse andarne fiero. Ma Rolando si limitò a una alzata di spalle.

"Io non c'ero nel 59 e quella fame non me la posso ricordare ma quella del periodo especial sì e ti assicuro che era fame vera, altro che! Ma tu dov'eri, non la ricordi?"

A quella domanda non potevo rispondere.

"E non è che adesso se ne faccia molta meno..." continuò.

"Sì ma la colpa è del bloqueo." Cercai di rintuzzarlo.

"Sì, è sempre tutto colpa del bloqueo: tua moglie fa la puttana? È colpa del bloqueo. C'è il colera nell'acqua? È colpa del bloqueo. Non si trova un pezzo di sapone in tutta l'Havana? È colpa del bloqueo. Ci sono le vacche più magre del mondo?"

"È colpa del bloqueo!" lo anticipammo io e Clemente che poi aggiunse:

"Il genocidio più lungo della storia dell'umanità." quindi risero entrambi e a quel punto non potei far altro che unirmi loro.

"Però non si può non tener conto di come stiamo noi qui rispetto alla Dominicana, per non dire di Haiti e anche negli Stati Uniti c'è gente che muore di fame e se si ammalano li lasciano morire per strada se non hanno soldi per curarsi..."

"Sì, ma almeno là ci si può provare a far qualcosa d'altro che non sia sopravvivere..."

Dentro quella sostanza tutto ciò che mi sembrava di sapere, di conoscere, appariva scollato e mi sentivo come un bimbo che per la prima volta s'immerga nell'acqua del mare scoprendola salata.

nozioni senza cognizioni tutte quelle che ho in testa come posso averle apprese e chissà dove e in che lingua eppure non mi sento straniero

Il venerdì pomeriggio, sarà mancata un'ora alla fine del lavoro, il ragioniere mi mandò a chiamare nel suo ufficio sul soppalco sopra la zona meno puzzolente del capannone, quella vicino all'entrata.

"Ulises, mi ha chiamato qualcuno dal ministero, dicono che verranno a prenderti e di aspettarli nel caso dovessero tardare."

che pinga succede adesso?

Il sangue mi si era intirizzito.

"Va bene, grazie, posso andare?"

"Ancora una cosa, com'è andata questa prima settimana di lavoro? No, perché l'ho capito subito che sei un tipo sveglio e vorrei che ti sentissi a tuo agio, ci sono anche altri ruoli forse più adatti, te ne intendi di contabilità?"

Intuii che il suo nuovo atteggiamento potesse dipendere da quella telefonata: probabilmente neppure lui era al corrente della mia situazione, ma avendomi scambiato per qualcuno raccomandato dall'alto, e temendo forse di aver sottovalutato la portata del mio mentore -che addirittura mi mandava a prendere dopo il lavoro- cercava ora di porvi rimedio per evitare chissà quali ripercussioni.

"No signor ragioniere, la matematica non è il mio forte" gli risposi senza dargli troppo peso, in quel frangente solo preoccupato per la visita inattesa.

"Non importa, lunedì ne riparliamo, fallo presente ai tuoi amici...per il momento è tutto, vai pure a prepararti."

ministero degli interni Gonzalo mi aveva detto che mi avrebbero lasciato stare e dove mi portano non ce la faccio più avrei dovuto chiamare Pinto sarà di nuovo il vampiro ma forse lui non sarebbe stato tanto carino d'avvisarmi o forse lo fa apposta per farmi star male ancor prima di mostrare il suo teschio

Alle quattro in punto da una Lada in buono stato vidi scendere il mio amico Pinto, mentre alla guida riconobbi Gonzalo e tirai un sospiro di sollievo. Il dottore aveva le braccia spalancate, ci abbracciammo.

"Che bello vederti!"

Non feci in tempo a salutare i miei compagni di lavoro, chissà che avrebbero pensato Rolando, Clemente, Ramon e tutti gli altri che stavano, mentre salivo sulla macchina, uscendo dal mattatoio.

"Allora Ulises, felice di vedere il nostro amico?"

"Certo, è una bella sorpresa."

Stavamo entrando sulla via Panamericana ma prendendola dal verso sbagliato credetti, perché andavamo in direzione opposta all'Havana e lo feci notare.

"Ti portiamo alla spiaggia, non sei contento? Dopo una settimana di mattatoio hai di sicuro bisogno di una vacanza." mi rispose Gonzalo divertito.

"E dove andiamo?"

"A casa mia, a Guanabo."

"Ma io dovrei chiamare Velasco, Yesenia..."

"Non preoccuparti Tienesuerte, ho il telefono a casa, potrai chiamare da là."

"Sì, non preoccuparti Ulises..." intervenne Pinto "Gonzalo è un mio vecchio amico, ricordi? Ti avevo parlato di lui..."

adesso comprendo Gonzalo è l'amante di Pinto deve essere così perché non ricordo mi abbia parlato di nessun altro oltre a quel suo innamorato però Gonzalo non sembra omosessuale

"Dottor Gonzalo mi scusi..."

"Lascia stare il dottore e chiamami Enrique."

"Come vuole..."

"Lascia stare anche il lei, dammi del tu..."

"D'accordo, io ho bisogno di capirci qualcosa, io vorrei capire una cosa..."

"Dimmi..."

"Tu chi sei?"

Gonzalo ridacchiava.

"Insomma entrambi vogliamo capire chi sia l'altro...stasera dopo una bella cena e un buon sigaro avremo modo di parlarne, per ora dimmi come è stata la tua prima settimana di lavoro?"

"Bene tutto bene." risposi guardingo e la cosa non sfuggì al mio interlocutore.

"Visto che sembra impossibile conoscere la verità sul tuo passato, vorrei che tu fossi sincero sul tuo presente."

"Cosa intendi?"

"Niente, solo quello che ho detto, ma avremo tempo di parlare più tardi."

A quel punto intervenne Pinto:

"Sì Ulises, cerca di rilassarti fai come ti dice Enrique e poi guarda andiamo in un posto stupendo..." Quindi prese a parlare della bellezza della spiaggia e della voglia che aveva di fare un bagno di mare, non l'avevo mai visto tanto ciarliero e il suo lato femminile sembrava debordare come non mai. Il viaggio non durò più di mezzora durante il quale la conversazione fu monopolizzata dal dottore che cercava di ricordare i nomi di tutte le portate di non so quale ristorante dov'era stato anni prima all'Havana, e solo quando svoltammo deviando dalla via principale per iniziare la lunga discesa che conduceva al paese, mi rivelò come a Yesenia fosse stato negato il permesso che le avrebbe consentito di venirmi a far visita. Aspettava una mia telefonata quella sera.

"Stanno tutti bene e ti salutano" concluse, aggiungendo che Manuelito, sorprendendo un po' tutti, continuava a chiedere quando avrei fatto ritorno.

"Quando potrò rivederli?" feci in tempo a chiedere, ma la macchina stava svoltando verso il mare che potevo ora vedere in fondo alla ripida china e Gonzalo mi interruppe "Siamo arrivati" senza che la mia domanda ottenesse risposta.

La casa di Gonzalo era una villetta quasi invisibile dalla strada, circondata da piccoli banani e alte piante di cui ignoravo il nome. L'amico di Pinto fermò la vettura e scese ad aprire il cancello del garage che si allargava nel ventre di quel palazzotto dall'architettura squadrata, reso vivace dall'acceso rosa della facciata. Scesi, percorremmo un corridoio acciottolato che correva stretto tra il lato nord dell'edificio e il reticolato che delimitava la proprietà. Girato l'angolo un bel prato e una piccola vezzosa piscina dove galleggiavano piccoli boccioli di fiori azzurrini, che insieme alle sculture di inverosimili pesci dal volto umano poste ai quattro angoli, sdoppiandosi nello specchio d'acqua lievemente increspato, davano a quel quadro in movimento un che di sinistro. Un tavolo e quattro sedie di plastica bianca costituivano gli unici arredi del giardino. Gonzalo aprì con fatica la soglia d'entrata, una vecchia porta di legno che l'acqua aveva gonfiato.

"Devo decidermi a cambiarla..."

La casa era composta da un bagno, due grandi camere da letto e un salone che un muretto in mattoni separava dalla zona cottura composta da una cucina, un lavello in acciaio brillante e un enorme frigo nuovissimo, non avevo mai visto elettrodomestici così moderni.

"Tu Pinto dormi al piano di sopra, so quanto ti piace la terrazza, il nostro Ulises starà invece nella camera degli ospiti." Così dicendo diede al dottore la chiave dell'appartamento al secondo piano, costruito sul tetto probabilmente tempo dopo l'edificazione del resto della casa.

"Dai, saliamo, Guanabo è bellissima al tramonto."

Dalla terrazza la vista che stava proprio in fondo alla discesa offriva tutta l'imponenza dell'oceano, indorato a quell'ora dalla luce declinante.

"Ma ora rinfreschiamoci, tra un po' Betty arriva a prepararci la cena."

La camera degli ospiti, quella che Gonzalo mi aveva destinata, era ammobiliata con bei mobili barocchi, in particolare sulla testiera del letto un cesello finissimo aveva bulinato ricami vezzosi, gli stessi che notai sullo schienale della poltrona e sulla cornice dello specchio sopra il comò. Mi osservai trovandomi dimagrito e stanco, qualche pelo bianco faceva capolino nella barba di una settimana.

Pinga sembro un vecchio sapessi quanti anni ho sarebbe già qualcosa ma è che non riesco a non pensare a come ci sono arrivato sin qua vabbé vaffanculo a casa di Minola non ci sono specchi

Stetti sotto la doccia più di mezz'ora, continuavo a sentire il puzzo delle vacche e del loro sangue, poi mi coricai addormentandomi, solo qualche minuto ma sufficienti per sognare ancora la bella mulatta: questa volta era in una piazza dove alle sue spalle zampillavano giochi d'acqua di una grande fontana e mi invitava a raggiungerla ma senza che mi riuscisse di muovere un passo verso di lei. Bussarono alla porta e senza attendere risposta Gonzalo entrò.

"Scusa Ulises, volevo dirti che nell'armadio ci sono dei vestiti puliti, abbiamo più o meno la stessa taglia, prendi quello che vuoi."

"Grazie."

"E muoviti che tra mezzora si mangia, non hai fame?" Ma non mi diede modo di rispondere richiudendo veloce la porta. Avrei voluto restar solo con Pinto, avevo bisogno di informazioni perché non ci stavo capendo niente *possibile che questo tizio che non so neanche chi sia ma che è comunque uno di loro mi ospiti a casa trattandomi come fossi un suo amico?*

e così, indossata una camicia bianca e bei calzoni beige di un tessuto leggero, uscii e mi avviai per le scale che conducevano verso il primo piano, ma Gonzalo mi aveva preceduto.

"Caro lo sai che non è possibile, quante volte ne abbiamo parlato?"

Ascoltai quelle parole da dietro la porta della stanza di Pinto e immaginai mi riguardassero, almeno sino a quando il dottore gli rispose:

"E allora cosa sono io per te? Una delle tue puttane?"

Mi ritrassi avvertendo un colpevole imbarazzo e riparai veloce nella mia stanza. Erano amanti, non avevo più dubbi, clandestini ovviamente. E se Gonzalo era un pezzo grosso come sembrava -non ci voleva la rivelazione di un santo- Pinto con lui sarebbe stato infelice per sempre. Ma non erano affari miei e certo non mi mancavano le preoccupazioni, ma lo stesso provavo un profondo disagio e avrei voluto poter consolare l'amico ma non sapevo come, né se lo avrebbe compreso.

però che ipocrita quell'uomo

Da quando avevo lasciato l'oasi di Velasco tutto mi sembrava corrotto, malato.

Betty aveva un bel sorriso cordiale, era alta magra e abbastanza bianca, avrà avuto più o meno cinquant'anni e qualche gravidanza, ma tutto molto ben vissuto. Spignattava canticchiando uno dei boleri che avevo ascoltato fischiettare da Melquiades.

"Contigo aprendi Que existen nuevas y mejores emociones

Contigo aprendí A conocer un mundo lleno de ilusiones..."

Sollevò la testa accorgendosi della mia presenza.

"Buenas tarde señor."

"Hola"

Aveva smesso di cantare.

"La prego continui ha una bellissima voce."

In quel momento comparvero Gonzalo e Pinto che aveva gli occhi di chi ha appena pianto.

"Betty è la cuoca migliore di Guanabo, ma vedo che vi siete già conosciuti. Siamo affamati come pescecani, cosa hai preparato di buono?"

Cocktail di aragoste, ropa vieja, congrì, pinà e flan. La birra era servita ben fredda.

sembro un morto di fame sono un morto di fame

Durante la cena non proferii quasi parola impegnato com'ero a mangiare. Pinto invece spiluccò appena.

"Non hai appetito? Non ti piace niente?" gli si rivolse Gonzalo vagamente indispettito, "...guarda invece come gradisce il nostro amico..." senza che il dottore gli desse retta avendo iniziato una tiritera sulle croniche mancanze del Lenin: molti farmaci e perfino le siringhe scarseggiavano.

"Cercherò di fare il possibile." si era fatto serio Gonzalo dissimulando l'irritazione.

Ero satollo quando, trasferitomi sul divano del salottino, accendevo il Cohiba che il padrone di casa aveva estratto da una graziosa scatola di legno intarsiato e il vento prendeva a soffiare con vigore annunciando l'acquazzone recando il salnitro fin lassù, mentre la pioggia d'improvviso aveva preso a suonare schiantandosi sulle piante della finca.

"Presto chiudiamo tutte le finestre!"

Ma Betty era stata previdente e prima di andarsene aveva già provveduto anche se l'acqua adesso spruzzava così forte, che lo stesso riusciva a penetrare attraverso le fessure.

"Nei Caraibi è così." tenne a spiegarmi Pinto che doveva ancora essere convinto fossi spagnolo. Tappate le soglie con stracci e giornali tornammo a sederci.

questo tipo non si fa mancare niente

Non avevo mai bevuto rum invecchiato trent'anni né fumato sigarI altrettanto profondi e delicati.

"Allora Ulises, cosa mi dici della tua nuova vita?" attaccò Gonzalo con quello che ritenni essere la versione dolce di un interrogatorio.

"Intendi il lavoro?"

"Certo anche quello e i tuoi primi giorni da habanero..."

"Mi hai chiesto di essere sincero...devo esserlo?"

"Chiaro che sì."

"È una vera merda quel posto, il lavoro è faticoso ma non è quello...è la puzza! C'è un fetore assurdo là dentro che mi sembra di portarmela dietro dal primo giorno e non c'è doccia che tenga..."

"Ah ah ah! Bene, così mi piaci, senza peli sulla lingua!"

Pinto sentendomi pronunciare quei pochi ma precisi concetti aveva strabuzzato gli occhi.

"E il salario?" domandò ancora Gonzalo "Che ne pensi del salario?"

"Cosa ne devo pensare? È come quello di tutti gli altri e io sono l'ultimo arrivato, certo non credo che mi potrò permettere questo rum o questi sigari..."

"No, direi proprio di no." ne convenne divertito.

"Però vorrei capire come mi devo considerare...e tu chi sei?"

"Ti devi considerare un cittadino cubano a tutti gli effetti."

"Ma scusa, continuo a non capire: mi tenete recluso per giorni, poco ci manca che Sallusti mi torturi, poi d'un tratto mi date un documento, un lavoro e a posto così? Mi sembra tutto assurdo..."

"Avresti preferito rimanere nelle mani del capitano?"

"No, certo che no! E ti sono grato ma continuo a non capire."

"Intanto devi ringraziare il tuo amico" disse Gonzalo indicando Pinto che dapprima si schernì quindi quasi mi rimproverò.

"Devi ritenerti fortunato Ulises, invece che qua a gozzovigliare avresti potuto essere in una cella sudicia, ma il merito è solo di Gonzalo, ringrazialo invece che brontolare."

Ma Gonzalo lo interruppe.

"Non importa Sebastiano, posso ben comprendere il suo straniamento e poi io non ho fatto niente di straordinario. Non credo si possa recludere qualcuno che non ha fatto niente, che non è accusato di nulla così, solo perché ha battuto la testa, e infatti non è stato troppo difficile convincere il ministro, anzi, è stata sua l'idea del mattatoio, se *non è cubano,* mi ha detto, *là dentro non ci resiste per più di due giorni,* e tu almeno al quinto ci sei arrivato ah ah ah"

"E Sallusti?"

"Non è più un tuo problema... In quanto a me, io sono solo un funzionario del museo con qualche buona conoscenza."

Fu a suo modo estremamente eloquente e mi sembrò chiaro che altre informazioni sul suo conto non avesse intenzione di fornirne.

non cavo un ragno da un buco ma in fondo cosa mi importa di
saperne di più io voglio soltanto tornare a Velasco quanto mi
mancano Yesenia e i suoi baci il suo amore

"Per il resto..." proseguì il funzionario del museo "turati il naso e aspetta ancora qualche settimana, tra poco al ministero di te si saranno dimenticati e allora vedrò di trovarti qualcosa di meglio. Sempre che nel mentre non ti sia tornata la memoria ah ah ah."

Risi anch'io anche se la prospettiva della merda e dei quarti di bue mi bloccava la digestione.

"Dovrai recarti una volta ogni quindici giorni dalla dottoressa Elena Beletzeva, è una psicologa bravissima e proverà a darti una mano. Dopo che il ministero avrà ricevuto le sue relazioni non è escluso che tu possa far ritorno a Velasco. Ah, un'ultima cosa: fai attenzione perché è una donna bellissima."

Solo a quel punto mi sovvenne che dovevo chiamare Yesenia.

"Fai pure, c'è un telefono anche in camera tua."

Ma il temporale, che se non era un uragano poco ci mancava, aveva fatto saltare le linee.

"È sempre così con la pioggia ma vedrai che domattina sarà tutto a posto." mi consolò Pinto.

"Amico mio e tu come stai? Tutto bene?" Si limitò ad annuire con aria malinconica prima di augurarmi buonanotte e salire verso camera sua. Nonostante fossi stanco morto non avevo sonno e tornai in salotto dove Gonzalo stava ancora fumando, gli dissi del telefono non funzionante e che avrei dovuto riprovare l'indomani. Aveva fascino indubbio quell'uomo e fui tentato di pregarlo di non far soffrire il mio amico, ma che diritto avevo di invadere la loro intimità? Prese a parlarmi di poesia e di poeti, era buon amico di più di uno scrittore e prima di congedarci mi disse che gli avrebbe fatto piacere presentarmi loro.

"La prossima volta ce ne andiamo in un bar del Vedado dove si incontrano tutti."

"Certo, perché no?"

La mattina seguente il sole era tornato a splendere mentre scendevo verso Guanabo in compagnia di Pinto. La notte appena trascorsa sembrava aver rasserenato anche lui come il cielo. Ero riuscito a parlare con Yesenia ma in fretta e furia perché stava per andare al lavoro, sommariamente le avevo spiegato quanto mi stesse accadendo.

"Ora non ho tempo Ulises chiamami venerdì dopo pranzo che sono in festa, scusa devo andare un bacio grande." e me ne crucciavo col mio amico.

"Lo sai che non ti posso aiutare, io le donne non le conosco ma non essere così apprensivo, forse era solo in ritardo per il lavoro..."

Un'unica pozzanghera Guanabo dopo tutta la pioggia della sera prima, un pantano dov'era impossibile evitare di sporcarsi, per non contare gli schizzi prodotti dal transito delle automobili, per lo più taxi cumulativi che facevano la tratta sino alla capitale. Percorremmo sulle punte la quinta Avenida, la strada principale del paese che corre lungo il mare, dirigendoci verso la spiaggia che raggiungemmo svoltando a sinistra all'altezza di una caffetteria, dove alcuni addetti ripulivano la veranda mentre uno stereo pompava a volume altissimo uno scatenato reggaeton. La spiaggia era deserta, invasa dalla marea di alghe e pezzi di legno, bottiglie e rifiuti vari.

Trovammo un posto più o meno risparmiato da ciò che il mare aveva rigettato dietro l'unico scoglio di quella riva.

"Sai nuotare Ulises?"

"Non lo so."

E così dicendo mi tuffai in quelle acque placide e cominciai a sbracciare rimanendo a galla: sapevo nuotare e Pinto, immersosi dietro di me,

"Ahi che freddo!" mi guardava e sembrava sereno.

Restai in acqua così a lungo che avevo la pelle delle mani raggrinzita, ma stavo bene, non pensavo a nulla e stavo bene.

Pinto al pomeriggio ripartì per Holguin, Gonzalo avrebbe voluto mi trattenessi sino alla domenica ma preferii far ritorno all'Havana, sentivo il bisogno di riordinare le idee e magari scrivere un po', così dopo pranzo ci avviammo sulla strada del ritorno. Gonzalo volle fermarsi in Parque Central e farmi assaggiare un bignè della Pastelleria Francesa.

certo se è omosessuale recita molto bene

Il funzionario del museo rimirava ogni bel fondoschiena femminile gli capitasse a portata di sguardo e non mi sorpresi quando, tornato dal bagno, lo colsi sul fatto mentre dava appuntamento alla bella creola seduta al tavolo vicino. In quel locale dove si pagava in cuc e a prezzi salatissimi, mi sarei aspettato di trovare solo turisti, ma c'erano invece cubani e cubane, molti dei quali indossavano abiti europei facendo sfoggio di telefoni cellulari modernissimi, stupito domandai a Gonzalo come fosse possibile, visto che il salario medio non toccava i trenta dollari mensili.

"A parte le jineteras che ci pensano da sole, qui c'è pieno di gente che ha parenti sparsi in tutto il mondo."

E così molti potevano permettersi quei lussi grazie alle rimesse di figli o genitori che ce l'avevano fatta a trasferirsi in Europa o in America, chi sposandosi con un turista, chi balzando.

"È un'economia parallela, virtuosa a suo modo." aveva concluso sogghignando mentre uno straccione, nel quale mi parve di riconoscere il vecchio dormiente sul pianerottolo di Minola la sera del mio arrivo, tentava di venderci una copia del Granma. Ma forse era un altro e ce n'era più d'uno a ronzare questuando là attorno ai fortunati che potevano permettersi di far colazione con toast doppio strato e birra d'importazione.

"Señor ho fame mi dai qualcosa?" era un bimbetto di non più di sei o sette anni, nero nero e magro magro con gli occhi grandi a metter compassione a chiunque avesse un cuore.

"Vuoi una barrita de miel? O prefersci un bignè?" gli domandò Gonzalo sottraendo la manica del suo bell'abito chiaro alle mani sozze del bimbo, ma quello voleva solo i soldi e così il funzionario del museo lo allontanò di malagrazia, fulminandomi con gli occhi accortosi che cercavo qualche centavos nelle mie tasche.

"Non dargli niente!" mi intimò.

"Ma perché?"

"Deve capire, non è così che risolve i suoi problemi."

"Ma tu volevi offrirgli un dolce!"

"E lui non lo ha voluto, evidentemente i quattrini non gli servivano per mangiare e forse non è a lui che servono."

La vita per molti era dura a Cuba ma non era certo sfogliando il Granma o Joventud Rebelde, come ero stato solito fare a Velasco, che avrei potuto accorgermene: era valsa più una settimana all'Havana che tutti quei mesi da campagnolo. Trascorsi la sera del sabato e l'intera domenica a casa, ma le idee non si riordinavano, disponendosi invece a caso nel mio cranio e solo provando a sistemare parole sulla carta, riuscivo a trovare un piccolo sollievo.

Ha caído un pensamiento

Retumbando silencioso

en el bello vacío sonoro

todo alrededor era oscuro

A hacer luz perpetua

sobre tierras y sobre mares

misteriosos de cantos

resonantes envolventes

en el idioma esperanto

dulces reglas ausentes

guían adonde

naufragar es un derecho

liberados de los dogmas

arquitrabes cojos

sobre el cual apoyan los elementos

incansables amantes

otro sentido no encuentran

que repetir esos gestos

sean hombres, gusanos demonios o santos o ovejas.

Traduzione:

È caduto un pensiero

È caduto un pensiero

Rimbombando silente

Nel bel vuoto sonoro

Tutto intorno era il buio

A far luce perpetua

Sulle terre e sui mari

Misteriosi di canti

Echeggianti avvolgenti

Nell'idioma esperanto

Dolci regole assenti

Indirizzano dove

Naufragare è un diritto

Liberati dai dogmi

Architravi sbilenchi

Su cui poggian le membra

Instancabili amanti

Altro senso non trovan

Che ripeter quei gesti

Siano uomini o pecore vermi diavoli o santi.

Lunedì mattina al mattatoio il clima non era cambiato e il fetore sempre lo stesso. Poi a ravvivare l'ambiente capitò una zuffa per motivi che nessuno fu in grado di appurare ma che costò il licenziamento e il naso a Tobia, un giovanotto enorme ma affetto di sicuro da forte deficit cognitivo, e che di fatto aveva il solo compito di spalare la merda delle vacche. Al suo avversario, il filiforme Basilio, andò di sicuro molto meglio, il lavoro infatti non lo perse ed essendo riuscito a sfuggire al machete con il quale il pachidermico imbecille cercava di affettarlo, lo colpì dritto al naso con un jab sinistro degno del miglior Stevenson facendolo piangere come un bambino e suscitando in quel modo l'ilarità generale.

Alla sera ero sempre stanco morto, scrivevo un po' ma alle dieci già dormivo perché la mattina la sveglia arrivava poco dopo l'alba ed era dura alzarsi. Così senza scossoni ma senza neppure mi riuscisse di farci l'abitudine, passò un'altra settimana di lavoro che terminò la mattina del venerdì visto che nel pomeriggio mi attendeva la psicologa.

chissà che pensa di poter capire ma almeno i metodi non saranno quelli del vampiro e se poi è così bella ma che strano nome è Elena Beletzeva sembra russo magari è bionda ma cosa ci fa a Cuba?

"Alle tre al Policlinico di Marianao." Era stato chiaro Gonzalo.

Avendo un po' di tempo visto che la visita era prevista per le quattro, ne approfittai per rendermi decente e chiamare Yesenia come d'accordo. Però a casa non c'era e Renata non aveva idea di quando sarebbe rientrata. Di gran malumore feci il viaggio sino al Policlinico per ricevere un'altra sorpresa: Elena Beletzeva quel giorno non si era fatta vedere. L'attesi oltre un'ora e per fortuna all'ingresso c'era un telefono pubblico, così chiamai Gonzalo che accolse la notizia con noncuranza invitandomi a bere in quel bar del Vedado dove si incontravano i suoi amici artisti. Non conoscevo così bene l'Havana ma lui sostenne fosse semplice arrivarci dandomi indicazioni tanto precise che sbagliai guagua una volta soltanto.

Gonzalo era seduto a uno dei tavolini del Blue Gardenia in compagnia di un giovane magro dai capelli impomatati di brillantina che gli si scioglieva in sudore sulla fronte mentre teneva banco senza ottenere il consenso dell'altro tizio, un sessantenne paffutello con occhialoni da professore a precipizio sul naso importante e un ridicolo riporto laterale sulla testa che scuoteva in disaccordo.

"Hola"

"Oh, Ulises, ce l'hai fatta finalmente, lascia che ti presenti i miei amici."

E così strinsi la mano a Martin Vacca " giovane promessa del giornalismo" e nientepopodimeno che ad Anselmo Demasiado, "il più grande poeta cubano vivente." Così me li presentò non senza un filo di ironia a pensarci adesso, ma che lì per lì non solo non colsi ma mi rese nervoso metendomi ancor più in soggezione di fronte a persone tanto importanti.

"Questo è l'amico di cui vi ho parlato, la sua storia è così incredibile che sembra un romanzo."

"Già, un caso davvero particolare." commentò il giovane sudato rivelando così di essere a conoscenza delle mie vicissitudini.

"Ma non vi ho detto che scrive poesie, anzi perché non ci reciti qualcosa?"

Gonzalo mi stava mettendo in imbarazzo.

"Non sono capace e poi non le ricordo a memoria." risposi infastidito e un po' mentendo avendo portato con me il quaderno.

io non recito proprio una pinga questa cosa non mi piace questi tipi non mi piacciono

"Di cosa trattano le sue poesie, questo almeno ce lo può dire?" mi domandò l'anziano poeta.

"Non saprei, non mi sono mai posto il problema."

"Sì, ma quando le scrive avrà pure un'idea sul dove vuole andare a parare." intervenne il giovane emaciato.

"Sì e no, dipende: talvolta le parole è come se uscissero da sole, altre volte invece sì, so quello che voglio dire, più o meno...ieri, ad esempio, ne ho scritta una dedicata a Fidel Castro."

"Ah, bene, scrive di politica allora..." disse il giornalista.

"Non lo sapevo, pensavo scrivessi d'amore." intervenne perplesso Gonzalo.

"Ma veramente scrivo quel che mi viene in mente, così sul momento."

"Caro il mio giovane smemorato è sempre meglio pensare bene quel che si ha in mente prima di scriverlo, ma anche prima di dirlo al bar con gli amici..." parve ammonirmi il giornalista.

"Ma Anselmo che fai? Così lo spaventi! No, continua a scrivere liberamente, qui stanne certo non ti censura nessuno."

"Sì, soprattutto se nessuno ti legge." concluse il periodista facendo sorridere tutti. Non mi stavano simpatici e parlavano di cose che non conoscevo: una conferenza sul cinema del terzo mondo alla sala Garibaldi, la mostra di una scultrice argentina "raffinatissima", il paese invitato l'altr'anno alla fiera del libro; per fortuna non mancava da bere e Gonzalo insistette affinché assaggiassi il mojito.

"Non c'è paragone nemmeno con quello della boteguita, per me è il migliore della città." ma dopo il primo, passai all'anejo blanco e per sopportarli, bere più che potevo mi sembrò l'unica soluzione, sino a quando ebbi la certezza di aver esagerato avendo aperto il mio quaderno iniziando a leggere a voce alta una poesia, quella che avevo scritto sull'Havana:

"La Habana quien no te ve no te ama

Y yo que estoy aquí observándote aunque todavía no comprendo si eres vieja puta o señorita sinuosa

Si es una joven vida que explosiona musical o el derrumbe de un rugido moribundo

Los sonidos que escucho alrededor

Si el mar es lámina de oro

O aleación vulgar sin algún valor

En la cuál, sin embargo, me lanzo de cabeza

Que a lo mejor si la estrello una vez más

Me tropiezo con la respuesta correcta

O son las estrellas en el cielo del Vedado

O las del Cerro

Diamantes de quilates incalculables

O son en vez fondos de botellas

Que a lo mejor soy yo el que se las ha escurrido

Una tarde que estaba triste pero no lo sabía

Y me creía alegre apreciando tu silueta

En aquellas de las mulatas

Que sin preocuparse de saberlo

Casi me hacían caer

Dentro de todo ese mar negro

Caminando yo como un acróbata

En esta vida desconocida un pie después de otro

Sobre la muralla de tu Malecón

Habana, quien no te ve no te ama

Y yo te quiero amar pero todavía espero

Una señal, un gesto, una ranura

Que los deseos se transformen en amor

Correspondido pero posiblemente

Y mientras espero bailo y bailo y bailo

Y mientras espero como ellos me considero

En los ojos tuyos que el alma refleja

En Miramar como en la Habana vieja."

Traduzione:

Havana!

L'Havana chi non la vede non la ama

e io son qui che ti guardo ma ancora non comprendo

se sei vecchia baldracca o sinuosa signorina

se è una giovane vita che scoppietta musicale

o i crolli di un boato moribondo

i suoni che ascolto tutt'intorno

Se il mare è lastra d'oro

o lega volgare senza alcun valore

nella quale però mi tuffo con la testa

che magari se la batto un'altra volta

m'imbatto nella risposta giusta

o son le stelle nel cielo del Vedado

oppur del Cerro

diamanti di carati incalcolabili

o invece fondi di bottiglie

che forse sono io che le ho scolate

una sera che ero triste ma non lo sapevo

e mi credevo allegro rimirando le tue forme

in quelle delle mulatte

che senza preoccuparsi di saperlo

quasi mi facevano cadere

dentro a tutto quel gran mare nero

camminando io come un acrobata

su questa vita ignota un piede dopo l'altro

sul muraglione del tuo Malecon.

Havana, chi non la vede non la ama

e io ti voglio amare ma ancora aspetto

un segno, un gesto uno spiraglio

che i desideri si trasformino in amore

corrisposto però possibilmente

e mentre aspetto danzo e danzo e danzo

e mentre aspetto tutt'uno mi rifletto

negli occhi tuoi che l'anima rispecchian

in Miramar come all'Havana vecchia!

I tre rimasero perplessi, che fossi ubriaco dovevano averlo adesso ben chiaro anche loro, però mi ascoltarono senza fiatare sino all'ultima strofa.

"Bella, complimenti compañero ha uno stile davvero originale." si lasciò sfuggire l'anziano poeta.

"Certo non credo di aver capito esattamente cosa ha inteso dire con l'espressione vecchia baldracca..." aggiunse Vacca tra il serio ed il faceto.

"Ma Enrique, questo ragazzo è davvero sprecato al mattatoio." aggiunse Demasiado rivolto a Gonzalo:

"Ehm, sì sì, come no? Ma è davvero farina del tuo sacco?" mi si rivolse sospettoso il direttore del museo senza che ne comprendessi la ragione.

"Certo."

"Bene, chissà che il nostro Anselmo non decida di inserirti al festival della poesia, che ne dici?" domandò allora a Demasiado

"Dico che c'è bisogno di voci nuove, però mi piacerebbe leggere qualcos'altro."

"Hai sentito Ulises?"

Bere mi rendeva diffidente.

mi stanno prendendo in giro o che altro io non voglio andare a nessun festival io me ne voglio andare altroché

Mentre Demasiado e Vacca battagliavano facendo il nome di poeti a me del tutto sconosciuti, ai quali paragonavano il mio stile mi rivolsi a Gonzalo:

"Ma mi state prendendo per il culo?" e lui prima interdetto sembrò offendersi, ma poi sorrise.

"Ah, caro il mio Candido, lo sai che apprezzo la tua sincerità, bada però a non esagerare...Nessuno ti vuole prendere in giro anzi, siamo tutti molto curiosi..."

Fatto sta che non li sopportavo e, senza tergiversare oltre, li salutai lasciandoli a quelle che mi sembravano chiacchiere inconcludenti. Senza badare alle buone maniere mi alzai "Ma Ulises, te ne vai così?" sentii già avviatomi la voce di Gonzalo.

"Sì, mi è venuto in mente che ho un altro appuntamento." risposi senza più voltarmi.

"Scusatelo è che non è abituato a bere." lo sentii ancora giustificarmi e mentalmente lo mandai affanculo.

Camminando senza una meta precisa credevo, mi ritrovai non so come sul Malecon, proprio di fronte alla casa di Yuliet; stavo decidendo se proseguire o sedermi sul muretto sovrastante il mare, placido quel giorno, quando mi sentii chiamare.

"Ulises!"

Era Eta Beta in compagnia della ragazza amica di Yuliet.

"Come va?"

"Tutto bene e tu?"

"Come sempre, sto andando a fare una consegna poi andiamo a bere qualcosa, vieni con noi? Anche se vedo che l'hai già iniziata la fiesta."

Nonostante fossi convinto di dissimulare molto bene l'ebrezza, non doveva essere così. Avrei dovuto rifiutare quell'invito ma il tasso alcolico ebbe la meglio sui buoni propositi e la prudenza, e così mi ritrovai sottobraccio a quei due mentre tagliavamo veloci il Malecon diretti al portone di Yuliet. Eta Beta suonò al citofono sul quale lessi il nome Mancuso ma senza aspettare risposta -il portone era aperto- entrammo.

"Finalmente! Ce l'hai?"

Yuliet aveva aperto la porta di casa facendoci entrare e senza salutare si era subito in quel modo rivolta a Eta Beta. Indossava soltanto un bikini, appena coperto da un pareo attraverso il quale traspariva un tanga così piccolo, appena un filamento, che scompariva tra le rotondità delle natiche sode e altissime. Mi venne duro all'istante. Eta Beta aveva la marjuana sciolta dentro un foglio di giornale.

"Pinga! E le cartine?" si preoccupò la padrona di casa che sino a quel momento non mi aveva degnato di uno sguardo e forse neanche si era accorta fossi lì.

"Eccole qua, mi chiamano Eta Beta mica per niente!"

Il reggaeton usciva da un impianto modernissimo, ma tutto qui era nuovissimo, persino gli arredi di Gonzalo al confronto di questi sfiguravano. Quella casa su due piani era enorme e una grande terrazza dava sfogo alla vista dell'oceano ben oltre i cannoni del Morro. Yuliet tutta eccitata aveva preso a ballare trascinando a sé la sua amica che ora si era curvata e muoveva il bel culo mentre lei, prendendole i fianchi da dietro, mimava l'atto sessuale. Io me ne stavo in disparte a fissare l'orizzonte quando Eta, che intanto aveva rollato e acceso una sigaretta, me la passò.

"No grazie."

"Ma come hombre? Questa maria è una bomba, provala e ti dimentichi d'essere al mondo."

Nonostante le cose che avessi da ricordare fossero assai più di quelle da dimenticare, non mi feci pregare oltre e diedi due o tre boccate allo spinello. Era forte e tossii un poco, però il gusto era buono e dopo pochi minuti fece effetto tanto che cominciai a ridere come un coglione. Eta

Beta si era gettato nella mischia e ballava sgraziato strusciandosi sull'amica di cui ancora non avevo inteso il nome.

"E tu non balli?"

Yuliet s'era seduta sul divano al centro della sala e mi fissava con aria concentrata.

"Ora ho capito dove ti ho visto, tu sei lo smemorato! Ma Yesenia dove l'hai lasciata?"

"È una storia lunga."

Intanto il mio amico, dopo aver insistito per metter su una salsa, ora la ballava anche peggio. Yuliet non era davvero interessata ad ascoltarla la mia storia e infatti danzava di nuovo con l'amica scansando il povero Eta.

"Guarda nanito è così che si balla, ci vuole passione, la devi sentire la salsa, tu sembra che hai un bastone piantato nel culo, ah ah ah."

Il suo culo era invece un tutt'uno con quel suono.

"Dai papito facci vedere come balli."

La toccavo adesso e lei girava e saranno stati il rum o la maria ma era come se i piedi non poggiassero per terra e sentivo la rumba e il suo odore e giravo giravo finché lei non si staccò chiedendo a Eta di fabbricare un'altra sigaretta. Mi sprofondai sul divano, feci ancora uno due tiri dalla canna che Eta veloce aveva finito di girare e mi aveva passata già accesa, poi non so come, nonostante le risa delle ragazze e la musica alta, chiusi gli occhi e mi addormentai. Non so quanto tempo fosse trascorso però quando mi risvegliai non c'erano più né Eta, né l'amica, e la salsa aveva lasciato il posto a un vecchio brano che Compay Segundo modulava stridulo, mentre Yuliet china su di me, mi succhiava il cazzo lentamente, ma via via più sollecita la lingua.

"Oh che bello."

Avevo ancora il cervello sospeso negli effluvi quando prendevo a penetrarla.

"Schiaffeggiami il culo papi, così."

Entrandole dentro più che potevo tuttavia senza sembrarmi abbastanza

"Più forte così."

e maledicendo di non avere almeno un altro cazzo, le infilavo il pollice nel culo. Sentivo le pareti della sua vagina che me lo stringevano ma sempre più morbide e liquide. Quando mi staccai, anzi mi staccò da là dentro, voltandosi rapida volle bere il mio latte che le invase la bocca e il viso, bagnandole anche i capelli ricci. Poi mi baciò.

che meravigliosa puttana

"Che bravo che sei ora capisco Yesenia..." mi disse sorridendo versandosi della vodka con succo d'arancia mentre io stavo ancora lì inebetito, e forse già pentito. Guardandola però, già tornavo a desiderarla.

Crolli, macerie e vita nuova

21 febbraio dell'anno 2004

Il palazzo a fianco al mio crollò mentre stavo dormendo come un sasso dopo la notte di follia e festa. Ero tornato a casa non so come e con me c'era Eta Beta quando fui svegliato, neppure saprei dire se dal boato rovinoso o dall'apnea causatami dalla polvere di calce e cemento che in un attimo invase il piccolo appartamento, così densa da impedire il respiro. L'ascensore non funzionava e corremmo lungo le scale. Solo già in strada, mi resi conto di essere scalzo e con i soli pantaloni addosso. Tutto il barrio era già là. Per fortuna non era morto nessuno, l'edificio era stato fatto sgombrare dieci giorni prima e anche il vecchio che viveva nel basso a piano strada, e che dopo essere stato sfrattato a forza, vi aveva di soppiatto fatto ritorno, l'aveva scampata essendo a quell'ora per la strada a raccogliere le puntate della boleta.

"Mierda, ne crolla uno al giorno ultimamente."

Il cedimento aveva riguardato l'intera facciata lasciando più o meno intatto tutto il resto, così che ora gli appartamenti apparivano in sezione per quel che erano più o meno sempre stati: dei piccoli tuguri quei solar.

"Ahi Madre tutte le mie cose erano là, devo entrare, lasciatemi entrare!"

Era il vecchio del pianterreno salvo per miracolo, ma i pompieri, che intanto erano sopraggiunti provvedendo a cintare quel che era rimasto ancora in piedi, lo trattennero e ora quello aveva la faccia di chi avrebbe preferito esserci rimasto sotto ai calcinacci. "Povero diavolo." dissi mentre iniziavo a prendere contatto con la realtà e mi tornavano alla mente tutte le cazzate che avevo messo insieme il giorno prima. Ero riuscito praticamente a mandare affanculo i due amici dell'uomo al quale dovevo la libertà, rei di avermi fatto i complimenti, nonché egli stesso e, cosa ancor più grave, avevo scopato Yuliet, anche se forse sarebbe stato più corretto dire che mi ero fatto scopare da quella pazza.

"Ti senti bene?" mi domandò Eta.

"No, per niente."

"E sì, hai davvero esagerato."

Avevo anch'io la medesima faccia del vecchio e il suo stesso rammarico per essere stato schivato dal crollo, mentre pensavo a Yesenia e mi sentivo invadere dallo sfacelo e dalle macerie. Che cazzo di persona di merda ero veramente? Perché solo un grandissimo stronzo poteva comportarsi in quel modo. Altro che poeta, una carogna, questo ero. Uno che alla prima occasione tradisce la donna che ama e gli ha salvato la vita. Mi sembrò di non poter reggere senza bere un goccetto ma ci riuscii e piano piano mi riebbi al buonsenso: l'indomani mi aspettava il lavoro e adesso dovevo chiamare Yesenia.

"Eta qual è il telefono più vicino?"

La dottoressa Beletzeva finalmente, dopo un altro appuntamento disatteso mi ricevette nel suo studiolo al Policlinico di Marianao. Un'infermiera scorbutica mi aveva fatto accomodare là dentro già da un'ora e stavo quasi disperando quando la psicologa fece la sua apparizione.

"Buongiorno señor Tienesuerte, come si sente?"

Sino a quel momento, della dottoressa sapevo soltanto che non era puntale, ma una volta entrata nella stanza scoprii che Gonzalo non aveva esagerato: molto bella lo era davvero e così diversa da tutte le cubane che avevo conosciuto sino a quel momento. Bionda bionda, la carnagione chiarissima e occhi celesti e taglienti come pugnali di ghiaccio.

"Bene, grazie dottoressa."

Quel primo incontro fu brevissimo e, ritenni, completamente inutile, lei si limitò a descrivere il suo metodo.

"Cercheremo di capire se la perdurante assenza di memoria sia da imputare a quello che noi chiamiamo trauma eterico..."

Ovviamente non avevo la minima idea di cosa stesse parlando.

"Che cos'è un trauma eterico"

"Per traumi eterici consideriamo tutto quello che riguarda le problematiche legate al corpo eterico, cioè tutte quelle situazioni che portano serio scompiglio nel regolare scorrimento dell'energia, mi segue?"

"Veramente no, non direi proprio."

"Ad esempio, subendo un intervento chirurgico è possibile che, dove noi dopo un po' vediamo solo il segno della cicatrice, rimanga in realtà un taglio sulla nostra aura, sui nostri canali energetici, o comunque la cicatrice eterica non lasci fluire l'energia liberamente. Anche in questo caso, se il trauma non viene risolto alla fonte, ci si troverà una memoria del trauma subìto che sarà depositata in un punto del corpo dove non sia troppo fastidiosa, mi capisce vero?"

Feci si con la testa ma stavo mentendo, è che non volevo far la figura dell'ignorante di fronte a quella donna così bella, che proseguì:

"Fondamentale è che il corpo accetti un compromesso: non soffrire inutilmente per ciò che non riesce a combattere e lasciare però che questo ospite possa modificare a lungo andare il nostro stato di salute psicofisica. Di solito questa modifica si riscontrerà proprio nel punto del corpo che è stato partecipe del trauma subito, oppure nella parte che la riflette."

ma questa è una psicologa o uno sciamano?

Continuavo a non capirci nulla e l'espressione del mio volto, sicuramente non particolarmente felice, stava lì a testimoniarlo, tanto che anche la dottoressa Beletzeva dovette accorgersene e tagliò corto.

"Voglio farle capire che se individueremo la parte del corpo dove il trauma si è nascosto, di solito stanno tra le vertebre, e lo estrarremo da lì, allora potrebbe essere più facile liberare le energie che stanno trattenendo i suoi ricordi...Ma non si preoccupi di questo, la cosa più importante è che lei sia sincero: con me si può aprire come farebbe con un amico. La fiducia è la base sulla quale costruire un percorso utile al paziente."

"Paziente? Mi perdoni dottoressa ma io non credo di essere malato è solo che non ricordo niente del mio passato." anche se mentre lo dicevo non ne ero più così certo, anzi, dopo la notte a casa di Yuliet ero andato convincendomi del contrario anche perché ogni volta che mi si ripresentavano alla mente le immagini di quella serata tornavo a eccitarmi per essere quasi subito raggiunto da un travolgente senso di colpa. Sì, un po' malato forse lo ero.

"Lei ha subìto un forte trauma ed è vero che non è affetto esattamente da una patologia, ma da un disturbo che, se non curato, può almeno essere monitorato e scavando dolcemente nel suo inconscio non è da escludere che ci possano essere dei progressi."

La dottoressa Beletzeva, alta più o meno quanto me e cioè circa un metro e ottanta, mi sembrava completamente pazza. Però che bella era! Adesso stava tentando di allungare la gonna che lasciava scoperte le belle ginocchia, ma avendo accavallato le lunghissime gambe potevo scorgere qualcosa di più. Anche senza volerlo lo sguardo mi era caduto proprio là e rendendomene conto lo distolsi, volendo credo non farmene accorgere prima che da lei, da me stesso. Ma la seduta era terminata e così ci salutammo dandoci appuntamento fra due settimane.

è molto bella ma fredda come un iceberg e comunque basta sto diventando un maniaco sessuale che gambe però e che bei modi chissà se Enrique...

Uscito dal policlinico, lo chiamai e non solo per relazionarlo su quel primo incontro con la bella psicologa, così come mi aveva indicato - ordinato? -, mi ero già scusato al telefono ma volevo dirgli di persona quanto fossi mortificato per i modi villani che l'alcol aveva fornito di innesco.

"Basta con scuse e lacrime di coccodrillo, eri ubriaco, bada piuttosto a non bere più così tanto...per il resto non c'è problema, anzi ai miei amici hai destato grande curiosità e nonostante tutto gli sei risultato simpatico."

chissà perché a me per niente forse gli piace essere maltrattati

"Però oggi non possiamo vederci e nemmeno domani. Guarda facciamo così: venerdì passo a prenderti e ce ne andiamo a Guanabo, ti va?"

"Sì, certo grazie ma c'è anche Pinto?"

"Pinto? No, ma ci sarà qualche altro amico, faccio una festicciola per il mio compleanno. Ah, porta il tuo quaderno perché Demasiado non stava scherzando."

"Dici davvero?"

"Sì e se parlano d'amore è meglio ah ah ah. Un'ultima cosa, come stai nel tuo nuovo appartamento?"

"Bene, grazie."

Gonzalo aveva infatti esaudito la mia richiesta trovandomi una sistemazione vicino al mattatoio e, da quasi una settimana, mi ero trasferito in uno di quei palazzacci costruiti dai russi negli anni Settanta sulla via panamericana. A dire il vero era un'autentica topaia composta da una angusta camera da letto, un minuscolo cucinotto e un cesso senz'acqua dove la cassetta dello sciacquone svolgeva da chissà quanto la funzione di bauletto portaoggetti. Il precedente inquilino, un vecchio sbirro in pensione, era morto a seguito della cancrena all'unica gamba rimastagli dopo che l'altra gli era già stata tagliata.

"Era diabetico, non si curava, forse ha voluto lasciarsi morire." mi aveva raccontato un vicino. Nella vaschetta trovai, oltre alla sporcizia, una pistola, probabilmente un ricordo di quando era in servizio e pensai che dovesse aver terminato i proiettili se invece che spararsi in testa aveva preferito lasciarsi morire in quel modo, ma mi sbagliavo perché cercando meglio trovai pure quelli. Nei giorni che seguirono, dopo aver fatto la conoscenza di qualche vicino, compresi che l'intero palazzo fosse praticamente un ospizio! Erano quasi tutti molto anziani e malati uno per l'altro gli inquilini di quell'edificio e fu Arletis, una bella nera di ventuno o ventidue anni, che mi illuminò sulle ragioni. Lo stato aveva voluto ricompensare, donando loro l'usufrutto di quegli appartamenti, i fedeli servitori non più in grado di prestare servizio a causa dell'età, quelli almeno che si erano distinti durante la carriera, per qualche merito particolare o azione valorosa.

"Anche se i più sono semplicemente dei raccomandati, ma mio padre no, lui ha fatto l'autista per il ministero sino a che non gli si sono guastati i reni e ora fa la dialisi due volte a settimana." Arletis amava cianciare civettuola dei suoi fatti privati.

"E tu che fai?" le avevo domandato per ricambiare tanta socievolezza.

"Studio commercio e bado a mio padre, lo accompagno all'ospedale, le sedute durano tutta la giornata."

Qualche altro vicino chismoso non si sarebbe attardato a raccontarmi che la vera occupazione di Arletis fosse un'altra: si prostituiva al Jhony, una discoteca frequentata da jineteras e turisti finiti là dentro col solo scopo di farsi adescare.

Chiamavo Yesenia tutte le volte che mi era possibile, non che avessimo molto da dirci, la sua vita, come la mia, era più o meno sempre uguale, Manuelito cresceva e stava imparando a leggere, ogni tanto chiedeva di me. Il timore che Yuliet potesse averle detto qualcosa del nostro incontro si rivelò infondato, le due per fortuna non si erano tenute in contatto. Nel corso della nostra ultima telefonata mi aveva annunciato di aver ottenuto il permesso: a fine mese avrebbe potuto finalmente farmi visita, ne fui molto felice ovviamente.

"Così parliamo un po' " aveva concluso e io certo avrei provato piacere a parlare con lei, ma a baciarla, toccarla, a sentirla di nuovo vicina soprattutto pensavo, e mancava poco ormai.

"Ma quanti giorni potrai fermarti?"

"Non molti tre o quattro al massimo." erano pochi, ma meglio che niente.

Intanto al mattatoio il ragioniere aveva preso a trattarmi coi guanti, e ormai del tutto persuaso di aver a che fare forse ancor più che con un semplice raccomandato, addirittura con uno spione del ministero, mi aveva sollevato dall'incarico precedente e ora stavo in ufficio praticamente a far niente. Per qualche giorno Ramon, Rolando e Clemente, come tutti là dentro, presero a guardarmi con diffidenza riuscendo in quel modo a farmi sentire in colpa, ma non abbastanza da rinunciare al nuovo ruolo che teneva la puzza di merda sotto di qualche metro. Il lavoro consisteva nella trascrizione su un registro della prima nota redatta in brutta copia dall'addetto alle spedizioni dei tagli in uscita, insomma non mi stancavo granché anche se c'era un lato negativo nel non essere stracco una volta finito il lavoro, perché giunto nel mio nuovo alloggio, che dal mattatoio distava non più di cinque minuti a piedi, il cervello vagava per ore nel tentativo di capire chi ero veramente, o almeno di chi volevo diventare senza che nessuna delle due cose mi riuscisse.

forse avrei dovuto dar retta al santero e offrire fiori a Obatalà

ma la gratitudine che nei giorni seguiti al risveglio avevo provato verso la signora della Misericordia si era sbiadita: quelle bizzarre divinità, così semplici e facili da accontentare a differenza dell'unico dio tutto leggi e minacce dei preti cattolici, mi stavano simpatiche, ma una sorta di pudore, non disgiunto da un permeante senso di ridicolo, mi impedivano di rivolgere loro anche solo una preghiera, e così ci giravo intorno più che invocarli, passando il tempo a ideare trappole e agguati ma senza che me ne venissero in mente in grado di costringerne almeno uno a rivelarsi. Non che mi fossi ancora posto il problema della loro esistenza che non mi sfiorava lontanamente mettere in dubbio, piuttosto pensavo di non aver trovato ancora quello che facesse al caso mio, lo stavo cercando però, adottando il metodo fondato sulla supposizione, che in quanto tale è spesso soggetto a cantonate.

non era forse a Cuba Colombo pensando di esser nelle Indie?

Ma in quei giorni erano soprattutto altre le temperie che mi scuotevano, e tutte avrei potuto riassumerle in una parola: miseria. Una miseria molto differente da quella di Velasco dove i campesinos, pur congelati nel xx secolo a spaccarsi la schiena con la zappa, o sudando dietro gli aratri trainati dai buoi, o allevando mucche senza poterle mangiare poiché destinate alle tavole dei turisti, erano - o così a me parevano- sereni. Tutto quello che ricordavo, sembrava ora appartenere a cent'anni prima. L'altra miseria non riguardava invece la fame, né la generale condizione di sofferenza materiale e neppure la precaria situazione di tutti gli uomini -che a tratti mi sembrava di per sé stessa poter giustificare l'approdo alla follia- ma la mia persona, la mia anima indigente abbastanza dall'avermi fatto tradire Yesenia.

dovrei portare fiori bianchi a Obatalà

non lo feci mai, anche se dopo aver bevuto ron che sapeva di gasolio, più di una sera me l'ero ripromesso.

Clemente e Ramon facevano sul serio. Dopo qualche tempo con loro avevo deciso di aprire il libro e gli avevo raccontato la mia storia.

in fondo che male c'è almeno capiranno che non sono né un raccomandato né una spia

ma mi sbagliavo perché subito non mi credettero.

"Ma a chi vuoi darla a bere? Pensi di avere a che fare con dei mongoloidi?" era stata la loro prima reazione, però poi, non saprei se convinti dalla mia insistenza o dal fatto che, come disse Ramon:

"Potrebbe anche essere vero, una cosa tanto assurda mica è semplice inventarsela, e poi qui a Cuba è tutto assurdo." Tornarono a essere amichevoli e ciarlieri, aprendo così il loro libro di cui velocemente stavano vergando capitoli che a me apparivano altrettanto assurdi o comunque folli.

"Ormai abbiamo tutto, quel che ci serve manca solo un motore."

"Voi siete pazzi."

Glielo dissi quando mi portarono a vedere quel che nascondevano in una baracca non lontano dalla playa dell'est e cioè quattro camere d'aria recuperate da altrettanti pneumatici di trattore e una specie di zattera fatta con assi di legno di quelle usate dai muratori sui ponteggi, incrociate tra loro inchiodate una sull'altra e rinforzate dai nodi di una corda consunta dal salnitro. L'avevano anche verniciata d'azzurro "Per mimetizzarla" e dato un nome a quell'accrocco: El Corsaro libre." Inutile cercare di dissuaderli, se ne sarebbero andati appena fossero riusciti a racimolare i duecento dollari che ancora mancavano per comprare il motore che un tizio, un vecchio che trafficava al porto, gli aveva promesso di non vendere per un mese, dopo aver ricevuto un primo acconto di cento dollari.

"Ma dove pensate di trovarli tutti quei soldi?"

Non lo sapevano, non ne avevano proprio idea, o meglio, una l'avrebbero anche avuta ma era più o meno altrettanto folle, e criminale. Si trattava di rubare il tesoro del vecchio Higuain, un uomo avarissimo vicino di casa della sorella di Ramon che si era arricchito facendo borsanera da Vignales durante il periodo especial. Il tipo, vendendo formaggio, aragoste e perfino manzo, negli anni Novanta aveva accumulato un bel gruzzolo e, tirchio com'era, non aveva speso un pesos tenendo il tesoro nascosto in qualche buco della stamberga dove da sempre viveva a San Miguel.

"Non si è mai concesso niente, si sarà fatto risuolare le stesse scarpe cento volte."

"Ma non sapete dove lo tiene e poi se vi beccano vi fate vent'anni di galera."

Non gli importava, ormai avevano deciso.

"O la va o la spacca."

Non sapevano quanto fosse grande Miami né tanto meno dove stesse lo zio di Clemente di cui nessuno aveva avuto più notizie dopo la partenza avvenuta più o meno con le stesse modalità ormai otto anni prima, al tempo in cui erano gli stessi poliziotti ad assecondare i balzeros, forse perché a Fidel non dispiaceva in quel tempo terribile avere qualche bocca in meno da sfamare.

"Ve lo ripeto, è una follia."

Ma non gli importava, sapevano soltanto che novanta miglia marine li separavano dalla libertà.

"Dà la claustrofobia questa isola."

E mentre io cercavo di farli desistere dal balzo, loro volevano convincermi a salire su quella zattera.

"Sei più prigioniero di noi e magari non sei nemmeno cubano, dovresti venire anche tu."

Ovviamente li ringraziai ma fui costretto dal buon senso a rifiutare, ma visto che per niente al mondo avrebbero accantonato quel progetto, avrei voluto potergli essere utile in qualche maniera ma a quello che mi proposero, a malincuore, dovetti nuovamente rispondere di no, perché vedevo come suicida l'accettare il ruolo del palo o meglio del complice che avrebbe dovuto distrarre il vecchio avaro per dar loro il tempo sufficiente d'intrufolarsi in casa e sottrargli i risparmi. Non avevo ovviamente fatto parola con nessuno dei loro progetti ma conversando con la dottoressa Beletzeva, che fin dal nostro secondo appuntamento potei chiamare Elena, era venuto fuori l'argomento dei balzeros.

"Io sono ucraina, e sono scampata a Cernobyl, avevo sei anni e mi hanno portata qui dove mi hanno curata come meglio non sarebbe stato possibile, non posso che essere grata a Cuba, io potrei andarmene ma non lo faccio, pur con tutte le difficoltà non giustifico chi scappa, chi scappa è un vile."

Elena era bella e colta e mi parlava di Dostoevskij di cui ricordai, sapendo citarne interi passi a memoria, anche i romanzi minori. Ma fu anche l'unica cosa che mi venne alla mente durante i nostri incontri. Dopo qualche seduta sembrò rassegnarsi e di lì a breve ripose definitivamente le sue tecniche neuropatiche.

"Non sei collaborativo per niente...forse ho usato l'approccio sbagliato:" si lasciò sfuggire un pomeriggio che mi venne da ridere mentre mi parlava ancora di aura e di energia che scorre chissà dove. Ero attratto da quella donna, ma era un'attrazione differente e che almeno in sua presenza non si manifestava con una subitanea erezione come invece mi era accaduto con Yuliet, e in ogni caso contavo i giorni che mi separavano dall'arrivo di Yesenia e cercavo di tener lontana qualsiasi tentazione.

Gonzalo aveva dovuto rimandare la festa di compleanno per "sopraggiunti improrogabili impegni lavorativi che mi costringono a viaggiare sino a Pinar del Rio" diceva la lettera che mi aveva fatto recapitare il giorno prima del nostro appuntamento, e per quasi tutto il mese non mi riuscì di parlargli, così quando mi telefonò in ufficio dopo tre settimane, rimasi interdetto avendo fatto scivolare la conversazione sugli ultimi tentativi di fuga da parte di circa trenta persone la sera prima.

"Non è che mi scappi anche tu eh?"

"Ma che dici, non scherzare.!" Ma la cosa più che preoccuparmi mi infastidì: che fosse stata la bella dottoressa a imbeccarlo? Ma che me ne importava, Yesenia sarebbe arrivata proprio oggi, l'aspettavo impaziente in stazione già da un'ora ma ne mancava un'altra almeno, confidando nella puntualità del treno, cosa che neppure il più ottimista dei cubani! L'ansia di rivederla mi aveva costretto là dalla mattina e stavo consumando il marciapiede avanti e indietro scrutando il binario che speravo essere quello giusto, visto la scarsità delle indicazioni.

Dal treno, quel giorno arrivato chissà perché in perfetto orario, avevo visto scendere Minola dall'ultima carrozza e gli ero andato incontro non staccando gli occhi dalle uscite degli altri scompartimenti immaginando che Yesenia si fosse attardata come suo solito, ma quando ebbi raggiunto la vecchia, lei con lo sguardo rivolto al marciapiede mi disse, tendendomi una lettera:

"Yesenia non è potuta venire e mi ha dato questa per te."

"Ma come? Le è successo qualcosa?"

"Caro Ulises la vita ci mette alla prova ma tu sei forte...ora però devo andare, mio figlio è tornato dal Venezuela e mi aspetta, abbi cura di te."

Aprendo la busta vidi subito dei soldi, un mucchio di dollari ma non li contai, lessi la lettera e restai tramortito e la rilessi e ogni riga era una pugnalata.

Mio amore, quando leggerai queste righe a Obatalà piacendo, sarò già sull'aeroplano in volo verso la Germania. Perdonami se non ho avuto il cuore di dirtelo personalmente ma temevo che poi non ce l'avrei fatta a lasciarti e le cose sono andate tanto velocemente che neanche io credevo sarebbe arrivato così presto il momento. Jofre mesi fa, quando tu eri ancora in ospedale, mi chiamò dicendo che voleva lo raggiungessi in Germania con Manuelito, che per il bene del bambino avremmo dovuto rimetterci insieme e che non aveva mai smesso di pensare a me. Io al principio non gli avevo creduto ma lui a quel punto iniziò a mandarmi soldi e a parlare con Oscar e mamma. Alla fine, mi ha fatto una carta di invito con le garanzie e tutto quanto sistemato, anche l'appuntamento all'ambasciata tedesca per l'intervista, ricordi il mio viaggio all'Havana di ottobre? Era per quello e per i passaporti. Mio amore so che ora sarai molto arrabbiato con me e forse penserai che ti abbia preso in giro, ma ti giuro che non è così, io ti amo davvero e penso che tu sia la persona migliore che mai abbia incontrato e se non ci fosse Manuel non ci avrei pensato un solo attimo a dire di no, ma qui che futuro potrebbe avere? Ti amo papi e non ti dimenticherò mai. Perdonami se puoi e abbi cura di te e sappi che sarai sempre nelle mie preghiere e nel mio cuore, un bacio sempre tua

Yesenia

Non ero arrabbiato, alla terza rilettura neppure ferito, morto piuttosto. Non potevo crederci e tremavo tutto anche dentro al cervello.

devo chiamare Velasco

E così mi precipitai al telefono pubblico della stazione ma a casa di Yesenia nessuno rispose e allora cercai Pinto all'ospedale e, come al solito solo dopo molte insistenze, riuscii a farmelo passare dalla centralinista.

"Tu lo sapevi?"

"Cosa?"

"Lo sapevi che Yesenia stava per andarsene in Germania?"

Seguì un silenzio che interpretai come ammissione.

"Non l'ho saputo che due giorni fa."

"E perché non me lo hai detto? Pensavo fossi mio amico!"

"Cerca di capire, Yesenia mi ha fatto promettere di non dirtelo e poi cosa avresti potuto fare?"

"Non lo so, sarei venuto là, l'avrei convinta..."

Stavo urlando e i pochi presenti si erano tutti voltati verso di me.

"Stai calmo adesso, stai calmo. Le cose non vanno sempre come vorremmo, è la vita..."

Cos'altro avrebbe potuto dirmi? E poi che ne sapeva Pinto di cosa si prova ad essere lasciato dalla donna che ami? Glielo dissi insultandolo prima di attaccargli il telefono in faccia. Da lì in avanti di quel giorno conservo ricordi confusi: che ancora in stazione chiamai Eta Beta sul cellulare ma senza fare in tempo a dargli appuntamento visto che le monete continuavano ad andar giù veloci nel telefono e subito cadde la linea e che non mi riuscì di richiamarlo perché nessuno aveva da cambiare cinquanta cuc.

perché mi ha dato questi soldi pensava di poterlo comprare il mio perdono

e che per quello lo andai a cercare sino al bar del Rubio dove però non stava, viceversa della birra, e che me ne scolai non meno di una cassa. Sul Malecon, sdraiato sul muraglione guardavo il cielo e le scie bianche lasciate da uno o due aeroplani, ecco cosa mi rimaneva di Yesenia: ricordi, che, come quelle tracce, si sarebbero ben presto rarefatti. Durante quella sbronza quasi nient'altro rammento se non d'aver bevuto rum comprato per strada che sapeva di kerosene e di esser stato sbattuto fuori o forse nemmeno fatto entrare in un locale per turisti. E di aver offerto da bere a un po' di finocchi e travestiti in quel bar del Malecon e di aver rifiutato la loro corte come quella di almeno due o tre negre che vedendomi carico di soldi e - perché no? - bianco, avevano pensato di potermi aiutare a far baldoria e spillarmi un po' di grana. E che mi ero diretto a casa di Yuliet e che avevo suonato al suo citofono e lei si era affacciata facendomi segno d'andar via.

"No fammi salire." E che invece era sceso Barbaro e che ci eravamo azzuffati e non so se le avevo più date o più prese ma di certo anche prese visto com'ero pesto la sera. E che stava intervenendo la polizia quando era arrivato Eta, che probabilmente mi scampò dalla gattabuia. E che gli raccontai ogni cosa.

"Devi capirla, ha un figlio piccolo e non è una puttana, cosa avrebbe dovuto fare? Stare con te che nemmeno conosci il tuo vero nome?"

Eta non usava metafore o mezze misure ora che, dopo avere per un po' considerato il mio racconto come la storia inventata da un ubriaco, si era convinto non stessi mentendo.

"Certo la tua storia è incredibile, ma davvero non ti ricordi niente?"

Si stava prendendo cura di me e non aveva voluto lasciarmi andare, anche se adesso, a quell'ora di notte, la sbronza era quasi smaltita.

"Adesso è meglio che vada a casa, a quest'ora chissà quando passa una guagua..." "Casa? No, tu adesso vieni con me."

"Dove?"

"Devo vedere uno spagnolo al Jhony, devo sbrigare un affaruccio...oh, ma sei sicuro che nessuno ti controlli? Sì, insomma, non è che quello sbirro ti sta ancora dietro?"

"No, credo di no. Gonzalo mi ha detto che non me ne devo più preoccupare."

"Sarà, ma questo Gonzalo non mi convince, io fossi in te non mi fiderei"

"Ma no! Te l'ho detto, è un impiegato del museo della Rivoluzione. E poi è amico di un mio amico, o almeno di uno che pensavo lo fosse."

"Sarà… Oh, non mi hanno mai beccato, spero di non star facendo una cazzata a frequentarti."

In quel momento mi sentii solo come non mai ed ebbi quasi paura di perdere anche lui, forse avevo fatto male a raccontargli ogni cosa, avevo già constatato come nessuno si fidasse veramente di nessuno perché chiunque avrebbe potuto essere un delatore o, comunque, tutti lo ritenessero possibile. Ma Eta era un tipo sensibile a modo suo e dovette accorgersi dei pensieri che mi stavano passando per la testa crucciandomi ulteriormente.

"Ma non ti mollo, intanto se è destino…"

Certo pagai io la corsa del taxi sino alla discoteca.

"Mi presti venti dollari? Devo pagare l'entrata, te li ridò dopo che ho fatto con lo spagnolo…"

Eta Beta era un tipo sensibile, è che la miseria sfronda anche gli spiriti più nobili, l'istinto di sopravvivenza fa passare sopra a tutto e far di calcolo per mettere insieme il pranzo con la cena, o almeno un pasto serio al giorno, riduceva alla convenienza del momento ogni rapporto umano, che si trattasse d'amore o d'amicizia in fondo era uguale. Rimaneva il sesso e praticamente nient'altro. A questo pensavo mentre allungavo i venti dollari a Eta, un tipo abbietto, uno spacciatore, un truffaldino, un pappone: il mio migliore amico.

"Vai tu, io ti aspetto fuori."

"Sì, è meglio, ridotto come sei intanto non ti fanno entrare."

Lo vidi farsi largo tra la piccola coda di aspiranti clienti, tutte ragazze di vent'anni, poco più o poco meno.

"Ora trovo uno yuma e dormo due giorni in Miramar in una di quelle case col condizionatore." sentii dichiarare sicura una ragazzina bionda che portava tacchi a spillo e un trucco pesantissimo sul visino adolescente;

non mi sembrò avere diciassette anni ed era molto magra in quell'abitino che le fasciava lo scheletro di luccichii argentati, ed era bianca, quasi diafana e senza tette, senza culo. I turisti uscivano sempre soli da là dentro, prendevano un taxi nel parcheggio laterale all'edificio nel cui ventre era ospitato il Jhony, quindi lo facevano fermare innanzi all'entrata del locale dove una o più ragazze, con fare guardingo, vi salivano veloci, attente a non imbattersi nella patrulla della polizia che ogni quindici minuti si faceva un giretto là attorno. Qualcuna l'avevo vista anche farvi ritorno in quella ora e più ormai che ero rimasto lì fuori, ma questo dipendeva probabilmente da quanto lo yuma fosse stato generoso o da quante bocche da sfamare avessero a casa le ragazze.

"Ciao, Ulises se ricordo bene."

Uno di quei taxi si era fermato proprio di fronte a me che stavo cavalcioni alla ringhiera cingente il piazzale dirimpetto la discoteca, dentro c'era Arletis, la mia vicina.

"Sto andando a casa, vuoi un passaggio?"

Aspettavo il mio amico già da un pezzo, a quell'ora l'asfalto rilasciava tutto il calore accumulato durante la giornata, si sudava come bestie e sentivo la camicia comprata il giorno prima per far bella figura con Yesenia, appicciicata sulla pelle. Era anche strappata e sporca di sangue, che doveva essere di Barbaro perché non avevo ferite ma solo il labbro e uno zigomo gonfi. Ero stanco e mi ero rotto le palle di osservare quelle che mi sembravano oche starnazzanti che nemmeno andavano a tempo con il dum dum dei bassi, vibranti sotto i miei piedi dopo essere sfuggiti alle mura della discoteca.

"Perché no?" e mi infilai nel taxi vicino a quella negra il cui odore era un abbraccio tra sudore e profumo dozzinale.

"Ehi ma come sei conciato? Non mi sembravi il tipo che fa a botte!"

"È una storia lunga e triste e preferisco non annoiarti, tu invece? Ti sei divertita in disco?"

Prese a parlare liberamente.

"Non molto, ho beccato un messicano che puzzava di maiale, però ha pagato bene e così posso andarmene presto...sai nel quartiere non voglio parlarne, troppa gente pettegola."

Lei un chulo non ce l'aveva.

"Io quello che guadagno non lo divido certo con un uomo, non sono una di quelle sceme...a me non serve né un pappone né un fidanzato né un querido, e tu papito, non ce l'hai una fidanzata?"

"Non più."

Arletis mi baciò mettendomi la lingua in bocca che non me lo aspettavo. Baciava bene, baci lunghi e appassionati che chi li avesse visti avrebbe pensato a due innamorati. Mi piacevano, e anche i miei a lei probabilmente e così una volta arrivati a casa nessuno di noi due si pose il problema di doversi salutare.

"Andiamo da te papito che non voglio svegliare mio padre." Aveva la bocca e il palato bollenti.

"Ce l'hai il preservativo?"

Non ce l'avevo, non lo avevo mai usato prima d'ora, tuttavia lei era una professionista e ne teneva una scorta dentro la borsetta. Ne prese uno dalla scatola e aprì la confezione strappandola coi denti e parve compiacersi della sua stessa maestria una volta che, dopo esserselo messo in bocca ancora arrotolato, riuscì ad infilarlo sul mio cazzo dritto per tutta la lunghezza senza mani: come un equilibrista o un acrobata, lei con la bocca faceva le capriole. Era stretto, molto lungo ma strettissimo il gondone cinese -avevo visto degli ideogrammi sulla scatola-

"Ma come ce l'hanno il cazzo in Cina?" si era domandata Arletis. Ma non le interessava più far conversazione, mi si era seduta sopra, se lo era infilato dentro piano piano, centimetro dopo centimetro e sembrava provare un bel po' di dolore. Aveva la figa secca e mi venne voglia di leccargliela ma lei non me lo permise, volendo subito andare a quel che riteneva essere il sodo.

"No papi, voglio sentirlo dentro."

Muoveva il bacino e il culo lentamente, pigramente ipnotico quel moto e infatti da là sotto la osservavo come in trance: aveva seni piccoli ma capezzoli turgidi e sporgenti almeno due centimetri sotto la mia lingua. Era nera Arletis, un nero molto scuro, guineano; ai lobi portava due grandi anelle d'oro, così come la catena e il crocifisso che le si adagiavano sullo sterno. Aveva la punta del naso un po' schiacciata ma quel difetto, lungi dal toglierle femminilità, le conferiva invece un che di erotico più ancora del bel disegno delle labbra o gli occhi vagamente indiani. Cambiò ritmo, sempre adagio ma con brio ora che si era messa con i piedi sopra il materasso e si sollevava flettendo le belle gambe muscolose, quindi più rapida, infine frenetica ma riuscendo a non mollar la presa come fosse prensile la sua vagina, nonostante lo sfilasse quasi tutto lasciando dentro, come in una morsa gentile, solo il glande. Non voleva girarsi e non mi permise di montarle sopra. Andammo avanti così per un bel pezzo e per tutto il tempo sentii sciogliersi il suo piacere che correva lungo quei crinali in fluidi abbondanti. Non saprei quanto durò però a un certo punto, senza altri preavvisi, si dichiarò sazia.

"Io sono a posto." disse staccandosi "e tu papito non sei venuto?"

"No."

"Sarà per il preservativo, o non ti piaccio?"

"Sì che mi piaci, non so..."

Allora me lo sfilò dalla gomma facendomi anche un po' male con le unghie finte lunghissime e fucsia e iniziò a masturbarmi.

"Sei mancina." osservai.

"Ambidestra." rispose cambiando mano.

"Que pinga rica..." fece ancora prima di metterselo tutto in bocca.

"Vengo." la informai dandole il tempo di decidere che fare, e lei lo mollò appena in tempo facendosi schizzare sul collo e sui seni che ora carezzava con la mia mano guidata dalla sua, spalmandosi la pelle, premendo il mio seme sin dentro ai pori.

Avevamo dormito abbracciati, due sconosciuti avvinghiati, poi lei di buon'ora s'era alzata.

"La domenica cucino per papà poi vado a messa a San Francesco. Sono stata bene papito, però non pensare di essere il mio fidanzato."

Così si era congedata, anche se io non ci pensavo affatto, ma non glielo dissi.

"Hai bisogno di qualcosa?"

Era carina a chiedermelo.

"Di un bacio."

Ma non si avvicinò, già sulla porta me lo lanciò facendo schioccare le labbra, quindi uscì lasciandomi solo a far di conto con la mia nuova situazione. Niente passato remoto e quello prossimo in volo

ormai sarà in Germania

verso Bochum, un lavoro di merda, l'alcolismo incipiente, amici bugiardi o scrocconi e io stesso praticamente un poco di buono in balia del testosterone.

almeno Sallusti non si è più fatto vivo e sono libero se non mi cerca lui non lo fa nessun altro in fondo sono l'uomo più libero del mondo.

Mi venne da ridere. Senza Yesenia avrebbe avuto senso tornare a Velasco anche fosse stato possibile? Troppo l'imbarazzo, il loro soprattutto immaginavo.

ma uno di questi giorni voglio parlare con Renata e chiederle perché pensavo mi volessero bene lei e Oscar

Uno di quei giorni ma non quella mattina, quella mattina avrei solo voluto sparire. O nuotare, e così uscii di casa prendendo a camminare lungo la panamericana e dopo un bel po' raggiunsi il mare, quello dove non vanno i turisti e la rena non viene pulita e infatti la spiaggia era deserta, salvo una o due famigliole che schivai, come feci con le bottiglie vuote e qualche profilattico usato nottetempo dove ora lunghe colonne ordinate di formiche si affannavano alla caccia di quel che conteneva, ebbre dopo esservisi abbeverate. Tirava un vento freddo e tergiversavo osservando i granchi che svelti scavavano buchi nella sabbia rendendosi invisibili. Poi non ci pensai più e mi tuffai in quel mare trasparente appena increspato in superficie prendendo a nuotare sott'acqua e controcorrente, trattenendo il fiato il più a lungo possibile.

L'arte per l'arte ed altri incidenti

15 aprile dell'anno 2004

Elena Beletzeva per il momento era riuscita a tirarmi fuori un po' di rabbia. Non che mi avesse detto d'aver desistito dall'intento di farmi ritrovare qualche pezzo, ma il consiglio "Cerca di vivere come una persona normale." mi parve una resa. Le raccontavo ogni cosa compresi i sogni, anche quelli in cui Oshun -doveva per forza essere lei la negra di quelle visioni oniriche- continuava con frequenza a palesarsi.

"Sei abbastanza istruito per non dar peso a queste superstizioni." mi aveva risposto.

"Credo che nessuno abbia il diritto neppure di provare a togliere dio a un disperato." avevo ribattuto, ma per spirito di contraddizione più che per convincimento. Non stavo soffrendo poi molto.

"Forse non sei mai stato innamorato veramente di Yesenia, la tua era riconoscenza, non amore."

Probabile avesse ragione, perché non mi mancava poi molto la mia bella infermiera. Ma mi era mai mancata in fondo? Avevo voluto crederci, volevo convincermene, ma forse davvero non ne ero mai stato innamorato e ora quasi anche di questo mi rimproveravo.

ti avevo già tradita e con la tua amica se forse non sei la persona che pensavo io non sono di sicuro la persona che tu pensi ma occhio non vede cuore non duole diceva Melquiades e aveva ragione così almeno a te resterà un bel ricordo

"Devi vivere come una persona normale."

Ma lo stavo già facendo: bevevo molto e cercavo di scopare il più possibile, come quasi tutti appunto. Ed ero stato anche lasciato, come almeno una volta capita a ciascuno nella vita. Con Elena mi sentivo bene, solo con lei potevo parlare di certe cose, di poesia, letteratura. Avevo anche cercato di capire cosa pensasse sullo stato delle cose nel paese, perché la Rivoluzione che avevo in testa io era davvero troppo differente da quella che vedevo adesso tutti giorni, però questo argomento le rimbalzò come rimbalza un sassolino su di una pesantissima corazza, ma d'altro canto le persone normali si tenevano alla larga da certi argomenti. Le avevo anche fatto dono delle poesie che ritenevo più belle, le stesse che avrei portato a Demasiado il prossimo sabato a casa di Gonzalo, mi aveva chiamato qualche giorno prima e, saputo della decisione di Yesenia, si era detto dispiaciuto.

"Ma di donne ce ne sono tante e tanto belle che dovrebbe essere proibito dalla legge stare con una soltanto."

ma se non sei gay Pinto allora?

aveva concluso cercando di tirarmi su, aggiungendo:

"Sabato prossimo finalmente faccio quella festicciola, mi raccomando non mancare e porta un'amica se vuoi, lo sai come si dice: chiodo scaccia chiodo."

E chi invitare a una festa di intellettuali se non la mia bella psicologa? Ma non mi riuscì di chiederglielo mentre commentava le mie poesie sostenendo che: "Stai diventando nichilista. Sembra passato un secolo tra ciò che scrivevi a Velasco solo due mesi fa e quello che scrivi adesso. Un nichilista caraibico, è buffo."

Sorrisi e non replicai, ma non mi sarei definito così, realista forse, o a tratti trotzkista visto che mi ero andato convincendo di come il problema non fosse la rivoluzione ma non farne una ogni settimana. Si, ne ero ormai certo, ma un po' di prudente diffidenza stavo imparando ad averla anch'io proprio come tutte le persone normali, e non glielo dissi all'ucraina, con la quale invece mi dilungai sui demoni, i miei ma più ancora quelli di Dostoevskij o di Raskolnikcòv.

Che bella era Elena Beletzeva, vedevo Arletis due o tre notti a settimana, ma non ne ero innamorato né lei di me. Questa mi dava sensazioni differenti

è come se mi facesse rizzare il cervello oltre all'uccello

e così presi coraggio e la invitai a quella festa.

"Non posso frequentare un paziente al di fuori dell'ambito professionale" rispose glaciale e anche se in fondo me lo aspettavo – e vi rimasi davvero male - riuscii a intravvedere un lato positivo: non era un no definitivo, il diniego era dovuto al solo fatto di avere in essere un rapporto medico-paziente e fu quindi con l'intento di chiedere a Gonzalo di far cessare quelle sedute per poterla invitare a cena impedendole la scusa di venir meno all'etica professionale, che quel sabato dopopranzo presi la guagua per Guanabo.

A casa di Gonzalo trovai il bel mondo. C'erano un pittore spagnolo, due o tre poeti oltre a Demasiado, la giovane promessa del giornalismo Martin Vacca e Olga Zapata "Mia cara amica panamense e grande scrittrice." me la presentò il padrone di casa; era l'unica donna, a parte Betty che spignattava già preparando la cena.

"Gonzalo scusa ma ti dovrei parlare."

"Si Ulises ma non ora, abbiamo tempo, cerca di rilassarti e goditi la compagnia."

Memore di quanto successo al Blue Gardenia bevvi solo guarapo limitandomi ad ascoltare i discorsi degli altri invitati; era Vacca a tener banco, ce l'aveva su con uno scrittore di cui non colsi il nome, pornografico a suo dire.

"Che, infatti, è stato pubblicato in Europa e solo ultimamente, grazie a certe aperture che davvero non capisco, anche qua."

Era antisociale perché, pur non parlando in senso stretto di politica, le sue descrizioni di un Havana decadente e debosciata

"Hanno in sé i germi della controrivoluzione."

ma questo dove vive ci crederà davvero a tutte le tonterias che dice?

A quella domanda diede risposta Gonzalo quando lo invitò a cambiare argomento.

"Il nostro giovane Martin è più realista del re... ma parlaci invece del tuo ultimo lavoro in TV."

"Lei che ne pensa?" mi si rivolse la scrittrice mentre quello prendeva a parlare del suo nuovo progetto, un programma itinerante sulle realtà produttive dell'isola in onda a tarda notte su Cubavision a partire dalla prossima estate.

"Non saprei."

"Ma come? Non ha opinioni?"

"No, non conosco lo scrittore di cui stava parlando il signore...e poi a cosa serve scrivere di certe cose? Tutti hanno occhi per vedere..."

Era ancora una bella donna nonostante i suoi oltre cinquant'anni, curata, come i soldi le permettevano, con creme antietà ad arginare l'avanzata del tempo, ma che non sarebbero state sufficienti a vincere la guerra, se non per qualche mese ancora, prima che le truppe nemiche, già vincenti sul collo, spargessero segni e rughe ovunque come morti e feriti su di un campo di battaglia.

"Mi hanno detto che scrive poesie."

"Sì, il nostro giovane amico scrive poesie, a proposito: Gonzalo mi ha detto che ha qualcosa per me." si intromise Demasiado, ma la scrittrice già si era distratta e aveva preso a ridacchiare per non so che sussurratogli all'orecchio da un altro poeta, un tipo rubizzo e corpulento che parlava a bocca piena.

Tutti bevevano mojito sgranocchiando tartine, mentre, con qualche ritrosia, consegnavo il mio quaderno a Demasiado, avvertendolo che le avevo scritte per me e per nessun altro.

"Nessuno scrive per non essere letto" mi aveva risposto il poeta laureato come se stesse rivelando una verità. Ascoltavo il pittore spagnolo parlare della nuova ispirazione che lo aveva condotto sin qua.

"Voglio ritrarre la dignità, si, voglio cogliere l'essenza della dignità di questo popolo." e sembrava convinto, afferrando l'ennesima tartina mentre i suoi interlocutori altrettanto sinceramente fingevano interesse.

"Non posso prometterle la partecipazione al Festival ma le assicuro che le leggerò con interesse." continuò invece tutto gentile Demasiado

ma questo allora non l'ha capito che non m'importa una pinga di lui e del suo festival

avrei voluto spiegarglielo che le scrivevo solo quando non avevo niente di meglio da fare, così, senza un senso, e che lo ritenevo un esercizio troppo intimo e metterle in piazza mi sarebbe parso puro esibizionismo

come il negro che si masturbava sotto la sopraelevata del parco Maceo però poi quello l'hanno arrestato

ma mi morsi la lingua

questo ci vive organizzando festival di poesia dove giovanotti e vegliardi stan lì a masturbarsi a vicenda sul senso della vita o dell'amore premiandosi l'un l'altro ad anni alterni e adesso arrivo io e gli dico che è tutta una farsa?

e comunque non avevo bevuto abbastanza, così mi limitai ad annuire solo chiedendogli il favore di leggerle più tardi.

"Lei è così timido..." mi disse a quel punto la scrittrice che era tornata ad ascoltarci, sfiorandomi una guancia col dorso della mano che lì per lì mi sembrò materna ma quando mi alzai per riempirmi il bicchiere *al diavolo un mojito cosa vuoi che mi faccia?*

Vacca mi si avvicinò e con un sorriso idiota mi avvertì:

"Stai attento alla vecchia, quella è una mantide vera..." ma non lo degnai di risposta.

Intanto adesso gli intellettuali erano passati a far sul serio e si accapigliavano quasi, ormai che gli stuzzichini erano terminati e l'alcol cominciava a fare effetto.

"La bellezza non è per tutti." sentenziava la giovane promessa, ma Demasiado era in disaccordo e chiedeva chiarimenti.

"Cosa vuol dire?"

"Che non tutti la possono apprezzare."

"Sì," intervenne allora la mantide "ma chi lo stabilisce? E chi stabilisce ciò che è bello?"

"Va da sé: chi non apprezza l'arte, la poesia, evidentemente non ne è degno." si accalorò il rubizzo prendendo le parti di Vacca.

Mi ero ripromesso di star zitto ma stavo imparando che non ero capace di tener fede ai miei buoni propositi e attaccai:

"Ma non crede che a chi passa le giornate a cercare di sopravvivere rimanga poco tempo per apprezzare l'arte e la poesia?"

"Come quel disgraziato intende?" mi rispose beffardo l'impomatato facendo un cenno con la testa. Fuori dal cancello, un uomo di circa quarant'anni, in sella a una vecchia malandata bicicletta, stava cercando di attirare l'attenzione di Betty richiamando così anche quella di Vacca. Nel cestino, tra la ruota anteriore e il manubrio, coperto da una logora tovaglietta, nascondeva il suo tesoro.

"Compañero che hai là dentro?" gli chiese minaccioso il giornalista.

"Niente è qui per un saluto" rispose svelta Betty che intanto gli stava andando incontro.

"Ne è proprio sicura? Non sarà che fa borsanera? Che contrabbanda, aragoste?"

"No señor" provò a discolparsi il ciclista.

"Sono cinque anni di galera, lo sai vero?"

Quel tipo era un contadino e viveva di sicuro ancora nel campo, lo avevo già visto la prima volta che ero stato qui e in effetti Gonzalo gli aveva comprato dei gamberi

ma che gusto ci prova questo idiota a torturarlo così?

"Adesso piantala Vacca, questo signore è un nostro vicino." poi, rivolgendosi al guajiro:

"Antonio accomodati, vuoi bere qualcosa?"

"No, no grazie señor Gonzalo ma devo proprio andare."

"Ok, e non dar retta al mio amico, gli va di scherzare..."

"Sì, sì, certo."

"Se hai le aragoste, portale più tardi e mettiti d'accordo con Betty come al solito..."

A quel punto tutti risero mentre Antonio inforcava la bici e iniziava a dar grandi pedalate allontanandosi.

"Sei davvero uno stronzo." disse Gonzalo rivolgendosi a Vacca che ancora stava ridendo.

"Mi hai tolto le parole di bocca..." aggiunsi, non riuscendo più a trattenermi.

"Ma come si permette?"

Intanto qualcuno aveva acceso la TV: Fidel inaugurava una scuola e parlava da chissà quanto tempo.

"Basta ora e anche tu Ulises, contieniti! A Vacca piace scherzare ma non è il caso di litigare tra amici."

Mi morsi la lingua e lo stesso fece certamente anche il giornalista, mentre Fidel continuava a parlare e a parlare.

"Che uomo! Nonostante l'età conserva una forza e una lucidità invidiabili..." commentò la scrittrice "L'essenza del socialismo..."

Eravamo tutti là intorno bevendo e mangiando e certamente noi sì in quel momento avevamo compreso la bellezza del socialismo, alla faccia degli zotici e degli straccioni insensibili all'arte e alla poesia. Poi dopo un altro bel po' Fidel terminò di parlare, accolto da un interminabile applauso al quale ci unimmo anche noi là da Guanabo, e scese dal palco, ma gli cedette una caviglia, forse un femore o più semplicemente inciampò in un gradino controrivoluzionario, fatto sta che cadde rovinosamente per le terre come un qualsiasi vecchio comico del muto. Ma nessuno rise. O forse sì, in silenzio, attenti a non farsene accorgere.

Le ultime tre settimane al mattatoio erano state pesanti; quando c'ero andato, perché diverse mattine, avendo bevuto troppo la sera prima, non ce l'avevo fatta ad alzarmi ed ero rimasto a dormire nel mio buco, confidando in una visita di Arletis. Alcune volte la colpa era stata di Eta Beta, una in particolare quando aveva voluto che lo accompagnassi in un ristorante del Prado dove aveva appuntamento con un italiano: stava cercando il modo di fotterlo. Lo yuma avrebbe voluto aprire un ristorante-discoteca, aveva già trovato uno spazio molto bello nel Vedado e disponeva delle entrature per ottenere la concessione dal governo, ma come a tutti gli stranieri non gli era consentito dalla legge intestarsi alcunché e, per investimenti simili, neppure un prestanome cubano sarebbe andato bene. Salvo non riuscire a diventare socio dello "Zio" non vi era alcun modo per realizzare quel progetto e a lui Fidel non garbava affatto, figurarsi addirittura cedergli il cinquantuno per cento del guadagno, e senza che il lider maximo ci avesse messo un dollaro! Ma il suo avvocato, lavorando tra le pieghe della legge, aveva individuato un metodo, forse l'unico possibile, per bypassare l'ostacolo, quello cioè di metter su un circolo culturale sul modello delle società cinesi o spagnole, dove dietro alla facciata di una mostra di pittura o di un reading letterario, avrebbe potuto lavorare, e a prezzi per turisti, come ristorante e discoteca.

"E dopo un po', dopo aver unto il funzionario giusto, togliermi dai coglioni poeti e pittori." Quello era l'intendimento dell'italiano, al quale la cultura doveva far ribrezzo. Restava un problema: i soci fondatori del circolo italiano avrebbero dovuto discendere dal paese di Dante, ma se per gli spagnoli trovare nipoti dei conquistadores non era certo complicato e di cinese all'Havana c'era già un intero barrio, dove avrebbe potuto trovare venti cubani di origine italiana? E qui entrava in gioco il mio amico che, pur di avere un anticipo

"Per poter affrontare le spese della ricerca..." non si era fatto scrupolo di garantirgli che nel giro di qualche settimana ne avrebbe individuati a sufficienza per costituirne almeno due di quei circoli.

"Amico mio, non ne ho trovato nemmeno uno, ma se voglio che l'italiano si fidi devo fargli credere il contrario, cosa ti costa dire che hai un nonno napoletano? E poi con quei baffi sembri uno della mafia..."

non avrei dovuto farmeli crescere

Non mi costava nulla, anzi ci avrei guadagnato una cena, insisteva Eta.

"E finalmente potrai dire di aver conosciuto tuo nonno..." e giù una risata.

Così mi lasciai convincere, e per non sbagliare quel pomeriggio andai persino in una biblioteca, dovevo documentarmi, mi servivano un nome e un cognome italiani e li trovai prendendoli a nolo da due scrittori:

Eugenio, come il poeta Montale e Calvino, che ricordavo a Cuba esservi addirittura nato. Già che c'ero presi anche in prestito Ossi di seppia e Il sentiero dei nidi di ragno, scoprendo più tardi di averli già letti

chissà in quale lingua o se essere straniero non è che la mia naturale condizione nel mondo

Dopo l'abbandono di Yesenia mi ero andato convincendo di non essere cubano, avevo passato quelle notti a bere e a scrivere, ma certo più a bere, convincendomi di esser forestiero: sì, lo ero, ma di quale parte del mondo? Per quella sera sarei stato italiano.

"Quello che so è che mio bisnonno si chiamava Eugenio Calvino, era di Napoli, una città del sud, e faceva il marinaio. Approdò a Cuba nel 1907 e non fece mai più ritorno al suo paese, si innamorò di mia bisnonna che era per tre quarti spagnola, quattro anni dopo nacque mia nonna, la madre di mia madre alla quale misero il nome Filomena."

Ora, non so se per le mie abilità attoriali o perché "Tutti abbiamo bisogno di credere alle favole", come più tardi mi avrebbe spiegato Eta, fatto sta che l'italiano si convinse a mollare ancora un po' di grana affinché le ricerche proseguissero. In effetti si sarebbe visto dalla Florida come questo tipo fosse desideroso di concedere credito a chiunque gli facesse balenare la possibilità di sfuggire alla vita che aveva nel suo paese.

"Ho una piccola fabbrica di viti vicino a Bergamo, la conoscete Bergamo?"

"No."

"E' una città vicino a Milano."

Era evidente che per quanto denaro gli procurasse, non lo rendesse felice quella vita e cercasse di rifarsene una ai Caraibi. Le uniche resistenze, infatti, non vennero da lui ma dalla fidanzata cubana, timorosa che quell'iniziativa imprenditoriale potesse far spendere allo yuma denaro altrimenti destinato a lei e, probabilmente, al marito cubano che immaginavo attenderla a casa, trepidando i cuc del gonzo. O forse io e il mio amico avevamo la faccia di due truffatori.

"Non siamo delinquenti" aveva replicato Eta alle mie timide obiezioni di carattere morale.

"Siamo come Robin Hood: rubiamo ai ricchi per dare ai poveri."

"Perché intendi regalarli i soldi dello yuma?"

"Perché, noi non siamo poveri ah ah ah!"

Quella ci aveva guardato storto tutto il tempo; era, l'avrebbe capito un sordo cieco, una jinetera che aveva passato i trenta da un pezzo, e pur conservandosi snella e soda, sul viso aveva ritratta la fame fatta -e che ancora forse aveva a giudicare da come si stava abbuffando- negli anni Novanta, ma sicuramente all'italiano doveva far cose, far provare cose, che la moglie bergamasca neanche si sognava.

"Le donne cubane sono le più dolci del mondo." aveva ripetuto più volte il bergamasco durante la cena e io non avevo potuto che pensare a Yesenia, non sapendo se dargli o meno ragione.

"Pensaci bene pipo, è meglio comprare una casa..."

"Una cosa non esclude l'altra." la rassicurava l'innamorato, ma quella non sembrava per niente convinta. Fortunatamente a un certo punto si era alzata per andare incontro a una sua amica entrata in compagnia di un altro italiano, che a me parve avere più o meno l'età del nostro commensale, un po' più di cinquant'anni, anche se lui non era del mio stesso avviso.

"Questi vecchi che vanno con le ragazzine mi fanno proprio schifo." aveva difatti commentato. Anche le due ragazze sembravano più o meno coetanee e rimasero al bar del ristorante a far pettegolezzi sui rispettivi yuma i quali non si scambiarono invece nemmeno un saluto, il nostro interessato soltanto a concludere l'affare, l'altro intento alla visione di una partita di football alla Tv posta in alto sopra il bancone del bar. Con la jinetera distratta concludemmo il negozio senza trovar altri ostacoli.

"Hai ragione tu: tutti abbiamo bisogno di favole..."

"E tu sì che le sai raccontare!" Eta, una volta usciti dal locale, non la finiva più di ridere.

"Sì", feci io, "l'allievo che supera il maestro..."

"Oh, adesso non esagerare...e poi non è stato troppo difficile."

Aveva ragione e la ragione stava in quel motivo: tutti vogliamo credere in qualche fiaba, leggenda, mito o fandonia che sia; una bella e giovane ragazza che dice d'amarti anche se tu sei vecchio, grasso e cadente; il prospetto di un facile guadagno ancor più se inversamente proporzionale alla fatica o all'investimento; la possibilità di ringiovanire spalmandosi alghe o fango sulla faccia, come la scrittrice panamense; financo la guarigione da un tumore facendo abluzioni con acque benedette; levarsi dalle palle una disgrazia sacrificando bestie a qualche santo; migliorare la condizione del popolo facendo la Rivoluzione. E la mia favola qual era? Stavo iniziando a capire Elena che non credeva ai santi.

ma si può vivere senza credere in qualcosa? solo il rum mi solleva in alto

"Se fossi una donna, altro che Yuliet! Mi sarei fatta comprare mezza isola dagli yuma."

Forse Eta esagerava e però era pur vero che gli stranieri correvano quel rischio, visto che si dovevano fidare per forza di un cubano, o una cubana, qualunque investimento fossero intenzionati a fare. E che garanzie poteva offrire un cubano, o una cubana, oltre la parola d'onore? Così molti di loro, intrappolati dalla dolcezza di quelle donne e dalle loro vagine, facevano intestando alle fidanzate (più raramente ai fidanzati) case, macchine o paradar e quelle forse neppure li stavano ingannando quando giuravano d'amarli, perché capaci d'entrare così bene nella parte di amanti e future spose, che finivano quasi col crederci anche loro, almeno sino a quando non li riaccompagnavano all'aeroporto.

"Metodo Stanislavskij" commentò Eta porgendomi cinquanta cuc, il compenso per la mia recita.

"Che sfoggio di cultura..." lo canzonai.

"E che mi hai preso per uno di quegli ignoranti del mattatoio?"

"Ma dimmi: Barbaro è ancora da Yuliet?"

"Non so, non l'ho più sentita e dammi retta: lasciala perdere, quella è una planta da problemi..."

Eta mi raccontò un bel po' di cose su di lei. Una volta doveva essersi scopata anche un figlio di Fidel.

"Praticamente adesso siete parenti tu e lo Zio..." disse sghignazzando.

"Insomma, è la regina della farandula, ma non è sempre stata così."

Secondo lui lo era diventata dopo una disillusione d'amore: si era perdutamente innamorata di uno spagnolo "un vero cayman" che se l'era spupazzata per qualche tempo promettendole mari e monti finché un giorno non si era fatto beccare a scopare con la sua migliore amica.

"Si chiamava come la tua ex fidanzata se non ricordo male, Yesenia mi pare..."

Scoppiai a ridere: non si chiamava come la mia ex fidanzata, era la mia ex fidanzata e questo spiegava alcune cose almeno.

"Perché ridi?"

"Niente, niente, vai avanti."

Ma non c'era più molto da dire se non che dallo spagnolo non aveva voluto più niente ritrovandosi più povera di prima, non fosse altro perché quello l'aveva iniziata alla cocaina. Il mio amico in fondo aveva dei principi "Io la coca non la tratto" mi disse, ma già lo sapevo, mentre si accendeva una canna e il Malecon era buio buio in fondo al Prado.

Quella sera per festeggiare il buon esito dell'affare ci recammo al 1830 dove suonavano gli Havana de primera e l'ingresso costava dieci cuc; spendemmo poi una piccola fortuna in rum invecchiato cinque anni e ballammo con delle turiste canadesi che non ci riuscì di portare a letto. Quando mi convinsi di aver visto Yesenia tra la folla danzante ero ubriaco e avevo le traveggole, così pensai fosse giunto il momento di rincasare se volevo riuscire ad andare al mattatoio l'indomani, vicino ormai non più che qualche ora. Ma non ci andai e nemmeno il giorno dopo mi feci vivo e quello dopo ancora. Il giovedì, quando finalmente trovai la forza di esser mattiniero, il ragioniere, che sino a quel momento aveva sopportato senza fiatare i miei ritardi e le defezioni immotivate, non si trattenne più: "Tienesuerte, puoi essere anche il figlio del ministro ma mi hai rotto i coglioni! Non posso passare il mio tempo a fare il tuo lavoro, la prossima che fai sei fuori."

Probabilmente ero fortunato, o forse qui venivano premiati gli scansafatiche, in ogni caso il giorno dopo ricevetti una telefonata da Gonzalo:

"Ti va di cambiare lavoro?"

"E me lo chiedi?"

"Sei pratico di cucina?" ma non mi diede il tempo di rispondergli, "perché ci sarebbe un posto da aiuto cuoco a Guanabo nella paradar di una mia vecchia amica, ho già parlato col ministero e non hanno nulla in contrario."

"Ma dove andrò a vivere?"

"Per qualche tempo puoi stare da me, finché non troviamo un'altra sistemazione, ah, ancora una cosa: oggi hai l'ultima seduta dalla Beletzeva, poi potrai fare a meno di andarci."

Ero al settimo cielo, e mi venne alla mente Pinto, non l'avevo più sentito e mi sentivo in colpa, era a lui che dovevo tutto questo e l'avevo trattato tanto male che ora mi vergognavo e perciò esitavo a chiamarlo. L'avevo offeso e se non avesse più voluto avere a che fare con me non avrei potuto dargli torto. Alla fine, mi feci coraggio e gli telefonai e lui, invece di prendermi a male parole come sentivo avrei meritato, ne fu felice.

"Non devi chiedermi scusa, è acqua passata." e si disse contento di sapere stessi bene, aggiungendo che sarebbe venuto a trovarmi non appena gli fosse stato possibile.

L'unica cosa che mi dispiaceva nel lasciare quel postaccio era che non avrei più visto Clemente e Ramon che non avevano rinunciato allo stravagante progetto. Ma io adesso ero quasi un uomo ricco coi cinquecento cuc che Yesenia mi aveva fatto trovare in quella busta, e gliene bastavano solo duecento per comprare il motore.

"Ma tenetene cinquanta in più, magari comprate anche dei razzi di segnalazione e una bussola..."

Quei due erano increduli da non star nella pelle e mi abbracciavano, mi baciavano.

"Basta, basta se non volete che cambi idea..." cercai di contenere il loro debordante entusiasmo.

"Grazie amico, ma perché non vieni anche tu?"

"No ragazzi, io resto qui."

"Ulises io ti prometto che un giorno ci sdebiteremo con te." disse in tono solenne Clemente.

"Non ti preoccupare di questo, cercate di salvare la pelle."

Fatto sta che quei due ce la fecero, non so se ad arrivare a Miami o a farsi invece pietanza per gli squali, ma certo a comprare il motore e a mettere in mare l'approssimativa imbarcazione.

due posti vacanti al mattatoio che il loro dio li protegga anzi tre
visto che me ne sto andando anch'io

"E così oggi è il nostro ultimo giorno..."

Elena era più bella del solito, forse perché il sole che normalmente schivava, sembrava averle coperto la pelle di miele e i suoi occhi scintillavano ancor più del solito.

"Veramente io non lo penso, anzi, mi piacerebbe vederti fuori di qui e adesso che non sono più un tuo paziente, non hai più scuse..." le dissi cercando di usare il tono più suadente e persuasivo di cui disponevo. Sorrise senza rispondere e proseguì:

"Mi dispiace di non esserti stata di grande aiuto."

Ma in quel momento non me ne importava, l'unica cosa che volevo era convincerla a passare la serata con me e così continuai a corteggiarla, a vezzeggiarla, a fare il pagliaccio come neppure con Yesenia avevo fatto - d'altro canto non ne avevo mai avuto bisogno- tanto che alla fine anche le sue ultime remore vennero meno.

"Va bene, accetto il tuo invito, ma solo una cena..."

"E che altro?" mentii.

Decisi di portarla nello stesso ristorante dov'ero stato con Eta a truffare l'italiano certo che avrei fatto un figurone, avevo ancora in tasca quasi duecento cuc dopo il regalo ai ragazzi.

Ero eccitato quando entrammo là dentro, in quel posto il menù era raffinato e la carta dei vini lunga tutta una pagina, ma Elena mangiò come un uccellino, toccò appena le lasagne, saltò il secondo e bevve solo acqua!

"Ma dove li trovi i soldi per venire in questo posto?" domandò a metà cena mentre mi stavo tuffando su un filetto al pepe verde e pensai temesse non avessi di che pagare.

"Non preoccuparti, ho ereditato..." le risposi scherzando, parve allora rilassarsi iniziando a disquisire di buddismo.

"Ma non mi avevi detto di essere atea?"

Ma tutti hanno bisogno di credere alle favole, e prese con entusiasmo a parlarmi di buddità "Che tende al raggiungimento di una felicità vera profonda e assoluta e che va al di là delle circostanze negative che si possono incontrare nella vita..."

"Ma perché non me ne hai mai parlato prima?"

"In ospedale faccio la psicologa e mi attengo ai programmi ufficiali, ho già fatto una fatica tremenda a far accettare la sperimentazione naturopatica..."

Quindi parlò ancora a lungo, senza riuscire a distrarmi dai formaggi e dal vino, per finire con un rum di sette anni dopo un tiramisù che, in effetti, quello sì quasi mi fece scorgere le porte della felicità.

"Vedi Ulisess la soluzione a ogni problema è già dentro di noi."

"Dici? E dove?"

"Ciascun essere umano possiede infinite potenzialità, quell'inesauribile energia della vita che finisce in noi è come un oceano di forza vitale..."

Sembrava invasata e quando mi spiegò che per aprire quell'invisibile porta che sarebbe dentro di noi bastava recitare il Nam-myoho-renge-kio ogni giorno, aggiungendo che non si trattava di un incantesimo, ebbi la certezza di come anche la bella dottoressa, così fredda ed equilibrata all'apparenza, fosse in realtà stramba almeno come tutti quanti gli altri. Ciononostante, continuavo a esserne sedotto e per questo proseguii a fingere attenzion anche dentro al taxi che la riportava a casa, a Paseo, mentre sproloquiava sul fatto che anche noi si è in fondo fatti di carbonio idrogeno e ossigeno:

"Come un fiore, un granello di polvere, un pianeta, come pezzi di stelle che ne contemplano altre..."

Probabilmente quella frase mi parve romantica abbastanza per provare a baciarla, o forse volevo a quel punto solo chiuderle la bocca stanco delle profezie di Sakyamumy.

"No, Ulises no, non è possibile..."

"Ma perché, pensavo che...proprio non ti piaccio?"

E qui ebbi la seconda sorpresa della serata:

"Ulises, è che io sono lesbica."

L'egoismo insito nel testosterone stava per farmi dire che non m'importava, che per me era lo stesso, ma riuscii a raccogliere quel minimo di lucidità, se non di sensibilità -anche se in seguito a ripensarci mi sarei sentito l'uomo più superficiale del mondo- e me lo impedii. Avrei forse farfugliato qualcosa di cretino se lei mi non mi avesse preceduto traendomi d'impaccio: "Non preoccuparti, capisco il tuo imbarazzo." mi rassicurò "ma se vuoi possiamo restare amici."

"Certo, amici, io mi trasferisco a Guanabo tra non molto, se ti andrà potrai venire a trovarmi."

"Arletis, bella dea consolatrice!"

Ero rientrato a casa dopo quella tragicomica serata conclusasi con una rivelazione che era anche un due di picche e avevo bevuto il rum prodotto da un vicino, forse nel tentativo di ammazzarmi.

"Sei ubriaco papi?" ma no, non ero ubriaco, ero felice di vedere la mia giovane vicina dotata oltretutto di un innato tempismo.

186

"No mio amore, è che ero triste ma ora che ti vedo già sto meglio."

Prendemmo a far l'amore e mentre la penetravo immaginai di starlo facendo con Elena, e dovetti tenere gli occhi chiusi e in quel modo a un certo punto penetrai Yesenia e dopo Yuliet, ma quando li riaprii c'era ancora la sensualissima nera col naso schiacciato là sotto di me che muggiva e miagolava ora, perché saputo che me ne sarei andato volle farmi un dono che davvero non riuscii a rifiutare.

"Non l'ho mai provato papi, ma hai un cazzo così carino che voglio farlo con te la prima volta."

E così, già lubrificato dai fluidi della sua vagina faticai solo al principio, ma non potrei escludere stesse mentendo sulla verginità del suo orifizio posteriore, che le penetrai gustando come una musica i suoni da ventriloqua che emetteva mordendo il cuscino, io silenzioso viceversa in quel tepore dal quale mi sarebbe piaciuto non staccarmi più. Ma finimmo invece e adesso fumavamo una sigaretta di maria e lei rideva

"Pensi che sono puttana?"

"No amore mio, tu sei una dea...ma adesso lo siamo almeno un po' fidanzati?" domandai tra il serio e il faceto, lei sorrise senza rispondermi.

"Se davvero vai a lavorare in una paradar potresti cercare un posto anche per me, sono brava a cucinare sai..."

"Sì, ci posso provare ma non ti prometto niente."

"Sai, sono stanca di questa vita, degli yuma, della disco, vorrei avere un'esistenza normale, ma mi serve un lavoro che mi dia di che vivere onestamente..."

Era la prima volta che la vedevo sotto questa luce che illuminava tutte le sue fragilità, e mi turbò sentirle pronunciare quelle parole.

"Non c'è niente di disonesto in quel che fai, ma capisco che tu sia stanca."
"Sì, non c'è niente di disonesto, questo è sicuro, ma vallo a spiegare ai

poliziotti che se non gli fai qualche servizietto ti arrestano per prostituzione, lo sai che dopo tre volte finisco in galera per tre anni, e me ne manca una soltanto..."   Avrei davvero voluto aiutarla e alle volte può capitare di confondere l'umana solidarietà con l'amore e forse era questo che adesso mi stava capitando: le volevo bene a quella negra, altroché. Mi ripromisi di parlarne a Gonzalo, la vita era davvero una merda e io adesso mi sentivo di nuovo in colpa, in fondo stavo andando in un posto dove vanno i turisti o i cubani coi soldi e lavorando in un ristorante il cibo non mi sarebbe certo mancato.

"Farò il possibile mamita, farò il possibile."

Radio Bemba e pietanze tropicali

26 maggio dell'anno 2004

Radio Bemba lo dava per sicuro: Fidel era passato a miglior vita. Ne era certo Eta che aveva voluto accompagnarmi sino a Guanabo. Se fosse stato vero, chissà cosa sarebbe successo.

"Una pinga, non succede una pinga, Raul comanda l'esercito e noi rimasti qui siamo tutti rammolliti, questi cinquant'anni a fare le scimmiette nella gabbia ci hanno rincoglioniti. E poi se rinunci a quel poco che ti danno, chi te lo dice che non vai a star peggio? E' così che ragiona il cubano."

Io ovviamente non seppi cosa replicare, certo il rischio che dopo un passato di ideali disattesi il futuro riservasse disillusione alle speranze, mi sembrava probabile, possibile.

Avrei iniziato a lavorare il giorno appresso alla Paradar Vista Hermosa, il primo ristorante particular di Guanabo, di proprietà di Edy; Gonzalo mi aveva accennato che era prossima all'ottantina ma che in gioventù era stata amica e forse qualcosa in più, di quello che ancora doveva diventare il leader maximo, insieme a lui sulla Sierra a fare la Rivoluzione. Per colpa di un figlio fuggito a Miami era caduta in disgrazia, qualcuno l'aveva accusata di averlo aiutato, ma Fidel l'aveva perdonata, perché la casa le fu confiscata, ma non passò molto prima che le fosse restituita e addirittura concessa la licenza da paradar. Erano ormai più di due anni che si cucinava in quello che un tempo era stato un garage e si servivano pasti ai turisti nella veranda là fuori, a poca distanza dal mare che si lasciava intravvedere oltre la quinta avenida.

"Devi capirmi Eta, non è casa mia..."

Mi ero sentito una merda, ma non potevo ospitarlo a casa di Gonzalo, ed era sicuramente meglio che non si incontrassero quei mondi tanto distanti.

"Non fa niente, me lo immaginavo, se non riparto oggi stesso mi fermo a dormire a casa di Lenin, ora ha una figlia in Spagna e vive di rendita ma in passato coltivava marijuana e mi rifornivo da lui, magari mi sa dare qualche dritta."

In realtà Eta a Guanabo non era venuto solo per tenermi compagnia, stava iniziando a vendere un farmaco in grado di far rizzare l'uccello anche ai vecchi, e qui di turisti attempati ce n'erano un sacco.

"Canadesi soprattutto e qualche italiano."

Ero felice che potesse implementare la sua già rigogliosa impresa e però tra me e me pensai che forse sarebbe stato il caso di porre qualche freno ai progressi delle scienze mediche, perché immaginare quegli anziani ingrifati col cazzo dritto sotto un ventrone enfio, le braccia e le gambe senza muscoli, le carni cascanti, mentre facevano sesso con qualche ragazzina, era cosa che faticavo a reggere senza dar di stomaco. Gonzalo sarebbe arrivato verso sera, per intanto Betty aveva avuto disposizione di aprirmi e lasciarmi un mazzo di chiavi, quelle del cancello e dell'appartamento sulla terrazza. Entrato mi sdraiai sul letto prima ancora di aprire la piccola borsa nella quale non avevo faticato a pigiare i pochi abiti, qualche libro e, fasciata in una busta di plastica, la pistola e le munizioni che avevo ritrovato nella vaschetta del cesso, ne avevo parlato a Gonzalo che mi aveva chiesto di fargliele avere dicendo che avrebbe pensato lui a riconsegnare tutto a chi di dovere. Eta si era seduto sulla sedia a dondolo vicino al letto mettendosi a contare le pillole blu contenute in un boccino di plastica e quando iniziai a sistemare le mie cose nel piccolo armadio a muro e tirai fuori la pistola, vedendomela in mano trasalì.

"Hombre ma tu devi essere pazzo! Te ne vai in giro armato e non mi dici niente?"

Forse ero stato imprudente, ma avevo solo seguito le indicazioni di Gonzalo e non mi sembrava di aver fatto nulla di male, mica avevo intenzione di usarla. Ma Eta si arrabbiò davvero e senza quasi salutarmi se ne andò.

"Tolgo il disturbo che non vorrei mi vedesse il padrone di casa…" lo sentii brontolare mentre quasi sbatteva la porta.

Gonzalo quella sera era visibilmente nervoso e fu sbrigativo, si limitò a dirmi che la mattina seguente mi avrebbe accompagnato al ristorante, l'unico sorriso glielo strappai consegnandoli la pistola.

"Ma te la sei portata sulla guagua?" evidentemente anche lui pensava fossi stato come minimo imprudente e pure Betty, che aveva finito di rassettare e stava uscendo, di fronte a quella scena scosse la testa prima di salutare.

"Buonanotte."

Dopo cena non ci dilungammo più di tanto a conversare.

"Hai più sentito Demasiado?"

"No, ma dovrei vederlo in questi giorni, allora un po' ci tieni al suo giudizio?"

Non lo sapevo, avevo sempre creduto il contrario ma devo ammettere che ero curioso di sapere cosa pensasse, lui che poeta lo era per davvero e famoso per giunta., di ciò che ero andato scrivendo in quei mesi. Mi limitai a una alzata di spalle

"Buonanotte."

"Buonanotte"

La paradar Vista Hermosa era graziosa anche se allestita con poco, nove tavoli di legno per un totale di circa trenta coperti, essendo due di essi più lunghi degli altri. La cucina, quattro fuochi e un forno, era riparata da una parete di cartongesso che divideva quell'ambiente dal piccolo bar e dalla cassa. Sulle tre mensole dietro al banco poche bottiglie, per lo più rum e qualche tipo di vodka. La vecchia Edy doveva essere stata una bella ragazza, era di carnagione chiarissima e ancora portava lunghi i capelli che tingeva di rosso, mi venne alla mente Rita Haywort immaginandola giovane. Gonzalo mi aveva avvertito che aveva modi spicci, quelli che le erano valso il soprannome di Comandante e fama d'essere severissima, tanto che si era perso il conto di quanti cuochi e camerieri avesse licenziato.

"Sostiene che son tutti ladri, che rubano tutti e probabilmente ha ragione."

"Gonzalo, ma tu lo sai che io non ho nessuna esperienza di cucina..."

"Non importa, Edy è a conoscenza della tua storia e, come ti ho detto, è un'amica; diciamo che tu sei qui per imparare il mestiere, ma dovrai metterci della volontà."

A me la vecchia non stava antipatica, certo aveva regole rigide:

"Compañero, qui è proibito al personale avere rapporti fuori dal lavoro."

Intendeva che non mi dovevo far passare per la mente di insidiare le cameriere e a ogni buon conto, una volta che mi furono presentate, non mi sembrò particolarmente complicato astenermi dal farlo, Edy infatti, non volendo nel suo locale turisti assatanati a caccia di avventure, preferiva selezionare le ragazze meno avvenenti, e uso un eufemismo, diplomate presso la locale scuola hoteliera. Irina e Yessica, le cameriere, però erano simpatiche, cosa che non si sarebbe potuto dire del cuoco Renè, un tipo che non mi degnò di uno sguardo quando la vecchia ci presentò e che sino a quando mi domandò se sapessi pulire la yuca, almeno un'ora dopo, ritenni essere muto o affetto da una qualche paresi che gli impediva di sorridere, oltre che di parlare.

se è questo il mio insegnante andiamo bene

Edy mi illustrò più o meno quelle che sarebbero state le mie mansioni e cioè mettermi a disposizione del muto in tutto e per tutto, quindi mi parlò del salario, che non si discostava molto da quello del mattatoio, con la possibilità però di incrementarlo con le mance:

"Che qui si dividono in parti uguali tra tutti."

E in quel "tra tutti" rientrava anche lei, cosa che non mi parve granché giusta e socialista a dire il vero. Quando ebbe terminato di istruirmi e pensavo sarei stato congedato, restò invece in silenzio a squadrarmi ben bene per diversi minuti, abbastanza per farmi avvertire un sincero imbarazzo. Finché decise di mettermi al corrente di quali fossero le sue impressioni.

"Mah, mi sembri un tipo sveglio e a me piacciono i tipi svegli, senza esagerare però... Gonzalo mi ha raccontato della tua amnesia, certo che è davvero strana la tua storia..."

"E sì, lo so..."

"Caro mio, magari è davvero solo questione di tempo e a proposito di tempo quanto ne passerai qui dipende solo da te." Sentenziò. Poi prese a parlare di quanto fosse stata dura la vita: "Cucinare senza alimenti e lavare senza sapone..."

Diede ancora qualche ordine e si raccomandò infine di non cambiar musica: era proibito il reggaeton e anche la salsa e il mambo se troppo scatenati.

se conoscesse Melquiades lo metterebbe a fischiettare in veranda le sue nenie

Il menù del ristorante era sempre lo stesso: cocktail di gamberi o di aragosta, una terrificante pasta all'italiana, arroz con congrì e vianda, arroz blanco, ropa vijeha, pollo arrostito, per dolce un flan troppo asciutto, da bere solo Cristal. Per essere una Paradar aveva prezzi abbordabili, ma il menù era più scarno e approssimativo che quello di una fonda in Centro Havana!

Il cuoco in quei primi giorni mi aveva permesso solo di pelare patate, sgusciare i gamberi, pulire i pavimenti e gettare l'immondizia, certo era pur sempre meglio del lavoro al mattatoio, anche se la noia, forse addirittura più grande, perché era difficile ipotizzare risse a vivacizzare l'ambiente o conversazioni interessanti visto che coi clienti non avevo contatti, il cuoco era praticamente muto e le due ragazze solo capaci di spettegolare su persone a me sconosciute, ma dopo pochi giorni accadde una cosa incredibile.

"Devo chiamare Elena, devo dirglielo subito!"

A chi altri avrei dovuto raccontare quel che mi stava accadendo se non a lei?

Qualcosa nella mia testa doveva finalmente essersi mossa, perché -dal mio passato immaginavo- ora filtravano ingredienti di ricette mai sentite, quasi quasi ne potevo sentire gli odori, i sapori.

Era la mattina del mio quinto giorno e stavo pelando patate quando mi sovvenne, o per meglio dire, mi apparve una ricetta, una salsa a base di basilico di cui, in una sorta di trance, mi si svelarono ogni ingrediente e modalità: avrei dovuto preparala dentro a un recipiente di marmo simile a quello che avevo visto nella farmacia del Lenin e dopo avervi unito dell'aglio e dei pinoli, schiacciare il tutto ripetutamente mediante un pestello di legno. Era come mi stessi guardando compiere quei gesti stando di lato al mio corpo. E una volta rientratovi sentivo che non le avessi apprese su qualche libro quelle ricette. Sì, doveva essere proprio io quello che -ma chissà dove e chissà quando- aggiungeva a quel composto, olio di oliva purissimo e formaggio parmigiano, poi un pizzico di sale, continuando sino a che la consistenza diventava crema e tutti i singoli elementi amalgamati, una cosa soltanto e buona, ne ero certo. Mi venne subito in mente di provare a prepararla, sì ma come? Dove trovare il necessario? Mi guardai bene dal parlarne con Renè con il quale era impossibile comunicare, limitandosi il cuoco a impartirmi ordini silenziosi, per lo più a gesti. Al termine del turno, una volta giunto a casa, provai a chiamare Elena, ma al Policlinico non ci sarebbe stata per un paio di giorni mi informò la centralista. Ma sentivo l'urgenza di dirlo a qualcuno e così quella sera lo raccontai a Gonzalo. Ero al contempo felice e turbato.

"Bene, può essere che ti stia tornando la memoria, chissà, forse eri un cuoco davvero..."

Durante la prima settimana di lavoro mi capitò altre volte di cadere in quella sorta di stato estatico e a ogni risveglio era come avessi cucinato un piatto nuovo di carne o di mare e nessuno, ne ero certo, l'avevo mangiato nell'ultimo anno, quello già trascorso dal mio risveglio al Lenin. Quando ricordai a Gonzalo che stavo per compiere il mio primo compleanno, lui rise sostenendo poi che avremmo dovuto festeggiarlo.

"Perché sabato non ci cucini qualcuna di queste ricette? Anzi, facciamo così, parlo io con Edy, invitiamo un po' di amici nel suo ristorante e cucini per tutti."

Timidamente obiettai che non sapevo se fosse il caso e comunque non avevo gli ingredienti per il pesto o la paella.

"Tu dimmi quel che ti occorre e vedrò di pensare io a tutto quanto."

"Ma come la prenderà Renè?"

"E che te ne importa? Tu pensa solo a cucinare...se davvero sei in grado."

Ma su questo punto non nutrivo alcun dubbio.

Edy sulle prime non era convinta ma Gonzalo non faticò poi molto a vincere quelle resistenze promettendole l'incasso che normalmente avrebbe impiegato un'intera settimana a realizzare, e così la vecchia rivoluzionaria, pur dubbiosa, finì con l'accettare.

"Ci saranno anche Demasiado, Olga e qualche altro amico."

"Vacca?"

"Sì, pensavo di dirlo anche a lui, non è carogna come ama apparire, anzi, è solo una posa la sua."

A me quel tipo dava sui nervi ma non mi parve il caso di stare a sindacare.

"Se lo dici tu..."

"E tu perché non inviti Elena?"

"È lesbica..."

Gonzalo rise di gusto.

"E con questo? Nella lista della spesa che mi hai fatto ho notato che c'è anche del vino italiano, fagliene bere abbastanza e vedrai che cambierà idea." E rise ancora.

Non posso negare che mi sarebbe piaciuto avesse ragione, ma avevo pensato di invitare Arletis e glielo dissi.

"Ulises, è una jinetera, a Edy non farebbe piacere."

"Dici? Ma mica ce l'ha scritto in faccia!"

Non la conosceva, non l'aveva mai vista ma dalla sua espressione compresi fosse convinto del contrario e comunque chiarì meglio il concetto:

"Ed è nera mi hai detto..."

"E con questo?"

"Oh, niente, ma visto che Edy ci fa questo piacere, è meglio lasciar perdere."

Più chiaro di così non avrebbe potuto essere, la vecchia rivoluzionaria era razzista.

una delle tante

Quando mi riuscì di contattare Elena, la psicologa fu entusiasta di quel che le raccontai e si disse felice di partecipare alla cena. La settimana passò rapidissima e infatti erano già tutti intorno al tavolo imbandito di piatti sgusciati fuori da chissà dove.

"Lei è un uomo dai mille talenti." mi lusingò la scrittrice panamense, sarà che cucinando avevo bevuto un po' troppo di quel vino spagnolo -"Vino italiano non ne ho trovato, fatti andare bene quel che passa il convento" mi aveva spiegato Gonzalo- ma quella sera la trovavo interessante; era ancora una bella donna: alta, con occhi scuri, profondi e, non sapevo se per merito della genetica o della chirurgia, sfoggiava una scollatura dalla quale straborbavano seni alti e duri come quelli di una ventenne. Si intuiva come ancora inseguisse la vita con entusiasmo.

Avevo preparato antipasti a base di polpa di granchio e insalata di polpo e patate, oltre ai consueti gamberi e al cocktail d'aragosta la cui salsa corressi con la vodka, una paella alla valenciana e gnocchi di patate al pesto genovese, un pesce di fiume al sale che sembrava di mare e verdure ripiene, zucchine, patate, peperoni, pomodori. Demasiado mangiava che sembrava non aver toccato cibo dalla crisi dei missili.

"È tutto così squisito..." si lasciò scappare lo stesso Vacca mentre addentava una torta al cioccolato farcita con confettura di mango.

"Grazie, siete tutti troppo gentili."

Elena però, il vino non lo sfiorò, e non sembrava a suo agio là in mezzo; solo a serata ormai quasi conclusa riuscimmo a chiacchierare. Si rallegrò per i miei progressi dicendosi certa che avessi imboccato la strada giusta e di non aver dubbi a quel punto che in breve mi sarei ricordato anche tutto il resto. Continuavo a temerlo quel momento ma adesso, un po' sbronzo, stavo bene e non ci volevo pensare. La serata giungeva al termine, Elena approfittò del passaggio offertole da Vacca che l'aveva corteggiata per tutta la durata della cena, e ora ridevo con un filo di perfidia, immaginando che sarebbe andato incontro alla mia stessa sorte. Anche Demasiado salutò infilandosi nella vettura condotta dal giornalista, ma Gonzalo quasi lo bloccò:

"Anselmo, non dimentichi qualcosa?"

"Oh già, che sbadato! È che tutto quel cibo così buono mi ha fatto perdere la testa... Sì Ulises, stavo scordando la cosa più importante: ho letto e riletto le sue poesie e mi sarebbe piaciuto parlarne con lei, ma ci saranno certamente altre occasioni...comunque, in quanto presidente dell'Uneac e organizzatore del Festival di poesia dell'Havana che inizia tra meno di un mese, ho deciso di invitarla a leggerne qualcuna. Le sue come quelle degli altri poeti invitati saranno poi raccolte e stampate in una antologia, come facciamo ogni anno, è contento?" Non sapevo cosa rispondergli, il pensiero di leggere in pubblico mi terrorizzava.

"Sei contento sì o no?" mi chiese brusco Gonzalo.

"Ma certo che è contento però cercate di capirlo, è un ragazzo timido e sensibile e forse ha provato un po' troppe emozioni in questi ultimi tempi." intervenne in mia difesa la scrittrice.

"Sì, è così, mi deve scusare signor Demasiado, ma è che non me lo aspettavo."

"Va bene, non si preoccupi, intanto ci vedremo presto perché torno di sicuro, era davvero troppo buona quella salsa verde, come ha detto che si chiama?"

Olga Zapata aveva venduto un milione di copie in tutto il Sud America e il suo ultimo lavoro "Lo que te necesita" stava per essere pubblicato anche in Europa, dove si sarebbe recata tra pochi giorni. La storia di una bambina andina cresciuta in un circo e divenuta maga e illusionista, era la metafora della scrittrice donna nel latino America e più in generale delle donne nel continente, della loro fatica per affermarsi in un mondo ancora troppo machista.

"Ma qui a Cuba la situazione è differente dal resto del continente, le donne rappresentano il sessantacinque percento tra i professionisti e i tecnici, qui c'è un tasso elevato di divorzi, l'aborto è considerato un diritto e il sesso non è sentito come peccato, qui si fa l'amore senza sensi di colpa."

"E già, non è facile per gli uomini cubani..." la interruppe Gonzalo.

che sia questo il motivo?

Eravamo rincasati e stavamo terminando la serata fumando cohiba e bevendo il bicchiere della staffa.

"Hai ragione Enrique, qui se l'uomo aspira a essere rieletto deve dare passione alla sua donna e l'amore che merita, e qui le donne si innamorano anche nella terza età..."

non sei così vecchia

"Sono davvero tanto curiosa di leggere le tue poesie caro."

"Scusatemi ma per me è ora di andare a dormire, domani ho l'inaugurazione di una mostra fotografica al museo e devo alzarmi di buon'ora."

Gonzalo ci salutò e io avvertii un certo impaccio al pensiero di restar solo con quella donna.

"Allora, ti va di farmi leggere qualcosa?"

"Sì, certo, se ci tiene, ho il mio quaderno in camera."

Vacca non aveva esagerato, Olga era una mantide, anzi una locomotora. Appena entrati nella stanza mi spinse sul letto e prese a baciarmi dappertutto e io lì come un cretino che non mi riusciva di far niente. Ma non ce ne fu bisogno perché mi slacciò la patta e prese a menarmelo quindi si alzò la gonna e le mutandine mi parve non averle, si tolse la camicetta e mi affrettai a slacciarle il reggiseno: quelle due angurie erano di sicuro opera di un chirurgo, ma di uno bravo e presi a ciucciargliele mentre lei mi cavalcava a più non posso anche se non mi riusciva di vederla la penetrazione perché la gonna volle tenersela su per tutto il tempo. Sì, era un treno che non faceva fermate intermedie Olguita, così senza motivo presi a chiamarla mentre continuava a chiedermi se mi piacesse:

"Piccolino sì, ti piace? Così, ti piace?"

Provai a farla girare ma si oppose.

"No bimbo, sto sopra io!" ed ebbi la sensazione che non volesse farsi vedere il culo, avevo scorto un po' di cellulite e immaginai potesse essere quello il motivo ma non mi importava e ci provai ancora ma allora lei si fece aggressiva, mollandomi uno schiaffetto.

"Ti ho detto di no, a me piace così."

Non ritenni intelligente contraddirla ulteriormente e dopo di lei venni anch'io, sporcandole la gonna che mi sentii mortificato.

"Non fa nulla piccolo."

Mi diede un bacio e andò a lavarsi, lasciando socchiusa la porta del bagno permettendomi così di vederla riflessa nello specchio e sì, il suo culo e le sue cosce erano invase da un grasso maldistribuito che le apriva sulla pelle solchi profondi.

che tristezza diventar vecchi

"E le poesie non le vuoi leggere?"

"Sì piccolo, certo, lasciami il quaderno. Ora vado in camera mia e, mi raccomando, non farne parola con Enrique, sai, lui è amico anche del mio fidanzato." e rise divertita chiudendosi la porta alle spalle. Accesi la radio posta sul comodino, un tipo simpatico annunciava, senza tirarla troppo per le lunghe, dischi di cantanti di bachata; ascoltai per un po' quella melassa, riflettendo su quanto mi stava capitando senza mi riuscisse di coglierne neppure un leggerissimo senso, fin quando, al termine dell'ultimo brano, lo speaker annunciò che Fidel stava bene e di già camminava. Radio Bemba si era sbagliata un'altra volta.

Ma la Rivoluzione non è un pranzo di gala

22 giugno dell'anno 2004

Arletis era stata arrestata. Ero andato a trovarla dopo due settimane e il solito vicino pettegolo mi aveva dato la brutta notizia.

"Prima o dopo finiscono tutte così."

La cosa che mi fece incazzare è che sembrava soddisfatto.

vecchio di merda sporco e malato è contento per le disgrazie altrui

Eta mi aspettava sul Malecon, non lo avevo più rivisto da quel giorno a Guanabo ma al telefono mi sembrò essergli passata.

"Hola compañero, questa sera ci si diverte allora!"

Me lo disse con un'intonazione che avrebbe benissimo potuto essere quella di una minaccia. Era la mia prima giornata di festa da un mese a quella parte ma il lavoro non mi era pesato, non avevo più scritto poesie e annotavo invece sul quaderno le ricette che via via, più che tornarmi alla mente, letteralmente mi apparivano. Del mio vero nome - come di tutto il resto – però ancora nessuna traccia. Ma Il bilancio di quell'anno da Ulises non mi sembrava poi così male

con tutta l'infelicità la miseria la disgrazia e i guai che vedo tutto intorno in fondo sono un uomo terribilmente fortunato

Avevo ancora cinquanta cuc in tasca, mangiare mangiavo tutti giorni due volte e molto bene, vivevo in una casa da ricco, di che avrei potuto lamentarmi?

Giorni prima mi ero dato coraggio e chiamato Renata, non l'avevo più fatto ma ora che un po' di tempo era trascorso, verso lei, Oscar e tutta la famiglia, non provavo più risentimento ma solo gratitudine e l'affetto era tornato quello precedente alla fuga di Yesenia.

"Mi dispiace Ulises che sia andata così, ma qui ti vogliamo tutti bene e quando vorrai ritornare la porta sarà sempre aperta." mi aveva, con voce incrinata dalla commozione, assicurato Renata. Non ce l'avevo neanche più con sua figlia, la capivo invece, aveva preso al volo la sua occasione, che altro avrebbe dovuto fare?

spero solo sia felice

Non mi sentivo di augurarle nient'altro.

"Quel vecchio di merda mi ha detto che l'hanno arrestata ieri e adesso è in galera a Guanabacoa in attesa del processo." relazionai il mio amico.

Stava prendendo a piovere e il cielo in un istante si era fatto color fumo. Sarà stata la cappa di umidità che ci avvolgeva ma l'aria sapeva di calore e riso bruciato oltre che di petrolio.

"E che hai intenzione di fare?"

"Cosa posso fare?"

"Se ci tieni e hai dei soldi, trovale un avvocato."

Non ci avevo pensato.

"Sì, ma non ne conosco... E poi quanto costa?"

"Io uno lo conosco, è un colonnello dell'esercito in pensione, però non ho idea di quanto si faccia pagare adesso... anni fa mi tirò fuori da un casino."

"E dove lo possiamo trovare?"

Prendemmo un bici taxi guidato da un negro così magro che il torace e le braccia sembravano una radiografia, però pedalava veloce e in cinque minuti si inoltrò tra le vie a scacchiera del Vedado di cui percorremmo alcuni isolati. Quasi caddi a un certo punto avendo il ciclista dovuto evitare un tizio che tenendo a guinzaglio un maiale come si trattasse di un cane, era sbucato dal nulla in mezzo alla strada. Il negro segaligno bestemmiò tutti i santi ma senza fermarsi, ancora due pedalate e arrivammo a destinazione. Il colonnello in pensione si chiamava Pepe Guerra era grasso e sudava che sembrava un ippopotamo. Si ricordava bene di Eta e ci ricevette seduto in panciolle sul dondolo di quella casa disadorna dove sulla libreria comparivano solo testi di codici e leggi. Gli esponemmo il caso e lui ci informò che il compenso per quel tipo di intervento non poteva essere meno di cinquanta cuc.

"Ma è tutto quello che ho!" dissi al mio amico senza che l'avvocato, alzatosi per andare in bagno, mi sentisse.

Eta Beta si dimostrò abile negoziatore e alla fine riuscì a strappare un congruo sconto: per trenta cuc il colonnello si sarebbe fatto onere del processo e domattina stessa sarebbe andato a far visita ad Arletis.

"Posso venire anch'io?"

"Sei il marito?"

"No."

"E allora no ed è meglio che non ti faccia vedere nemmeno in tribunale, non si sa mai."

Lo pagai e ci salutammo, aveva smesso di piovere e non avevamo ancora bevuto nemmeno una birra, così ci dirigemmo dal Rubio.

"Yuliet mi ha chiesto di te."

"E tu cosa le hai detto?"

"Niente amico, io mi faccio gli affari miei, lo sai."

Passammo insieme un paio d'ore, il mio amico era incredibilmente riuscito a trovare una vera famiglia di origini italiane e aveva appuntamento con lo yuma; sembrava contento di non doverlo truffare, così ci salutammo.

"Yuliet ha un cellulare? Mi puoi dare il suo numero?"

"Come vuoi amico mio, però io ti ho avvertito, quella non porta niente di buono."

Ovviamente non gli diedi retta, mi infilai nell'atrio dell'Hotel Riviera, chiesi dove fossero i telefoni e la chiamai.

"Ciao Yuliet, sono Ulises..."

Lei fece finta di non riconoscermi credo.

"Chi?"

"Ulises, dai, non fare la scema, l'amico di Eta Beta."

"Ah, sì, il fidanzatino di Yesenia, quello che gli piace essere pestato..."

"Veramente a quel bestione le ho anche date..."

Lei rise.

"Cosa vuoi?"

"Adesso abito a Guanabo, ma oggi sono qui e pensavo che ci potremmo vedere."

"E perché?"

Ma che pinga di domanda era mai questa? Il fatto è che non sapevo cosa rispondere, ma stava scherzando.

"Come sei combinato?"

"In che senso?"

"Sei presentabile o sembri ancora un guaijro?"

Indossavo uno degli abiti di lino di Gonzalo e sembravo un turista americano.

"Sembro un attore del cinema!"

"Sì, magari Brad Pitt... Se vuoi ci vediamo al Diablo Tum Tum, io sarò lì per le nove."

La sera avrei dovuto far ritorno a Guanabo, il giorno dopo mi aspettava il lavoro, ma quella strega me lo aveva già fatto rizzare e non potei che dirle di sì.

devi darti una calmata Ulises devi cercarti una donna e fare una famiglia

Cercavo di convincermene e, visto che erano le sette e mancavano più di due ore, il pensiero di tornarmene a casa, come il buon senso avrebbe consigliato, a tratti faceva capolino, ma l'alcol che stavo tracannando con energiche spallate lo rispediva in qualche angolo del mio cervello.

Yuliet arrivò in anticipo e insieme a lei stava una mulatta molto bella e molto giovane.

"Lei è Graziela." me la presentò, doveva portarla a conoscere un francese.

"Io stasera avrei fatto a meno di uscire, sto perdendo colpi ultimamente."

Parlammo per un po' del più e del meno seduti in un bar vicino alla disco e dopo meno di dieci minuti arrivò un sessantenne palestrato, Yuliet fece quel che doveva fare e quello, senza quasi salutare, si portò via il cioccolatino, così aveva chiamata l'amica di Yuliet, che sembrava non capire niente ma sorrideva senza soluzione di continuità.

"Simpatico l'amico." ironizzai. Yuliet sorrise, quella sera non si era conciata per la disco, indossava un paio di jeans e una maglietta molto semplice, senza un filo di trucco il suo visino sembrava più giovane dei ventisei anni festeggiati in pompa magna solo qualche mese prima.

"Ti ha di sicuro scambiato per un chulo."

Il demone secreto dai testicoli, che a tratti si impossessava di me, mi aveva fatto sperare che il francese non si facesse vedere e che la serata la finissimo tutti e tre nello stesso letto: non avevo più alcun freno da quando Yesenia se n'era andata. Ma forse era meglio così, in fondo era l'occasione per Yuliet; sino a quel momento solo i nostri corpi erano riusciti a farlo.

"Hai fame?"

"No, io dovrei fare una cosa, ma se ti va puoi accompagnarmi."

Subito pensai all'acquisto di coca o roba del genere e avrei fatto volentieri a meno di immischiarmi in quelle storie.

"Dipende, cosa devi fare?"

"Voglio andare a portare qualcosa a degli amici, sei mai stato al Fanguito?"

In quella risposta fui convinto di aver trovato la conferma alle mie supposizioni.

"No, ma so dov'è. E che ci devi andare a fare?"

Probabilmente intuì ciò che stavo pensando e si fece una risata.

"Non aver paura, non devo fare niente di illegale."

Sorrisi facendo finta di non aver capito cosa intendesse.

"Allora, andiamo?"

"Andiamo."

"Prima però devo passare da casa."

Prendemmo un taxi statale che ci portò fin sotto il suo portone.

"Tu aspettami qui, ci metto un attimo."

E dopo qualche minuto scese con una valigia più grande di lei, il taxista brontolò scendendo per aprirle il portabagagli.

"Parti?" le domandai preoccupato.

"No, qua dentro ci sono vestiti e scarpe e poi c'è anche un po' di roba da mangiare..."

"E dove la porti?"

"A qualcuno che ne ha più bisogno di me."

Percorremmo tutto il Malecon e poi la 5ta Avenida. Il taxista ci mollò quasi in fondo a calle 30 sul confine che delimita il ricco El Vedado e il miserabile Fanguito: la baraccopoli più grande della città. La chiamano in quel modo perché il fango la invade tutte le volte che di notte le maree del fiume Almendares si alzano e la mattina seguente le strade sono piene di un limo che sembra merda. Scesi dal taxi procedemmo per alcuni minuti su quello che era un sentiero più che una strada; la valigia era quasi un baule e pesava che facevo fatica tanto che ogni dieci metri dovevo cambiar mano. A destra come a sinistra baracche di legno e lamiera che stentavo a credere avrebbero retto alla prima tempesta.

"Allora, dove mi stai portando?"

"Andiamo da Caridad, è una vecchia quasi cieca che abita laggiù." disse indicandomi l'ultima catapecchia.

"Caridad! Caridad!" si mise a urlare Yuliet una volta arrivata davanti alla porticina di quel casotto di legno imputridito, la vecchia probabilmente era anche sorda. Senza ricevere risposta entrammo.

In casa non c'era luce, era tutto abusivo quel barrio e molte baracche non erano allacciate alla rete elettrica. Vidi una donna decrepita che nella penombra assomigliava a Zenaida, non fosse che quando si alzò dall'unica sedia presente nella stanza, vidi che era alta almeno quanto me.

"Hola angelo mio, ti aspettavo, lo sapevo che saresti venuta."

Le due si abbracciarono con tenerezza e subito dopo Yuliet aprì la valigia e, avvicinando a sé la lampada a petrolio che stava sul tavolo di plastica al centro della catapecchia, prese a tirar fuori pantaloni, vestiti, biancheria da uomo e da donna, abiti per bimbi di pochi anni, scarpe.

"Oh, grazie tesoro, Dalia sarà felice e anche i bambini..."

Da quella valigia uscirono anche diversi pacchi di pasta, latte di conserva di pomodoro e non saprei ancora quanta altra roba.

ora capisco perché pesava tanto

"Ma tu come stai piccola mia?" domandò la vecchia a Yuliet che stava terminando quell'operazione.

"Io bene Caridad, bene."

"Sei sicura? Ti vedo così stanca... Un giorno di questi voglio farti una rogacion de cabeza."

Poi guardò me e tornando a rivolgersi a Yuliet le disse, sottovoce, ma non abbastanza che non la potessi sentire:

"E fai venire anche il tuo amico, mi sembra che pure lui ne abbia bisogno..."

Yuliet sorrise.

"Si, uno dei prossimi giorni..."

Eravamo tornati sul Malecon, in lontananza i tamburi dei negri rendevano grazia a Orula, io avevo fame ma ormai era tardi per andare in qualche ristorante e mi rimanevano meno di quindici cuc in tasca. Comprammo un bocadito da un carrito che si era attardato appena oltre Plaza della Revolucion e attraversammo la strada per andare a sederci sul muraglione. Yuliet non mi aveva chiesto niente di Yesenia e io non avevo intenzione di toccare l'argomento. Parlava invece di sé, della sua infanzia a Velasco e mi sembrava così diversa da come l'avevo fino a quel momento conosciuta che mi sentii stupido pensando che l'avevo chiamata solo per spassarmela. La sua storia era di una tristezza che scarnificava: abusata dal padre ancora bambina, aveva per giunta assistito all'età di dieci anni al suicidio della madre che si era impiccata a un albero nel cortile fuori casa.

"Ma perché continui ad aiutare quell'uomo?" Le domandai scioccamente.

"È sempre mio padre e poi ci sono i miei fratelli..."

Stavo conoscendo una ragazza che non somigliava nemmeno un po' alla pazza scatenata che avevo visto all'opera sino ad allora.

"E tuo marito?" A fior di labbra rise malinconica.

"È in Canada, è un brav'uomo e non so neanch'io come faccia a sopportarmi." Ma anche lei faticava a sopportarlo, era chiaro, e mi sembrava sarebbe stata meglio povera che costretta a drogarsi e tutto il resto per reggere quella situazione e glielo dissi.

"Non hai capito niente papito..." fece lei "E tu invece?"

Le raccontai quello che era successo alla sua amica e lei non parve sorprendersene

"Yesenia, è sempre stata così."

Ma non era quello di cui volevo parlare e le feci allora la storia di quei mesi sino a quando mi ero scoperto cuoco o giù di lì.

"Una di queste sere mi piacerebbe cucinare per te."

Uno straordinario lampo perfettamente orizzontale divise il cielo e iniziò a piovere mentre ci stavamo baciando.

"Papito ora io vado a casa, sono molto stanca e anche tu è meglio che vada, l'ultimo carro per Guanabo parte tra mezz'ora."

Non era quello che avevo immaginato ma era bello anche così.

"Sei troppo dolce per essere cubano..." disse ancora prima che le nostre strade si dividessero, almeno per quella notte.

"Che roba, quelli sono pazzi."

Gonzalo stava guardando il telegiornale, una bomba fatta esplodere nella metropolitana di Madrid aveva fatto un sacco di morti.

"Ma chi è stato?" domandai,

"Forse gli islamici, ma c'è chi dice possano essere i separatisti baschi."

Difficilmente in televisione come sul Granma si parlava di quanto succedeva oltreoceano, in Europa, non interessava a nessuno quello che capitava tanto lontano, tutti troppo impegnati a sopravvivere e a cercare semmai di capire qualcosa di quest'isola senza capo né coda e a tal punto imbevuta di incoerenze da dare come effetto l'inesplicabilità; però oggi Gonzalo sembrava colpito da tanta crudeltà.

"Magari Bush riuscirà di nuovo a dire che c'entriamo qualcosa anche noi." Doveva esser quello il motivo di tanto interesse.

se fossi spagnolo magari sarei stato là dentro anch'io

Presi a parlargli di Arletis, lui non sembrava granché fiducioso.

"Se era la sua terza volta la vedo difficile..."

Anche sull'avvocato colonnello in pensione espresse i suoi dubbi.

"Sei sicuro che non fosse d'accordo col tuo amico maneggione e non abbiano fatto a metà?" insinuò facendomi arrabbiare. Non credevo che Eta potesse tirarmi uno scherzo del genere.

"Ok, non ti agitare, dicevo per dire caro il mio Candido."

Mi chiamava sempre così quando voleva prendermi in giro.

"Sei pronto?"

"Per cosa?"

Mi ero quasi dimenticato, o meglio, avevo rimosso il pensiero che tra pochi giorni mi sarei dovuto recare al Teatro Central dell'Havana e dal palco recitare ben quattro poesie.

"Spero di riuscire a liberarmi ma, mi raccomando, fammi fare bella figura."

Demasiado, che avevo sentito al telefono e mi aveva cordialmente indicato quali avrei dovuto - potuto? - declamare, si era detto molto colpito dallo stile originale delle liriche.

"Anche se a tratti le trovo sbilenche." ma senza dilungarsi in altre spiegazioni, che io comunque, pur curioso, non gli chiesi limitandomi a dirgli:

"Non saprei, mi sono venute così."

Era vero, non mi ero mai soffermato sui motivi per cui le avessi scritte, né sul perché parlassero di questo invece che di quello, era così e basta. Non mi sembrava indispensabile inseguire troppe spiegazioni: non occorreva altro che sentirla la poesia, era un esercizio vuoto eppure curativo, come un buon rum e altrettanto lenitivo, a tratti.

Anche Elena mi telefonò in quei giorni praticamente costringendomi a invitarla al reading. Avevo sperato fosse cosa per pochi intimi ma invece mi spiegò che il teatro ogni anno si riempiva in quell'occasione, per la quale talora si scomodava persino il ministro.

"Siamo a posto."

"Come dici?"

"Niente, è che io non so davvero cosa ci vado a fare."

"Non ti capisco, invece di essere contento..."

No, non ero contento, anzi, e passai il resto della giornata a cercare di farmi venire un'idea per evitare quello che mi sembrava un supplizio.

"E non farti venire in mente di darti alla macchia, l'isola è piccola, ovunque tu possa andare a nasconderti io ti trovo." mi minacciò scherzosamente Gonzalo che probabilmente leggeva nel pensiero.

Decisi allora che fosse inutile stressarmi, magari il rum mi avrebbe dato una mano e comunque mancava ancora un po' di tempo.

"Ulises, come stai? Sarò a Guanabo domani, sabato è il gran giorno eh? Non potevo mancare, pensa che avrebbe voluto venire anche Pablo ma alla fine non ce l'ha fatta, il viaggio in corriera costa un occhio della testa."

"Pinto, se è un problema lascia perdere."

"No, no, io sarei dovuto venire comunque, voglio mettere in chiaro le cose con Enrique una volta per tutte."

ma cosa vogliono da me?

Preso dai miei pensieri non prestai attenzione a quelle sue ultime parole. Era un assillo, tanto che ora speravo arrivasse presto quel giorno

per poi non parlarne mai più

"Hai fatto altri progressi..."

Gonzalo lo aveva messo al corrente riguardo le apparizioni delle ricette e anche lui pensava potesse essere vicino il giorno in cui avrei riacquistato la memoria.

"Sì, speriamo solo di non scoprire che ero un campesino padre di sei figli..." scherzai ma non troppo.

Yuliet non rispondeva al telefono, Arletis era in galera, Olguita era partita per la Francia, Yesenia stava a Bochum e Elena era lesbica, così, troppo stanco la sera dopo la giornata al ristorante per cercare qualche nuova avventura, mi masturbavo rivivendo mentalmente gli amplessi di cui avevo ricordo. Mi sarebbe piaciuto fermarmi con una donna soltanto e mi andavo convincendo che di Yuliet ero innamorato, anche se ad Arletis volevo sempre un gran bene ma forse era ancora Elena quella che maggiormente avrei voluto avere al mio fianco.

è che una vita può anche essere troppo ma di sicuro una sola non basta così come le donne

Di vita in qualche posto del mondo ne avevo di sicuro avuta un'altra, ma quella non contava, senza memoria non conta niente, si è sempre giovani, o pazzi. E i giovani sono pieni di furore e bisogno di giustizia, almeno quelli buoni o stupidi, quelli che si ribellano in nome dei principi e della rettitudine.

come accadde al Che mentre Fidel ha quasi ottant'anni

Il gran giorno era arrivato. Il teatro non era così pieno come avevo temuto ma tutte le prime dieci file erano occupate, credo da letterati o comunque da gente che aveva a che fare col mondo della cultura, di pezzenti in giro non se ne vedevano. Del ministro fortunatamente non c'era traccia e le autorità erano rappresentate soltanto da qualche segretario del C.D.R. Io avevo preso un posto defilato dal resto dell'intellighenzia e il disagio mi faceva sudare come non mai.

"Ah, è qui ma venga, le voglio presentare gli altri poeti."

Demasiado mi costrinse a stringere un po' di mani che trovai più o meno sudacchiate come le mie.

"Il signor Porta scrive bellissime liriche naturalistiche, la signorina Alvarez ha già vinto diversi premi con le sue fiabe per bambini che ora ha deciso di trasporre in versi, il signor Zulueta è un poeta ermetico..."

L'anziano letterato snocciolava quelle etichette nelle quali tutti, annuendo, parevano riconoscersi. Sarei stato il terzo a recitare e comunque la scena sarebbe stata aperta da un pianista e inframmezzata da un saggio di danza classica, insomma sarebbe andata per le lunghe. Elena era al mio fianco e cercava di infondermi calma ma le sue sole parole erano di gran lunga insufficienti. Gonzalo non c'era e non sarebbe arrivato. Pinto sembrava spaurito e se ne stava in disparte.

Prima di entrare là dentro quel pomeriggio avevo chiamato Eta, la mattina c'era stato il processo ad Arletis e speravo fosse riuscito a sentire l'avvocato.

"Ho provato a chiamarlo ma la moglie mi ha detto che non è ancora rincasato."

Ma era già passata un'ora e ne approfittai per scamparmi il balletto uscendo nell'atrio del teatro dove avevo visto un telefono.

"L'hanno condannata a due anni."

"Due anni?"

"Sì, ma vedrai che dopo un po' la mettono ai lavori sociali."

"Due anni?" ripetei.

"Sì, l'avvocato ha detto che, visti i precedenti, è andata bene così."

"Ma, allora cosa ha preso a fare i trenta cuc?"

Sentii Eta ghignare dall'altra parte dell'apparecchio e mi tornarono alla mente le parole di Gonzalo, mi venne da insultarlo ma mi trattenni.

"Ulises, senza l'avvocato gli anni sarebbero stati tre e poi te l'ho detto, tra un po' chiederà che venga affidata ai lavori sociali e si è detto fiducioso..."

Avrebbe nella migliore delle ipotesi pulito le strade dell'Havana Vecchia senza praticamente essere retribuita per due anni. Come avrebbe fatto il padre malato? Rientrai a teatro ma prima mi fermai alla bouvette e acquistai un cartoccio di rum che bevvi in un fiato, appena in tempo per salire sul palco: era il mio turno. Le poesie stavano aperte sopra un leggio, dal centro del palco vedevo praticamente solo quello, concentrato solo su quello. Demasiado ne aveva scelte quattro, tutte parlavano d'amore o così a lui doveva esser parso, attaccai.

"Las rosas blancas

Las rosas blancas que me traías al río

Con las palabras que saltaban allá

en los alrededores

Pasado es ya el futuro y desconocidos

Nos quedamos a nosotros mismos y sordos y mudos

Casi fuésemos peces plateados dentro del río

Que corren hacia la boca del mar

no conociendo la sal que los mata

entorno a mí florecen rosas muertas"

Traduzione:

Le Rose bianche

Le rose bianche che mi portavi al fiume

Con le parole che saltavano là attorno

Passato è già il futuro e sconosciuti

Siamo rimasti a noi stessi e sordi e muti

Quasi fossimo pesci argentei dentro il rio

Che corrono alla foce verso il mare

Non conoscendo il sale che li uccide

Intorno a me fioriscono rose morte.

L'applauso di circostanza non si fece attendere e io già stavo attaccando con la successiva quando intervenne sul palco Demasiado.

"Il nostro giovane amico è molto emozionato e si è scordato di dirci qualche cosa."

Effettivamente il poeta laureato mi aveva chiesto di raccontare per sommi capi la mia storia, non gli avevo risposto ma lui doveva aver inteso il mio silenzio come un consenso.

"Signor Demasiado, preferirei prima leggere le poesie."

Ma non era d'accordo e prese a snocciolare le mie avventure, sfruttando l'occasione per tessere l'elogio della sanità cubana che aveva permesso la mia guarigione:

"Il modello cubano che non ha mai tagliato fondi alla sanità e alla cultura come invece avviene in tutto il mondo capitalistico." dilungandosi in quella propaganda più che sulle poesie.

A dire il vero anche alla celebrazione della bontà delle mie pietanze dedicò maggior tempo. L'irritazione stava colmando la misura della mia pazienza ma la platea sembrava divertirsi. Probabilmente arrossii di rabbia che il poeta scambiò per ritrosia.

"Sì, facciamo ancora un bell'applauso al nostro timido giovanotto."

Fu in quel momento che decisi di mettere da parte il leggio e presi a recitare a braccio la poesia su Fidel Castro.

se devo fare il pagliaccio che almeno possa scegliermi il numero da circo

"Questa poesia è dedicata al comandante Fidel Castro e si intitola Ti porgo i miei saluti comandante"

Demasiado a dire il vero sulle prime non se ne accorse, poi forse sì, ma non mi parve dare alla cosa molta importanza impegnato com'era a chiacchierare coi suoi simili.

"Te ofrezco mi saludo comandante

Cuba sin subtítulos es la grandeza que trae un hombre creyendo ser el mejor

y a mejorar teniendo fe, que fuese el ideal, el sol del porvenir

y así seguro de sus medios de pensar de poder alimentar un pueblo ignorante

aunque si es de llevar, como las bestias a la pastura, a golpes.

Así tan seguro de estar en lo cierto de entender que sirve el compromiso

si vale un alfabeto a quien nunca lo ha tenido, y salud, y un techo, el arroz un poco de cerdo, el ron, la dignidad del pueblo.

La revolución de alguien debe de iniciar

pero cierto es que debe de ser permanente

porque la fatiga que no superaras, estimado comandante, es aquella de la memoria que se pierde, generación tras generación, que no hace sentir unidos o fuertes, solo que pobres y estúpidos.

Patria o muerte! Revolución o muerte! Socialismo o muerte venceremos!!

Ya nadie cree mas, porque difunto también es el ultimo viejo compañero, nadie recuerda mas el hambre de antes, pero si la de ahora, que si aunque es menos intensa y un poco mas equitativa, sigue siendo hambre.

No existe memoria transmitida querido Fidel y temo que llego la hora de salir, Guevara lo entendió desde hace tiempo como es mas fácil disparar que gestionar y seguramente mas noble exportar la Revolución, que frecuentar el pan cotidiano hecho de burócratas y burocracia, mediaciones y palabras de discursos torrenciales, que no bastan las tormentas tropicales, aunque desde cincuenta y nueve, mas de mil hayan sido contadas.

No te hagas una cruz, lo intentaste y la culpa, si la hay, es de la naturaleza, que regula mezquinamente todos los comportamientos de los humanos, que si el mas fuerte debe dominar, mejor entre bestias, sin superestructuras, es decir dinero con aquello que consigue.

Si lo supieras o no, si fueras así vidente o aunque tu en vez demasiado aficionado de tu poder, no creo sea en serio importante, ahora que te has casi rendido comandante, algunos sobre ti ya piensan menos mal y, como sucede siempre, estoy seguro que encontraras grandes estimadores hasta entre tus enemigos jurados, mientras Cuba por fin liberada, volverá a ser tomada por Al Capone, porque el no muere nunca mas bien duerme, a la espera de volver al sol con su bandera obviamente triunfante, Capitalismo monstruo repugnante, aunque embellecido como la mas graciosa de las putas, y en Cuba que si hay muy bellas y desinhibidas, de alegrar al Havana como al Oriente, entre los puteros el gringo mas esmerado!

Te ofrezco mi saludo y hasta siempre, hasta la victoria Comandante!!"

Traduzione:

Ti porgo i miei saluti comandante!

Cuba senza didascalie è la grandezza che porta un uomo a credersi migliore

e a migliorare avendo fede, che fosse l'ideale il sol dell'avvenire

e così sicuro dei suoi mezzi da pensare di poter sfamare un popolo ignorante anche se è da portare -come le bestie- alla pastura con le botte.

Così sicuro di essere nel giusto da capire che serve il compromesso

se vale un alfabeto a chi mai lo ha posseduto, e la salute e un tetto, il riso un poco di maiale, il rum, la dignità del pueblo.

La Rivoluzione da qualcuno ha da iniziare

ma certo deve esser permanente

perché la fatica che non supererai, egregio comandante, è quella della memoria che si perde, generazione dopo generazione,

che non fa più sentire uniti e fieri, ma solo poveri e coglioni!

Patria o muerte! Revolucion o muerte! Socialismo o muerte venceremos!

Nessuno ci crede più, perché defunto anche l'ultimo vecchio compagnero,

nessuno ricorda più l'antica fame, ma solo quella attuale, che se anche meno intensa e certo un po' più equa, è sempre fame.

Non esiste memoria tramandata caro Fidel e ho timore sia giunta l'ora di partire, Guevara lo capì già tempo addietro com'è più facile sparare che gestire e certo più nobile esportarla la Rivoluzione, che frequentare il pane quotidiano fatto di burocrati e burocrazia, mediazioni e parole di discorsi torrenziali, che non bastan le tempeste tropicali, seppur dal cinquantanove, più di mille se ne sian contate.

Non fartene un cruccio, ci hai provato e la colpa se c'è è della natura, che regola con regole meschine tutti i comportamenti degli umani, che se il più forte deve dominare, meglio tra bestie, senza sovrastrutture, cioè denaro con quel che ne consegue.

Se lo sapessi o no, se fosti poi così lungimirante o anche tu invece troppo affezionato al tuo potere, non credo davvero sia importante, ora che quasi ti sei arreso comandante, qualcuno di te già pensa meno male e, come succede sempre, son certo troverai grandi estimatori anche tra i tuoi nemici più giurati, mentre Cuba finalmente liberata, tornerà in mano ad Al Capone, perché lui non muore mai tuttalpiù dorme, in attesa di tornare al sole col suo vessillo naturalmente trionfante, Capitalismo mostro ripugnante, ma imbellettato come la più graziosa delle puttane, e a Cuba ve ne son di molto belle e poi così disinibite, da accontentare all'Havana come a Oriente, tra i puttanieri il gringo più zelante!

Ti porgo i miei saluti e hasta siempre, hasta la victoria Comandante!

Quando terminai la lettura nessuno diede segnali di imbarazzo o disapprovazione e gli applausi furono in tutto simili agli altri che li avevano preceduti, quelli riservati al sottoscritto come a tutti coloro che si erano dati da fare là sopra.

questi qua nemmeno stanno a sentire

Terminai la lettura delle ultime due poesie, per fortuna quello strazio era finito. Sceso dal palco ebbi la conferma, e sul momento mi indispettii per questo,

pinga pensavo di aver fatto il bombarolo e invece non se ne sono neanche accorti

che nessuno si fosse accorto della mia ribellione. Ma la frustrazione durò giusto l'attimo sufficiente a realizzare che potevo svignarmela senza attendere oltre, immaginando che anche la mia assenza sarebbe passata inosservata. Incontrato lo sguardo di Pinto gli feci segno di seguirmi.

"Ma Ulises, te ne vai?"

Mi guardava perplesso ma sembrava anche lui volersela filare il più presto possibile, solo Elena non era d'accordo.

"Ma non sta a me decidere."

Così uscimmo dal teatro. Fuori il sole incendiava la piazza ma mi sembrò di tornare a respirare.

"Sono davvero molto belle." disse Elena, "però quella su Fidel Castro non l'ho capita bene..." forse era stata l'unica ad averle ascoltata.

"Non importa, sono solo parole."

"Ma la poesia può essere un grande aiuto, leggere Neruda o Lezama o Fina García Marruz quante volte mi ha fatto sentire meno solo..." concluse Pinto tutto assennato.

Erano solo parole e non sapevo se potessero servire a qualcun altro oltre me, né mi importava. Ero ancora incazzato, incazzato perché Arletis era stata condannata alla galera solo perché, dando del suo, cercava di vivere un po' meglio. Incazzato perché il poeta laureato pensava di farmi dire quello che voleva lui. Incazzato perché non ero abbastanza cinico dal fottermene di tutte le disuguaglianze che vedevo in questo cazzo di posto, dove a una persona normale per comprarsi un frigorifero non era sufficiente lo stipendio di due anni. Incazzato adesso, anche perché Yuliet continuava a non rispondere e io avevo una gran voglia di lei. Mi sarebbe piaciuto andare a casa sua ma non potevo piantare in asso Pinto e così ci dirigemmo verso la stazione dei treni dove, nella piazza di fronte, era facile trovare un passaggio per Guanabo. Elena si disse dispiaciuta di non potersi unire a noi ma aveva un appuntamento, anche se con chi non ce lo volle rivelare. Raccontai a Pinto di Yuliet senza che mi prestasse troppa attenzione sembrando più che altro sollevato che non fossi più arrabbiato con lui e avessi superato il distacco da Yesenia e da Velasco. Ma era sempre più triste, cercava di dissimulare ma stava ancora soffrendo, e mi sembrò dimagrito, sciupato.

"Ma tu stai bene?"

"Solita vita, il lavoro e poco più."

Acennai a Gonzalo ma mi fermò.

"Scusa Ulises ma non voglio parlarne, oggi sono venuto solo per te e infatti riparto domattina, Gonzalo non lo voglio più vedere."

Lui sì doveva aver sofferto e per anni come un matto.

"Ma non sei ospite da lui?"

"No, ho affittato una stanza in paese, credimi è molto meglio così."

Giunti a Guanabo lo portai a conoscere Edy e la Paradar; avrei voluto preparargli qualcosa di buono ma c'era Renè in cucina e appena provai ad avvicinarmi ai fornelli mi fulminò con lo sguardo. Mangiammo, anzi mangiai qualcosa perché a Pinto quel giorno, solo andava di bere: l'avevo conosciuto quasi astemio e ora alzava il gomito come un alcolizzato.

"Basta dai, sei ubriaco." Cercai di dissuaderlo dall'ordinare ancora, ma quel consiglio dalla mia bocca dovette suonargli molto poco autorevole e così finì di sbronzarsi. Lo portai nella sua stanza e per fortuna che il proprietario di quella casa mi conosceva essendo amico di Edy, perché gli ubriachi a lui non piacevano.

"Non ti preoccupare compañero, il mio amico non è abituato a bere e oggi ha un po' esagerato, ma è un buon diavolo, ha solo bisogno di dormire, sveglialo domattina alle sette che deve ripartire per Holguin e non ti preoccupare."

"Questa è una casa onesta, non è che mi porta delle puttane?"

"No, no, lui di sicuro no."

Tornato a casa trovai Gonzalo in soggiorno, ero allegro nonostante tutto e sollevato perché l'esperienza a teatro era finita e in fondo mi sembrava fosse filato tutto liscio, ma mi sbagliavo, e il mio mentore mi accolse apostrofandomi veementemente:

"L'hai fatta davvero grossa questa volta!"

Provai a scherzarci su ma a lui non sembrava proprio il caso. "Non ho capito se sei idiota o che altro, lo sai cosa hai fatto oggi?"

A quanto mi disse, aveva ricevuto una chiamata feroce di Demasiado il quale, non solo si era imbufalito perché me l'ero svignata prima della premiazione.

"Ma io non avevo capito dovessero darmi un premio..." tentai di difendermi, ma soprattutto perché uno degli esponenti del C.D.R. aveva trovato improvvida la mia poesia -disse proprio così- e addirittura controrivoluzionaria.

"Ma no Enrique, se vuoi te la leggo..." provai ancora a giustificarmi, ma il funzionario del museo o agente della contro intellighenzia che fosse, questa volta era davvero furente.

"Tu non hai capito in che casino ti sei messo e rischi di mettere anche me.!" urlò.

A quel punto anch'io persi le staffe e lo accusai di essere un ipocrita, lui e la sua cerchia di lacchè che vivevano nel lusso, loro si tradivano tutti i giorni i principi della Rivoluzione! Le nostre grida richiamarono l'attenzione di Betty che avevo visto in cortile intenta a riporre i panni stesi ormai asciutti in una cesta, ma Gonzalo le fece cenno di uscire dalla stanza.

"Io non so come andrà a finire ma qui non ci puoi più stare e io per te non ho più intenzione di muovere un dito..."

"Fai un po' il cazzo che vuoi" dissi andandomene.

"Dov'è Pinto?" lo sentii ancora domandarmi, ma stavo già uscendo dal cancello e non gli risposi.

Scesi in paese e ancora furente provai a chiamare Yulet che dopo diversi tentativi finalmente rispose; per sommi capi le raccontai cosa mi stesse capitando e lei si fece in quattro per calmarmi.

"Perché non vieni qui? E stai tranquillo che a tutto c'è rimedio."

Presi un taxi cumulativo e ritornai all'Havana, era sabato sera e già i più avevano cominciato a festeggiare, anche l'autista aveva di certo già bevuto e battibeccò a lungo con una signora che si lamentava del volume della musica. Guidava come un forsennato e dimenticò di fermarsi almeno due volte, ma a me andava bene così non vedendo l'ora di incontrare Yuliet che quando arrivai si era trasformata nella più dolce delle geishe. Passammo insieme tutta la sera, e la notte, fumando e facendo l'amore. Avrei voluto cucinare però in casa non c'era niente, ma in fondo avevo solo fame di lei e lei di me e non pensai più ad altro che non fosse appagare i miei sensi.

pazza odorosa di ganja amore mio a me non importa altro che star dentro te

Ma la mattina alle dieci decisi che era ora di tornare a Guanabo, avrei dovuto lavorare e non sapevo cosa sarebbe potuto accadere, ero certo di non aver fatto nulla di male e non mi sembrava poi tanto controrivoluzionaria quella cazzata che avevo scritto senza pensarci più di tanto. Doveva essere quello il problema, avrei dovuto pensarci invece e bene. Me lo rimproverai durante tutto il tragitto, come di aver insultato Gonzalo.

però se l'è andate a cercare quel finocchio

Smontato dal carro particular notai due patrullas posteggiate a lato dell'ingresso e un'altra dentro casa nel garage. Mi affrettai a entrare, c'erano sbirri dappertutto.

"È lui!" Betty mi vide e subito mi indicò al più alto in grado.

Non feci in tempo a capire cosa stesse succedendo che quelli mi ammanettarono spingendomi fuori, e poi dentro una delle macchine. Riuscii appena a vedere quello che doveva essere il cadavere di un uomo coperto da un lenzuolo e, sul tavolino del soggiorno, la pistola che avevo consegnato a Gonzalo. Cercai di chiedere spiegazioni ma quelli non rispondevano.

"Stai zitto e non muoverti."

E come avrei potuto in manette e stretto tra due energumeni?

"Ma cosa è successo, di cosa sono accusato?"

"In caserma ti diremo tutto."

hanno ammazzato qualcuno Gonzalo? Pinto sarà già partito? ma io cosa c'entro?

Mi scaraventarono in una cella sporca e maleodorante, sulle pareti frasi rabbiose contro la polizia e le spie. Tremavo, era l'orrore che provavo una mezcla di rabbia e schifo.

Yuliet sono stato con lei qualunque cosa sia successa ero con lei

Trascorsi là dentro tre o quattro ore. In un angolo della guardina c'era un buco che straripava merda. Una sola piccola finestra era troppo in alto e non lasciava vedere il cielo. Avevo fame e sete e voglia di piangere ma non mi riusciva di fare neanche quello mentre si apriva il blindo e faceva il suo ingresso il vampiro. Sallusti non era cambiato, dall'ultima volta era rimasto lo stesso il ghigno e adesso ne avevo terrore.

"Sapevo che ci saremmo rivisti anche se non avevo osato sperare così presto..."

"Capitano, è lei!""

Non saprei dire il perché, ma dopo l'iniziale sconforto sperai che la nostra conoscenza permettesse d'insinuare un po' d'umanità, ma quell'uomo aveva un'anima bestiale.

"Perché neanch'io avrei potuto prevedere che avrebbe assassinato il suo benefattore."

In quel momento ebbi la certezza che era di Gonzalo il cadavere sotto il lenzuolo e mi sentii mancare travolto dall'angoscia.

"Ma Gonzalo... io non sono stato, perché avrei dovuto? Era un mio amico e poi non ero a casa, ho chi può testimoniarlo!"

"Sarebbe molto meglio per te che confessassi e magari ti decidessi finalmente a raccontarci chi sei veramente, ci eviteresti un sacco di perdite di tempo..."

"Ma io non ho fatto niente.!"

"L'ergastolo, se sei fortunato, non te lo evita nessuno."

"Voglio un avvocato, fatemi parlare con un avvocato!" gridai ma quasi implorandolo.

"Confessa, è la cosa migliore che puoi fare."

La domenica trascorse senza che ricevessi altre visite. In certi momenti è inevitabile rivolgersi a dio, se ne ha bisogno come di un cappotto per proteggersi dal freddo. Ma un cappotto immaginario non evita l'ipotermia, neanche quella dell'anima quando il gelo è così intenso, e poi non avevo più portato quei fiori bianchi a Obatalà, forse anche per questo lasciai perdere.

Il lunedì mattina mi interrogarono, mi condussero in manette in un ufficio di fronte a un magistrato, un uomo di circa quarant'anni anonimo e grigio che non saprei dire di che colore avesse occhi e capelli. Insieme a lui il vampiro. Avevo fame ed ero stanco e sporco e puzzavo. Il magistrato prese a parlare. Contro di me c'erano le dichiarazioni di Betty che aveva raccontato del litigio con Gonzalo. Stavano verificando le impronte sulla pistola però il funzionario del museo non aveva trovato la morte per il colpo di arma da fuoco che l'aveva soltanto ferito a un braccio, ma per la coltellata al petto infertagli dopo che la calibro 22 si era forse inceppata, di questo si era detto sicuro il medico legale anche senza ancora aver effettuato l'autopsia. L'arma da taglio non era stata ritrovata e ora avrebbero voluto dicessi loro dove l'avevo nascosta.

"Ve lo ripeto, io non c'entro niente. È vero che al pomeriggio ho discusso con Gonzalo ma poi sono uscito e ho passato tutta la sera e la notte con Yuliet Suarez, chiamatela e ve lo confermerà." Il magistrato prese nota e si congedò senza proferire altre parole. Rimasti soli in quella stanza Sallusti mi chiese rumorosamente di nuovo di confessare.

"Questa volta non c'è nessuno che ti possa tirar fuori, e io ho le mani libere!" disse battendo un pugno sul tavolo.

Immaginavo che sarebbe ben presto passato alla tortura e mi meravigliavo anzi che non fosse già successo.

"Io non ho niente da confessare, verificate il mio alibi e fatemi parlare con un avvocato."

"Tu devi aver visto troppi film yankee." Disse ancora colpendomi alla bocca dello stomaco con un pugno mentre già ero in mezzo ai due sgherri che mi riportavano in cella, ma era il jab di una femminuccia e non provai dolore ma solo disprezzo e lo insultai.

"Brutto pezzo di merda!" E quello allora replicò colpendomi da dietro sulla nuca.

"Non c'è più nessuno ad aiutarti, l'unico che avevi l'hai fatto fuori tu caro il mio hombre del misterio."

E rise forte mentre quei due mi sbattevano dentro il buco. Passarono forse due ore, a farmi compagnia c'era ora un negro epilettico accusato di aver violentato una ragazzina. Il negro si contorceva per terra e la sua testa batteva sul cemento. Chiamai le guardie ma non arrivò nessuno, solo dopo un'altra ora, quando quello si era addormentato sul tavolaccio di legno che serviva da giaciglio, vennero a prenderlo. "Pervertito di merda, adesso ci divertiamo un po' anche noi." sentii minacciarlo un secondino. Dopo poco il blindo si riaprì, mi ero forse assopito anch'io ma la pesante chiave mi fece trasalire, svegliandomi da quel sonno tremebondo. Mi trovai davanti nuovamente Sallusti che sogghignava maligno, in visibilio. trasalire, svegliandomi da quel sonno tremebondo.

"La signora Suarez non conferma il tuo alibi, ti facevo più furbo di così. Allora adesso vuoi parlare o no?"

"Come non conferma il mio alibi? Ma siamo stati insieme a casa sua, ma perché, perché?"

Ero sprofondato del tutto, travolto da una marea di merda e senza scialuppe di salvataggio.

"Voglio parlare con un avvocato." Mi venne in mente il colonnello in pensione.

"Il colonnello Pepe Guerra, chiamatelo, è lui il mio avvocato."

Sallusti sentendo quel nome rimase interdetto e senza aggiungere altro mi lasciò di nuovo solo là dentro.

lo conosce forse era un suo superiore ma come farò a pagarlo come pinga ci sono finito in questo casino

Nel tardo pomeriggio mi ero ormai rassegnato

speriamo m'impicchino altrimenti lo faccio io alla prima occasione

Non dovevo essere l'unico galeotto ad aver pensato al suicidio e probabilmente più di uno c'era riuscito là dentro, era certamente quello il motivo per il quale mi avevano da subito tolto la cintura e i lacci delle scarpe. Mi venne da ridere e non ce n'era davvero alcun motivo.

vivere non ha senso ma morire ne ha anche meno

Non successe più nulla e mi sforzai di mandar giù il caldo insieme al riso nel quale schivai qualche cucaracha che sarebbe certo stata la cosa più saporita del piatto. Dormendo sognai la bellissima nera, era da qualche settimana che non mi capitava, eravamo al mare e mi invitava a tuffarmi e rideva ed era bellissima e io l'amavo ma poi nel sogno si intromise Yuliet e mi svegliai per un forte dolore alle palle. Un secondino era entrato, senza che me ne fossi reso conto, colpendomi al basso ventre.

"Tirati su, c'è il tuo avvocato."

Pepe Guerra era là sorridente, nello stesso ufficio dove avevo incontrato il magistrato, sorridente e sornione.

non sa ancora che di soldi non ne ho più

"Mi dispiace rivederti in un simile contesto e però ti porto buone, anzi ottime notizie!" disse allegro stringendomi la mano

lo sapevo Yuliet non poteva lasciarmi nella merda

Ma non era quella la novità: Pinto si era suicidato e vicino al suo cadavere aveva lasciato una lettera dove confessava l'omicidio del suo amante.

"Questo ti scagiona da tutto...o quasi."

Ma alla gioia seguì una fitta, Pinto? No, non ci credevo.

"Sì Ulises, era una cosa tra checche, il classico dramma della gelosia." aggiunse l'avvocato.

"Ma allora sono libero?"

"Non ancora, quella testa di cazzo di Sallusti dice che devono fare ulteriori accertamenti, ma se le impronte rilevate sull'arma sono quelle del suicida, al più tardi domani sarai fuori."

E il giorno dopo, la mattina presto ero per strada, il Malecon era un fiume silenzioso e tranquillo a quell'ora; lo percorsi per intero sino al porto e lì mi fermai. In lontananza una nave prendeva l'oceano, lei lo sapeva di sicuro dove si stava dirigendo.

La traversata del deserto

31 marzo dell'anno 2011

Sono passati sette anni e diversi uragani. Cuba è cambiata ma non troppo, Raul ha preso il potere da tre anni ma le sue aperture non hanno migliorato le condizioni se non di pochi fortunati, anzi, la cuenta propia ha creato ulteriori sperequazioni e la nuova classe che ne è derivata fa anche più schifo della nomenclatura alla quale appartenevano Gonzalo e i suoi amici. Chi ha avuto la possibilità di aprire una cafeteria è convinto di far parte di una élite e guarda gli altri dall'alto al basso. Per non parlare degli stipendi: i privati pagano come lo stato e quando possono anche meno. C'è sempre pieno di gente con l'emoglobina bassa. Le jinetere adesso sono prostitute a tutti gli effetti, non pensano più a trovare marito ma solo a tirar su della grana e c'è chi riesce a farsi pagare anche cento dollari a botta, nessuna si accontenta più del ristorante o della biancheria cinese, almeno nella capitale, ma a voler vedere il bicchiere mezzo pieno si potrebbe dire che si siano emancipate. Anche Arletis è tornata in pista, suo padre è morto e lei ha dovuto lasciare la casa in usufrutto. Batte sempre, però adesso solo con clienti selezionati, a farlo ci pensa il suo nuovo fidanzato che fa il tassista e glieli porta direttamente a domicilio. Ci siamo visti per un po', ma io non ero l'uomo della sua vita, me lo ha detto senza che glielo avessi domandato ma lo sapevo già, però mi era riconoscente e ci siamo fatti una scopata che i trenta cuc spesi per pagarle l'avvocato li valeva eccome, poi ognuno per la sua strada. Ma tutti sembrano aspettare il cambiamento anche se i farmaci negli ospedali continuano a scarseggiare e il petrolio di Chavez non basta più. E si possono comprare e vendere le case, infatti adesso Eta fa l'agente immobiliare, ha preso addirittura il patentino. Non che abbia smesso di fare tutto il resto, ha solo aggiunto un altro ramo d'azienda alla sua azienda. Fidel è morto almeno tre o quattro volte ma è sempre lì che sembra sorvegliare tutto quanto, solo da un po' di tempo lo fa in silenzio. Deve averle spese tutte le parole in quei discorsi durati cinquant'anni.

Negli Stati Uniti c'è un presidente quasi nero e si dice che presto riaprirà l'ambasciata, ma i cubani di Miami non sono d'accordo e loro al congresso contano eccome, così il bloqueo resta in piedi.

Io dopo quella storiaccia ho avuto un altro bel po' di problemi, ma niente che si possa paragonare. In un colpo soltanto avevo perduto l'amico più sincero che potessi immaginare e il mio mentore, che certo aveva un sacco di difetti e di contraddizioni, ma il sottoscritto era davvero l'ultimo che se ne potesse lamentare. Dopo l'omicidio di Gonzalo avevo perso il posto ed ero dovuto andar via da Guanabo, Edy sembrava dispiaciuta ma tutto quel casino non era certo una buona pubblicità per il locale e lei da rivoluzionaria non aveva impiegato molto a convertirsi in imprenditrice.

"Ragazzo mio, è il caso di far calmare un po' le acque, anche se non c'entri niente era un tuo amico quello che lo ha ammazzato..."

vecchi che si preoccupano per un futuro che non vedranno hai quasi ottant'anni e l'unico figlio non si fa vivo da dieci ma quando è che ci si rende conto e si smette di far calcoli comprendendo di avere già quasi un piede nella fossa?

Io pensai senza dirglielo.

Nessuno voleva più avere a che fare con me e non mi restò che andarmene. Solo Elena tra le mie vecchie conoscenze non mi voltò le spalle e anzi, per un periodo fui suo ospite, ma dopo qualche tempo me ne andai anche da là; aveva una fidanzata, una tedesca che sembrava un camionista e quando mi scoprii troppo geloso decisi fosse giunto il momento di levare le tende. Persino Eta sparì, ma non mi arrabbiai con lui perché lo capivo: con tutti i suoi traffici avere tra i piedi un tipo pericoloso come me era assolutamente controindicato. Non cercai Yuliet né lei me. Sallusti provò ancora a darmi del filo da torcere ma senza riuscire a trovar nulla che lo mettesse in grado di rispedirmi al fresco. Dopo il licenziamento dalla paradar il ministero mi aveva inserito in una lista di non qualificati e avevo svolto saltuariamente lavori di fatica che consistevano quasi sempre nello spostare una pietra da un lato della strada i giorni pari e dall'altro quelli dispari, ma dopo un anno più o meno, mi mollarono del tutto al mio destino e così decisi, non che avessi molte alternative, di far ritorno a Velasco. Renata e Oscar mi accolsero con calore, Carlos era partito militare e non mi riuscì di vederlo nei mesi che trascorsi laggiù, mentre Felix non sembrò fare salti di gioia e Augustina, forse succube del marito, non mi riservava più neanche un sorriso.

Anche Sallusti era tornato a Velasco ma sembrava aver perso interesse per il sottoscritto. Non cercò mai di avvicinarmi, anzi, quando per caso ci si era incrociati era stato lui a cambiar strada. Lavorai per qualche tempo i campi, ma non mi sentivo bene, avevo troppi ricordi in quel posto, anche se detto da me potrebbe far sorridere. Così me andai di nuovo e girovagai sino a Santiago. Ero povero in canna e mi sarei fatto andar bene quasi tutto, infatti accettai un lavoro al cimitero che consisteva nell'esumazione di cadaveri. Poi la fortuna girò facendomi rincontrare Olga Zapata giunta sin là per il carnevale. Non solo non era invecchiata di un giorno ma anzi, un famoso chirurgo europeo le aveva rifatto anche il culo che era alto e sodo come forse neppure in gioventù, e anche la liposuzione aveva fatto un miracolo tanto che persino le cosce aveva lisce, come il viso d'altronde, anche se gli occhi erano cinesi adesso. Sì, l'avevano tirata un po' troppo, però faceva l'amore togliendosi la gonna. Mi chiese se volessi tornare all'Havana con lei e non me lo feci ripetere due volte anche se mi dispiacque dover lasciare Odelis, una negra appassionata con cui stavo da diversi mesi ormai e alla quale avevo fatto la promessa di aiutarla a metter su un negozio di animali destinati ai sacrifici dei santeri.

"Me ne vado con la vecchia qualche tempo per poter tirare su un po' di grana e aiutarti ad aprire la bottega..." le avevo detto, e ci credevo. Ma non tornai più a Santiago. All'Havana ritrovai anche Eta e più o meno era sempre lo stesso, anche se la polizia con Raul si era fatta più agguerrita e per quello stava prendendo il patentino di agente immobiliare.

"Ormai ti fermano anche solo se passi vicino a un albergo!" si era lamentato, ma non erano certo gli ottusi poliziotti orientali a poter bloccare il mio amico.

Cercai a lungo di convincere Olguita ad aprire una paradar, ma lei accampava sempre qualche scusa e rimandava sine die.

"Tra qualche tempo caro ora non posso, ma intanto non ti manca niente..." Ed era vero, mi teneva al guinzaglio come un cane, ma uno di razza, viziato addirittura, con biscottini pieni di proteine e una mantellina gialla per la pioggia, in cambio dovevo solo scoparmela quando ne aveva voglia. Andò avanti un bel pezzo così, fino a che gli effetti della liposuzione vennero meno e anche le rughe nonostante le iniezioni di botulino, ripresero la loro avanzata. Allora iniziai a far fatica che per riuscire a scoparla dovevo pensare ad altre donne, poi addirittura fui costretto a rivolgermi a Eta Beta per procurarmi un po' di viagra.

"Stai attento amico, alla lunga ti fa scoppiare il cuore."

"Forse sarebbe meglio..."

Lei probabilmente se ne accorse, anche perché quella roba praticamente mi impediva di eiaculare, si offese a morte e senza troppe spiegazioni mi scaricò senza neppure un cuc di liquidazione, trovando quasi subito uno più giovane del sottoscritto, che a quel punto dovevo avere più o meno quarant'anni. Senza un pesos in tasca mi misi anch'io a jinetiare, Eta ormai passava gran parte del suo tempo a cercare di vender case e praticamente presi il suo posto: le trovavo io le donne, i sigari o la maria ai turisti, la sera fuori dal Riviera. Ma era una vita di merda, abitavo in un solar dove nello stesso cesso cagavano non meno di cinquanta persone. Per fortuna, ma forse invece era talento, non fui mai fermato dagli sbirri, sarà che ero bianco e avevo ancora uno o due completi di Gonzalo e anche Olguita mi aveva regalato camicie e scarpe nuove, tanto che più di una volta ero stato scambiato per turista. Pensai anche al suicidio qualche volta, ma mai seriamente, non sapevo cosa ci fosse da resistere ma resistevo.

non c'è vittoria eppure resistiamo

Una mattina mi arrivò una lettera, Carlos mi scriveva della malattia di Oscar

Ha il cancro ai polmoni, i dottori gli hanno dato sei mesi di vita...

Chiamai Renata che in lacrime confermò le parole del figlio.

"Ha quasi smesso di uscire di casa e nemmeno gira più i suoi sigari, chiede sempre di te, vorrebbe vederti un'ultima volta..."

Così presi un treno che impiegò due giorni ma quando arrivai Oscar era già morto, i medici erano stati troppo ottimisti.

Yesenia arrivò appena in tempo per il funerale; era sempre bella solo un filo più in carne, aveva avuto un altro figlio e il marito se la teneva stretta, ci salutammo appena e non mi guardò negli occhi, così come Manuelito che forse neppure mi riconobbe. Avrei voluto dirle che l'avevo perdonata, che le volevo comunque un gran bene e le ero grato ma non mi riuscì e forse non solo perché me ne mancò il tempo, non saprei. Lungo il corteo funebre che accompagnava il corpo al cimitero, Sallusti si staccò dalla compagnia del signor Videla, che poco prima mi aveva salutato senza entusiasmo e mi si fece incontro.

"Tienesuerte, permetti una parola?"

Mi sorprese a tal punto quella sua nuova cortesia che ne fui dapprima stupefatto quindi preoccupato, avendo immaginato potesse trattarsi di una nuova strategia per cogliermi in chissà quale flagranza. Invece prese a parlare di sé e dei motivi che lo avevano costretto a far ritorno "in questo buco dimenticato da dio."

Mi disse che, avendo continuato a cercare qualcosa che mi potesse incastrare, si era invece convinto, non solo della mia innocenza, ma anche di quella di Pinto. Secondo lui il mio amico, aveva certamente sparato a Gonzalo ferendolo, ma la coltellata che aveva procurato il decesso era stata invece inferta da qualcun altro, e lui era convinto di sapere da chi. Betty solo tempo dopo aveva notato che mancavano alcuni oggetti di valore, un orologio d'oro in particolare. Scavando nella vita di Gonzalo -si era convinto che mi avesse fatto rilasciare perché anche lui coinvolto in chissà quale complotto- aveva scoperto che la promiscuità del funzionario del museo fosse davvero frastagliata e tra i suoi amanti Pinto non fosse certamente il più importante. Tra gli altri "e le altre", perché Gonzalo era bisessuale e non si faceva mancar niente, figurava anche il figlio di un ministro, "un poco di buono, un cocainomane, uno della farandula!" che proprio il giorno dell'omicidio era a Velasco. A casa del rampollo il vampiro aveva ritrovato l'orologio strappando al ragazzo anche una mezza confessione: era stato lui, stava dormendo nel letto di Gonzalo nel momento in cui era partito quel colpo di pistola e, forse a sua volta geloso o invece solo strafatto, aveva accoltellato al cuore l'amante terminando così il lavoro iniziato da Pinto.

"E qui sono iniziati i miei problemi."

"In che senso capitano?"

Così mi rivelò che il magistrato, non solo non convalidò il fermo del figlio del ministro, ma senza troppi giri di parole, gli ordinò di lasciar perdere.

"Il caso è chiuso, mi disse rimproverandomi che stavo perdendo tempo e soldi. Ma io non mi diedi per vinto e chiesi udienza al procuratore generale che per tutta risposta mi ha fatto rispedire qua."

Ce lo avevano rimandato perché aveva rotto troppo i coglioni. Non sembrava più lo stesso uomo, era mortificato e non capiva, si sentiva tradito da quel sistema che pure aveva sempre servito fedelmente, onestamente.

è sempre stato un coglione un coglione onesto e contorto come solo sono i semplici

Gli avevano inculcato un sacco di belle storie sulla legge e lui ci aveva creduto tutti quegli anni finché a un certo punto si era reso conto, aveva dovuto farlo, che non gliene fregava un cazzo a nessuno della giustizia e tutto il resto e lui si era come annichilito, continuando a non capire come mai. Ma non era un problema mio e poi nemmeno erano scuse quelle che mi stava rivolgendo. Me ne convinsi per non essere mosso a compassione. Pinto, dunque si era suicidato per niente, o forse no. Una cosa esiste se ci credi, come dio, come lo stato, come l'amore e lui era sicuro di aver ammazzato il suo amante, il suo amore o quel che era.

"Caro il mio hombre del misterio, io penso sempre che tu abbia qualcosa da nascondere, però adesso non è più un mio problema" si congedò lo sbirro, mentre la bara di Oscar usciva dalla chiesa.

Melquiades morì poche ore dopo aver cantato al funerale.

Però quel giorno non mancò nemmeno uno di quei momenti in cui la vita sembra volerti risarcire in qualche maniera. Dianesy, la nipote di Sallusti, la bambina che avevo salvato ormai quasi sei anni prima, adesso era una diciottenne da perdere il fiato, aveva occhi da gatta e un culo altissimo che ancheggiava sotto i miei occhi sulla piazza dove stavo salutando Pablito, invecchiato ben più degli anni che erano trascorsi dal mio risveglio.

"Niña che bella che sei."

Ma la ragazza impiegò poco a far intendere che era con me che voleva far conoscenza.

"Sei sempre fortunato con le donne..." mi disse allora Pablo forse un po' invidioso.

"Puoi dirlo forte." gli risposi sarcastico. Ma quella volta aveva ragione. Certo non aveva preso dallo zio Dianesy. E probabilmente fu per far dispetto a lui, che una volta tornato in paese si era installato a casa della sorella e non le permetteva, sicuramente geloso, di andare a ballare ad Holguin o di uscire con nessuno senza prima averlo messo sotto torchio, che decise di fare all'amore con me. Io non ci trovai nulla di sconveniente, certo non fu la più bella scopata della mia vita, lei era inesperta e impiegai quasi un'ora prima di riuscire a convincerla a farmi un pompino e almeno un'altra a farla girare perché potessi vedere la meraviglia che la natura le aveva messo lì al posto delle natiche, ma alla fine fu bello e ancora tempo dopo mi masturbavo ripensando a quel pomeriggio nel campo, nascosti dall'erba alta con il Pico de Cristal che ci fissava guardone.

Tornai all'Havana deciso a smetterla di fare quella vita, volevo trovare un lavoro

proverò nei ristoranti

pagavano sempre una miseria ma mi sentivo troppo vecchio in quel periodo per continuare a vivere la notte. Mi ci sarebbe voluto un po' di amore e forse se ne accorse qualche santo, fatto sta che mi imbattei in Isabel.

Isabelita era rossa di capelli, faceva la dentista al policlinico di Marianao, la conobbi   una notte che non mi era riuscito di schivare il pugno di un ubriaco, un messicano che ce l'aveva con me perché era stato derubato dalla ragazza che gli avevo procurato. In quel periodo era difficile trovare qualcuno di cui potersi fidare, anche di puttane serie non ce n'erano quasi più. Mi presentai al policlinico che sarà stata mezzanotte con un dente in meno, lei era molto graziosa e le feci subito la corte e anche se conciato in quel modo non fu facile far colpo. Mi riuscii però di farla ridere e forse per quello le strappai un appuntamento. In quei giorni i santi dovevano essere di buon umore e ben disposti perché riuscii a farmi assumere in una paradar del Barrio Chino, ma non in cucina: dovevo recuperare dalla strada i turisti che passavano da là, per fortuna la proprietaria non volle dare ascolto al figlio che avrebbe voluto farmi fare l'uomo sandwich, e così sul marciapiede indossavo una semplice divisa simile in tutto a quella di un cameriere.

Isabel aveva trentacinque anni e un divorzio alle spalle e nessun figlio. La madre era stata infermiera tutta la vita alla Clinica Central Cira Garcia e per tutta la vita si era spesa in pubbliche relazioni: non c'era medico o funzionario ospedaliero in tutta la capitale che non la conoscesse. Anche per questo Isabelita si era laureata in medicina specializzandosi in odontoiatria.

"I dentisti sono quelli che guadagnano meglio." le aveva sempre spiegato la madre, ma non intendeva lo stipendio statale bensì le prestazioni private che si potevano garantire "Facendo un poco di attenzione..." fuori dalla struttura e per quello la cucina di casa sua era praticamente un piccolo studio odontoiatrico dove curava chiunque potesse pagare in cuc. Del padre Isabelita non parlò mai. Presto mi convinsi di esserne innamorato.

"Sei così diverso dal mio primo marito..." era solita ripetermi dopo aver fatto l'amore.

Avevamo una buona intesa sessuale, quella che probabilmente le mancava col consorte. Me la passavo bene con Isabelita, io lavoravo alla paradar e non avevo smesso di sperare un giorno di aprirne una mia, anche se non avevo idea di dove avrei trovato i soldi, e Isabelita era anche intelligente e curiosa, così la sera parlavamo di un sacco di cose. Le avevo rivelato la mia storia un po' alla volta e forse per quello non parve mai particolarmente impressionata. Ma dopo qualche tempo le venne la fissa dei diritti civili, era sempre stata sensibile ai temi delle damas blancas, ma da adesso era addirittura diventata un'attivista.

"Voglio farti conoscere una mia amica blogger che è stata anche in Europa per parlare della repressione sull'isola." Mi comunicò una sera e si arrabbiò parecchio quando le risposi che faticavo a capire come avesse fatto ad andare in Europa a parlare di quanto fosse oppressa in questo paese ma ci avesse potuto far ritorno senza che le avessero torto un capello. Io me ne sarei stato alla larga volentieri dai suoi amici, l'avevo conosciuto da vicino il potere ed ero abbastanza sicuro che fosse del tutto inutile andare a stuzzicarlo,

lo sanno tutti che il lardo sta bruciando

aveva ragione Bukowski che ormai preferivo largamente a Lazama Lima, per non parlare di Mario Benedetti. E così avevo voluto che leggesse le mie ormai vecchie poesie spiegandole tutti i guai che mi avevano procurato, ma non credo mi prestasse attenzione perché a quel punto si mise in testa che avrei dovuto pubblicarle:

"Specialmente quella su Fidel..." ma io non volevo altri casini nella mia vita e mi opposi e per quello mi mollò, prese a darmi del codardo e dopo qualche tempo mi mollò. Cazzo, avevamo un'ottima intesa sessuale e non ce la passavamo male neanche coi soldi, cosa c'entrava la politica? Ma probabilmente aveva ragione ed ero diventato codardo.

o forse lo sono sempre stato

Che poi il problema non era volere o no togliersi dai piedi Fidel e Raul, che intanto prima o poi sarebbero morti, ma con cosa sostituire quel sistema e anche i dissidenti, quelli in buona fede intendo e con un po' di sale in zucca, non i gusani o gli imbecilli, sembravano non avere le idee molto chiare in proposito. Dovevo trovarmi una nuova sistemazione, che cazzata avevo fatto a lasciare il solar, ma avevo sperato che con Isabelita le cose sarebbero durate. Per fortuna Eta Beta mi presentò a Ivan, un croato in cerca di fortuna che con un po' di grana in tasca fatta chissà come al suo paese, aveva aperto, a nome della giovane moglie cubana, un ristorante in Miramar proprio nella zona delle ambasciate. Era un bel tipo Ivan, una faccia da pirata che sembrava Capitan Uncino e così aveva chiamato il ristorante. Una volta assaggiato un mio piatto di pesce volle assumermi immediatamente. Lo stipendio non era male e in quel posto, non so come Ivan, anche quando non si trovava in tutta l'Havana e provincia un ingrediente, riusciva sempre a non farmelo mancare. Nel corso dei mesi diventammo amici "Anche se non c'è cosa più sbagliata che diventare amici di un tuo dipendente...lo diceva anche Aristotele." "Veramente diceva il contrario e parlava di schiavi..." Lui rise, io meno. Però era simpatico e mi raccontò più di una volta del suo paese "Che non mi manca per niente..." e della morte di Tito e la fine della Jugoslavia e del comunismo, della guerra che ne era seguita al termine della quale c'erano grandi aspettative, il libero mercato e tutto il resto di buono che uno si immagina porti la caduta di una dittatura socialista, ma la verità era che adesso laggiù si stava molto peggio di prima e il capitalismo era una merda per i più, non solo una grande delusione. Ma tutto questo mi sembrava di saperlo già.

Un giorno incontrai Yuliet. Stavo seduto come avevo preso a fare quasi tutti i pomeriggi sul muraglione del Malecon e leggevo l'autobiografia di Olguita, "Il coraggio del cuore", dove tra l'altro sosteneva si debba vivere la vecchiaia come un dono, quando la vidi che mi si faceva incontro. Anche lei era invecchiata, un po' più grassottella e senza trucco, trascurata. Dopo l'inevitabile imbarazzo si scusò per il tradimento:

"Ho avuto paura."

Avrei dovuto mandarla a cagare ma non lo feci e la invitai a bere e alla terza bottiglia di aguardiente volle far sesso. Io dopo aver rotto con Isabelita non avevo più avuto una donna e non riuscii a negarmi. Non stava più nell'appartamento del Malecon, suo marito era morto di cirrosi e il suo matrimonio, non essendo mai stato registrato, in Canada era carta straccia e per quel motivo non aveva ereditato niente. Per qualche tempo era stata con Barbaro, fino a che l'avevano arrestato per traffico di stupefacenti e adesso scontava trent'anni. Da poco si era messa con un vecchio abakuà che gestiva la boleta e fantasticava di fotterlo rubandogli tutti i soldi che teneva un po' ovunque nascosti dentro casa, per scappare a Miami su un motoscafo. Andammo da me, che adesso vivevo in un posticino non lontano dal ristorante di Ivan e quando la sera ci lasciammo dopo un buon numero di amplessi non ci demmo appuntamenti: lo sapevamo entrambi che prima o poi ci saremmo rincontrati.

Avevo quasi smesso di sognare la bella nera e non pensavo quasi mai alla mia altra vita. Elena era sempre fidanzata con la tedesca che sembrava un camionista, era davvero una storia d'amore la loro e solo aveva il cruccio della maternità. Lo sapevo ma lo stesso mi stupii per quell'insolita richiesta. Elena stava per partire, sarebbe andata in Europa di lì a un mese e non sapeva se e quando avrebbe fatto ritorno.

"Voglio un figlio da te."

Mi venne da ridere, avevo sperato per tutti quegli anni di poter fare l'amore con lei ma quella proposta non era la stessa cosa.

"Non voglio che tu mi risponda così, su due piedi. Ti chiedo solo di pensarci."

Avrei voluto forse anch'io averne uno, ma non mi ero mai sentito pronto e la donna giusta con cui farlo non l'avevo ancora trovata ma se avessi potuto scegliere forse sarebbe stata proprio lei.

l'unica cosa più grave che uccidere un uomo è metterlo al mondo

avevo annotato dopo una sbronza sul vecchio quaderno, ma ero depresso quel giorno e le sbornie tristi ti fan dire cose che davvero non pensi. Ma un figlio da Elena cresciuto in Germania dal camionista non me la sentii e le dissi che no, non potevo. Ne fu ferita, si risentì moltissimo quando le consigliai di farsi inseminare in una clinica tedesca e non ebbi sue notizie per quasi un anno dopo la partenza. Poi un giorno mi arrivò una lettera dove si scusava e diceva di aver compreso. La sua buddità aveva avuto la meglio.

Era quasi Natale, il locale era pieno e stavo cucinando, un giorno come un altro anche se tutti speravamo che i turisti potessero essere più generosi del solito, dato l'avvicinarsi del compleanno di Gesù. Avevo quasi terminato e stavo dando le ultime indicazioni ai miei aiutanti quando entrò Ivan in cucina.

"C'è una cliente entusiasta della tua paella, dice che erano anni che non ne mangiava una tanto buona e insiste per farti i complimenti di persona..."

che rottura di coglioni

Lo pensai e forse lo dissi a voce alta, immaginando una vecchia cicciona ma Ivan mi corresse:

"È una negra che parla italiano." Ed era una vera bellezza a dire del mio capo che aggiunse:

"Lo so che a te piacciono le negre, magari ci scappa qualche cosa..."

Così mi tolsi il grembiale e il cappello e uscii nella sala per ricevere gli elogi, chissà che non ci venisse fuori una mancia se non un'avventura. Mi feci incontro a quel tavolo, erano tutti medici italiani venuti fin quaggiù a un convegno mi aveva spiegato Ivan, e tutti sembravano sazi e sereni. La mia ammiratrice era di schiena e la sentivo parlare quell'idioma di cui più o meno capivo tutto quanto.

"Signorina, lui è Ulises, il cuoco." mi presento Ivan e lei si voltò.

Trasalii: era la bellissima nera del sogno!

Non saprei dire che accadde subito dopo nel mio cervello se non che mi sentii mancare e scese un lenzuolo nero, svenni.

Quando mi risvegliai al pronto soccorso, mezz'ora dopo, sapevo chi ero e come mi chiamavo. Sì, ricordavo tutto della mia vita sino al momento dello schianto sulla strada per Velasco, anche il mio nome così come quello della donna che avevo sognato per tutti quegli anni. Ma mentre Ivan mi chiedeva come mi sentissi, avevo già deciso che non avrei dovuto farne parola con nessuno.

"Non tutti i problemi che uno ha con la sua ragazza sono necessariamente dovuti al modo di produzione capitalistico."

Herbert Marcuse

Libro secondo: Giovanni

Resistibili ascese e formidabili cadute nel mondo occidentale

La crisi (purè "au revoir" al brandy)

13 settembre dell'anno 2001

Credo non sia difficile dar buoni consigli al povero diavolo irresoluto o corto di cervello che si rivolge a noi per avere una guida, un ammonimento, un aiuto o, peggio, la risoluzione ai suoi quesiti come fossimo il numero della settimana prossima di qualche pubblicazione enigmistica. Certo è più facile consigliare quello sfortunato, piuttosto che capire dove orientare la nostra prua dovendo per giunta badare a quel che succede a poppa. Lo stesso mi trovavo proprio in uno di quei periodi di cielo senza stelle e bussola in avaria. Di radar neppure a parlarne, chi l'aveva mai posseduto un radar? Mi trovavo, capirete, nella più assoluta normalità. Ciononostante, per molti frequentatori del mio locale rappresentavo una sorta di punto cardinale. No, davvero non c'era modo di farglielo entrare in testa che non potevo esser loro d'aiuto, visto che non sapevo dove stessi andando e che se ci andavo era solo in virtù della forza d'inerzia che ogni parto esprime. (È questo un principio della fisica elementare sul quale nessuno scienziato si è fino a oggi incaricato di illuminarci.)

Tant'è, appoggiato al banco del mio bar bevendo rum delle Antille, pur cercando mimetismi con la folla, immancabilmente mi ritrovavo nel ruolo di Sibilla Cumana. Costretto all'angolo e dovendo per lavoro far nottata, non potevo sottrarmi alle mestizie di quegli sventurati. I più generosi tra loro erano i poveri diavoli che avevano scoperto il tradimento di moglie o amante: munifici di particolari e intransigenti sul fatto di dovermi offrire da bere. Uscivano sbronzi e alleggeriti di un po' di denaro ma certo rinfrancati dai miei consigli e dalle mie previsioni. Quando non di rado capitava fossero le mogli o le fidanzate a sottoporre questioni alla mia arte di vate, al mio silenzio di confessore, alla mia autorevolezza d'oracolo, al mio autistico talento psicanalitico, essendo esplicite, dirette come difficilmente un uomo riesce a essere, dovevo spesso pregarle di trascurare i dettagli più intimi: è imbarazzante guardare qualcuno negli occhi conoscendone i problemi legati alle dimensioni di peni o vagine, sapendo degli herpes o dell'amore nutrito verso i piedi maleodoranti. Certo la mia professionalità vacillava quando il cliente-paziente era attraente e di genere femminile, e in quei casi la cura che consigliavo loro finiva con l'esser sempre la stessa: andare a letto col sottoscritto. Non che fossi un adone, anche se per un certo periodo ero stato convinto che avrei potuto tirare su un po' di grana lavorando come sosia di Banderas se solo mi fosse riuscito di perder qualche chilo. Ma anche se in leggero sovrappeso la mia corporatura lasciava intendere un passato da sportivo, invero inesistente. L'adipe si distribuiva in maniera, se non armoniosa, almeno proporzionata ed ero uso lasciar scivolare la conversazione sui miei trascorsi d'atleta che, di volta in volta, diventavano quelli di boxeur, pallanuotista, tennista, nuotatore e, quando proprio volevo esagerare, decatleta. A differenza di molti coetanei già stempiati poco più che trentenni, conservavo tutti i bei capelli neri ai quali tenevo moltissimo, considerandoli componente imprescindibile del mio fascino. Li portavo lunghi sul collo, impomatandoli però quel tanto da permettermi di uscire mai troppo scapigliato dalle notti di balli, chiacchiere, spintoni e rum. Qualcuno era portato a pensare che l'elevata percentuale di successi con le donne dipendesse dal ruolo che ricoprivo, quello del padrone della discoteca, e chissà non avessero ragione, la storia è piena di signore e signorine che subiscono il fascino del potere, e io di quel microcosmo ero il capo supremo. E dire che neppure sempre le desideravo, era un vizio più che un bisogno, ma se di bisogno anche volessimo parlare, certo Epicuro lo avrebbe inserito al massimo tra quelli terziari. Già, ma che volete aspettarvi da uno che sostiene si possa esser felici in mezzo alle torture?

Avevo trentaquattro anni ed erano quasi dieci che lavoravo, da quando, dopo aver abbandonato l'università, avevo deciso di investire nel commercio di guarnizioni quel poco che mi era rimasto della cifra vinta a un noto telequiz. Di questo però preferisco non parlare, non ho mai superato il trauma per come era andata a finire, e se tornassi indietro non gliela farei passare liscia a Mike Bongiorno e... Ma lasciamo perdere.

Il giorno che presi la decisione di farmi imprenditore, come sempre ero convinto fosse quella giusta. Dopo l'abbandono degli studi un mestiere dovevo pur trovarlo e di cazzate ne avevo fatte già abbastanza da quando avevo vinto quel gruzzolo in televisione. Con quei i soldi mi ero ripromesso di viaggiare per il mondo prima di iscrivermi all'università e la prima tappa avrebbe dovuto essere Cuba, volevo vedere finalmente il socialismo da vicino, deporre un fiore sulla tomba del Che, ma invece mi ritrovai a Valencia, perché innamoratomi perdutamente di Concita, bella figliola che avevo conosciuto mentre stava terminando il suo anno d'Erasmus a Genova, quell'estate la seguii sino in Spagna. La storia finì dopo pochi mesi: mi lasciò per Ruben, Ruben Puentes Gutierrez, un meccanico delle Asturie che avrebbe fatto la felicità di Pasolini e più ancora del Lombroso. Magra consolazione, adesso parlavo perfettamente il castigliano e cucinavo una paella deliziosa, cose che però non mi evitarono di cadere in depressione. Presi a frequentare i bar dell'angiporto: bevevo vino e divenni il più giovane giocatore di Tresillo. E anche il più perdente. Dopo aver trascorso alcuni mesi sbronzo di Parotet Vermell, ma sempre sperando di poterla riconquistare, la incontrai e non potei credere ai miei occhi: era incinta del meccanico!

"Cazzo, ma sembra una scimmia, cosa ci trovi in quel tipo?"

Mi schiaffeggiò tanto forte che praticamente mi ritrovai a Genova, avvilito e perennemente indeciso su tutto. Infatti cambiai più volte facoltà: lettere prima, quindi storia, in ultimo filosofia. Ma dopo ancora qualche tempo apparentemente mi ripresi.

In virtù della mia eccezionale memoria non mi era mai pesato lo studio, anzi posso affermare che non avessi quasi in nessun caso avuto bisogno di aprire i libri, essendomi sempre stato sufficiente porre attenzione alle lezioni per affrontare gli esami con esiti brillanti. Però mollai. Non sopportavo quell'ambiente e mollai, insofferente alle regole e ai professori. Quasi tutti mi sembravano vivere fuori dal mondo, o meglio in un mondo autoreferenziale tanto piccolo che facevo fatica a comprendere come potessero farselo bastare.

"Abbiamo pensato fosse importante per Genova e i genovesi questo incontro con il rabbino Adin Stolztemberg che ci illustrerà il Talmud."

Quella era stata la goccia che aveva fatto traboccare il mio vaso. Frequentavo allora un corso comparato di storia delle religioni con lo scopo di rintracciare una qualche mistica, una fede magari, e con essa la speranza, non dico di elevarmi sino a dio ma almeno di intravvederne uno. Non che soffrissi per quella mancanza quanto mi era successo per l'abbandono di Concita, ma la totale assenza di significato che sentivo gravare sulla vita, sulle mie azioni come su quelle di tutti gli altri, costituiva in effetti un piccolo fastidio comunque grande abbastanza da farmi intraprendere quegli studi.

La conferenza di quel tizio vestito come gli ebrei ortodossi askenaziti - forse perché era uno di loro- con quell'abito completamente nero e disordinato, la barba bianca e arruffata come i capelli lunghi, mi diedero la certezza che non fosse il caso di ostinarsi oltre nella ricerca di dio.

"Nel Talmud ci sono tutte le risposte, anche alle domande che non si sono ancora poste e studiarlo è come stare seduti attorno al tavolo a discutere con Mosè e i profeti."

ma questo tizio non dovrebbero rinchiuderlo? ho visto gente sottoposta al trattamento sanitario obbligatorio per molto meno

"Abbiamo pensato fosse importante per Genova e i genovesi questo incontro con il rabbino Adin Stolztemberg..."

Ma lo pensava davvero l'organizzatore dell'evento che le parole di questo mattocchio potessero aver qualche importanza per i genovesi messi in ginocchio, affannati, strattonati dalla crisi che già da qualche anno attanagliava il porto così come le vecchie acciaierie e l'intero indotto collegato loro?

"Lei è completamente refrattario a qualsivoglia spiritualità." aveva risposto il docente davanti a tutto il corso rispondendo al mio quesito. Aveva sicuramente ragione e non solo non riuscivo a scorgere alcuna forma di divino, ma neppure sentivo dentro me qualcosa che potessi chiamar anima. Salvo confonderla col fegato, pulsante dopo gli eccessi di vini e libagioni che sempre più frequentemente mi concedevo.

Avevo provato con la Bibbia, il Corano, i testi sacri agli Indù e dopo Concita avevo frequentato una buddista con la quale avevo trascorso le giornate più noiose che ricordavo salmodiando Il Nam-myoho-renge-kio, senza aver per ricompensa, non dico l'illuminazione, ma nemmeno un po' di petting. Perché mi era passata, quando si è giovani ci si innamora e ci si dispera facilmente, ma altrettanto facilmente ci si scrolla da dosso l'infelicità e non pensavo più a quella stronza spagnola. Avevo invece preso a trarre profitto dall'università, se non dalle lezioni sulla Bibbia, almeno per quella biblica di occasionali compagne. Questo fino a quando non conobbi una signora, la Marchesa del Querceto, nobildonna per la quale avrei fatto volentieri un'eccezione nel caso in cui mi fossi ritrovato, novello Robespierre, a guidare una rivoluzione, risparmiandole per certo il bel capino.

Era la marchesa, una bella donna di nemmeno quarant'anni moglie di un mio docente a quanto pareva più interessato a Sant'Agostino che ai piaceri del talamo, e da lei appresi molto di quel che so sul sesso e sul cibo. Li amava entrambi ma per certo trascorremmo più tempo con le gambe sotto il tavolo di qualche costoso ristorante che a far cozzare i lombi: fu lei che, pur con le dovute cautele, mi introdusse alla frequentazione di locali costosissimi. Piatti della nouvelle cuisine o prelibatezze della tradizione per me pari erano. Avevo conosciuto l'aragosta e il tartufo, il caviale e alcuni tagli di carne di cui non sospettavo l'esistenza, vini e spumanti, grappe e annate di whisky finiti in botte che ancora Malcolm Lowry era astemio e Brendan Behan portava i pantaloni corti; ma anche baci arditi, giochi e giocattoli e zone erogene impensabili. Sì, fu soprattutto colpa, o merito suo, se divenni appassionato gourmet e amante fantasioso sino a permettere a cibo e sesso di insidiare, in una ipotetica graduatoria di valori, il marxismo leninismo! Poi un giorno, non prima d'avermi aiutato a sperperare gran parte del gruzzolo vinto al tele quiz, mi scaricò senza spiegazioni. Ma ormai ero assuefatto, non ce la facevo a rinunciare alla buona cucina che solo alcuni costosi ristoranti sapevano offrire, ma neppure all'agio che la vestibilità dei capi di un noto stilista d'oltre Manica, unici, riuscivano a garantire. Tutte cose che, con la sopraggiunta passione per il tavolo verde, mi ridussero ben presto al verde, appunto. Per fortuna avevo versato sul conto dei miei genitori venti milioni e loro, che ricordando la guerra vissuta ancora bambini e le castagne per pranzo e cena una volta sfollati in Piemonte erano sempre stati previdenti e risparmiatori, non mi permisero di toccarli. Mio padre pur avendo preso a considerami, a ragione, un debosciato – mentre la mamma finiva sempre con l'avvallare le mie scelte (se avessi creduto non avrei potuto che dar ragione a quel vecchio proverbio ebraico che sostiene come Dio, non potendo essere ovunque creò le madri) pur mugugnando quando si era soli, sempre prendeva le mie parti in quelle discussioni che più che altro erano monologhi in cui mio padre sciorinava tutto il suo malanimo con un repertorio di tempeste verbali così fantasiose da far invidia al poeta Archiloco, gran maestro di turpiloquio - ancora nutriva la speranza che potessi rinsavire e trovarmi un posto fisso e così, mortificato com'ero, non mi opposi alla sua decisione di candidarmi per il posto di casellante alle autostrade. La raccomandazione di un amico suo, pezzo grosso del sindacato, mi avrebbe spianato la strada verso la fulgida carriera di porgitore di monetine. Il futuro sembrava assicurato e io, che pure al pensiero della bella vita brevemente assaporata e subito perduta, mi contorcevo come un tossico di morfina in astinenza, dovetti farmene una ragione. Quanto contasse l'amico sindacalista e quali fossero le sue importanti entrature lo avremmo scoperto qualche tempo dopo, quando alla mia candidatura sarebbe stata preferita quella del raccomandato dalla perpetua di un parroco di campagna.

"Le sottane" così mio padre chiamava i preti, "bisognerebbe metterle al muro!" si era lasciato andare, riscoprendosi qualcosa più che stalinista. Inutile dire che la mancata assunzione non mi scosse più di tanto, e non solo perché il genitore mi rassicurò dopo un "aspro ma franco colloquio" con il potente sindacalista che gli garantì l'impiego al cento per cento al prossimo giro, ma soprattutto perché ero di nuovo perdutamente innamorato e ogni mio pensiero convergeva su Giada, la bellissima Giada dal culo più armonioso di tutta l'Europa caucasica. Mi innamorai così tanto che dimenticai la bella vita, la roulette e i ristoranti e non mancai di dirglielo in versi quanto il mio cuore trepidasse, e per lei scrissi sonetti che lo stesso Dante avrebbe ambito comporre per Beatrice, ne ero certo. Ma Giada e il suo bel culo non apprezzavano la poesia e tanto meno il sottoscritto e così, forse perché avevo appena finito di leggere Il Principe, mi feci amico del fratello pensando potesse influenzarla in qualche modo. Ma la cosa non andò esattamente come l'avevo programmata, perché da lei non ottenni neanche un piccolo bacetto, mentre di lui divenni socio, precludendomi in quel modo l'avventurosa vita del casellante, investendo gli ultimi spiccioli che mi erano rimasti per mettere su un ufficio e stampar qualche catalogo, oltre a pagare il notaio, le prime tasse e il commercialista. Così iniziai quel commercio di oggetti a me fino ad allora sconosciuti ma che le fabbriche ancora presenti in città compravano in quantità che considerai potessero essere sufficienti a ripagare un'altra volta i miei vizi.   Le uniche guarnizioni che avessi mai viste erano quelle della vecchia caffettiera Bialetti di mamma e perciò mi si svelò un mondo, magari non così affascinante come il mio socio sosteneva - ma all'epoca aveva già preso a bere - che però alcuni aspetti interessanti li possedeva. Su tutti gli altri, che non fosse molto importante conoscere quella roba per poterla vendere, ma semmai avere amicizie tra gli acquisitori delle aziende che maggiormente ne facevano consumo, e di questo si occupò il padre del mio socio, da poco pensionato ma per molti anni a capo dell'ufficio acquisti della ditta che, guarda caso, sarebbe divenuta in breve tempo il nostro miglior cliente.

Il mio eloquio brillante - ah quanto sbagliava mio padre che mi avrebbe voluto perito o ingegnere e quanto mi stavano servendo invece tutte quelle lezioni di filosofia e letteratura! - e l'approssimazione che regna tra le cose degli uomini, fecero il resto, tanto che in breve tempo riuscimmo a fatturare niente po' po' di meno che un miliardo. Mi sentivo un novello signor Bonaventura. Fu allora, corrompendo ormai io stesso corrotto e asservito a quel sistema, che smisi di pensarmi come potenziale Che Guevara.

Perché, farà un po' ridere, ma fino a quel momento, nonostante l'inclinazione verso cibi raffinati e completi principe di Galles che certo evocavano più la figura di un dandy che quella di un rivoluzionario, ero comunista per dio! E le ingiustizie, le sperequazioni del capitalismo davvero non le sopportavo. Per non parlare dei ladri e dei disonesti in generale, Craxi in testa. A tale riguardo ricordo che con gli amici al bar mi vantavo di saper riconoscere un socialista a oltre cento metri di distanza. Ed era vero! Ma ora l'abbaglio di un facile arricchimento mi stava rendendo simile a una qualsiasi di quelle rampanti teste di cazzo. Resistevo ancora all'affascinazione dell'abbronzatura del solarium, ma per il resto in cosa mi distinguevo da uno yuppie? Mio nonno fosse stato vivo avrebbe cercato di spiegarmelo con le buone o le cattive che non era quella la strada. Lui, antico comunista il cui mondo era fatto di onestà, di rigore morale e in cui i santini di Lenin e Marx non rappresentavano solo l'estetica militante ma un'autentica speranza; lui che aveva, in barba alla sua terza elementare, letto e forse compreso Il capitale. Lui sì, vedendo quel che stavo diventando, mi avrebbe dissuaso magari a calci in culo. Ma non c'era più da qualche anno e mio padre, pur anch'egli comunista fin dalla gioventù, si era da tempo rassegnato alla sconfitta. Mio padre che tutte le volte che beveva qualche bicchiere, si vantava di quando nel Sessanta aveva spaccato la testa a un poliziotto in De Ferrari, "Quando volevano far parlare i fascisti!" lui che aveva venduto L'Unità porta a porta - mentre io prima di quella vincita al tele quiz per non gravare troppo sul bilancio della famiglia, porta a porta avevo cercato di piazzare aspirapolveri abbindolando più di una casalinga (questo almeno mi preservò dallo stupore di vedere tempo dopo Berlusconi vincere le elezioni, essendo lui il migliore dei piazzisti) ed era stato giovane austero, tanto che ancora oggi amava il capello corto e la barba fatta tutti giorni, e ai vini di pregio preferiva di gran lunga un buon barbera proletario, era oggi un quasi anziano disilluso che con il crollo del muro di Berlino, la fine dell'Unione Sovietica e lo scioglimento del PCI, aveva perduto anche la speranza e si ritrovava pervaso, persuaso da un cinismo forse non del tutto consapevole ma totalizzante. Forse per quello smise di obiettare sulle mie scelte di vita anche se sono certo non le condividesse. L'unica cosa che continuava a raccomandarmi era la prudenza, ma visto quel che è successo, non devo avergli dato ascolto. Ero giovane e avventato. Oggi posso dire che mi conoscesse molto meglio di quanto pensassi e solo adesso avverto la sua mancanza, per non dire di quella della mamma: persero la vita in modo così assurdo, un incidente automobilistico mentre stavano andando al funerale di un parente che non vedevano da almeno vent'anni, l'autista di un tir perse il controllo e li travolse invadendo la carreggiata sulla quale stavano sopraggiungendo. Ma c'è una sola morte che non sia altrettanto assurda della vita? E che riflessioni si possono fare su qualcosa di tanto sconosciuto?

Nei giorni e nei mesi che seguirono al loro decesso mi sorpresi a non soffrire abbastanza, cioè pensavo a loro tutto il tempo ma senza patire quel dolore lancinante che invece pensavo avrei dovuto avvertire. Per questo stavo male, per il senso di colpa che ne derivava e per la sensazione di non averli conosciuti per davvero, soprattutto mio padre, mentre lui doveva sapere di me molto più di quanto allora pensassi. E molto doveva aver capito sui tempi che stavano irrimediabilmente cambiando, perduto il candore che sebbene non fosse verginità, aveva almeno permesso di conservare una qualche forma di dignità, come il pudore e il senso del ridicolo a impedire l'esibizione enfatica dei sentimenti quasi anche il dolore fosse qualcosa da ostentare. Molti di quei cambiamenti era solito imputarli a Berlusconi e alle sue orribili trasmissioni televisive: ogni volta che quello mostrava la sua faccia in Tv non gli riusciva di trattenere nessun improperio. Erano coetanei lui e il futuro presidente, entrambi classe 1936, e dire che lo detestasse sarebbe un eufemismo: erano una sorta di Viagra ad erigere l'odio, i discorsi di quell'ometto arrogante contro i comunisti. Per non parlare della sua rivoluzione liberale. Non ce la faceva proprio mio padre a sentire la parola rivoluzione in bocca al cavaliere, quale che fosse l'aggettivo che la seguiva. Insomma, Berlusconi non sconvolse soltanto gli scenari politici del belpaese, ma ridiede anche vigore a mio padre, tanto che ultimamente andava dicendo in giro cose di cui è bene non parlare in luoghi pubblici. Come quando più di una volta si era lasciato scappare che accopparlo non pensava sarebbe stato poi tanto difficile. Per fortuna nella bocciofila che frequentava la pensavano più o meno tutti come lui e di delatori non ce n'erano tra quei vecchi che centellinavano la pensione tra un bianco amaro e uno scopone, ma non le bestemmie contro quel manigoldo! Ricordo che poche settimane prima dell'incidente, la mamma mi raccontò di come una gita a Portofino si fosse trasformata in un sopralluogo con papà alla ricerca di una postazione dalla quale aver sotto mira il bar della famosa piazzetta dove il caimano era solito far tappa nelle occasioni in cui scendeva nel borgo dallo yacht o dalla sua villa da sogno. Chissà se ci credesse davvero o se invece solo cercasse un'alternativa al gioco delle bocce; chissà se in cuor suo ardesse ancora il cuore del ribelle e se vi conservasse una fede, una speranza nonostante tutto. Perché ricordavo vi fossero entrambe in famiglia al tempo della mia infanzia. La mia famiglia così catto-comunista, come anni dopo qualcuno avrebbe definito la situazione tipicamente italiana dove, nello stesso nucleo, convivevano il timor di dio e la fedeltà al partito o viceversa. Mia madre, infatti, pur definendosi "cattolica all'acqua di rose", non mi permise di sfuggire a un solo sacramento, dal battesimo alla cresima e a ore e ore di catechismo. "Se no poi chi li sente i parenti..." giustificava la scelta preferendo ammettere un'ipocrisia che evidentemente giudicava innocua. Ma la verità era un'altra: se poi dio fosse esistito? In quel modo almeno il limbo me lo sarei evitato, meglio non rischiare insomma. A mio padre non restava quindi che abbozzare. In occasione della mia comunione si lasciò addirittura trascinare fin nel ventre, a lui da sempre estraneo, della chiesa. Il nonno invece no, lui non ne voleva sapere di varcare quel portone, neanche quando -e capitava sempre più spesso- il rito liturgico riguardava qualche suo vecchio compagno di lotta partigiana. Io, che pure allora ero solo un bimbetto, assistevo interessato alle lunghe discussioni che accompagnavano il pranzo domenicale e in cui, dopo litigi al vetriolo sulla situazione dei popoli del Patto di Varsavia -il nonno era rimasto stalinista e giudicava Kruscev un traditore e Breznev un fantoccio, mentre mio padre appoggiava lo strappo berlingueriano-, si trovavano d'accordo su quanto fosse sbagliato il compromesso storico, se pur con dei distinguo: mio padre considerava che Berlinguer stesse sbagliando in buona fede, mentre per mio nonno era, con Lama, un traditore della classe operaia. Lui poi, almeno sino all'omicidio di Guido Rossa, credo simpatizzasse un poco per le Brigate Rosse, ma mio padre neppure in questo lo seguiva. Non so quanto dipendessero da quel clima il mio astio verso suore e preti e il senso di stupidità e ridicolo che sentivo pervadermi recitando il padre nostro o l'ave Maria. O le simpatie per il popolo palestinese che così tanto scandalizzarono la maestra, la signorina Shimenstin. Per non dire di quella sensazione di genuina quanto insensata allegrezza quando al telegiornale condotto da quello che per me allora era un già anziano Bruno Vespa, passavano le immagini di qualcuna delle imprese più o meno sanguinarie dei brigatisti. Era, all'incirca, il millenovecentosettantotto e frequentavo la quinta elementare. Di sicuro non tradussi mai quelle fanciulline pulsioni rivoluzionarie in impegno vero e proprio, forse non ce ne fu l'occasione, il terrorismo era ormai al canto del cigno quando iniziai a frequentare il liceo (anche in questo scontendando mio padre che mi avrebbe preferito ragioniere o perito). Qualche residuo del movimento, ma erano già iniziati i farfalloni anni Ottanta e l'edonismo stava gettando semi che presto sarebbero germogliati. Partecipai a qualche assemblea dove nessuno doveva aver letto quel documento dato alle stampe dai fondatori delle BR e che spiegava come:" La droga è una strategia politica gestita dall'imperialismo per catturare al mondo dell'oblio le coscienze sovversive o potenzialmente tali dei giovani proletari metropolitani." Avessero atteso ancora qualche tempo Curcio e i suoi compagni, avrebbero capito come e più della droga, le TV di Berlusconi, serpe tentatore, "Torna a casa in tutta fretta c'è un biscione che ti aspetta!" avrebbero agito nella medesima direzione, solo più efficacemente e mietendo perciò più vittime di eroina, cocaina, mescalina o qualsivoglia droga introdotta dall'Impero sulle piazze o nelle scuole. Fatto sta che là in mezzo giravano più canne che idee. E poi mi soffocavano tutti i rituali dei compagni e l'assoluta mancanza di autoironia che popolava le loro enclaves. Non che io non mi prendessi sul serio intendiamoci, ma forse stavo già scivolando nell'individualismo. Mi ritenevo un poeta e comunque un libero pensatore e lo sapevo che presto o tardi sarei passato all'azione, solo in quei momenti non ne vedevo vicino la prospettiva. Ricordo ancora quegli appunti Per una nuova visione politica e morale -riconosco che il titolo fosse un po' ampolloso...- che annotavo quando non ero invece preso a tirar giù liriche appassionate per qualche amore disperato; quegli scritti nei quali, tra l'altro, teorizzavo un nuovo modello di società dove fosse per legge negata ai figli la possibilità di beneficiare delle ricchezze dei padri, non impedendo a nessuno di esprimere la propria individualità e financo di far denaro, ma negando la possibilità di ereditarlo senza meriti, ridistribuendolo infine alla collettività. Anche io, dissertavo, avrei potuto battere Carl Lewis sui cento metri piani, come? Semplice, mi sarebbe bastato partirgli una novantina di metri avanti! Alla pari, dovevamo partir tutti alla pari! E allora sì avremmo visto chi le capacità, il talento li avevano davvero. La cosa che mi sembrava pazzesca era che quella formula non trovasse adesioni neppure tra coloro che facilmente, oltre all'etilismo, solo qualche debito avrebbero ereditato dal genitore. Che tutti sperassero in un improbabile zio d'America? Quello scetticismo altro non faceva che rincuorarmi sulla portata epocale di cotanta pensata, anche perché nessuno sapeva trovare confutazioni scientifiche, solo si attorcigliavano in spiegazioni molto poco razionali del tipo: ma sai quanti figli di ricchi si sputtanano tutto in troie o al casinò? Ero solo troppo avanti, ecco tutto, ne ero persuaso. Altra intuizione che non raccolse adesioni neppure tra gli amici più intimi riguardava quel che chiamavo piccolo correttivo alla democrazia, l'introduzione cioè di un esame al quale ogni cittadino elettore avrebbe dovuto sottoporsi al fine di dimostrare l'esistenza di una coscienza politica e la conseguente autonomia decisionale davanti alla scheda elettorale; la valutazione di questo esame si sarebbe basata su criteri assolutamente oggettivi, senza spazio alcuno per la discrezionalità dell'esaminatore. Spiegavo al mio striminzito uditorio: se per poter guidare un'automobile bisogna prender la patente, perché per aver diritto al voto non può valere lo stesso principio? Si può essere nel segreto dell'urna pericolosi per sé stessi e per gli altri come e più che alla guida di una macchina. Sarebbe una minaccia per la democrazia obiettavano i più, e poi quali sarebbero i criteri per la valutazione e chi gli esaminatori? Beh, non elaborai mai i logaritmi ai quali questi ultimi avrebbero dovuto attenersi per giudicare i cittadini esaminandi, ma rimasi persuaso che anche far votare buona parte dei miei simili potesse rivelarsi molto pericoloso per la democrazia. O peggio, forse era quella stessa democrazia a essere pericolosa; i fatti ritenevo, stavano lì a dimostrarlo. Non lo aveva già capito Oscar Wilde oltre un secolo fa? "Democrazia significa semplicemente far bastonare il popolo dal popolo in nome del popolo." Quella democrazia altro non era che un trucchetto ben congegnato per ingannare i proletari, ma che fare visto che a quasi tutti sembrava star bene così? Ora non voglio dire che solo l'aver constatato l'impossibilità di una vittoria in tempi brevi della rivoluzione anarco-comunista -iniziavo in quei giorni a prender confidenza con Bakunin- mi portò sui sentieri perniciosi del capitalismo. O il crollo del muro di Berlino. O dio che continuava a brillare per la sua assenza. Di più poterono la casualità di alcuni incontri, l'amore sopraggiunto per i ristoranti della guida Michelin e per gli abiti di pregio. O forse stronzo lo ero antropologicamente, chissà? Il resto lo fecero la certezza di non saper far molto d'altro che non fosse affabulare. Per non dire della parvenza di maggior libertà che un'attività in proprio garantisce rispetto a un lavoro salariato e ancora: non dover timbrare un cartellino, non avere capi e ordini da eseguire e tutte le altre belle cazzate che si racconta il popolo delle partite iva. Tutto questo fu che mi piegò al destino di self made man dei miei coglioni. Così corruppi e fui corrotto. Che Guevara era sempre più lontano e il sogno smise di essere la rivoluzione proletaria e si fece più intimo, egoista. Il mio personale Sol dell'avvenire divenne quello d'arricchirmi entro i trent'anni per potermi dedicare, senza altre preoccupazioni, a ciò per cui sentivo di essere vocato: l'arte delle lettere. Ero certo che a quel punto altro non avrei potuto fare se non scrivere il romanzo che avrebbe segnato la storia della letteratura per i cent'anni successivi, altroché! Ancora non avevo la minima idea di quale sarebbe stata la trama né avevo chiare le tematiche da affrontare, ma ritenevo senz'ombra di dubbio che si sarebbe trattato di un distillato di saggezza ed eleganza: visionario e avanguardista ma non per questo lontano dalla realtà di cui certamente sarei stato critico efficace quanto anticipatore. Insomma, misteriosamente visto che poco, per non dir nulla, avevo dimostrato, la mia autostima era completamente fuori controllo. Oggi posso affermare senza tema di smentita che si trattava di un alibi maldestro: era il cercare un fine abbastanza nobile che giustificasse i mezzi e anche i mezzucci con i quali mi andavo vieppiù inzaccherando la coscienza proletaria. Avrei con quell'alibi maldestro potuto mantenere gli standard ai quali avevo abituato il mio palato, seppur per un breve periodo, senza dovermi sentire in colpa, visto come non la poesia stavo sacrificando al mercimonio, ma una prosaccia che avrei stracciato in mille pezzi una volta accumulato abbastanza denaro. Perché che avesse ragione Lutero a ritenerlo sterco del diavolo, o Marx a intenderlo come mezzo per appropriarsi del lavoro altrui, una cosa era certa: me ne serviva in discreta quantità, tanto almeno dal non esserne più schiavo. Così mi misi a cercarlo con ostinazione. Ma non mancarono le difficoltà, considerando poi come proprio in quei giorni stesse entrando in crisi la prima repubblica. Per il momento le indagini di un sagace magistrato-contadino e dell'intero pool presto ribattezzato "di mani pulite" erano riuscite a ottenere che le tangenti, almeno quelle richieste dai funzionari degli uffici acquisti delle più importanti aziende statali genovesi, crescessero proporzionalmente al rischio di finire dietro le sbarre. In fin dei conti, le mazzette - cagnotte, tangenti o come diavolo preferite chiamarle - aumentarono di diversi punti percentuali. Di Pietro, quello il nome dell'eroe nazional popolare del momento, non mi stava simpatico, ma non per le sue inchieste, era invece, mi crediate o no, che preconizzavo il peggio che anche grazie a lui stava per arrivare. Per questo, parallelamente alla vendita di guarnizioni, nell'ultimo anno mi ero dedicato a un progetto che avevo chiamato Fitzcarraldo, come il film di Werner Herzog, progetto nel quale andavo profondendo l'energia che hanno solo gli invasati. E ce ne volle davvero tanta, oltre -tutti i mondi erano uguali- qualche mazzetta affidata a un architetto maneggione che nulla sapeva di progetti e calcoli ma conosceva, in ognuno degli uffici del mostruoso palazzo della burocrazia, ciascuno dei mille funzionari non comunicanti e perfettamente sovrapponibili, che nelle loro stratificate gerarchie stavano immobili come il turista sulla sdraio al mare e, come quel turista, altro non aspettavano che d'esser unti. E noi li ungemmo.

Tutto questo, oltre qualche debito contratto con le banche, fece sì che il 15 maggio 1997 si inaugurasse il Fitz, la prima grande discoteca nata nel cuore del centro storico Genova. Quella notte, dopo la terza rissa, iniziai a capire che non sarebbe stato tutto rose e fiori, ma ciononostante, visto l'incredibile afflusso di avventori, mi convinsi ancor più d'aver fatto la scelta giusta e quando finita la serata chiusi il locale, ero davvero fiero di me, oltre che un po' sbronzo. Uscito, prima di dirigermi verso casa, mi fermai a osservare le maestose arcate di quel palazzo del Trecento recuperate con un restauro che aveva visto il resto dell'antico edificio violentato da vetro e cemento, arcate che adesso incorniciavano l'ingresso dove si stagliava luminosa l'insegna: Fitzcarraldo. Avevo messo su il più bel locale di quel centro storico a lungo degradato ma che stava tornando a fiorire riscoperto, tra gli altri, da giovani universitari figli di papà in cerca di una vita bohemien,

già quasi tutti miei clienti

pensavo fregandomi le mani. Certo rimaneva qualche problema: un po' di spaccio, qualche scippo, alcune zone non ancora bonificate, per dirla con l'assessore, ma la cosa non mi preoccupava certo com'ero ormai di avere, non solo il pallino per gli affari, ma il tocco di re Mida addirittura. Al caso ero certo di non aver lasciato nulla, a partire dalla studiata scelta di quel nome ridondante: Fitzcarraldo, ma che al contempo si stampava nella mente con facilità una volta abbreviato in Fitz. Per questo e per nessun altro motivo lo chiamai così, e solo parecchio tempo dopo avrei compreso che anch'io, come Klaus Kinski che interpreta Brian Sweeney Fitzgerald, l'avventuriero irlandese che gli indios di Iquitos storpiandone il cognome chiamavano appunto Fitzcarraldo, ero, forse un sognatore, certamente un pazzo, pur non nutrendo la sua stessa passione, lo stesso suo sconfinato amore per l'opera lirica. Io non volevo infatti costruire alcun teatro in mezzo alla foresta oltre quello sperduto villaggio tra l'Equador e il Perù, io volevo solo far soldi e per far ciò mica serviva Caruso, sarebbe stato sufficiente portare là dentro dj modaioli e cantanti più o meno in voga su radio e tv. Mai avrei immaginato quante analogie ci potessero essere tra la foresta amazzonica e la jungla della città vecchia, e si sa: la jungla è luogo estremamente pericoloso. A poco meno di trent'anni dirigevo una piccola azienda che, pur dovendosi destreggiare tra uffici factoring di banche maneggione, clienti estorsori e ritardati pagamenti, sembrava funzionare -avendo oltretutto compreso perfettamente, come il segreto dei grandi imprenditori fosse riuscire a fare un debito con gli istituti creditizi tanto grande dal non poter che essere mantenuto dalle banche stesse, cosa alla quale mi ripromettevo di continuare a lavorare con vigore...- stavo inaugurando la discoteca più trendy della città, avevo una nuova bella giovane e intelligente fidanzata e un'auto potente appena acquistata. Cosa volere di più? Non ero ancora ricco ma ero lì lì per diventarlo e certo non avrei atteso la vecchiaia per godermi i frutti di quelle fatiche.

Perché non è andata così? Cosa è successo in questi lunghissimi, intensissimi, velocissimi anni? Quando ho smesso di avere le redini sugli avvenimenti della mia vita? La pellicola si srotola e vedo Erica lasciarmi, stanca di tutta quella frenesia e di così poco sesso, vedo la mia azienda fallire nelle mani del mio socio ormai alcolizzato e delle banche che mi strozzano. E poi concerti andati male, serate andate male, tributi non pagati, cassiere che rubano, baristi che rubano, guardarobiere che rubano, marocchini che spacciano, napoletani che si picchiano, poliziotti che delinquono, carabinieri che ricattano, ispettori che abusano, italiani che si drogano, africani che si drogano, poliziotti che si drogano, giornalisti che si drogano e tutti raccontano che la colpa è di qualcun altro e forse è la mia. Sì, deve essere la mia. Cosa stavo facendo? Dov'ero? Non saprei fornire un alibi se interrogato. Certo vedo anche tutto quel sesso e potrei raccontare delle mie amanti che invecchiando mi piacciono sempre più ragazzine. Ora, ragazzine si fa per dire: ventuno, ventidue anni. Studentesse per lo più ma anche lavapiatti e farcisci panini, ricche e povere, incallite tossicofile e spietate igieniste, nature sensuali ma dall'intelletto limitato che vogliono esser trattate come cervelli sublimi e intelligenze ipercinetiche che bramano soltanto sentirsi dar delle puttane. Per me pari erano. Da quando Erica mi aveva lasciato non avevo più perso un colpo. Insomma, se non ero un nuovo Bertrand Morane poco ci mancava. Era un tipo di fascino vagamente incestuoso quello che esercitavo sulle bambine: le sapevo ascoltare ed ero bravissimo nel simulare interesse per le loro piccole storie tutte uguali. Ma con l'innamorarsi finivano sempre quando le sgridavo. Che stessero cercando la figura paterna? Non che m'importasse, è che una volta raggiunto il mio obiettivo il vero problema diventava come liberarmene senza farle soffrire, con il corollario di rotture di coglioni che la cosa inevitabilmente comportava. Così mi inventavo insuperabili complessi di colpa legati all'eccessiva differenza di età e ad ogni modo dopo un po' anche le più appassionate finivano col farsene una ragione, forse anche perché scoprivano quale fosse il vero stato delle mie finanze, essendo rapidamente passati da cene a base di aragosta e champagne a veloci spuntini al McDonald's. Comunque: potrei raccontare dei sensi le penetrazioni più ardite e i loro canti d'amore violento e, modestia a parte, ho una certa competenza in fatto di piaceri orali reciproci e qualche buon consiglio potrei penso fornirlo, ma a che pro quando tutta la filosofia del budoir è già stata dipanata dal povero marchese rivoluzionario inesaudito? Per non dire del mio preferito: La Mettrie, il dimenticato e poco compianto dottor Julien Offray de La Mettrie e la sua arte di provare piacere. Quasi un buon amico il francese con il quale, tra l'altro, condividevo la passione sfrenata e malsana per il paté ai tartufi che a lungo non dubitai mi avrebbe condotto alla sua medesima fine. Malgrado gli oltre duecento anni che separavano le nostre esperienze sensoriali, sentivo d'essergli vicino e certo era il punto di vista su dio che condividevo ma, più ancora, per le sue riflessioni sulla voluttà sarei volentieri uscito con lui a far bisboccia. Ma sto divagando ancora, come al solito... stavo dicendo? A sì, che a far letteratura con tette e culi certo anche Henry Miller era più valente e coraggioso del sottoscritto. Ma poi che svelare ancora a voi perversi amanti della tecnologia che navigate di fica virtuale in fica virtuale, su cazzi enormi bianchi neri rossi e gialli? E che forse diventerete impotenti cavalcando in rete teenager maggiorenni da almeno due settimane scaricando il software gratuitamente e poi bondage che neanche Von Masoch e ancora donne vecchie e fenomeni da circo: tre tette? Quattro cazzi? Sì, ma tutti piccolissimi però.

www. culirotti.com. Morti viventi di seghe. E scarico col software anche i miei coglioni, voglio inondare il cyber spazio d'inutile sperma.

Ma non era questo che volevo raccontare. Il disordine ritorna, in questi anni è sempre stato un problema per me, sembrava che ovunque andassi si generasse il caos. Gli oggetti si animavano e camicie ancora calde di ferro da stiro mi si spiegazzavano intorno, maligne. Dovevo riprendere il controllo sulla mia vita. Ed è a questo punto che sono ripiombato nell'idea di essere un poeta, un filosofo. Sì, ero poeta e pensatore rivoluzionario, e aver accettato il modello di vita capitalistico, che errore era stato! Che decadente fallito ero diventato? Da sognatore a debosciato il passo era stato brevissimo; dovevo scuotermi, fare qualcosa. Il mondo era ancora pieno di ingiustizie, gli uomini, me compreso, mi piacevano sempre meno, e se da adolescente ne avevo intuito l'inadeguatezza, quella sensazione era ora certezza: avevo fatto la prova del nove e il risultato era quello che mi si parava innanzi ogni giorno e ogni notte, a tratti nauseante. Ma di quegli stessi uomini, se presi a uno a uno, forse qualcosa si sarebbe potuto salvare, e la disillusione non poteva ridurmi a far di conto su come pagare i fornitori di giorno e a come portarmi a letto questa o quella di notte. Ultimamente anche l'attrazione verso i cibi raffinati aveva preso a disgustarmi. Ero diventato il prodotto di quella società che avevo da sempre disprezzato, ero solo uno dei tanti uomini trasformati in consumatori, un altro adoratore del dio denaro, l'unica divinità tanto subdola e scaltra da riuscire a convertire anche me. Ma avevo ancora la possibilità di oppormi, in fondo ero più giovane di quanto fosse il Che quando partì per la Bolivia. Dovevo passare all'azione finalmente, perché il litigio con le forze dell'ordine che quasi ogni sera controllavano il locale essendomi sempre rifiutato di dar loro mance e accondiscendenza, non faceva di me un ribelle e tanto meno le ingiurie nei confronti degli spacciatori marocchini mi rendevano un guerrigliero. Quanto tempo avevo perso! Però ci voleva un'occasione, e metodo. Non si fanno le rivoluzioni senza spargimenti di sangue ma neppure senza un po' di ordine per dio. Ci voleva ordine per fare la rivoluzione. Partiamo quindi dal principio: conoscete quella poesia di Bukowski dal titolo "Volevo rovesciare il governo ma tutto quel che ho messo sotto è la moglie di uno"? Beh, pressappoco all'inizio andò così; per questo ma non solo mi ritrovo con le polizie e i servizi segreti degli otto stati più potenti del mondo alle calcagna e la convinzione, probabilmente errata, che solo riuscendo ad arrivare in quel paese di cui nemmeno ho ben capito il nome, ritarderò la mia uscita di scena da 'sto globo terracqueo gocciolante merda, anche se ora mi sembra zuccherino il fetore, ma dev'essere la fame. Sono due giorni che non mangio chiuso in una cassa al buio in attesa di partire, riesco solo a pensare a quello strano purè di patate e cipolle; fu l'ultima volta che vidi Erica.

Per due persone: due patate rosse; due cipollotti; una noce di burro; parmigiano un pugno; olio di oliva extravergine; pepe nero macinato fine; un pizzico di sale; due foglie di salvia. Mezzo bicchiere di brandy; un bicchiere di latte.

Cuocete le patate in abbondante acqua salata per 40 minuti circa.

Appena le patate sono cotte, ancora calde, spellatele e passatele nello schiacciapatate in un'ampia ciotola o direttamente nella pentola dove dovrete cuocere la purea di patate.

Cuocete il passato di patate unendo le due foglie di salvia incorporando lentamente il latte intiepidito ed un balloon di brandy a fiamma bassa per 20 minuti circa. Mescolate di continuo per non far creare grumi.

Aggiungete ora il sale, il burro, il sale e il parmigiano e mantecate energicamente il purè di patate, sino ad ottenere un composto soffice e consistente.

In da Club: Magda, colpi di fulmine e colpi di testa

(cous cous al pollo e basilico)

10 novembre dell'anno 2000

Gli affari andavano malissimo, il due aveva incontrato i tre zeri da ormai dieci mesi ma il nuovo millennio non aveva modificato di una virgola la mia situazione che restava la stessa del secolo scorso, anzi anche peggio. Per far fronte ai debiti non bastavano più la creatività che gli incroci di tre o quattro conti correnti bancari e le annesse possibilità di far girare assegni consentivano, né la residua credibilità presso gli istituti bancari derivante dalla mia precedente attività lavorativa, certo vista più di buon occhio dai direttori rispetto al trasgressivo mondo della notte, e poca importanza aveva che molti di quelli fossero clienti abituali di qualche pusher mio cliente al Fitzcarraldo. Nei primi mesi di quella folle stagione avevo accumulato debiti per oltre sessanta milioni di lire, che andandosi a sommare agli oltre duecento già in essere, davano un totale per nulla rassicurante. Fu durante uno di quei concerti andati malissimo che il Serra mi diede un suggerimento di cui allora non potevo prevedere l'esito devastante che avrebbe avuto sulla mia vita.

Alberto Serra era un giovane rampante politico che appena trentenne poteva già vantarsi ex socialista, ex democristiano, ex forzista oltre che attuale segretario dell'assessore al bilancio della Regione Liguria Arraffo - in nome omen- esponente di uno di quei tanti partiti neodemocristiani. Era capitato per sbaglio al locale una sera di qualche mese prima, completamente sbronzo cercava una serata gay che qualcuno erroneamente gli aveva assicurato si sarebbe svolta al Fitzcarraldo. Lui gay non lo sembrava, sempre abbigliato in modo classico, soltanto concedeva al suo lato femminile la scelta di qualche vistosa cravatta che Gianni Baget Bozzo, pure suo amico e confessore, non avrebbe certamente condiviso. Forse dalle mani curate come quelle di una prostituta d'alto bordo, e soprattutto dal loro gesticolare dopo il terzo Cuba libre, si sarebbero potute intuire le sue inclinazioni in materia sessuale, ma la cosa non mi interessava. Se si entrò in confidenza, fu perché gli piaceva parlarmi di politica e, pur non essendo mai d'accordo su niente, risultava divertente conversare di questo o quello scellerato o picaresco provvedimento governativo. Io poi me la spassavo moltissimo a raccogliere i pettegolezzi che elargiva a piene mani sui suoi colleghi, amici o nemici che gli fossero. Non passava un fine settimana senza che facesse capolino, quasi sempre a tarda ora e un po' sbronzo, mostrandosi contento di vedermi. Mi ero convinto che il suo trasporto nei miei confronti fosse sincero e disinteressato ma non mancarono le battute da parte di altri amici-clienti, a loro dire rigorosamente progressisti ma invero omofobi come nelle peggiori caserme. Dal canto mio ritenevo l'omosessualità l'unico vero tratto di forza di Alberto e un giorno glielo dissi:

"Se non fossi gay saresti davvero soltanto un coglione..." ma era sbronzo, rise e non capì. Intendevo, e provai a spiegarglielo, che quella condizione gli forniva una visione di sicuro più ampia rispetto ai canoni ai quali per tradizione familiare e conseguente formazione culturale, si sarebbe, vivendo nella norma dell'eterosessualità, gioco forza rassegnato. Lui continuò a non capire e rise ancora, forse era al sesto Cuba libre.

Ma quella sera l'Alberto era arrivato prima per assistere al concerto di un gruppo milanese, i Fetish in the kitchen. Adorava il cantante belloccio di quella band come solo una sedicenne isterica pensavo potesse, e voleva a tutti i costi conoscerlo.

"Me lo devi assolutamente presentare, sono pazza di lui..." continuava a ripetermi. Io ero incazzato nero perché, a parte su di lui, il cantantino e il suo gruppo avevano fatto presa su non più di settanta adolescenti starnazzanti e questo voleva dire essere sotto un'altra volta di circa tre milioni. Porca puttana. Dopo il concerto pagai il tour manager della band e presentai Gelso, questo il nome del front man, all'Alberta che però ne rimase parecchio delusa poiché la pop star non se lo filò di pezza.

"Meglio i negri, almeno con loro si chiava matematico..."

Era di nuovo ubriaco perché per trovare il coraggio di affrontare il sex symbol, di quanti Cuba avesse scolato s'era perso il conto.

"Alberto smettila di sparare cazzate per favore, se continua così sono in mezzo a una strada e tu pensi a chiavare..."

Fumavamo una sigaretta fuori dal locale osservando in silenzio l'orribile piazza sulla quale il Fitz aveva la disgrazia di sorgere, dabbasso la solita fauna: pusher marocchini in attesa di clienti, qualche straccione e una pattuglia di carabinieri parcheggiata poco più avanti a controllare una prostituta rumena. Sembrava sorgere dentro il collo di un imbuto quel posto e tutte le disgrazie e i disgraziati nel raggio di almeno cento chilometri, in un modo o in un altro vi rotolavano dentro. Eppure, a pochi metri c'era il porto antico con l'acquario, le multisale e tutte le nuove attività che l'amministrazione aveva, dagli inizi degli anni novanta, volute là dentro per catturare le attenzioni dei turisti, cercando in quel modo di reinventare la città provata dalla crisi industriale e portuale. E alle spalle del locale, la facoltà di architettura, il teatro della Tosse e una miriade di bar e ristoranti mi avevano convinto che anche quella piazza ne avrebbe tratto giovamento; ma qui invece la pianta del degrado sembrava avere radici troppo profonde per essere estirpate. O forse al questore non sembrava vero d'avere sott'occhio tutti quei disgraziati così concentrati che neanche fuori dalla Bastiglia prima della sua presa, e per questo faceva di tutto (cioè in pratica niente) per mantenere quello status. Me lo aveva praticamente detto nel corso di un colloquio informale a margine di una di quelle oziose riunioni volute dal Comune nelle quali sotto accusa finivano i proprietari dei locali rei di attirare troppa gente nel centro storico, con quel che ne conseguiva in termini di vita e di schiamazzi.

"Lei Ardizzone deve piantarla di fare la vittima..."

"Ma dottore, veramente io sono una vittima, a causa degli scippi, dello spaccio, delle risse tra marocchini, io non riesco più a lavorare..."

"E che ci e l'ho detto io di aprire il locale in quel postaccio?"

Avrei voluto prenderlo a pugni, a bastonate; mi ghignava addirittura sulla faccia quello sbirro che tutti chiamavano dottore e che doveva aver studiato nella stessa università di Di Pietro, parlandone la stessa lingua che certo non era l'italiano. Avrei dovuto prendere a calci lui e l'assessore e chi non mi aveva fermato in tempo, e soprattutto me stesso che ero stato tanto coglione. Ma era inutile piangere sul latte versato, anche se quando te ne cade così tanto mica è facile non autocommiserarsi.

"C'è un locale di amici miei a Sampierdarena che alla domenica fa una serata africana. Certo è più piccolo del Fitz e io, devo essere sincero, ci vado a rimorchiare, però: persa per persa...E poi quanti africani ci sono a Genova? Tanti, tantissimi, te lo dico io. E dove vivono? Vivono tutt'intorno al tuo locale, ecco dove vivono."

Alberto aveva ragione. Erano davvero tanti, destinati a crescere di numero ed esclusi da tutti i circuiti del divertimento, perché nei locali del centro i buttafuori avevano ordini precisi: non fare entrare il negro, da molti detto anche Mao Mao. La Genova della nuova vecchia giunta progressista era spesso nei fatti destrorsa e razzista e nelle belle discoteche dei fighetti, così come nei club house -dove neppure più si faceva l'antica selezione sul mocassino o il colletto inamidato- un africano mai sarebbe potuto entrare senza recare fastidio agli astanti. Luoghi dove l'mdma annullava le residue differenze -portafoglio a parte- tra i figli di papà e quelli che, sino a qualche anno prima, si chiamavano proletari. Differenze già così ben limate dalla cultura dell'omogeneizzazione che la tv spargeva democraticamente nell'etere di Albaro come nel cielo sopra Cornigliano. Ma all'esser neri ancora nessuno aveva posto rimedio e sebbene sotto la luce di una strobo si sia tutti viola elettrico, era meglio, precauzionalmente, non entrassero che i bianchi nei luoghi nati per far divertire i bianchi.

"Se vuoi parlo col dj e vediamo se vogliono organizzare una festa al Fitz. Saresti il primo locale importante di questa città di morti ad avere una serata come quelle che ho visto a Londra, ma che ci sono anche a Parigi e a Milano, che ne dici?"

"Cosa vuoi che ne dica? Che sono disperato quindi...io razzista non lo sono mai stato, perché non provare anche questa?"

Fu così che partì, per disperazione più che per convincimento e davvero non avevo idea di dove mi avrebbe portato.

La netta distinzione tra le due grandi sale di cui si componeva la discoteca, permise di far coesistere culture e popoli accomunati soltanto dal colore bruno della pelle: senegalesi e nigeriani. Parlavano francese e cercavano l'integrazione i primi. Per lo più facevano i manovali in qualche impresa edile o nel porto, ma c'erano anche parcheggiatori paracomunali, infermieri professionali, un bagnino oltre a tutti gli altri a vender mercanzia sotto qualche porticato del centro, in attesa di migrare sulle spiagge non appena gli ombrelloni si fossero aperti a protezione delle fragili epidermidi dei nivei bagnanti. Tutti ansiosi di integrarsi in fretta nella nostra società così civile e democratica. Già fucilieri dei francesi fin dalla grande guerra, mi aveva raccontato Adj, il ragazzo che occasionalmente aiutava per le pulizie e che iniziai a conoscere una sera quando lo sentii commentare quella che considerava

"Una insopportabile inclinazione alla servitù."

Si riferiva alla deferenza con la quale alcuni senegalesi mi si rivolgevano.

"Capo credimi se te lo dico, molti miei connazionali sono razzisti anche se ti leccano il culo..."

"Beh, qualche ragione per avercela coi bianchi esiste no?"

"Bianco o nero il vero nemico è lo sfruttatore." mi aveva risposto stupendomi.

Di fatto non faticavo a immaginare molti di loro fra dieci o vent'anni, con una bella divisa da carabiniere e la loro brava pistolina, tutti fieri magari a fare i corazzieri, alti com'erano. Agente scelto Malcom Papadiouff. Comandi! Che culo agente scelto.

"Quindi mi reputerai uno sfruttatore?"

"Io non mi faccio ingannare dalle apparenze." aveva risposto, e non ebbi il coraggio di chiedergli se intendesse che aveva capito quali fossero le mie reali condizioni economiche. Certo quella sera iniziammo a conoscerci e, almeno io, ad apprezzarlo. Da quando era arrivato in Italia aveva fatto il muratore, raccolto pomodori e vendemmiato, e l'unico giorno che per sostituire un amico era andato in strada a vendere borse, cinture e jeans dalle griffe contraffatte, era stato arrestato e malmenato, perché si sa che gli sbirri ci van giù duro quando c'è di mezzo il made in Italy. Iniziò con l'aiutarci a fare le pulizie ma via via scoprii quanto fosse sveglio, tanto che divenne a seconda delle esigenze, bigliettaio, barista, guardarobiere o compilatore dei programmi musicali che ogni sera il funzionario della Siae passava a controllare. Un pomeriggio lo sorpresi nella sala dove si tenevano i concerti con a tracolla il basso del tipo che avrebbe suonato quella sera che lo ascoltava a bocca aperta: stava eseguendo un passaggio difficilissimo di un brano dei Weater Report, a chiudere gli occhi avrei scommesso fosse Jaco Pastorius! Fui così incuriosito che lo costrinsi a raccontarmi dove avesse imparato e lui, vincendo la sua naturale ritrosia che già avevo avuto modo di notare in altre circostanze, mi raccontò del diploma preso al conservatorio di Dakar e della sua grande passione per il jazz. In Senegal aveva suonato con i gruppi più famosi.

"Ma allora perché sei venuto in Italia?"

"Perché in Senegal con la musica non si mangia, almeno non tutti i giorni..."

Specie con il jazz immaginai, perché i suoi connazionali ballavano come forsennati la musica tradizionale del loro paese piena di percussioni e dissonanze, ma in fondo equivalente al nostro bel canto melodico per quello che rappresentava. Sì, a pensarci bene quelle serate non dovevano essere poi molto diverse dalle riunioni dei minatori italiani in Belgio o in Germania, con i lucciconi agli occhi mentre andavano le canzoni di Mino Reitano o di Albano. Io però dopo due ore di quella roba, come credo sarebbe capitato a qualunque occidentale, rischiavo d'impazzire. Anzi no, non proprio a tutti gli occidentali, non sicuramente alle tardone che presto presero a frequentare il locale, fermamente decise a rimorchiare il negrone, ma che cercavano di dissimulare i belluini appetiti sessuali cimentandosi in quelle danze per le quali un dio, se c'era, di sicuro non le aveva progettate. Non ho mai capito se quella che certamente era una forma di prostituzione, si potesse comunque ascrivere alla categoria dell'integrazione, ma neppure mai mi convinsi del contrario ed era rassicurante pensare non lo fosse e garbato nei confronti di quelle signore in sovrappeso. Agli africani mi aveva spiegato Ady, le donne piacevano così, un po' abbondanti, perché se in quella ciccia noi si scorgeva colesterolo, loro ravvisavano solo benessere.

"Sì, però a tutto c'è un limite..." fece lui indicandomi un balenottero spiaggiato in prossimità del bancone intenta a palpeggiare un senegalese che sarebbe stato eufemistico definire smilzo. Per evitare altre sofferenze al mio già troppo provato senso estetico, rifuggivo quella musica e gli attempati e dimenanti culoni e, a fatica, attraversavo la prima pista, da dove quelli stessi culoni mi sospingevano verso l'altra sala quasi fossi la pallina di un vecchio flipper prossimo al tilt. E lì trascorrevo la serata. Spesso mi sedevo in console vicino al monumentale dj Tupac, così si faceva chiamare quel nigeriano corpulento, rubando il nome al celebre gangsta-rapper americano morto sparato al di là dell'oceano qualche anno prima. E il rap, o meglio, l'hip hop in quanto sua estensione culturale, la faceva da padrone sino alle quattro del mattino e per me che adoravo gli Who e i Rolling Stones e avevo sempre ritenuto merda quella roba, fu quasi traumatico sorprendermi a fischiettare In da Club di 50 cent o scoprire quanto bravi fossero i The Black Eyed Peas! Fatto sta che quell'alternarsi di brani ora sensuali e morbidi, ora frenetici e ossessivi, oltre a diversi fondoschiena davvero ragguardevoli, meglio mi facevano sopportare quelle lunghe ore sudate e le conseguenti esalazioni rilasciate dall'epidermide dei danzatori, comunque per lo più coperte dal profumo di marjuana che fumava ai quattro angoli della grande sala blu.

A differenza dei senegalesi i nigeriani non si sforzavano di imparare l'italiano; parlavano solo un inglese probabilmente incomprensibile a un suddito di sua maestà la regina Elisabetta. Uno slang, un broken english. Amavano il buio e dell'integrazione se ne fottevano beatamente, anzi, i bianchi erano accettati con malcelato fastidio. Commercio escluso ovviamente. Quando dico commercio parlo, sia chiaro, di droga e prostituzione, perché quasi nessuno di loro lavorava al di fuori di questi ambiti. Gli uomini spacciavano e le donne si prostituivano. Queste ultime erano quasi sempre autentiche schiave. Ciascuna doveva pagare un riscatto a chi l'aveva acquistata, direttamente dalla povera famiglia, o da qualche intermediario. Erano di Benin City o di Lagos e per le più belle tra loro, il riscatto veniva stabilito anche in settanta, ottanta milioni e a far bocchini in macchina battendo i marciapiedi gelati del nord Italia, non passavano mai meno di quattro o cinque anni, ma dovendo per giunta pagar dazio a polizia e carabinieri -che un occhio lo chiudono pure ma non prima di essersi aperti la patta- talvolta ne passavano anche sei o sette. Tutto per essere libere, ancora disperate ma libere di uscire la sera, di cercare una casa, di trovare un fidanzato.

Quella libertà pagata a botte di trentamilalireboccaefiga si può quantificare in circa duemilatrecentotrentatre periodico rapporti sessuali, che con gli extra a poliziotti, vigili e affini, si arriva a tremila come ridere. Già, pagavano così la libertà di essere disperate e forse per questo non gli sembrava poi sbagliato, una volta saldata la "madame", cioè il magnaccia, acquistare a loro volta altre disgraziate che a trentamilalireboccaefiga avrebbero portato in dono una bella casa alla periferia di Benin, un matrimonio e la garanzia di un futuro sereno per il figlio, che certo frequentando l'università, magari a Londra, dove si parla l'inglese vero, tornato in patria sarebbe diventato dirigente di qualche compagnia petrolifera. Di questo ero certo fantasticassero durante il giorno in quelle case cadenti del centro storico cadente o nelle altre alla periferia della città dove ancora si produceva l'acciaio. Campato in aria quel futuro, mentre il presente era certo: la paura dello ju ju, delle ritorsioni cruente sui famigliari, della vergogna di essere considerate puttane, non qui, ma al paese dove comunque tutte volevano tornare, in quell'Africa dove c'era la vita vera e dove tutte pensavano che l'avrebbero trovato un modo per dimenticare quella parentesi d'Europa, rimuovendo in una volta quelle duemilatrecentotrentatre volte e - perché no? - anche tutto il resto. Ma quelle ragazze ancora in schiavitù, non potevano venire a ballare il sabato sera, e potevo avevo vederle soltanto quando avevo affittavo il locale per la commemorazione funebre di qualcuno morto a Lagos: loro usavano così, mangiando, bevendo e ballando, ricordare il defunto. Quelle poche che uscivano al sabato sera si erano certamente riscattate dalla madame ed ora erano in cerca dei soldi per comprare altre connazionali o comunque per tornare un po' meno povere di quando erano partite.

Tu vuo fà l'americano mi canticchiavo in testa quando entravano loro: i nigerian boys, tutti abbigliati come i rapper americani. Spacciavano, soprattutto coca. In quel periodo la diffusione della polvere folle divenne capillare. Professionisti e muratori, bottegai e studenti di buona famiglia, giornalisti e saldatori, cantanti e librai tutti nei cessi a pippare. Per non parlare dei tassisti. Non mi riusciva di capire dove trovassero i soldi, costava comunque duecento sacchi al grammo e poi mi facevano le menate per un Cuba libre a diecimilalire! In seguito, avrei capito che si trattava di una sorta di catena di Sant'Antonio: io spaccio a te che spacci al mio vicino che spaccia a suo fratello che spaccia al parroco che spaccia alla perpetua che spaccia alla bidella che spaccia a sua sorella che spaccia a me. Non c'era gran che da guadagnare e però un poco nelle narici d'ognuno ne rimaneva impigliata e per ballare ai bianchi serviva eccome e io che non mi drogavo che altro avrei potuto fare se non bere ancora un rum, prima di immergermi un'altra volta in quella strana serata? Perché strana, quasi magica lo era rimasta, nonostante da quella felice intuizione di Alberto, fosse passato ormai più di un anno. C'era qualcosa di così particolare in quelle notti del Fitz da suscitare sentimenti forti e contrastanti: chi le amava lo faceva alla follia e per nulla se ne sarebbe perduta una, ma per gli altri erano una vera merda e un'autentica sconcezza quel locale di negri! Che poi non erano più soltanto negri ma anche maghrebini e neanche più solo africani, ma sudamericani e albanesi e italiane e sempre meno tardone, anzi sempre più ragazzine grazie a Mtv e al fatto che la musica hip hop era nel mentre divenuta moda planetaria, e si sa nell'epoca della globalizzazione certe cose come vanno a finire. Certo con il numero dei clienti erano aumentati anche i problemi, facilmente si accendevano diverbi che in un attimo potevano precipitare in rissa e avevo dovuto assumere altri buttafuori per un totale di sei: un marocchino veramente crudele, un senegalese bellissimo e folle, un nigeriano enorme e silenzioso e tre tagliagole italiani assolutamente inetti sotto qualunque profilo non fosse spaccar teste. Di uno di loro si diceva fosse un mercenario, uno sminatore e stava aspettando la chiamata per tornare in Kossovo. Una sera gli domandai se le mine le togliesse soltanto, ma ghignò senza darmi risposta. La cosa non mi piaceva affatto e neppure ero sicuro dell'utilità di quell'individuo, ma mi ero dovuto piegare alla volontà del presidente della circoscrizione che si era impegnato a far cessare la campagna dei comitati di quartiere - coadiuvati da certa stampa che Bossi al confronto era Malcom X- contro i locali del centro storico e del mio in particolare a patto gli garantissi l'assunzione di quello sgherro e degli altri due tangheri amici suoi. A malincuore avevo accettato.

Strana e magica quella serata con tre o quattrocento individui a ballare nella intermittente semioscurità che le luci della disco disegnavano ora a fiori ora a bocche ora a pianeti, sulla pista invasa da quella insensata energia proveniente da tutti i sud del mondo. Tre o quattrocento individui che, per quanto rispetto ai nostri standard ne avessero ben donde, non sembravano affatto disperati, anzi parevano festeggiare e pur non comprendendolo appieno, intuivo fosse l'esserci, l'essere lì vivi adesso che festeggiavano ogni sabato sera al Fitzcarraldo. Dio, mi sembrava impossibile farsi bastare così poco eppure loro ci riuscivano talmente bene dal dimenticare tutto il resto, almeno sino all'ultimo disco.

Fu durante una di queste inverosimili nottate che conobbi Magda. Si chiamava con quel nome italiano in omaggio alla nonna paterna. Nonna Magda che non credo avesse mai pensato di poter chiamar nipote una nativa del Burundi - paese che avevo sempre ritenuto invenzione della stampa occidentale per esemplificare il concetto di fame nel mondo- prima che il suo unico figlio decidesse di andar fin laggiù per adottare quella bimba che adesso stava lì di fronte a me a dimostrare non soltanto l'esistenza del Burundi ma anche la superiorità fisica ed estetica dei suoi abitanti, o almeno di quelli sopravvissuti alle carestie e in buona salute. Ben nutrita, lavata e profumata, la nipote di nonna Magda. Quella creatura che mi stava innanzi e mi sorrideva aveva occhi seducenti e vacui come solo la marijuana sa rendere. Una bocca bellissima che volevo baciare subito, attratto, attratto forte da saltarle addosso quasi fossi un maschio di cane e lei una cagna in calore. Quanto avevo bevuto? Fu lei alla fine di quella serata a chiedermi di riaccompagnarla a casa. Chiuso il locale con la consueta fatica, fatti uscire i soliti piantagrane, resuscitati gli sbronzi deceduti sui divanetti, pagati i Bravi, tirato il cancello, chiusa la porta. Ancora un rum defaticante.

"Per me un vodka lemon."

sì Magda, per te qualunque cosa e poi però un bacio mio dio che bocca meravigliosa

Ma ecco la sorpresa: non eravamo soli. Mentre spegnevo i cento interruttori del quadro elettrico lei doveva aver fatto rientrare i due tizi che notai mentre ancora le tenevo una mano sul seno e l'altra intenta a cercare la via più veloce verso il suo inguine. Pensai mi avrebbero rapinato. Avevo circa otto milioni in tasca che neppure garantivano la copertura degli ultimi assegni emessi. Quasi ridevo immaginando la faccia del dottor Ginocchio, il direttore della banca presso la quale avevo il conto maggiormente in rosso.

ecco veda direttore ero lì al bar col cazzo di fuori nel tentativo di farmi fare un pompino da quella bocca meravigliosa quando da dietro un divanetto sono saltati fuori questi due negroni che mi hanno rapinato lei mi capisce direttore cosa avrei potuto fare se non rimettere a posto il mio pene rapidamente -lo sa vero quel che si dice sulle dimensioni dell'organo sessuale degli africani- e tirar fuori i milioni dalle mie tasche?

Mentre cercavo le parole per giustificare un'altra richiesta di sconfino sul conto corrente 13703, Magda bellissima ubriacona, mi presentava Babbak e Usein, suoi cari amici. Avevano tutti bisogno di un passaggio sino a casa o quantomeno sino al centro sociale occupato autogestito che li avrebbe ospitati quella notte, visto che la corriera suburbana la domenica mattina non faceva servizio e di arrivare a piedi sino a Sant'Olcese non se ne parlava. Ma mentre me lo spiegava non l'ascoltavo perché mi stava passando davanti agli occhi la vita come si dice capiti in punto di morte. Tuttavia, nonostante quelle diapositive -eccomi all'asilo mentre strappo la barba a quell'odioso babbo natale e in questa mentre bacio la mia prima fidanzata e in quest'altra le scrivo una poesia e qui mentre battibecco con Mike Bongiorno al telequiz, eccone una mentre sono in Costa Smeralda con Erica e balliamo mentre Umberto Smaila canta l'Alli Galli quando già devo aver perso la dignità e mi vedo passare una mazzetta- non mi riusciva di capirlo come fossi diventato l'uomo di trentatré anni che ero, per tutti il padrone del Fitzcarraldo, ovvero il posto grazie al quale avevo abbandonato un lavoro rispettabile, una fidanzata rispettabile; il posto che aveva allontanato da me gli amici di sinistra perché la discoteca era luogo da sempre considerato di destra, che mi aveva attirato le ira dei residenti in quel bel palazzo che non sopportavano tutto quel chiasso e i negri sotto casa, ed esposto agli sguardi cupi e minatorii di napoletani e calabresi, i veri padroni della città vecchia, che non vedevano di buon occhio tanto clamore. Il Fitzcarraldo, quel posto dove Umberto Smaila non sarebbe mai venuto a cantare l'alligalli. Cazzo inizialmente l'idea era di far quattrini, ma qualcosa doveva essere andato storto. Come una creta che si modelli da sola, così si era andato costruendo il Fitzcarraldo e io, salvo quelli sopracitati, non ne avevo ricevuto particolari benefici se non la conoscenza di quest'altra umanità, notturna ma mai crepuscolare, non necessariamente migliore di quella che durante il giorno si agitava borghesotta, ma con una serie di attenuanti tutte riferibili alla miseria che, se non comprendere, me la faceva almeno compatire. Perché quindi non avrei dovuto portare alle cinque del mattino questi tre africani sugli Appennini deviando da casa mia solo una trentina di chilometri ad andare, e un'altra a tornare?

Giungemmo a Sant'Olcese che faceva freddo. La luce del giorno si preparava dietro quelle colline disadorne che degradavano dal verde al giallo sino a sfumare in un unico grigio vicino al cielo appena ravvivato dai bei colori acidi che, generosamente, le ciminiere delle indispensabili raffinerie, da valle spargevano artistiche. Babak, somalo intirizzito, ringraziò e rapido scese dall'auto mentre Usein, semiaddormentato neppure salutò. Per tutto il tragitto non avevo aperto bocca. A compendio Magda non era stata in silenzio un solo secondo. Lei frullava argomenti. Perché era arrabbiata e lo diceva forte:

"Sono africana ma vivo da bianca, i miei stanno bene e possono permettermi di studiare ma io sento che devo fare qualcosa per i miei fratelli."

Si sentiva spezzata. Cercai di capire cosa volesse dire vivere da bianca e se non ci fosse una punta di razzismo in quell'affermazione e provai a dirglielo ma non mi stava a sentire continuando a scagliare parole, anche se con chi ce l'avesse non doveva essere molto chiaro neanche a lei. Alla causa della confusione offrivano di sicuro un apporto la maria e l'alcol che i ragazzi bianchi anche quella sera si erano affrettati a offrirle sperando in quel modo di ammorbidirla, se non di conquistarla. Perché, se anche indossava abiti rigorosamente maschili, e nulla concedeva alla vanità, non si poteva che finire catturati da quegli occhi, dalla loro luce rigorosa e astratta che ne illuminava il bel viso marrone. Mi ero innamorato un'altra volta.

Ero stanchissimo e si vedeva quando, una volta raggiunta casa sua, mi propose di fermarmi e riposare un po' prima di rimettermi alla guida.

"I miei sono a Roma e non tornano fino a domani."

Accettai, entusiasta eppure intimidito. Non vi era traccia in me del preciso calcolatore che negli ultimi anni si era divertito a farsi cascare tra le braccia le bambine con il vecchio ma efficace repertorio dell'attore consumato in cui l'età, e il cinismo in lei insito, mi avevano trasformato. La notte era finita da un pezzo quando mi offrì di dormire sul divano e io la ringraziai mentre chiudeva a chiave la porta di camera sua. Non era certo quello che avevo sperato ma stanco com'ero mi addormentai. Probabilmente sognai di far l'amore e quando mi risvegliai letteralmente spasimavo, lei ancora stava dormendo e sperai che appena si fosse svegliata, ci saremmo baciati e carezzati. Intorno a mezzogiorno la sua porta si aprì.

"Grazie Giovanni."

E sì, mi baciò, un piccolo, casto, fugace bacino sulla guancia.

"Di cosa?"

"Del passaggio e di non averci provato."

Mi sentivo stupido e rimasi, cosa del tutto inusuale per me, senza parole. Avrei voluto saltarle addosso, ero eccitato come un mandrillo, ma mi contenni.

"E scusami per ieri notte, devo aver parlato troppo, quando bevo un po' mi succede."

bellissimo amore mio non solo hai parlato ricordi? ci siamo baciati e toccati ricordi?

Avrei voluto dirglielo ma non trovai il coraggio.

"Hai fame? Ti va di mangiare qualcosa?" mi uscì invece di bocca. "Sono un cuoco bravissimo sai..."

Nel frigo trovai solo del pollo e del basilico, una testa d'aglio, dei ciliegini e qualche zucchina. Nella credenza il cous cous.

Per due persone: 100 grammi di cous cous precotto; 250 grammi di petto di pollo tagliato a straccetti; 2/3 zucchine piccole tagliate a tocchetti, 1 peperoncino, prezzemolo, cipolla. Olio e sale quanto basta.; qualche pomodorino ciliegino; due mazzi di basilico.

Preparate il cous cous seguendo le istruzioni comunemente indicate sulla confezione.

Preparate un trito di cipolle e fatele imbiondire in padella con tre o quattro cucchiai d'olio prima di unirvi le zucchine affettate; aggiungete il sale, il pomodoro, gli aromi ed eventualmente mezzo bicchiere di acqua calda o brodo. Far insaporire il tutto quindi aggiungere gli straccetti di carne di pollo.

El pueblo unido jamàs serà vencido

(paella alla Urtubia)

28 febbraio dell'anno 2001

Dopo tre mesi, ero sempre più innamorato di Magda, ma senza che fossi riuscito a dichiararmi o a ricevere da lei qualche altra attenzione oltre quella destinata a lunghe chiacchierate. Era tornata spesso al Fitz ma non mi era riuscito di capire cosa provasse per me: ero sicuro di esserle simpatico ma, vista la differenza di età e di esperienze, temevo mi considerasse, non dico un vecchio zio, ma al più un amico. Studiava medicina, era al terzo anno, avrebbe voluto specializzarsi in pediatria. Il suo sogno, anzi il suo progetto era di entrare in un'associazione, Medici senza frontiere, e portare aiuto e professionalità alle popolazioni maggiormente disagiate.

"In Africa o dovunque vi sia bisogno."

Non andava d'accordo con la madre italiana "le voglio molto bene ma siamo troppo diverse, lei vorrebbe che mi sposassi e avessi dei figli, mi ci vedi?"

Sì, ce la vedevo, ero così preso da quella ragazza che la prospettiva di un figlio mulatto non mi avrebbe disturbato, anzi. Aveva ventidue anni ed era in Italia da quando un medico toscano trapiantato a Genova e la sua gentile consorte professoressa di lettere in un liceo e grande appassionata di poesia francese, erano riusciti ad adottarla dopo un viaggio in Africa dove il dottore si era recato a prestare opera di volontariato nell'ospedale messo su da un prete pisano amico suo alla periferia di Bujumbura; lei era all'epoca una bimbetta di nemmeno due anni rimasta orfana durante una delle tante mattanze tra huti e tutsi. Non ricordava praticamente nulla del suo paese ma ne provava lo stesso una nostalgia che a tratti si faceva struggente. Era folle e vitale e piena di sogni e tutta quell'energia si trasformava spesso in rabbia e forse anche per quello faceva largo uso di cannabinoidi, per placarla, per placarsi. Non c'era una sola cosa in lei che non mi rendesse pazzo, anche se sarebbero bastati i suoi occhi, la sua bocca e tutta la grazia e l'eleganza che, pur segregate dagli abiti maschili che era solita indossare, irrompevano, eruttavano in una sensualità incandescente come la lava di un vulcano. Ma non ero come al solito vittima del testosterone, era un'attrazione totalizzante quella che provavo, era amore e grande, ne ero certo, non meno di quello che Renzo provava per Lucia, Paolo per Francesca, Dante per Beatrice, Romeo per Giulietta, Lancillotto per Ginevra, Tristano per Isotta, Oberon per Titania, Otello per Desdemona e così via, ma invece di dichiararglielo restavo come un baccalà. Proprio io, l'eloquente Giovanni, senza parole o almeno senza quelle che avrei voluto pronunciare.

La notte dell'ultimo dell'anno, una volta chiusa la discoteca intorno alle sei del mattino la raggiunsi in un postaccio dov'era programmato un rave, Adj non ci voleva venire ma alla fine lo convinsi, non mi andava di andar là da solo. Una volta arrivato mi fu chiaro che sarebbe stato meglio andare a dormire: Magda un fidanzato, o qualcosa del genere, già ce l'aveva.

"Giovanni, volevo presentarti Kranz."

Era alto e allampanato, aveva due enormi orecchini inseriti nei lobi come quelli che usano portare le tribù guineane che si dice ancora pratichino il cannibalismo. Era vestito completamente di nero e aveva la testa rasata eccezion fatta per tre o quattro dread che dal centro della nuca gli scendevano sin sulla schiena.

"È il tipo di Magda." mi informò Adj all'orecchio.

Kranz mi aveva allungato la mano magrissima dalle dita lunghissime tutte ornate da anelli, in particolare sul pollice ne spiccava uno con la A cerchiata degli anarchici.

"E così tu sei quello del Fitzcarraldo..."

"Sì, perché?" gli risposi sgarbato, geloso come un babbuino.

"No, niente è che mi ha sempre incuriosito quel posto, anche se non ci non ci sono mai stato, e mi ha detto Magda che fate cose con gli africani. Lei dice che è quasi come un centro sociale..."

Probabilmente il ragazzotto, avrà avuto all'incirca ventitré o ventiquattro anni, mi stava facendo un complimento ma io non lo ricambiai.

"Credo sia diventato il centro sociale degli africani...purtroppo io però pago le tasse come una qualsiasi discoteca."

Lo dissi con stizza e sentendomi un istante dopo estremamente stupido per quella frase che mi parve definirmi come un qualsiasi ordinario bottegaio.

Magda doveva essersi trovata di meglio da fare e già era uscita dal mio campo visivo

basta è l'ultima volta che cazzo ci son venuto a fare in questo posto di merda

La musica tekno sparata a tutto volume da enormi altoparlanti e l'acustica di quel capannone industriale dismesso, ora occupato da questi giovani così mal vestiti – io invece neppure mi ero tolto la cravatta- mi rendevano la distanza da quel mondo uno spazio siderale. Certo avessi mandato giù un po' di ketamina avrei visto anch'io le cose dalla stessa angolazione di questa tribù Unna. Erano tutti strafatti. Kranz, incurante della mia reazione e sempre con fare gentile pensò bene di darmi un consiglio:

"Senti, io non so di che parrocchia tu sia ma faresti bene a toglierti la giacca o almeno la cravatta se non vuoi essere scambiato per una madama..." Trasalii, madama a me?

"Non sono di nessuna parrocchia e pensaci bene un'altra volta a darmi dello sbirro perché anche senza piercing e A cerchiate io sono più anarchico di te..." risposi alterandomi ancor più.

"Oh bello, non ti incazzare, era solo un consiglio il mio..." Quindi si voltò perdendosi immediatamente nella piccola folla composta da barbari della sua stessa risma. Se era quello il mio rivale temevo di non avere chances.

"Un punkabbestia e brutto come la fame, come fa bella com'è a stare con questo tipo? Ma io che armi ho contro un punkabbestia?" mi disperai con Adj.

"Magda è strana..." si limitò a commentare.

"Capo, andiamo via per favore, non ce la faccio più."

Non aveva torto ma volevo almeno salutarla

basta è l'ultima volta

Chissà dove s'era cacciata, la cercai dappertutto ma senza trovarla. Così festeggiai il primo giorno dell'anno, e se quelle erano le premesse... Girava di tutto là dentro: metanfetamina, cocaina, eroina, ketamina, oppio probabilmente, ma di rum neanche una goccia e Magda chissà dov'era.

"Allora capo andiamo?"

"Sì, andiamo, ma non chiamarmi capo per favore..."

"Ok capo..."

siamo negli anni Dieci che cosa strana

Avevo deciso che non avrei più dovuto pensare a Magda ma il mio inconscio non doveva essere d'accordo, perché bastava un attimo di distrazione e mi sorprendevo di nuovo a fantasticare su di lei. Passavo così intere giornate e le sere e le notti. Non riuscivo a concentrarmi su nient'altro, e sì che di cose da fare e falle da tappare non me ne mancavano.

"Se continua così, ti conviene portare i libri in tribunale..." mi aveva messo sull'avviso il commercialista. Ma che avrei fatto dopo? Forse pensavo a Magda per distrarmi. Cercai di convincermene, senza riuscirvi.

devo dirle quello che provo per lei e pazienza se mi troverà ridicolo

Avrei scritto poesie, scalato montagne, traversato oceani a nuoto, scoperte nuove stelle a cui a dare il suo nome e quella sera glielo avrei gridato, non sarebbe riuscita a scappare, a non starmi a sentire. La chiamai invitandola a cena ma rifiutò.

"Mi spiace ma ho un impegno, però se vuoi passo sul tardi..."

Ma quando Magda arrivò era in corso una rissa tremenda e per quanto non fosse facile capire cosa avesse scatenato quegli energumeni ululanti, intesi che la baruffa contrapponesse i senegalesi ai nigeriani. L'esile Adj si era lanciato là in mezzo scomparendo nel gorgo, riemergendo dopo qualche minuto, ergendosi su quell'informe mischia rugbistica ordinando ai guerrieri, alla maniera di un duce, la tregua. E davvero non so come, ce la fece, tanto che già fumavano il consueto calumet di maria le due tribù, quando un marocchino ubriaco decise di provare sulla testa di Adj la resistenza di una bottiglia di Beck's. Quella sera due buttafuori si erano dati per malati all'ultimo momento e i tre sgherri amici del presidente di circoscrizione erano come al solito in ritardo, così fui costretto a intervenire, aiutato comunque da venti persone, accompagnando energicamente il marocchino all'uscita e fui così autorevole da evitargli il linciaggio al quale una grossa fetta della comunità senegalese pareva volerlo sottoporre con l'approvazione silenziosa di quella nigeriana. Ciò che non mi riuscì di evitare fu la chiamata al 113 che il marocchino buontempone fece immediatamente dopo aver avuto salva la vita. E la polizia arrivò, di quel tizio neanche più l'ombra ma il locale fatto chiudere con i clienti ancora all'interno e le consuete minacce dell'ispettor Pincopallino.

"Siete tutti sottoposti a controllo di polizia...Ardizzone Ardizzone, io questo locale di negri celo devo fare chiudere..."

"Ma ispettore, qual è il problema? È tutto tranquillo…"

"Non ci prendiamo per il culo è pieno di spazzatura! Ma non ci piacerebbe a lei averci della gente come si deve qua dentro?"

"Ispettore mi scusi ma io devo lavorare…"

"Sì ma ancora poco poi con il G8 ce li facciamo sparire tutti questi suoi negri…"

Magda aveva ascoltato e non si trattenne.

"Sbirro io sono più italiana di te che non lo sai nemmeno parlare l'italiano…"

In quel momento arrivò, in ritardo di almeno due ore il buttafuori sminatore, lui i poliziotti li conosceva tutti molto bene, anzi sembrava esserne amico. Dopo il suo intervento, infatti, andarono via rapidamente rifiutando l'invito a bere qualcosa che il mercenario gli aveva formulato quasi fosse stato lui il padrone di casa. Io me ne stavo perplesso pensando a come attaccare discorso con Magda, ma non ce ne fu bisogno in quanto prese lei l'iniziativa.

"Ti fai difendere dai fasci!" mi apostrofò cattiva. Adj tentò di difendermi:

"Dai Magda, Giovanni ha un locale, deve lavorare…" ma non ci fu verso, se ne andò e avrebbe sbattuto di sicuro la porta, non fosse che il buttafuori che aveva occupato la consueta postazione all'ingresso, non glielo permise, prendendosi così un'altra botta di stronzo fascista, alla quale non replicò. Era un professionista in fondo.

I giorni seguenti si fece negare.

"Buongiorno signora, sono un amico di Magda me la può passare per cortesia?"

"Tu chi sei?"

"Sono Giovanni…"

"Ah, allora no, Magda non è in casa..."

La mamma di Magda mentiva malissimo. Stavo dando testate nel muro quando mi squillò il cellulare.

"Scusa, ci ho pensato un po' su e devo dire che l'altra sera ho esagerato ma è che quello sbirro..." Fui così sorpreso e felice che non mi riuscì che borbottare:

"Ehm, no vabbè è colpa mia avrei forse... però non..."

"Comunque volevo chiederti se hai voglia di venire a un concerto questa sera, la domenica sei chiuso se non sbaglio."

Non sarebbe stato comunque un problema, pur di passare del tempo con lei anche nel fuoco mi sarei gettato, figurarsi se non ero entusiasta di accompagnarla al concerto di un gruppo punk giapponese! E poi sì, da qualche settimana il locale era chiuso la domenica, perché in giro non c'era più nessuno, erano sparite anche le code di auto verso le multisale al porto antico e aprirlo avrebbe voluto dire andar sotto di sicuro.

Stavamo quasi arrivando al centro sociale dove si sarebbe svolto il concerto.

"Non sapevo ti piacesse il punk." ma si stava girando una canna e solo sorrise senza rispondermi.

"Ecco, è qui svolta a sinistra"

Il Centro Sociale Occupato Autogestito si chiamava con il nome di un dimenticato guerrigliero brasiliano, Carlos Mariguela, e sorgeva in un vecchio edificio che sino alla fine degli anni Ottanta era stato sede di un'azienda manifatturiera travolta poi dalla crisi del settore e costretta all'oblio come altre in quella vallata, vittima negli anni sessanta della fin troppo rapida industrializzazione e oggi di una deindustrializzazione altrettanto repentina. Magda me ne aveva parlato come di posto dove, non soltanto si socializzava e discuteva di politica ma "si dà una mano a chi è in difficoltà e gli incassi dei concerti servono davvero ad aiutare chi ha bisogno, non come gli altri centri sociali che sono solo locali travestiti. Sai quante volte ci ho dormito là dentro? C'è sempre qualcuno che ti apre la porta, è come deve essere un centro sociale."

In effetti io non li amavo quei posti considerandoli concorrenza sleale: organizzavano serate e concerti come qualunque altro club e come in una qualsiasi discoteca si pagava un biglietto all'entrata, che loro però la chiamavano più proletariamente sottoscrizione. Erano del tutto esentati dal pagamento della Siae come da qualunque altra tassa, l'allacciamento alla corrente era abusivo quando non direttamente pagato dal Comune e, per giunta, molti gruppi musicali ovviamente alternativi e di sinistra, vendevano le serate a quei posti per meno della metà del cachet normalmente richiesto ai locali. Non avrei trovato nulla da ridire se il denaro incassato fosse stato speso per fare attività politica e sociale, ma quasi mai era così. Il problema credo risiedesse nel fatto che i direttivi dei C.S.O.A. erano per lo più composti dai figli, ribelli sino alla laurea, di famiglie altolocate, che li gestivano come i genitori facevano con l'azienda o lo studio notarile; e che altro potevano fare i soci di una società in attivo se non dividersi gli utili? Ma il Marighela no, loro erano duri e puri. Avevo letto delle loro imprese: vetrine di banche infrante, qualche poliziotto bastonato e prese di distanza dai preti progressisti simpatizzanti no global, forse trai pochi a ricordare Frate Mitra. Se anche non partecipavo a una manifestazione dai tempi della mostra navale bellica -doveva essere l'ottantaquattro e Spadolini era ministro del consiglio "Missilotti missilini tutti in culo a Spadolini Missilini missilotti tutti in culo ad Andreotti!" da qualche tempo mi sarebbe piaciuto conoscerli, ma come al solito i debiti, le poche ore di sonno, l'alcol e qualche bel culo, oltre alla pigrizia che sconfinava in accidia, mi avevano impedito sino a quel momento di dar seguito al proposito.

Entrammo in quella che un tempo non lontano doveva essere stata la mensa aziendale. Sopra un palco di legno, degli amplificatori Marshall, una vecchia stratocaster e una batteria mal composta, oltre quattro o cinque sedie nessuna uguale all'altra. Poche persone, non più di venti sotto il palco tra cui due donne, forse tre se quella rossa di stazza spropositata lo era. Magda già sfuggita al mio controllo stava parlando con Kranz.

maledizione io avevo capito che saremmo stati solo io e lei

Quel tipo mi stava davvero sui coglioni e adesso anche lei, perché mi ero del tutto persuaso mi stesse prendendo per il culo. Avrei voluto andarmene e stavo per farlo, quando mi venne incontro col più rapitore dei suoi sorrisi.

"Mi sono sbagliata, il concerto è domenica prossima."

Anche Kranz si era avvicinato.

che sia geloso anche lui come me?

"Senti io non so come la pensi tu ma se vuoi stare stai, stasera iniziamo il lavoro in vista del G8, niente di particolarmente illegale." Dio come mi dava sui nervi.

"È la seconda volta che, praticamente, mi dai dello sbirro e la cosa non mi piace per niente."

La conversazione avveniva mentre sul palco si erano seduti in tre: una bella ragazza bionda, anche questa vestita di nero come Kranz, un ragazzo magrolino e coi capelli arruffati e gli occhialini che lo facevano somigliare a Gramsci, e un uomo alto e dalla nervosa magrezza che ne riempiva di solchi il volto sormontato da un bel paio di baffi che si univano alle basette disegnando un'unica onda grigia. Non doveva aver meno di sessant'anni e certamente era l'unico più vecchio di me là dentro. Non ero per nulla a mio agio mentre anche Kranz prendeva posto tra i conferenzieri, ma di portare via Magda da lì non se ne parlava, adesso poi che si era andata a sedere sotto il palco e arrotolava un filtrino per la canna che il suo amico Carletto -questo già me lo aveva presentato al Fitz- iniziava a preparare scaldando un pezzetto di hashish. In cuor mio conservavo la speranza ci potessimo appartare prima o poi e cercai allora di mimetizzarmi tra lo sparuto pubblico.

In discussione c'era l'adesione alle manifestazioni organizzate dall'area antagonista che loro definivano eccessivamente morbida. Ma se Gramsci, era comunque per il dialogo, Kranz e la bionda ritenevano giusto smarcarsi decisamente da quel mondo che ritenevano troppo molle e succube. "E infiltrato dalla digos!" urlò quasi la bionda rivelandosi più oltranzista di tutti. Quell'area assolutamente eterogenea che si andava componendo intorno agli Agnoletto e ai Casarini, ma anche ai don Gallo e alle suore della neve. Insomma, un arcipelago, come loro stessi si definivano, così grande e frastagliato che quasi certamente non avrebbe mai potuto costruire nulla, tenuto insieme com'era da una serie di convincimenti propri ma spesso frutto di analisi frettolose se non maldestre e senza soprattutto una vera prospettiva, un progetto al quale tendere. Quando prese la parola il più anziano il dibattito si fece interessante. Contro cosa lottavano si chiedeva il vecchio. Ah già, contro la globalizzazione. Ma quindi contro chi? Insisteva impetuoso. Contro chi aveva voluto l'unificazione del mondo in un unico mercato. Ma chi deteneva davvero il potere in questo mondialismo tecnocratico e finanziario? Le multinazionali certo e tutti quelli che per loro conto operavano: il Fondo Monetario Internazionale, la Banca Mondiale, la World Trade Organization. Era tutto programmato da almeno cinquant'anni, lui lo sapeva bene, fin da quando i grandi finanzieri americani pianificarono la distribuzione degli aiuti del piano Marshall e chiesero, ottenendole, rinunce a porzioni di sovranità degli stati per avere un controllo certo sui loro cittadini

"Che nel mercato globale invero chiamiamo consumatori."

Caduta l'Unione Sovietica anche grazie all'operato della Chiesa, il piano di quei signori poteva dirsi completato. Il modello che ci stavano imponendo era forse quello della democrazia ateniese: i ricchi liberi e tutti gli altri schiavi.

"Ma convinti del contrario, e questa è la perfidia più grande..." Lui ne era convinto e anche io non è che avessi molti dubbi.

"E tu compagno Fitzcarraldo cosa ne pensi?"

In quel modo sollecitato da Kranz, che ero certo volesse mettermi in cattiva luce con Magda, subito balbettai ma poi presi coraggio. Mi sembrava di essere tornato ai tempi delle assemblee d'istituto di tanti anni prima e, seppure ancora in imbarazzo, mi avventurai nell'analisi delle parole del vecchio, dicendomi sostanzialmente d'accordo con lui anche se non del tutto convinto che quel mostro, il sistema, avesse una testa pensante. Mi sembrava piuttosto un enorme anaconda con due teste alle estremità ma decerebrata. Solo due grandi fameliche bocche. Ma il problema pareva antropologico se erano infatti i più svantaggiati i primi a nutrire quel mostro.

"Gli emarginati sono i primi a essere utilizzati dalla società dei consumi che su di loro attecchisce immediatamente instillando la coscienza borghese dell'individualismo e delle perline colorate."

un po' come sto facendo io con gli africani del Fitzcarraldo

Ma quest'ultima riflessione la tenni per me. Se ero uno sbirro la lezione l'avevo mandata giù bene dovette pensare Kranz, rimasto a dir poco interdetto.

pensavi di avere a che fare con un coglione e invece il coglione sei tu

Certo non si aspettava niente del genere e sembrò disorientato.

"Sì, vabbè ma tu cosa proponi?"

Già, cosa proporre? Lui voleva unirsi ai compagni tedeschi e greci, i più motivati a suo dire, e colpire la Nike e i McDonald, le banche. Colpirli veramente, con le mazze ferrate.

"Distruggere la proprietà di imprese oppressive e sfruttatrici è certamente più utile che marciare con le mani alzate come quando ci si arrende."

Cosa suggerire di più costruttivo? Perché per esempio non provare a far acquisire un po' di coscienza agli emarginati? Ma a chi? Forse ai miei negri? Certo anche loro funzionali al sistema e, come da sempre accade quando il disagio sviluppa in delinquenza, fattore di equilibrio. Perché il crimine come risposta alla disoccupazione li rendeva utili alla crescita di controllo e repressione, ma cosa proporgli per persuaderli alla lotta? Quasi tutti ai piedi avevano le Nike, cosa offrir loro di più seduttivo? Figuratevi che ciò che più li avvicinava a un pensiero rivoluzionario era il reggae e, per qualcuno che conosceva i testi delle canzoni di Bob Marley, il Rastafarianism, movimento di cui tutti avevano compreso l'ideologia di fuga da una realtà di oppressione, potendosi aiutare in questo con l'uso smodato di ganja. Ma finiva lì insomma. E poi riuscite a vedermi alla testa di un esercito di Rasta? E quanto avrei dovuto restare esposto al sole per dargli a bere di essere il messia etiopico sotto i cui colpi Babilonia sarebbe caduta e un nuovo ordine morale si sarebbe affermato? Forse aveva ragione Kranz con la sua rabbia, e sarebbe stato meglio farla detonare, piuttosto che perennemente implodere, dando il destro alla sua trasformazione in escrescenze tumorali. Ma ci mancava un progetto. Non era sufficiente spaccare qualche vetrina, ci voleva un salto di qualità nella lotta, forse avremmo dovuto iniziare a destreggiarci tra mitra ed esplosivi. Per fare che? Beh, a quel punto sarebbe stato ineluttabile uccidere i nemici. Tuttavia ci mancava quel coraggio, e senza coraggio c'è chi non sale neppure in ascensore, figurarsi uccidere degli uomini, per quanto schifosi fossero.

Mi turbò il silenzio che seguì le mie parole.

"Con questo non voglio mica dire che si debba mettere in pratica, pensate che a me spaventano pure le fionde..." cercai di rimediare goffamente. Ma il gelo era sceso sulla sparuta platea e stavo quasi scusandomi cercando una battuta per poter buttarla in ridere, ma non mi venne in mente nulla. Sudavo.

e se poi questi mi prendono sul serio?

Perché teorizzare un attentato al G8 - come mi era capitato dopo una buona cena e innumerevoli ammazza caffè, delirando di rinchiudere al Fitz un centinaio di cani addestrati ad attaccare le divise, e dopo averli imbottiti di tritolo, liberarli in strada in occasione dell'evento -

sai che botto gli sbirri gli sparano e boom!

era cosa assai diversa dal teorizzare davanti a questi estranei una linea rivoluzionaria armata. Per fortuna, mentre ancora cercavo di spiegare come non fossi da prender sul serio e di come nessuno ormai da tempo immemore lo facesse, fui interrotto dall'anziano anarchico che si disse convinto che i tempi per uccidere un uomo non sarebbero mai stati maturi semplicemente perché non era quello il modo per migliorare il mondo, aggiungendo che la sua generazione stava a dimostrare il fallimento dell'ideologia della violenza. Fummo tutti d'accordo, ebbi ancora una scaramuccia con Kranz che mi diede del provocatore e quindi, implicitamente dello sbirro. Poi si mise al voto una mozione dove si fissava un direttivo ristretto per la settimana entrante e così, senza nulla aver deciso, l'assemblea terminò, mentre l'anziano ribadiva che qualunque cosa si fosse deciso, in piazza si doveva andare a viso scoperto, come sempre lui aveva fatto. Detto ciò, invitò i presenti ad avere pazienza perché a breve sarebbe stata pronta la paella, quindi scese dal palco, mi venne incontro e si presentò: era il vecchio anarchico Facchetti, autore di mille battaglie negli anni settanta ma che io ricordavo più per una vecchia scritta su quel muro nel centro di Genova inneggiante alla sua liberazione dopo uno dei tanti arresti, Facchetti libero recitava ma, giocando sull'omonimia dell'anarchico col calciatore dell'Inter, qualche buontempone aveva fatto seguire il nome dello stopper della Sampdoria Zecchini, per cui la scritta completa diceva così: Facchetti libero Zecchini stopper. Quando glielo raccontai rise di gusto.

Ci si era simpatici col Facchetti e infatti mi trattenni per assaggiare la sua paella. Aveva appreso quella ricetta molti anni prima dal famoso anarchico spagnolo Lucio Urtubia, già amico di Breton e Camus, raccontò.

"Ai suoi tempi Lucio era considerato un vero e proprio Robin Hood perché la refurtiva delle banche che rapinava non la teneva per sé ma la distribuiva trai poveri, poi fu costretto a fuggire e trovò riparo in Francia. Ma adesso assaggiatela e ditemi se non è buonissima."

Con Kranz su questo fummo d'accordo. Magda era ormai fumatissima e non si fece pregare per accettarne una seconda porzione. Anche quella sera rinunciai a dichiararle il mio amore.

Per quattro persone: tre tazze da caffellatte piene in misura simile di calamari, gamberi, vongole, cannolicchi e totani. Venti cozze nelle valve. Una fetta di pesce spada. Due tazze di riso bianco. Olio d'oliva se possibile extravergine. Tre o quattro pomodorini tagliati a mezza luna. Mezza cipolla rossa. Uno spicchio d'aglio. Un peperone rosso e uno giallo. Sale, pepe, peperoncino essiccato, zafferano.

Portate in ebollizione l'acqua alla quale avrete aggiunto del sale ed immergetevi quindi i peperoni già puliti all'interno. Unite lo spada, i totani ed un filo d'olio. Lasciate a fuoco medio per cinque minuti. In una pentola da risotto fate indorare la cipolla nell'olio d'oliva quindi unite i pomodori e l'aglio e fate cuocere ancora due minuti. Aggiungete il misto mare tranne le cozze. Fate cuocere per cinque minuti girando di tanto in tanto. Versate il brodo preparato in precedenza avendo cura di togliere i peperoni. Portate in ebollizione e mettere il riso. Aggiungete un pizzico di zafferano. Cuocete per venti minuti. Spolverate nel mentre un pizzico di pepe. Polverizzate uno o due peperoncini. Quando mancano cinque minuti disponete le cozze in superficie coi peperoni tagliati a dadini. Scoperchiate e attendete tre o quattro minuti prima di servire.

La stangata (o del come ridistribuire più equamente il reddito, anche in Africa)

(stracotto di elefante piccante.)

16 marzo dell'anno 2001

Avevo conosciuto Razak attaccandoci briga. Da alcune settimane avevo notato questo nigeriano sbruffone, sempre pieno di dollari che teneva arrotolati in un malloppo dentro una tasca del completo Armani, non ci avevo mai scambiato una parola, nemmeno un saluto, ma non lo sopportavo. Quel sabato sera, ancora pieno di debiti e per nulla ben disposto verso il mondo, non avevo assolutamente intenzione di farmi prendere per il culo e quando vidi trambusto all'ingresso, subito mi precipitai insultando colui che ritenevo esserne causa. "Money talks, bullshit walks" continuava a ripetere arrogante e non ebbi dubbi che fosse lui la causa di quel casino, ma mi sbagliavo: la confusione era sì provocata da quel soggetto elegante come solo un nigeriano o Franco Califano potevano essere, ma i motivi erano da ricercare nella scortesia supponente di un mio buttafuori che, non avendo compreso le sue buone intenzioni, lo aveva apostrofato malamente, suscitando soprattutto le proteste della donzella che lo accompagnava.

"Io non volere casino, io volere pagare per mia amica dove esere problema?"

Ci volle una buona mezz'ora e la mediazione del Serra -che un po' di inglese lo parlava, mentre io quella lingua non ero mai riuscito a digerirla- per ricondurre tutti alla ragione e poi al bancone del bar per una bevuta, il modo più antico ed efficace per sancire la pace. Razak beveva una cosa terribile denominata Long Island ice tea, un cocktail che contiene nel tumbler alto: rum bianco, vodka, gin e cointreau, tre o quattro cubetti di ghiaccio, una fetta di limone e una spruzzata di coca cola che rende il colore del micidiale beverone simile a quello della bevanda più amata dagli inglesi, birra a parte. E non ne beveva uno ma quattro o cinque ogni sera. Oltretutto pagando per almeno altri cinque o sei suoi compatrioti. Sembrava il più ricco della compagnia.

è un pappone di sicuro

Dopo aver chiarito parlammo a lungo e col suo vocione cavernoso, in un italiano privo quasi sempre di articoli e con i verbi solo usati all'infinito, mi raccontò del suo call center in via Prè e dell'attività di venditore di linee telefoniche per conto di una società milanese. A un certo punto mi propose addirittura un business.

"Perché non aprire call center dentro Fitzcarraldo?" Disse indicandomi il piano superiore che tenevo sempre chiuso. Gli spiegai che sarebbe stato quasi impossibile ottenere le autorizzazioni necessarie, ma lui non si dava per vinto.

"Tu italiano, se tu vuole fare tu potere."

Non c'era verso di farglielo capire, né mi parve il caso di spiegargli gli iter ai quali l'apparato burocratico avrebbe sottoposto un'iniziativa che io stesso stentavo a comprendere. A un tratto cambiò discorso.

"Perché Giovanni tu sempre rabbia?"

Per quanto cercassi di dissimulare il malumore, negli ultimi tempi il mio disagio era visibile a tutti e il motivo era in fondo semplicissimo e riguardava purtroppo, come ormai da troppo tempo, le difficoltà economiche nelle quali continuavo a dibattermi. Perché dopo l'ideazione di quella serata le cose erano sembrate riprendersi, ma si era trattato di un fuoco di paglia, perché un solo incasso, pur pingue, a settimana non era sufficiente a garantire la copertura dei costi di quel carrozzone, ma soprattutto perché l'africanizzazione del fine settimana, così come l'aveva definita Alberto, aveva fatto fuggire gli italiani che frequentavano il locale gli altri giorni, con questo annullando i benefici effetti dei proventi del sabato. Mi ero insomma auto-ghettizzato.

"Se continua così il mio consiglio è di portare i libri in tribunale."

Me lo aveva ripetuto per l'ennesima volta proprio quel pomeriggio il commercialista e sarei stato costretto a dargli ascolto da lì a breve.

"Perché Giovanni tu sempre rabbia?"

La domanda così diretta mi infastidì e Razak probabilmente se ne accorse perché ora quasi si stava scusando insistendo affinché bevessi a sue spese. Nei mesi che seguirono quella chiacchierata, la nostra frequentazione andò intensificandosi accrescendo la conoscenza, per quanto sia possibile conoscere e comprendere un nigeriano. Ma Razak era un ragazzo di cuore e faceva tutto quello che era nelle sue possibilità per donarmi un po' di buon umore: prendeva in affitto il locale nei giorni in cui altrimenti sarebbe stato deserto, per ogni evento che la comunità nigeriana dovesse festeggiare. Compleanni, battesimi, funerali di gente mai vista mi diedero ossigeno in quel periodo, anche perché la cifra era sempre lui a stabilirla e sempre ben al di sopra di quanto potessi sperare. Mai pretendeva percentuali sugli incassi come avveniva normalmente con qualunque organizzatore, anzi addirittura faceva l'offeso se solo mi azzardavo a offrirgli da bere. Certo doveva aver già capito da cosa dipendesse il mio cattivo umore quando una sera, nel mezzo di uno dei suoi funerali, non saprei dire perché, gli confessai che il Fitz correva il rischio di chiudere per sempre. Lui ascoltò in silenzio, poi mi posò le mani sulle spalle, affettuoso.

"Giovanni, io tuo grande amico, tu non potere chiudere Fitzcarraldo, io aiutare te." Lì per lì la considerai una sbruffonata.

"Io chiamare te domani." aggiunse.

"Ok Razak, ma non volevo chiederti niente, dicevo per dire."

"Giovanni, tu mio amico sì o no?"

"Sì, certo, ma che c'entra questo?"

"Allora tu chiama taxi per me."

Mentre Razak saliva su Beta 33 mi ribadì di non preoccuparmi.

"Domani chiamo te."

Tornai a casa in preda ad una irragionevole eccitazione e non mi riuscì di prendere sonno; era già chiaro da un pezzo quando finalmente mi appisolai, fu per pochi momenti - ma già i miei sogni si erano popolati dei protagonisti consueti: qualche marocchino, due o tre sbirri, il direttore della banca e così via - perché quasi subito fui svegliato dal suono del mio cellulare.

"Giovanni sono io Razak, tu sapere dove mio negozio?"

"In via Prè, ma di preciso non so..."

"Dove mercato, tu sapere? Vicino napoletani."

"Ok, ho capito, a che ora?"

"Io qui adesso."

"Devi darmi il tempo di arrivare. Tra quindici minuti sono lì."

"Va bene, io aspettare te."

Così, senza un motivo che potesse ritenersi verosimile, mi ritrovai in via Prè dove non impiegai molto a trovare il negozio, anche perché sulla vetrina una foto enorme ritraeva Razak in una posa da rapper. Entrai cercandolo con lo sguardo ma non lo vidi, una bella ragazza da dietro il banco mi domandò allora se fossi Giovanni e alla mia risposta affermativa mi chiese di aspettare.

"Il capo arriva a momenti."

Passarono quindici minuti, poi venti. Il cellulare di Razak era staccato e stavo per andarmene quando Samira, quello il nome della cassiera del call center, mi comunicò che il suo capo l'aveva appena chiamata dicendole di darmi l'indirizzo di casa perché là mi stava aspettando, a Bolzaneto. "Comportamento tipicamente africano." commentò la bella figliola che dai tratti intuii poter essere capoverdiana. Mi avviai bestemmiando.

devo essere impazzito che cazzo sto andando a fare?

"Entra Giovanni."

La casa di Razak era un normale appartamento di periferia arredato col gusto del signor Ikea. L'odore acre che associai a qualche pietanza africana mi dava il voltastomaco e sottovoce maledissi di essermi recato fin là.

"Scusa ma io dovere fare qualcosa dentro casa." si giustificò per aver dovuto spostare il luogo dell'appuntamento.

"Non ti preoccupare."

"Giovanni, tu avere conto in banca?"

"Certo, perché?" Ora iniziavo anche a sentir puzza di bruciato.

"Se io dare a te assegno, tu potere cambiare?"

"Dipende, che assegno?"

"No, no Giovanni, questa cosa non è importante per te."

"Razak, scusa ma se ti devo cambiare un assegno facendolo passare su un mio conto, devo sapere di cosa si tratta!" mi agitai.

"Tu pensi droga?"

"Io non penso niente ma non voglio finire nei casini."

"Non c'è casini io già fare tante volte con mio grande amico di Torino. Io voglio aiutare te perché tu mio amico hai problemi. Tu troppa paura Giovanni."

"Io non ho paura, però voglio saperne di più."

"Va bene, io fare parlare mio amico di Olanda con te. Ora chiamo lui."

"Che lingua parla il tuo amico?"

"Inglese."

"Lo sai che non parlo bene l'inglese!"

"Va bene, va bene, io spiego te. Assegno è draft, capisci? Assegno è buono tu non avere problemi, tu cambiare e dare a me cinquanta per cento e tu tenere cinquanta..."

"Ma di che cifra stiamo parlando?"

"Io ancora non sapere. Tu quanti soldi? Settanta basta?"

"Settantamilioni? Non posso andare in banca con un assegno da settantamilioni, mi chiedono delle cose...c'è l'antimafia."

Razak scoppiò a ridere.

"Tu pensare mafia? Questa non mafia come Italia. Tu troppa paura io chiamare mio amico Torino."

Era certamente tutto incredibile e forse è che c'è bisogno di favole o forse ero talmente nella merda da non poter scartare nessuna possibilità, nemmeno quelle più bislacche.

"Ma di chi è l'assegno?"

"Assegno è di banca Irish, io ti dire quando arriva, soldi sono di banca ma se non volere io chiamare mio amico Torino e noi sempre amici."

Era tutto assurdo ma la possibilità di poter essere escluso dal gioco mi fece ugualmente preoccupare. Fu in quell'istante che mi venne in mente la Svizzera.

"E se l'assegno lo cambio in Svizzera?"

"Tu potere?"

"Forse."

"Se tu potere meglio fare Svizzera: tu pensare io chiamare mio amico Olanda. Domani io chiamare te."

Cosa stavo facendo? Avrei in quegli anni potuto delinquere eccome; non mi erano mancate le occasioni per spacciare e avessi aderito agli inviti del commissario Pincopallino che mi avrebbe preteso suo confidente, probabilmente avrei goduto anche di qualche copertura, ma mai sino ad allora avevo ritenuto possibile intraprendere la strada dell'illegalità. I miei genitori erano le persone più oneste del mondo e l'educazione che mi avevano impartito evidentemente aveva dato qualche frutto. La droga poi era una cosa che, pur essendo antiproibizionista convinto, non mi era mai interessata da consumatore, figurarsi venderla. No, pregiudizialmente non potevo contemplare di trafficare con polveri e affini. Rubare ai ricchi però mi sembrava differente: la proprietà privata stessa era un furto e non è che fossi il solo a vederla così: anche se poi non avevo sostenuto quell'esame che verteva sulla sua critica all'economia politica, Marx lo avevo studiato molto bene. Da sempre detestavo i ricchi -non la ricchezza a essere sincero- e ancor più quella classe media che in Italia, come altrove, avrebbe voluto alzar muri dappertutto per arginare l'arrivo di gente disperata in fuga dalla fame o dalla guerra che diveniva inesorabilmente il loro capro espiatorio. Li detestavo e mi faceva soffrire vederli difendere con la bava alla bocca, in nome di un egoismo disumano, beni che il primo gruppo bancario che ne avesse avuto la possibilità gli avrebbe sfilato dalle mani. Portare via tesori a chi troppi ne aveva accumulati non mi sembrava potersi ascrivere all'immoralità, anzi. Ciononostante, sino a quel momento non ero mai stato sfiorato dall'idea di seguire le orme di Urtubia. Ma il fatto è che non ne avevo mai avuto bisogno e in fondo già più di una macchia avevo sulla coscienza, perché anche sganciare mazzette a funzionari concussori qualche traccia doveva pur lasciarla. È che adesso, frequentando disperati ero divenuto uno di loro e quando si è disperati e urge sopravvivere, mica si può andare tanto per il sottile. C'era però ancora la legge a trattenermi o meglio la paura di essere beccato, perché la legge in quanto tale mi ero andato negli anni persuadendo fosse quasi sempre di per sé stessa il male, anzi fosse spesso il male per definizione in quanto giudizio già dato -di solito da mascalzoni e mafiosi appartenenti a cosche vincenti, quelle dei magistrati o dei politici ad esempio, che abusivamente o tramite trucchetti si arrogavano questo privilegio. Tutti i loro codici non adattavano il giudizio ai fatti ma li riferivano a sé, costringendo in un letto di Procuste la realtà e gli individui che avevano la disgrazia di non appartenere a quelle stesse associazioni a delinquere, che volendo edulcorare potremmo chiamare oligarchie. In poche parole, legge e giustizia mi parevano escludersi a vicenda. Conservavo però alcune remore nell'infrangerle le loro regole, i loro codici, ma forse, più che la mancanza di libertà, del carcere mi terrorizzava l'idea delle pietanze che immaginavo offrissero pochi punti di contatto con quelle dei ristoranti stellati.

sono in sovrappeso e non ho più nessuno da deludere e allora forse i tempi son maturi

"Giovanni, tu volere provare carne di elefante?"

"Cosa?"

"Mia fidanzata cucinare carne di elefante che io fare arrivare da Africa."

"Ma dì un po', mi stai prendendo in giro?"

Ma Razak non stava affatto scherzando e quell'odore spesso che in prima battuta mi era parso nauseabondo, adesso aveva preso a sapere di stufato, sarà che era passato mezzogiorno e il mio stomaco iniziava a borbottare.

"Dove l'hai presa? È sicuramente illegale in Italia..."

"Tu sempre domande, tu solo dirmi se vuoi?"

Avrei potuto fare uno sgarbo all'uomo che mi offriva la possibilità di salvare baracca e burattini - o forse quella di verificare quanto fossero ospitali le patrie galere-? Certo che no e poi ero curioso.

"Elefante deve cuocere almeno tre giorni perché troppo duro."

E doveva essere stato sul fuoco tutto quel tempo in quanto era morbidissima quella carne, forse solo un po' troppo piccante per i miei gusti.

Per 4 persone: 1 kilogrammo di polpa di elefante; 2 bottiglie di guinness; 3 carote; 2 coste di sedano; 1 cipolla; 2 foglie di alloro; 1 rametto di rosmarino; 1 spicchio di aglio; chiodi di garofano quanto basta; peperoncini nigeriani freschi; brodo di carne quanto basta; 100 millilitri di olio extravergine di oliva; pepe nero macinato quanto basta; sale quanto basta.

Pulite le verdure (carote, cipolla e sedano) e tritatele grossolanamente. Ponetele in una zuppiera molto capiente e aggiungete le spezie e la polpa di elefante.

Irrorate con la birra scura e lasciate marinare per almeno 12 ore.

Trascorso il tempo necessario per la marinatura, prelevate la carne e asciugatela. Filtrate le verdure e le spezie e fatele appassire in una casseruola antiaderente con olio extra vergine di oliva. Aggiungete la carne e fatela rosolare a fuoco vivo, quindi aggiungete un bicchiere di birra scura facendola sfumare pian piano e il peperoncino. Abbassate la fiamma, coprite con un coperchio e fate cuocere per circa dodici ore, aggiungendo sale, pepe e del brodo ogni tanto, se il liquido dovesse asciugarsi troppo.

Qui comincia l'avventura

(pesce di lago in salsa alle erbe svizzere)

30 aprile dell'anno 2001

L'idea era di parlarne ad Andrea. Anni prima lo avevo accompagnato a Lugano dove era titolare di un conto presso una banca dell'UBS. Ora, tralasciando quello che si può pensare sulla moralità della segretezza dei conti svizzeri, o meglio di chi ne faceva uso, per non parlare degli stessi svizzeri, pensavo - invero senza saperne indicare la ragione- che cambiare quell'assegno nel Canton Ticino potesse offrirmi maggiori possibilità di farla franca. Ma per far due chiacchiere con il mio amico dovevo aspettare le nove di sera perché viveva almeno sette mesi l'anno a Cuba e considerando il fuso orario, nonché il fatto che non si svegliasse mai prima delle due o le tre del pomeriggio, sino a quell'ora sarebbe stato inutile chiamarlo. Con Andre si era diventati amici al Fitz. I pochi mesi che trascorreva in Italia abitava in via delle Grazie, proprio dietro al mio locale che aveva preso a frequentare sin dal giorno dell'inaugurazione. Quel vecchio ragazzo che non arrivava a quarant'anni, dimostrandone però svariati in più, si era ben presto rivelato una delle persone più intelligenti e al contempo autodistruttive che avessi mai conosciuto, sin dalla sera del nostro primo incontro, quando dovetti sottrarlo alle grinfie di un energumeno che, per sua fortuna, era anche un mio buttafuori. In seguito, avrei scoperto che provocare tizi più grossi e palesemente cattivi di lui, rientrasse, unitamente all'abuso di alcol, nel suo progetto di autodistruzione e in molteplici occasioni fui costretto a prodigarmi per evitargli degenze più o meno lunghe in ospedale. Da quel giorno di ormai cinque anni prima, eravamo inseparabili nei periodi che trascorreva a Genova.

"Amico mio, perché non mi racconti come è andata davvero quella volta con Mike Bongiorno?"

"No."

Erano trascorsi quattordici anni da quella sera in cui avevo battibeccato con il re dei presentatori a Tele Mike, ma ancora non mi era andato giù il rospo.

"Dai, che cosa è successo, quale risposta hai sbagliato?"

A quella trasmissione ero stato iscritto da mia madre contro l'opinione di mio padre che, da vecchio operaio abituato a guadagnarsi il pane con sudore, considerava i soldi intascati in quel modo merda del diavolo, pur essendo ateo. O forse dipendeva dal fatto che già odiava Berlusconi. Di sicuro per lui il lavoro era sacro e mal tollerava che me ne andassi "A fare il pagliaccio in televisione" invece di studiare o lavorare. Per farla breve, sapendo la mamma della mia passione per Cuba, dove non ero mai stato ma che fin da bambino mi aveva affascinato e di cui senza faticare avevo mandato a memoria testi di storia dalla scoperta di Colombo a Fidel Castro e Che Guevara, inviò a Canale 5 la domanda di iscrizione e, dopo un provino che superai brillantemente, venni chiamato a partecipare al tele quiz. Di quell'eroico paese comunista in grado di tenere in scacco gli odiati americani per oltre quarant'anni, conoscevo anche gli episodi e le date più insignificanti. Vinsi la prima puntata senza faticare e poi la seconda, la terza, la quarta e la quinta. Tuttavia, non ero simpatico a Mike Bongiorno.

"Ma lei è comunista eh signor Ardizzone?" me lo domandò una sera dopo la trasmissione e non mi parve per nulla amichevole.

"E adesso andiamo con le domande finali signor Ardizzone, si concentri: vogliamo sapere la data di nascita, il luogo e il nome di battesimo del guerrigliero conosciuto come Felix, nonché quali furono le ferite che riportò durante la famosa battaglia di Guantanamo e inoltre il nome dei suoi sette fratelli compreso quello dei due che il padre ebbe fuori dal matrimonio e per ultima il nome di entrambi i nonni. È pronto?"

Ero prontissimo, nonostante avessero cercato di farmi cadere con domande che a loro dovevano sembrar difficilissime, non avevo nemmeno un piccolissimo dubbio: di ognuna conoscevo la risposta.

"Sì."

"Allora procedo con la prima: vogliamo sapere la data di nascita del comandante Felix."

"8/4/1932" risposi senza esitare ma a quelle mie parole seguì lo stacchetto musicale che sottolineava le risposte sbagliate. Vidi Mike Bongiorno trattenersi a stento dall'esultare. Umberto Eco era stato troppo gentile con quell'uomo.

"Ma no signor Ardizzone! È la risposta sbagliata! Quella giusta è 4/8/1932! Mi dispiace ma ha perso la possibilità di raddoppiare e anche il titolo. Ma facciamo comunque un bell'applauso al nostro giovane ormai ex campione!"

Mi ero sbagliato? No, semplicemente avevo riferito la data di nascita così come l'avevo appresa dal testo dello storico americano Howard Zinn, per altro approvato dalla redazione di Tele Mike. Purtroppo, il traduttore italiano di quel testo non aveva tenuto conto che negli USA nella data di nascita, il mese e l'anno risultano invertiti rispetto alle nostre abitudini, per cui 8/4/1932 stavano per mese agosto, giorno quattro, anno millenovecentotrentadue. Lì per lì mi adirai con il presentatore, poi una volta compreso dove stesse l'equivoco cercai di spiegarglielo, ma a quello non pareva vero di essersi tolto dalle balle un comunista.

"Signor Mike, state commettendo un'ingiustizia!"

"Signor Ardizzone si calmi non le permetto di esprimersi così sa!"

Mentre lo mandavo a cagare il regista aveva fatto partire la pubblicità e al rientro in studio, la bella valletta già mi aveva convinto a uscire dalla cabina e a lasciar perdere.

"Al limite puoi fare ricorso."

"Allegria!" sentii ancora Mike salutare il suo pubblico.

allegria un cazzo devo fare ricorso maledetti fascisti

Ma non lo feci, mi proposero un bonus extra se avessi evitato le carte bollate e, anche consigliato da mia madre che non ne poteva più dei mugugni di mio padre, accettai la transazione accontentandomi della discreta sommetta che mi avrebbe in ogni caso consentito di mettermi subito in viaggio verso l'isla Grande. Oltretutto in quel periodo avevo ricevuto una cartolina dove il ministero della difesa mi spiegava come appartenessi a una leva di numero eccessivo e che per quello ero esentato dall'obbligo di indossare una divisa. Ne fui oltremodo felice anche perché già a quei tempi le disprezzavo, salvo non fossero quelle di qualche eroe della Revolucion. A ben guardare era grazie alle imprese di Fidel sulla Sierra se avrei potuto togliermi qualche sfizio prima di iscrivermi all'università, senza dover gravare sul bilancio famigliare, lo feci presente a mio padre che di nuovo mi stava dando del coglione ma, senza che ne comprendessi la ragione, si offese e per un certo periodo non mi rivolse la parola.

Ero, o almeno così pensavo, ricco e stavo per partire verso il posto che avevo sempre sognato poter visitare, così dopo la rabbia, avevo finto di farmi una ragione dell'ingiusta sconfitta. Ma invero non avevo mai metabolizzato quello che consideravo un sopruso ma ancor più un complotto ordito dai fascisti di Canale 5 e tuttora, a distanza di quasi tre lustri, mi faceva incazzare ripensare a quella risposta, illegittimamente ritenevo, considerata sbagliata dal re dei presentatori.

"Ma davvero lo hai mandato a cagare?"

"Sì Andre, ma eravamo fuori onda."

Andrea aveva riso come un matto.

"8/4/32 ah ah ah! Ma poi a Cuba non ci sei andato?"

Non c'ero andato a causa di Concita "Ma questa è un'altra storia."

Lui invece ci viveva da quasi sette anni, da quando aveva ottenuto il divorzio da Patrizia e quasi contemporaneamente ereditato il patrimonio di una vecchia zia, sposatasi già vecchia con un uomo ricchissimo e ancor più vetusto che morì poco tempo dopo le nozze. Erano entrambi senza figli e Andrea l'unico nipote nonché erede universale dell'enorme patrimonio. Ricordo quando Erica, poco prima di lasciarmi, aveva cercato di convincermi a chiedergli un aiuto economico ma io, per orgoglio, mancanza di coraggio, stupidità, non lo feci così come non lo avrei fatto in seguito. Forse mi avrebbe aiutato, o forse no, ma con Andre volevo avere un rapporto alla pari vista poi la sua tendenza a trattare molti dei suoi simili come maggiordomi, tendenza più che altro dovuta alla consapevolezza d'essere intellettualmente diverse spanne superiore alla media, ma anche al sospetto che chi gli si accostava lo facesse per ricevere qualcosa in cambio. Per questo mai gli avrei chiesto del denaro: non avrei potuto accettare di andare a infoltire la pletora di quelli che definiva ruffiani e cicisbei e di cui aveva la medesima considerazione di Gianni Agnelli per le cameriere.

Si era laureato ormai dieci anni prima in sociologia e aveva fatto il ricercatore tra Barcellona e Amsterdam prima di sposare una bellissima e complicatissima ragazza di buona famiglia che negli anni gli avrebbe fatto sperimentare un repertorio di perversioni compreso tra il sadomaso, la bisessualità e le droghe che, dopo qualche tempo lo avevano convinto a:

A) divorziare;

B) fuggire trovando occupazione come free-press in Palestina "Nei territori occupati spesso cadevano le bombe ma ero sempre più al sicuro che rimanendo con Patrizia" mi aveva raccontato una sera sbronzissimo. In seguito aveva fondato una onlus che a statuto si proponeva di portare sostegno ai popoli ma soprattutto agli artisti sofferenti come quelli palestinesi o in gravi difficoltà come quelli cubani;

C) che l'essersi ritrovato inopinatamente ricchissimo forse non era stata una fortuna.

Proprio in quei giorni mi aveva chiamato annunciandomi che di lì a poco sarebbe rientrato in Italia per formalizzare la vendita di uno dei tanti appartamenti per far cassa e continuare a sostenere il suo tenore di vita smodato nonché gli aiuti all'industria cubana del rum e quelli al popolo cubano, quasi sempre di genere femminile, a suo dire artiste tutte quante nell'arte dell'amore. "E così anche lo statuto della onlus è rispettato..." mi aveva detto tanto serio che probabilmente ci credeva. In attesa di poterlo contattare, controllai il significato della parola draft sul mio vecchio dizionario inglese-italiano. Circolare, un assegno draft era semplicemente un assegno circolare! Pensavo sempre a Magda e continuavo a ronzarle intorno ma senza riuscire a confidarle i miei sentimenti. La cosa stupefacente era che le altre donne nemmeno più le guardavo. Ma lei cosa pensava di me? Mi sembrava star bene in mia compagnia, rideva e mi raccontava dei suoi sogni delle sue ribellioni. Eravamo sempre sul punto di baciarci ma ogni volta succedeva qualcosa.

se va bene questa operazione le compro un brillante e le chiedo di partire con me

Fantasticavo.

"Questa storia mi sembra una cazzata clamorosa." Andre non era tipo da far giri di parole.

"Sì, anche a me ma tu che faresti al mio posto?"

"Al tuo posto mi segnerei questo numero, è uno gnomo svizzero, digli pure che mi conosci, spiegagli che vuoi aprire un conto presso la sua banca e che avrai un assegno circolare da versare; insomma, digli quello che hai detto a me e senti cosa ti risponde. Io sarò lì tra dieci o quindici giorni, devo fare un po' di cose e forse ci sta che faccia anche un salto in Svizzera."

Quella telefonata, se da un lato mi rassicurò sulla possibilità che non fossero peregrini i miei progetti, da un altro mi pose in uno stato d'ansia terribile e quella notte non mi riuscì di chiuder occhio. La mattina seguente già alle otto provai a chiamare Razak ma il telefono era staccato e così decisi di andare a cercarlo in negozio che però sapevo non aprire prima delle dieci, giusto il tempo di fare un salto in banca per accertarmi che l'ultimo assegno post datato nelle mani del mio fornitore di liquori non fosse già stato messo all'incasso, quindi mi avviai verso via Prè.

"Deve essere qua intorno ma non saprei dove né quando potrebbe arrivare."

La bella ragazza capoverdiana non seppe darmi altre indicazioni. Mentre percorrevo la via più malfamata dell'angiporto gettando un occhio in ciascun negozio dove si vendevano kebab e nei call center che ultimamente erano andati proliferando nei vecchi bassi, spesso bestemmiavo scoprendo l'errore in cui continuavo a cadere scambiando più di un negro in lontananza per Razak. Giunto quasi in via San Luca, oltrepassata la piazzetta del Ferro, l'ansia fu spezzata da un coro, un salmo intonato da non meno di dieci, forse venti persone in una lingua che doveva essere arabo. Ne fui attratto e risalii la piccola via che porta alla chiesa della Sacra Famiglia ma persuaso che quel canto non potesse provenire da là dentro, cercavo di capire da dove arrivassero le voci.

"Minchia ma li sente? Hanno fatto diventare il negozio di frutta e verdura una moschea! È una vergogna, ma la colpa è di noi italiani che ci siamo rammolliti..." Un signore anziano con un forte accento siciliano mi informava sulla provenienza di quelle preghiere indicandomi una saracinesca semichiusa. Mi avvicinai -anche Razak era musulmano- e chinandomi vidi circa quindici persone rivolte verso una sorta di abside disegnato su una parete oltre le ceste colme di cavolfiori, che stava a indicare la direzione della Mecca e del santuario di Kaaba. Tutti erano rigorosamente carponi e salmodianti. Doveva trattarsi delle preghiere pubbliche del venerdì islamico, era infatti mezzogiorno da pochi minuti e per gli uomini, mi aveva spiegato Adj quella volta che lo avevo sorpreso nella medesima postura all'interno della sala concerti del Fitzcarraldo, le Jumu'a erano obbligatorie, mentre per le donne solo consigliate. Infatti, c'erano solo maschi in quella bottega e così intenti verso il loro dio che non mi prestarono attenzione neppure quando fui entrato del tutto all'interno della improvvisata moschea. Osservandoli mi tornarono alla mente alcune nozioni apprese in quel corso universitario frequentato senza profitto ormai tanti anni prima, riguardavano la taharah, cioè l'abluzione, il lavaggio rituale a scopo di purificazione spirituale, per cui di certo Allah si sarebbe offeso a morte nel caso avesse scorto sui vestiti dei fedeli, tracce di sangue o di urina, di muco o sperma.

più che un dio un carabiniere dei Ris

Solo per il pus, se i ricordi non mi ingannavano, avrebbe potuto chiudere un occhio. Questo secondo precisi dettami dell'Islam. Come mi era capitato sempre anche in chiesa le poche volte che ero stato costretto a entrarvi per un matrimonio o un funerale, mi scappò da ridere, ma mi trattenni per evitare di incorrere in quella che presumibilmente sarebbe stata la reazione dei fedeli al profeta guerriero, che immaginai avrebbero sguainato le scimitarre nascoste sotto le sottane mi fossi lasciato andare all'ilarità. Di Razak nessuna traccia. Una volta uscito raggiunsi nuovamente le scale della vicina chiesa dove ora un giovane prete dai tratti andini stava affiggendo degli annunci in bacheca; sarà che trattenevo il riso dal negozio di frutta e verdura, ma quando lessi l'invito in spagnolo dove si chiamavano a raccolta i fedeli per il pellegrinaggio verso il santuario più antico di Genova, quello della Madonna della Guardia -nel manifesto chiamato El Santuario de nuestra señora de la Guardia- immaginando la faccia che avrebbe fatto la mia bigottissima vicina di casa leghista, non mi trattenni oltre e scoppiai a ridere un riso che se il giovane prete avesse compreso, sono certo non avrebbe esitato a classificare blasfemo. Il cellulare suonò, era Razak finalmente arrivato al negozio. Tornai rapidamente verso via Prè ripercorrendola a ritroso e notando come a quell'ora avessero ripreso il lavoro gli spacciatori, alcuni dei quali dovevano aver da poco finito di pregare.

"Ciao Giovanni, tuto a posto?"

Gli raccontai della conversazione   avuta con il mio amico spiegandogli che forse sarebbe stato possibile fare l'operazione in Svizzera ma non prima del suo arrivo e della necessità, perciò, di attendere almeno quindici giorni.

"Quindici giorni bene perché arriva check, assegno."

"Bene, puoi spiegarmi qualcosa tu adesso?"

"Cosa volere sapere?"

"Da dove arriva questo assegno? Chi lo fa?"

"Giovanni tu stare tranquilo assegno essere buono. Arriva da banca in Irish, Irlanda, mio amico lavorare lì, tu non preoccupa..."

"Ma sono assegni rubati?"

"No assegno buono, tu non preoccupare questa non è banca è come society che compra casa, investiment..."

"Cosa vuol dire?"

"Non ti preoccupare, mio amico garantire per te?" E scoppiò in una risata così energica che lo fece tossire.

"Cosa vuol dire, che poi io avrò un debito?" Ma rise ancora più forte.

"Tu dare me indirisso di tua casa io parlare con mio amico Olanda e poi arrivare assegno in tua casa..."

"Ma non mi hai detto che la banca è irlandese? Cosa c'entra allora l'Olanda?"

"Non preoccupare Giovanni tutto finire ok, mio amico Olanda parla con Irlanda, tu solo aspettare" mi rispose visibilmente spazientito.

Quando fui fuori dal negozio avevo le idee più confuse di prima. Avrei dovuto parlare con Giovanna, ma me ne mancava il coraggio. Con Giovanna avevo fatto del gran sesso qualche anno prima, lei era avvocato.

"Mi sono laureata in legge a ventitré anni e un giorno, quel giorno in più è il mio grande rammarico." L'avevo conosciuta la notte del Capodanno del 1992, ma non ricordo come fossi capitato, già sbronzo certamente, in casa di quella gente dell'upper class genovese, gente che non sopportavo, anzi che disprezzavo. Però lei aveva una gran bella testa oltre a un personale da pin up e un'ambizione grazie alla quale si intuiva chiaramente che avrebbe potuto arrivare ovunque si fosse prefissata, anche sulla luna probabilmente. Ma era anche contorta come un ulivo, le piaceva dominare. Mi dava certi schiaffi mentre scopavamo che a un certo punto fui costretto a lasciarla: avrei rischiato la pelle fossi andato avanti così. E le piaceva insultarmi, ma la cosa più ridicola era come chiamava il mio attrezzo di piacere, fin dalla prima volta quando mi aveva detto:

"Tira fuori il tuo mostro!"

Ero rimasto perplesso e devo dire in leggero imbarazzo perché sapevo di essere normodotato, lo aveva anche scritto il medico durante la visita per l'idoneità militare. Quindici, sedici centimetri più o meno non era davvero una misura mostruosa. Ma sembrò comunque farselo bastare. Tanto che dopo averla lasciata continuò per un pezzo a cercarmi, a molestarmi quasi. Attualmente era uno dei penalisti più noti della città e certo non le aveva nuociuto l'aver sposato, poco tempo dopo aver smesso di cercarmi, un ricco e anziano principe del foro socio di uno dei più importanti studi legali di Genova.

Circa un anno prima, essendo stato denunciato per inquinamento acustico a causa del concerto di un gruppo di trash metal, l'avevo ricontattata fidando in uno trattamento di favore, visto lo stato delle mie finanze, ma non mi fece sconti invece, nonostante la condanna (per fortuna trasformata in multa) presentandomi una parcella che andò a far mucchio con fatture e multe appunto, che non sarei mai riuscito a pagare.

"Uno di questi giorni la chiamo." pensai a voce alta ma in cuor mio sapevo che non l'avrei fatto. Chissà, forse avevo timore potesse riprendere a picchiarmi sentendo la cazzata che stavo per fare, oltre che della sua parcella. Le settimane passavano; ogni giorno aspettavo trepidando l'arrivo del postino ma niente oltre la notifica di qualche multa o l'ingiunzione di questo o quel creditore. Andrea era arrivato e insieme avevamo fatto quella telefonata allo gnomo svizzero che si era detto ben felice di ricevermi con l'unica preghiera di comunicargli con uno o due giorni di anticipo la mia andata a Lugano. Col passare dei giorni anche Razak si era fatto nervoso, ne ebbi la certezza quando assistetti a una concitatissima telefonata con l'amico olandese. Erano trascorse ormai tre settimane quando giovedì 31 marzo duemilauno, dalla mia buca delle lettere fece capolino una strana busta gialla, più grande di quelle normali, recante il timbro delle poste nigeriane, il nome del mittente, tal Adamo Oamen e la città: Lagos. Mi affrettai ad aprirla e, pur preso da una certa foga, stetti ben attento a usare ogni cautela: mai avrei voluto strappare inavvertitamente l'assegno che immaginavo contenesse. Ma quella busta ne aveva invece dentro un'altra, questa proveniente dall'Olanda, Amsterdam: il mittente si chiamava Martin Ulleke; aprii anche questa, ormai sudavo e comparve, questa volta sì, un assegno. Lo guardai bene, la cifra era espressa in sterline: duecentocinquantamila! Era molto di più di quanto pattuito. L'assegno portava la dicitura della Irish Institute Bank of Dublino e io non potevo credere ai miei occhi. Cazzo sembrava tutto vero! Non c'erano segni di contraffazione. Giunto a casa di Andrea controllammo su internet: la I.S.B.D risultava essere una società che gestiva fondi immobiliari, ma dal suo sito non ci riuscì di capire nient'altro. Anche il mio amico, che sembrava divertirsi un mondo, a quel punto sembrò persuaso che, per quanto folle, bisognasse andare fino in fondo. Mi recai da Razak che alla notizia non sembrò star più nella pelle. Non seppe rispondere perché l'assegno fosse arrivato dalla Nigeria.

"Non so, forse fare giro assegno per sicurezza..." si limitò a ipotizzare.

"Ma duecentocinquantamila sterline è quattro volte quello che avevamo stabilito..."

"Mio amico dire che se fare Svizzera possibile guadagnare di più."

Tutto rimaneva avvolto nel mistero ma la luce di quel facile arricchimento doveva essere abbagliante, perché smisi di scorgere pericoli e solo aspettavo il momento in cui avrei potuto contare i soldoni. Era tutto folle, ma avevo deciso andasse bene così.

se c'è chi presta fede nella dea Calì o alle stigmate di padre Pio avrò per una volta nella vita il diritto di credere anch'io in qualcosa di altrettanto folle?

Telefonai a Rezzonico, lo gnomo svizzero, come Andrea chiamava i bancari di Lugano e presi appuntamento per il lunedì successivo. Il mio amico decise di accompagnarmi sostenendo di avere qualche faccenda da sbrigare in Svizzera ma penso che in realtà non volesse perdersi gli sviluppi di quella storia.

"Ci sono meno controlli che sulle macchine" mi erudì sulle abitudini dei doganieri e così decidemmo di far la tratta in treno. Probabilmente non era quello il motivo e invece qualche precauzione voleva prenderla, in fondo stava rischiando gratis e nel caso la finanza mi avesse sgamato sul treno, avrebbe, viceversa che in macchina, potuto far finta di non conoscermi. Il cielo azzurro fumo che lasciammo sopra la stazione di Genova divenne simile al nero quando arrivammo al confine, Andrea aveva dormito per quasi tutto il viaggio lasciandomi solo in balia della mia ansia. I finanzieri fecero la loro apparizione a Ponte Chiasso. "Porta con sé denaro contante?" Ne avevo talmente poco che non esitai a far cenno di no, ma quando il gendarme domandò ancora: "Assegni compilati?" trasecolai, negando scuotendo il capo, il cuore sembrava suonato da John Bonham. Quella frase apparteneva certamente a una formula di rito ma lo stesso fu sufficiente a farmi ingrigire i primi capelli. Scesi dal treno Andrea non la smetteva di prendermi in giro.

"Eri bianco come un lenzuolo!"

Ci fermammo in un caffè sul lungolago dove, in bagno, recuperai l'assegno che la sera prima avevo cucito all'interno del nuovo completo

313

gessato che ero riuscito ad acquistare con molti sacrifici: l'occasione ritenevo li valesse. La banca del dottor Rezzonico era differente da quelle che ero abituato a frequentare; non stava al piano strada da dove era praticamente impossibile notarla non avendo insegne o altre indicazioni, a parte una piccola targa di lato al portone del nuovissimo palazzo che ospitava gli uffici di molteplici società. Un portinaio con un forte accento pugliese ci domandò chi stessimo cercando.

"Cofibanc."

"Terzo piano ascensore B"

Tutto il piano apparteneva alla banca o quel che era. Dietro una vetrata diversi impiegati smanettavano sui computer. Andrea suonò il campanello posto a lato della porta scorrevole e una bella signorina bionda ci si fece incontro.

"Signor Oberbizer quanto tempo..." accolse il mio amico con un sorriso a trentadue denti. Quindi, chiedendo notizie sulle spiagge di Cuba "Prima o poi devo assolutamente venirci a trascorrere le vacanze..." ci introdusse in un ufficio dove dopo qualche minuto ci raggiunse Rezzonico. Il dottor Rezzonico aveva un volto anonimo come il suo ufficio, nessuna ruga definiva sul suo viso un'espressione, nessun tratto somatico avrebbe potuto aiutare a descriverne il carattere. Non era né bello né brutto, né grasso né magro, né alto né basso,

passerebbe inosservato anche si vestisse di fucsia con quella faccia

Andrea mi presentò come suo caro amico spiegandogli che stavo disinvestendo dei fondi da questa società irlandese e dipingendomi desideroso di aprire un conto presso la sua banca.

"Il mio amico mi ha chiesto un consiglio e io mi sono permesso di fare il suo nome..."

Era entrato perfettamente nella parte e stava facendo molto più di quanto avessi sperato, di certo si divertiva un mondo; da quando era ricco la noia, che scacciava troppo spesso bevendo, costituiva un problema e probabilmente mi era grato per quella messa in scena dove aveva un ruolo importante, pur non essendone il protagonista. Il banchiere mi chiese di specificare un po' meglio la provenienza della somma e io mi sforzai di essere credibile affermando fosse frutto di utili maturati nell'ambito di compravendite immobiliari gestite da quella stessa società irlandese. Rezzonico ascoltò impassibile come una sfinge e dopo che ebbi terminato, un sorriso esitante accompagnò le sue parole: "Se è così, non ci saranno problemi." Quindi mi porse una penna stilografica invitandomi a girare l'assegno alla banca. Una volta che ebbi posto la mia firma, mi pregò di consegnare l'assegno e il passaporto alla bella signorina bionda che uscì dalla stanza per farvi ritorno qualche minuto dopo con le fotocopie, di cui mi fu consegnata quella dell'assegno.

"Ci vorranno all'incirca quindici giorni."

A quel punto Andrea mi fece capire di voler restare solo con lo gnomo e così mi congedai ringraziando. La signorina bionda mi condusse in un'altra stanza chiedendomi se gradissi del the o del caffè ma declinai; aveva un culo da far invidia alla sua connazionale Michelle Hunziker e in un altro momento ne avrei certo approfittato per provarci, ma in quel periodo solo Magda avevo negli occhi nel cervello e nel cuore.

Quando uscimmo dall'edificio ero ancora eccitato.

"Sì, ma stai calmo che ancora non è successo niente." Aveva ragione, ci fossero stati problemi lo avremmo potuto sapere solo nei giorni a venire, però un primo passo era fatto e mi sentivo ottimista e allegro. Nonostante i pochi quattrini volevo, non dico sdebitarmi, ma almeno ringraziarlo, e così ci recammo in un piccolo ma vezzoso ristorante dove mangiammo un piatto locale molto particolare.

Per due persone: 300 grammi di pesce di lago (trota o salmerino)

una foglia di salvia; mezzo rametto di rosmarino; un poco di prezzemolo, carvi, timo, dragoncello e menta; sale, pepe; olio extravergine di oliva; succo di limone.

Lavate i filetti di pesce e tamponateli delicatamente con un panno pulito per asciugarli.

Salateli e pepateli poi sminuzzate le erbe aromatiche ed utilizzatene una parte per insaporire i filetti precedentemente spennellati con dell'olio extravergine di oliva.

Cuocete per qualche minuto sulla griglia e, nel frattempo, preparate una salsa utilizzando le erbe rimaste, del succo di limone, un filo di olio e un pizzico di sale e di pepe, poi utilizzatela per condire i filetti appena cotti.

Spleen e gite in Côte d'Azur

(lumache alla Picasso)

27 maggio dell'anno 2001

Mancava poco ormai ma quell'attesa mi stava divorando. Le continue telefonate di Razak, che non comprendeva come mai ci volesse tutto quel tempo, contribuivano ad accrescere l'agitazione. Andrea mi aveva consigliato di non chiamare Rezzonico prima che fossero trascorsi i quindici giorni e avevo seguito la sua indicazione, anche se la voglia di sentire a che punto stesse la cosa era stata così forte che avevo faticato a trattenermi.

 Ma tutta la città sembrava fibrillare, anche se il motivo era un altro: il G8 di luglio. L'argomento monopolizzava le conversazioni, nei bar del centro all'ora dell'aperitivo non si parlava che di questo. Anche al Fitzcarraldo, per la prima volta, si potevano ascoltare discorsi in senso lato politici tra marocchini e senegalesi, una cosa mai vista. Certo a tenere banco erano soprattutto le preoccupazioni di natura personale perché nell'aria circolavano notizie di autentiche deportazioni alle quali sarebbero stati sottoposti gli extracomunitari, specie se islamici. Li avrebbero presi e dalla città vecchia schiaffati in qualche galera, temporanea o meno non era dato saperlo. Adj ne era certo. "Io me ne vado per un po' capo, intanto stai per chiudere no?" Aveva deciso di tornarsene in Senegal. "Mi ha contattato un amico, vuole che vada in turnè con Youssuf Bambé, e poi è un sacco di tempo che non vedo mia madre." Mi sarebbe mancato, avrei voluto chiedergli di aspettare, ma aspettare cosa? Ci abbracciammo e io quasi avevo le lacrime agli occhi."

"Ehi capo non ti facevo così sentimentale..."

"Non chiamarmi capo..."

"A già...ok capo!" E rise come faceva sempre. Mi sarebbe mancato e certo il Senegal non sarebbe stata la prima tappa del mio viaggio ma, se quella storia fosse andata bene, chi mi avrebbe impedito di inserire nel mio itinerario una tappa a Dakar?

Alberto Serra era riuscito a ottenere, nonostante le brutte voci circolanti sul suo conto -la precaria moralità era certamente, agli occhi di molti esponenti del suo partito cattolico, connaturata alla stessa condizione di omosessuale- un ruolo importante nell'organizzazione dell'accoglienza ai grandi del pianeta. Il suo amico Baget gli doveva davvero voler bene. Una sera, più sbronzo del solito, mi illustrò il percorso che avrebbero fatto le delegazioni di tutti i paesi per recarsi dalla nave-albergo attraccata al Porto Antico dove sarebbero stati ospitati, sino a Palazzo Ducale luogo delle riunioni del G8.

"Alberto, tu cosa pensi di Berlusconi?" gli domandai immaginando la risposta.

"Un grand'uomo!" rispose infatti senza esitazioni. "Un uomo del fare che in vita sua ha raggiunto risultati grandiosi in tutto quello che ha fatto..."

Il problema era che aveva ragione. Per il cavaliere lo erano davvero grandiosi quei risultati, che lo fossero anche per gli italiani, beh, quello era altro discorso.

"Ma dì un po' Alberto, queste stronzate te le inculcano nelle riunioni del partito o ti vengono spontaneamente?"

"Dai Giova, devi ammetterlo anche tu: Silvio è una persona eccezionale, un autentico re Mida..."

"Sei pronto a prendere il posto di Emilio Fede."

Ma lui era fatto così, una volta mi aveva raccontato che da ragazzino si era innamorato di Bettino Craxi, ma più che politicamente, fisicamente.

"Andai a un congresso e me lo presentarono, ti giuro che aveva un fascino...era puro erotismo."

Insomma: Alberto non sapeva resistere agli uomini forti. Io pensavo invece fin dal millenovecentottantasei, certo un po' condizionato da mio padre, che quel tipo fosse pericoloso, da quando aveva acquistato il Milan dopo essere già padrone di molte sale cinematografiche per non dire delle tv. Proprio grazie al suo compagno di merende socialista, era divenuto monopolista del settore, iniziando così il lavaggio del cervello degli italiani di cui ora erano ben visibili gli effetti

"Ma Giova, tu non puoi dire niente sulle televisioni visto che ci hai vinto anche dei soldi."

Era vero, ma li avevo spesi tanto velocemente e mi ero scoperto grazie o per colpa di quella vincita tanto debole, che forse era quello il vero motivo per cui Berlusca non lo potevo vedere: era uno specchio nel quale io, come altri milioni di italiani mi riflettevo. Ciò che maggiormente mi urtava di quell'ometto che si credeva Napoleone alla fine non era, come dicevano Eugenio Scalfari e i suoi amici, il conflitto di interessi che ci faceva vivere in una situazione di controllo della democrazia, ma il fatto di potergli in qualche misura somigliare. Ma Alberto non poteva capire e per quello la buttai sullo scherzo prendendo a canzonarlo per la faccia tirata e pittata color mogano del suo leader: "È tutto tirato, quell'uomo mente a partire dalla faccia..." o per i suoi capelli: "Non ho mai ben capito se glieli dipingano o invece gli spalmino del bitume sulla testa..." Rise, ma poi tornando serio volle precisare:

"Ti stai sbagliando su Silvio, lui è davvero una risorsa per il paese..."

"Dai, bevi qualcosa e parliamo d'altro che è meglio."

Il cellulare di Magda risultava da giorni staccato e da due settimane non si era più fatta viva al locale e a casa nessuno rispondeva. Avevo provato a chiedere a qualche sua amica ma neppure loro l'avevano più vista. Poi, quando stavo per andare a cercarla al Mariguela, mi chiamò:

"Ho visto le tue chiamate ma sto preparando un esame importante e il telefono l'ho tenuto spento."

"Avevo provato anche a casa..."

"I miei sono partiti e io non rispondo al telefono che i parenti non li sopporto...Come stai?"

Adesso che la sentivo, meglio.

"Bene, ma mi piacerebbe vederti, magari questa sera..."

"Volentieri ma domani ho l'esame, se vuoi ci sentiamo nel pomeriggio. Ti chiamo quando ho finito."

"Sì, in bocca al lupo." "Crepi!"

Allora anche lei pensava a me! Mi fosse arrivata anche la chiamata dalla Svizzera avrei toccato il cielo con un dito. E il giorno dopo, la mattina del ventisette aprile, il telefono squillò: era la segretaria di Rezzonico che mi comunicava il felice esito dell'operazione. Incredibilmente era andato tutto liscio e ora sul mio nuovo conto avevo 250.000 sterline. Non stavo più nella pelle e telefonai ad Andrea che ancora dormiva e mi mandò a quel paese prima di riemergere completamente nel mondo dei vivi.

"Sai già come fare per prelevarli?"

Il problema adesso era farli rientrare in Italia, sarebbe stato il colmo essere beccati sul più bello.

"Pensavo di fare come mi hai consigliato: aprire un conto alla Banca Selva a Montecarlo e farne transitare lì almeno una parte."

"Sì, ma devi essere introdotto da qualcuno, più tardi andiamo a parlare con Guidi, è il direttore della filiale di Genova, lo conosco bene eravamo compagni di scuola. È una vera merda ma è quello che ti serve..."

Avvertii Razak che, sulle prime entusiasta, rimase perplesso quando gli spiegai come avremmo recuperato i soldi dalla Svizzera e quanto tempo ci sarebbe voluto ancora e cioè almeno un'altra settimana.

"Perché tu non andare Svizzera a prendere?" "Perché se mi fermano alla dogana con tutti quei soldi è un grosso problema..."

Non ne era persuaso ma dopo una chiamata all'amico in Olanda, che probabilmente gli confermò come la mia prudenza fosse fondata, si convinse e anzi aggiunse che il suo amico avrebbe potuto farmi avere altri assegni.

"Aspettiamo Razak, magari non è il caso...vediamo intanto di prendere questi."

Con Guidi, un bell'uomo abbronzatissimo che parlava solo di tette e di culi, la cosa andò come sperato e, strappando la promessa ad Andrea di un invito all'Havana quanto prima, telefonò al suo alter ego a Montecarlo: non ci sarebbero stati problemi ad aprire un conto né susseguentemente a farvi bonificare l'importo da Lugano.

A Montecarlo fu tutto estremamente semplice, la dottoressa Santapauli preventivamente informata da Guidi non ebbe problemi ad aprire un nuovo rapporto a mio nome. Neppure fu necessario effettuare un deposito una volta informata dell'importo del bonifico che presto sarebbe arrivato. Dal suo studio telefonai in Svizzera comunicando gli estremi sul quale effettuare l'operazione e Rezzonico sulle prime parve contrariato:

"Ma come? Ci abbandona già?"

"No dottore, non si preoccupi, presto faremo un'altra operazione simile a questa e magari potrà consigliarmi qualche buon investimento..." lo rassicurai.

"Montecarlo mi fa cagare, che dici se ce ne andiamo a Cannes?"

Andrea aveva fatto un sacrificio a svegliarsi tanto presto la mattina e non me la sentii di contraddirlo anche se avrei voluto fare subito ritorno perché altro non desideravo che vedere Magda quella sera. Ma un po' di gratitudine era il minimo, così l'assecondai. La giornata primaverile colorava il cielo della Côte d'Azur di un celeste senza sbocchi o nubi e prima di andare a Cannes Andrea volle recarsi al museo di Picasso. Non sospettavo che il mio amico fosse anche un esperto d'arte.

"Tu una volta mi hai detto che scrivi."

"Sì, ma è molto tempo che non butto giù una riga, sempre in mezzo ai casini."

"Adesso avrai tempo, a proposito, cosa intendi fare?"

Gli raccontai dei miei problemi e del fatto che quella cifra mi avrebbe permesso di tappare più o meno tutte le falle.

"Vendilo" Si riferiva al Fitzcarraldo. "E se non ci riesci ascolta il tuo commercialista e porta i libri in tribunale. Non fare l'errore di spendere questi soldi per cercare di rimetterlo in piedi. Il Titanic è destinato ad affondare." Aveva ragione, ma cos'altro avrei potuto fare? "Vieni a Cuba, parli lo spagnolo meglio di me e io là ho aperto una ditta che si occupa di forniture alberghiere, non è che ci tiri su molto, mi serve soprattutto per avere il permesso di residenza ma se qualcuno lavorasse seriamente, potrebbe anche produrre un utile..." Ci avrei pensato, nella patria adottiva del Che questa volta sarei andato certamente, magari con Magda. "Con tutte le donne meravigliose che ci sono laggiù tu vuoi portartene una dall'Italia e nera per giunta?" E rise per poi farsi serio e rivelarmi, ma sommesso, come timidamente: "Una volta dipingevo." "Bello, ed eri bravo?" "Sì, ho fatto anche qualche mostra, ma poi ho smesso." "Perché?" "Il fatto è che dopo un po' tutto mi viene a noia. Non avere una passione ma nemmeno il pensiero di dover sopravvivere alla lunga è insostenibile."

Non saprei cosa mi saltò in mente e perché gli porsi quella domanda che mi era sempre parsa terribilmente stupida tutte le volte che qualcuno me l'aveva posta.

"Andrea ma tu credi in Dio?"

Ridacchiò. "Da un punto di vista sociologico è innegabile non ne esista uno soltanto...Diciamo che mi ritengo agnostico, trovo del tutto inutile parlare di qualcosa che risulta inconoscibile. Però è interessante studiare le religioni, ti aiuta a comprendere i popoli che le esprimono."

"In che senso?" "Pensa a Confucio, non è forse una sorta di icona del carattere dei cinesi? Togli la patina mistica e avrai la corretta definizione dei tratti principali di quel popolo. E non vale forse la stessa cosa per l'Islam? Conosci qualcuno altrettanto vendicativo di un arabo? E così è il loro Allah. O per i cristiani con le loro ipocrisie. Vale per tutti, a partire da Zeus per arrivare alle tendenze new age. L'idea di Dio esprime quelle che sono le peculiarità di ogni singolo popolo. Vedi questo?" e mi indicò il bracciale verde e oro che gli ornava il polso sottile d'accademico.

"Sì, cosa rappresenta?" "Sono i colori di Elleguà, è il bambino degli déi, imprevedibile e sconcertante. Devi sapere che a Cuba ho un padrino che mi sta insegnando i rudimenti della Santeria."

Prese a parlarmi con qualche entusiasmo della Regla de Ocha e mi confuse, perché, contraddicendo ciò che aveva affermato poco prima, sembrava dar credito ai rituali importati nei Caraibi dagli schiavi africani.

"Ma insomma Andre, non mi vorrai far credere che credi alle macumbe!"

Mi rimproverò. "Intanto non si chiamano macumbe ma semmai vodoo ma la magia nera è una devianza... Però, che tu mi creda o meno, devo confessare che il mio padrino più di una volta ci ha preso...Qualcosa che collega quelle pratiche antiche e stregonesche all'intimo equilibrio dell'universo ci deve essere. Ma non voglio rimangiarmi nulla e ti ripeto: ciò di cui non si è in grado di parlare, si deve tacere, lo diceva anche Wittgenstein..." Poi riprese a bere smodatamente e iniziò a insolentire il cameriere dapprima, quindi gli altri clienti del ristorante. Se il suo orisha gli somigliava, doveva essere estremamente dispettoso. "Ma perché ti comporti così?" lo apostrofai come si farebbe con un discolo di dieci anni.

"Mi annoio."

Aveva un sacco di soldi ma non era felice il mio amico che continuava a bere troppo e non toccò quasi nulla dei piatti prelibati che ci servirono in un ristorantino sopra Cannes.

Per 2 persone: 300 grammi di lumache grandi; 50 centilitri di vino bianco; 20 centilitri di aceto di vino; 1/2 cipolla; 2 carote; 1 costa di sedano; 10 grammi di burro; 1 spicchio di aglio; 2 cucchiai di pangrattato; una manciata di pinoli; prezzemolo; sale; pepe.

Lasciate le lumache per due giorni a spurgare, passato questo tempo mettetele a bagno in un grosso catino pieno d'acqua, con abbondante sale e aceto; ripetete più volte quest'operazione durante la quale verrà a galla molta schiuma.

Appena l'acqua sarà pulita dalla schiuma, ponete le lumache in un tegame con abbondante acqua fredda e su fuoco molto moderato, appena vedrete che le lumache sono fuoriuscite dal guscio, alzate la fiamma in modo che cuociano senza rientrare nel guscio.

Dopo quest'operazione risciacquate le lumache in abbondante acqua fredda.

Mettetele in metà acqua e metà vino fino a ricoprirle; aggiungete un trito di cipolla, carota, sedano, prezzemolo ed infine i pinoli. Insaporite con sale e pepe e lasciate cuocere per tre ore.

Servite direttamente con il tegame da forno, le lumache dovranno essere caldissime.

Sopravvivere al G8

(buridda)

15 giugno dell'anno 2001

Razak contò le sterline almeno dieci volte con gli occhi che si sganasciavano.

"Razak, amico mio, non so neanche come ringraziarti..."

"Tu non dovere ringraziare, tu solo non dovere chiudere Fitzcarraldo."

Non ebbi il cuore di dirgli che fosse quella invece l'idea ma buttai lì:

"Perché non lo prendi tu?" "Io? No, Fitzcarraldo essere solo se Giovanni c'è." Non capii se fosse un complimento o una maledizione ma non osai chiederglielo.

"Mio amico già spedito due assegni."

Mi sarei accontentato volentieri delle 125.000 sterline, l'avidità non mi era mai appartenuta.

"Non pensi sia meglio lasciar passare un po' di tempo?"

"No, mio amico dice che adesso potere..."

Non mi riuscì di dirgli di no: nel giro di una, due settimane al massimo avrei dovuto ripetere l'operazione.

è andata una volta perché non dovrebbe la seconda?

Magda non gradì il fatto che le avessi dato buca, ma Andrea aveva finito con lo sbronzarsi di Chateaux Laffitte e il viaggio di ritorno dalla Costa Azzurra era stato un inferno: aveva preso a insultare i francesi al ristorante e poi chiunque avessimo incontrato sulla Croisette, a un certo punto riuscì quasi a litigare anche con me.

"Pensi che abbia paura di te?" continuava a chiedermi provocandomi, e la voglia di dargli quattro schiaffi aveva fatto capolino molto prima di arrivare a Ventimiglia. Per fortuna passato il confine si era addormentato ma ormai era tardi e Magda alla mia telefonata di scuse rispose con un criptico: "Tu non capisci mai niente." e alla richiesta di delucidazioni si limitò a dirmi che il giorno dopo sarebbe partita per Parigi dove aveva un incontro importante e che le avrebbe fatto piacere parlarne con me.

"Ma fa lo stesso, tu hai preferito stare col tuo amico..."

Non saprei perché immaginai si trattasse di un fidanzato d'oltralpe e, nonostante il nuovo capiente conto in banca, passai giorni complicati alle prese con quelle pene d'amore.

ma come faccio a essere così stupido ha ragione Andrea quante donne ci sono al mondo devo togliermela dalla testa

Ma non mi riusciva e in aggiunta avevo preso ad annoiarmi: il fatto di non essere inseguito da nessun problema, almeno in apparenza, mi metteva in una condizione alla quale, fatta eccezione per i mesi trascorsi a sputtanare i soldi vinti al tele quiz, mai ero stato abituato. Per star dietro ad Andrea avevo anche preso a bere troppo, fortuna che sarebbe ripartito a giorni

non ho il suo fegato io muoio di cirrosi in sei mesi se continuo a bere così

mi andavo ripetendo tutte le mattine nelle quali per compagna avevo la cefalea del dopo sbronza. Quella sera avevo deciso che non avrei toccato un solo bicchiere, oltretutto dalla cassetta delle lettere era sbucata giorni prima un'altra busta gialla e questa conteneva due assegni della solita compagnia, uno da 110.000 sterline e l'altro da 185.000, il mattino seguente mi sarei recato in Svizzera come da accordi con Rezzonico e dovevo essere lucido. Quando Andrea varcò la porta del Fitz aveva l'oscena camicia da bowling che, privo di gusto, era solito indossare, macchiata di sangue e tutta strappata. Al suo fianco un ragazzo sui trent'anni, maghrebino, gli prestava il braccio perché zoppicava come un vecchio. Gli andai incontro.

"Cosa ti è successo?" "Sono stato aggredito da tre marocchini, se non ci fosse stato Jimmy forse ora sarei all'ospedale."

Andrea mi presentò il suo accompagnatore magnificandone le doti e quello si schernì sottovoce, però lasciandosi sfuggire una frase che lì per lì non compresi, ma che pronunciò osservando con avversione altri due tizi arabi seduti al bancone intenti a bere una birra.

"Fanno i musulmani e puzzano di maiale..."

Andrea non la finiva più di tessere le lodi di quel giovane:

"Avresti dovuto vederlo, tira di karate che sembra Van Damme!"

In quei giorni avevo perso i tre buttafuori italiani a quanto pareva partiti tutti quanti per il Kossowo.

"Vanno a fare il lavoro sporco per conto degli americani, quello che l'esercito regolare non può fare..." Se ne era detto certo Pedemonte, un loro amico, un uomo terribile che a quasi sessant'anni conservava una forza tremenda che si vantava di aver partecipato alla guerra dei Sei giorni e di essere in attesa della liquidazione, nonché della pensione dal Mossad. "Tutte cazzate." mi aveva informato Adj tempo prima, ma io a quel punto avrei potuto credere a qualunque cosa. Paolino me lo aveva raccomandato affinché lo assumessi al posto suo ma almeno quello decisi di evitarmelo. Restava però scoperto il ruolo e così, anche perché ritenevo ormai essere quello l'ultimo dei miei pensieri, quando Andrea perorò l'assunzione di Jimmy, non trovai nulla da obiettare.

"Ma il tuo vero nome qual è?" "Io sono Jimmy, Jimmy e basta."

Non era forse il più simpatico del mondo né con quel fisico grassottello mi sembrava poter incutere timori d'ossa rotte, ma mancava neanche un mese alla chiusura e non andai troppo per il sottile.

"Sei assunto."

In Svizzera andò tutto liscio come la prima volta, Rezzonico solo mi comunicò che i costi dell'operazione avrebbero subito un leggero aumento percentuale e mi volle illustrare un investimento, a suo dire sicurissimo che sarebbe consistito nell'acquisto di bond argentini.

"Ci pensi su e mi faccia sapere."

Magda era tornata ma continuava a tenermi il broncio.

"Gli amori inespressi sono gli unici che durano per sempre" mi aveva detto Andrea prima di imbarcarsi sull'aereo che lo avrebbe riportato all'Havana ma io non gli avevo dato retta e per quello ero tornato al Mariguela. In quel posto continuavano a far progetti sul G8.

"I compagni tedeschi hanno intenzione di attaccare le banche e noi siamo d'accordo con loro." A me sembrava una cazzata e lo dissi a Kranz.

"Compagno Fitzcarraldo se non hai niente di meglio da proporre ti conviene stare zitto!"

La città iniziava in quei giorni a prendere la fisionomia che l'avrebbe contraddistinta durante il vertice. Operai del comune sorvegliati dagli sbirri stavano sigillando anche i tombini per timore che qualche rivoltoso speleologo potesse attaccare i grandi del pianeta direttamente dalle fogne, e le prime inferriate iniziavano a chiudere i vicoli, separando quella che sulle mappe i giornali indicavano come zona rossa (cioè il perimetro entro il quale i presidenti delle nazioni più sviluppate del pianeta avrebbero atteso al loro ruolo di comando) da quella gialla dove sarebbero stati confinati i genovesi, salvo non possedessero il pass riservato ai residenti o a chi gestisse attività commerciali dentro quelle mura. E io quel pass, in quanto proprietario del locale ce l'avevo. Di più: il locale era a cavallo delle due zone e mi accorsi con stupore divertito di come le intelligence dei paesi più potenti del pianeta non si fossero accorte che il Fitzcarraldo rappresentasse un potenziale cavallo di troia, non avendo posto alcun lucchetto, saldato qualche sbarra all'uscita di sicurezza che si apriva su via delle Grazie, in zona gialla quindi e dalla quale avrei facilmente potuto far entrare chiunque per poi lasciarlo uscire in piazza Cavour, cioè dall'entrata principale del locale in piena zona rossa, a pochi metri da dove gli otto grandi avrebbero parlato, mangiato, cagato. Avevo deciso che non ne avrei fatto parola con nessuno ma quel giorno, insolentito da Kranz ebbi la brillante idea di raccontarglielo.

"E se facessimo entrare un piccolo gruppo di manifestanti da là dietro?"

"Spiegati meglio?"

Da quello che avevo letto sui giornali, l'idea di molti gruppi no global era di violare simbolicamente la zona rossa, ritenuta un affronto da gran parte di loro ma anche da molti genovesi.

"Dici davvero?" mi aveva domandato esterrefatto il punkabbestia. Io a dire il vero mica lo sapevo, più facilmente era una bravata per far colpo su Magda, ma a quel punto era tardi per tirarmi indietro. "Eccome no?" In men che non si dica Kranz prese la palla al balzo.

"È interessante...fammi fare qualche telefonata e domani ti faccio sapere."

Magda sperava scherzassi e me lo disse mentre la stavo invitando a cena.

"Ma non farai mica sul serio?"

E io sul serio non facevo perché mi ero del tutto rassegnato alla sconfitta degli ideali rivoluzionari, i miei soprattutto, e non mi pareva essersi avvicinato il momento della dittatura del proletariato ma nemmeno, ammorbidendo gramscianamente il concetto, la sua egemonia: probabilmente ero solo un coglione innamorato. Quella sera lei non avrebbe potuto tenermi compagnia, era l'anniversario di nozze dei suoi genitori, festeggiavano trent'anni di matrimonio e non poteva mancare.

vorrei anch'io un giorno con te

"Cerca di non metterti nei casini..." mi aveva solo detto prima di salutarmi con un piccolo bacio sulle labbra che mi proiettò sulla luna.

Lo sapevo anche lei prova qualcosa!

Quella notte non mi riuscì di dormire e non solo a causa di quel bacio: se Kranz fosse riuscito a organizzare i rivoltosi sarei stato arrestato di sicuro, proprio adesso che avevo tutti quei soldi, che cazzata avevo fatto! Fui preso da un attacco di fame bulimica e per fortuna nel frigo avevo ancora la buridda avanzata il giorno prima.

Per due persone: 400 grammi di seppie; 2 -3 grosse patate; 1500 grammi di piselli surgelati; 1 cucchiaio di concentrato di pomodoro; 2 acciughe salate; 1 spicchio d'aglio; 20 grammi di funghi; 1 mazzetto di prezzemolo; 1 bicchiere di olio extravergine di oliva;1/2 bicchiere di vino bianco secco; sale quanto basto;

Indossate i guanti (l'inchiostro macchia) e pulite i molluschi levando le interiora, la sacchetta contenente il nero di seppia e la lisca centrale; poi togliete loro la pelle, lavateli, scolateli, batteteli col batticarne (non sfibrate troppo) e tagliateli a listarelle.

Mondate il prezzemolo, sciacquatelo, asciugatelo e prendetene solo le foglie, sbucciate l'aglio e fate un trito con questi due ingredienti, tenendo da parte la metà del prezzemolo tritato.

Pulite le acciughe sotto sale, levate loro la lisca, lavatele, mettetele a bagno in acqua fredda per 1/4 d'ora e poi tritatele e mettetele da parte in una ciotolina.

Togliete la buccia alle patate, lavatele e riducetele a dadini.

Fate imbiondire leggermente il trito di prezzemolo e aglio con l'olio in un tegame di terracotta (possibilmente, in quanto la cottura risulta migliore ed omogenea) a fuoco basso.

Poi aggiungete le seppie e fate rosolare e insaporire, girando con un cucchiaio di legno.

Bagnate col vino bianco, lasciate evaporare e poi incorporate anche l'estratto di pomodoro diluito precedentemente in un po' di acqua calda.

Salate e cuocete per 20 minuti a fuoco basso col coperchio, mescolando di tanto in tanto.

Poi aggiungete le patate a pezzi e, quando queste saranno a metà cottura, unite anche i piselli.

Inserite il fegato di una seppia grossa.

Finite di cuocere (in tutto circa 40 minuti) e, una volta spento il fuoco, inserite l'acciuga tritata e il prezzemolo rimanente.

Mescolate bene e servite con l'accompagnamento di pane abbrustolito strofinato con aglio.

Durante la cottura aggiungete acqua calda, in quanto in questo piatto ci deve essere presenza di sugo.

Aggiungete le acciughe a fiamma spenta esaltando così il gusto di mare.

Che coss'è l'amor?

(Frittelle di bianchetti)

10 luglio dell'anno 2001

Avevo tirato un gran sospiro di sollievo e mi ero tolto la soddisfazione di irridere Kranz davanti a Magda. Lui e i suoi compagni erano considerati così poco dal resto del movimento che il loro tentativo di contattare Casarini per esporgli la mia idea era fallito miseramente. Non se l'erano filato minimamente e adesso quasi mi dispiaceva vederlo mortificato là in un angolo.

"Ma non importa fanculo anche Casarini! Mica abbiamo bisogno di quelli, ci entriamo noi in zona rossa!"

A quel punto mi fu meno complicato negargli l'accesso.

"Non se ne parla neanche, io volevo fosse un atto simbolico e pacifico se faccio entrare i tuoi amici spacca vetrine non è la stessa cosa..."

Kranz mi diede del pavido ma probabilmente anche lui fu sollevato dalla mia decisione.

"E Facchetti, cosa dice Facchetti?"

Purtroppo, al vecchio anarchico era preso un coccolone e stava intubato in un ospedale milanese, chissà altrimenti come sarebbe andata.

"Hai fatto la cosa giusta." Magda aveva più giudizio di quanto avessi immaginato.

"Cosa fai domani sera?" "Io?" "Sì, parlo con te, vedi qualcun altro?" "Niente."

Mi stava invitando nella casa al mare dei suoi.

"Allora passami a prendere domani per le cinque." Ero rimasto quasi inebetito.

Passai la serata al Fitz, era l'ultima per quella stagione e quasi certamente l'ultima per sempre. La piazza si era da diverse settimane svuotata quasi del tutto di stranieri e i pochi arabi che si ostinavano fuori dal locale erano stati messi in riga da Jimmy: non comprendevo come facesse ma gli bastava parlare all'orecchio di chiunque desse segni di agitazione perché questi divenisse all'istante un agnellino. Jimmy beveva solo succo d'ananas e non voleva essere pagato. "No, non è possibile se lavori è giusto che ti paghi!" avevo opposto al suo rifiuto di accettare il compenso e a quel punto mi aveva rivelato – "Ma questo è un segreto, devi promettermi di non dirlo a nessuno." "Sì, certamente, non ti preoccupare." - di far parte dei servizi segreti francesi e di essere stato inviato in piazza Cavour per bonificarla da presenze spiacevoli oltre che per indagare su eventuali islamici radicalizzati ed eventuali terroristi. Mi era scappato da ridere.

"Terroristi? Ma di cosa stai parlando questi sono tutti dei disgraziati che vendono un po' di fumo o scippano qualche vecchietta." Ma lui non ci trovava niente di divertente. "Non bisogna sottovalutare niente." Ovviamente lo considerai uno dei tanti mitomani che, con frequenza imbarazzante, capitavano là dentro scivolando nell'imbuto e non gli prestai alcuna attenzione. Quella era l'ultima serata del Fitzcarraldo e non me l'ero immaginata così, non me l'ero immaginata affatto a dire il vero e mi prese un po' di malinconia ripensando a quante speranze avessi riposto qualche anno prima in quel luogo e di come tutte fossero andate disilluse. Tutte forse no: il giorno dopo sarei partito per il mare con Magda, noi due soli finalmente.

E il giorno dopo arrivò e lei, finalmente, era nuda davanti a me, in piedi vicino a me e si chinava per baciarmi e mi baciava, e anch'io, e ci toccammo finalmente e a lungo. Era sfrontata ma pudica al contempo e mentre scoprivo i sapori delle sue cavità sentivo l'amore come non ricordavo d'aver mai sentito. Ma quanto durava questo amore? Come una traversata transoceanica e colto l'invito al viaggio viaggiavo, laggiù dove tutto è ordine bellezza lusso calma voluttà, l'amore come una scala dalla terra a quel pianeta e io in bilico in mano mezza luna nell'altra l'altra mezza in bilico per pochi anni luce già finiti e sguscio fuori e il mio piacere è sulla tua bella schiena creola sulle natiche e tu ancora ti sfiori le labbra rincorrendo la delizia poi ti volti e mi mandi un bacio mentre tutto intorno si consumano fiori.

Avevo immaginato infinite volte quel momento. Avevamo fumato un po' di ganja prima di fare l'amore e mi sembrò tutto il tempo di stare a mezz'aria mentre ci baciavamo e le carezze più intime mi erano parse librare il mio senno sulla luna.

"Lo sapevo." mi disse Magda imbronciandosi dopo l'amore, mentre i polpastrelli non riuscivano a finirla di sfiorarci. "Cosa?" "Non avrei dovuto." "Perché?" "Non volevo innamorarmi."

Non ero mai stato tanto felice, non avevo mai creduto alla felicità che invece era lì, nuda e bellissima davanti ai miei occhi ancora increduli.

"Parto per Haiti tra due giorni." "Ma come? Perché?"

Mi raccontò che a Parigi era andata per un colloquio con Medici senza frontiere, aveva chiesto da tempo di aderire a quell'associazione che porta cure e medicine a molte popolazioni vittime di guerre, terremoti e carestie. Sarebbe rimasta in quel paese complicato da colpi di stato, aids e quant'altro per i prossimi tre mesi. Avevo toccato il cielo con un dito ma, probabilmente l'avevo urtato troppo forte perché adesso era come se mi fosse caduto sulla testa.

"Ma, proprio adesso?" "Tre mesi passano in fretta."

Sì, tre mesi ma in tre mesi quante cose potevano succedere.

"Se è vero amore..."

Non aveva scelto lei la destinazione "Ma Haiti è una costola d'Africa."

Non glielo dissi ma a questo pensavo. Ricordo il bagno notturno alla baia dei Saraceni, l'amore nel mare e quella poesia di Baudelaire "...odio il movimento che scompone le linee..." che le recitai prima di coricarci perché io ora odiavo pure gli spifferi d'aria, se avessero spostato anche un solo dettaglio di quel quadro perfetto: avrei voluto rimaner là per sempre così, con lei. O ancora quella canzone di Vinicio Capossela che le piaceva tanto –"Sei tu il mio re della cantina..." diceva prendendomi in giro- e che ascoltammo cento volte. Era stupida e allegra come noi in quei giorni e mi rimase in testa per un'intera settimana:

Che coss'è l'amor

chiedilo al vento

che sferza il suo lamento sulla ghiaia

del viale del tramonto

all'amaca gelata

che ha perso il suo gazebo

guaire alla stagione andata all'ombra

del lampione san soucì

che coss'è l'amor

chiedilo alla porta

alla guardarobiera nera

e al suo romanzo rosa

che sfoglia senza posa

al saluto riverente

del peruviano dondolante

che china il capo al lustro

della settima Polàr

Ahi, permette signorina

sono il re della cantina

volteggio tutto crocco

sotto i lumi

dell'arco di San Rocco

ma s'appoggi pure volentieri

fino all'alba livida di bruma

che ci asciuga e ci consuma.

Così continuammo ad amarci per tutto il week end e non ci preoccupammo di mangiare, anche se pensandoci meglio mi tornano alla mente le frittelle di bianchetti che Magda mi aiutò a preparare tutta imbiancata di farina.

Per due persone: 250 g di bianchetti; 1 uovo; 2 cucchiai colmi di farina; maggiorana; pepe; olio di oliva per friggere. Mettete i bianchetti in un colino a fori molto piccoli e lavateli rapidamente sotto il getto dell'acqua. Ripuliteli da eventuali impurità e corpi estranei e asciugateli dentro un canovaccio.

Rompete l'uovo in una ciotola e amalgamatelo con la farina setacciata e con la poca acqua che occorre per avere una pastella di media densità. Insaporitela con il pepe e con un cucchiaino di foglioline di maggiorana fresca e unitevi i bianchetti.

Amalgamate bene e friggete il composto, versandolo a cucchiaiate in una padella piena per metà di olio caldo [170°]. Cuocete le frittelle per pochi minuti, girandole una volta e scolatele quando avranno preso un colore oro scuro.

Passatele su un doppio foglio di carta da cucina, salatele e servitele caldissime.

Giù la testa!

(rigatoni alla pajata e sanguinacci al cioccolato)

20 luglio dell'anno 2001

Magda era partita. Partita senza giurarmi eterno amore. Neppure mi aveva permesso di accompagnarla all'aeroporto. Meglio così, in momenti del genere mi era impossibile non diventar melodrammatico. Mi imposi almeno di non piangere ma una o due lacrime le versai comunque, la sera prima.

"Ci sentiamo, ti chiamo appena arrivo."

mica è un addio non fare la donnicciola

Mi mancava già da morire mentre facevo ritorno da Montecarlo dove avevo recuperato gran parte delle sterline della seconda operazione

mi sono spezzato la schiena e fatto un fegato così per tanto tempo e poi arriva questo africano e mi fa diventare milionario

Erano davvero una montagna di carta tutti quei soldi e faticai a farli stare in una valigia soltanto.

e meno male che sono tutti bigliettoni da cento

Non fu un problema varcare il confine che Schengen aveva reso privo di dogane. Di quei quattrocento milioni di lire in contanti me ne sarebbero rimasti, una volta consegnata la sua parte a Razak, ancora solo centocinquanta, perché cento li avevo lasciati a Rezzonico, vedesse lui com'era meglio farli fruttare. Sommati a quelli della prima operazione disponevo di un gruzzolo discreto: non avrei potuto comprare più di un appartamento in una zona nemmeno troppo centrale, ma erano altri i progetti. Il mio amore non avrebbe fatto ritorno prima della fine di settembre e io ero in procinto di partire: sarei andato a trovare Andrea, avrei finalmente visitato Cuba e poi chissà? Magari sarei andato ad Haiti, anche se temevo, non so perché, che a Magda non avrebbe fatto piacere una sorpresa.

Non sapevo cosa avrei fatto dopo: seguire il consiglio del mio amico e diventarne socio nei Caraibi o invece tentare l'ennesimo rilancio della mia strampalata attività notturna? L'unica cosa di cui ero certo era il sentimento che provavo per quella ragazza.

potrei sposarmi e tornare a vendere guarnizioni o invece aprire un ristorante

Anche Razak mi aveva salutato, partiva per Benin City dove aveva intenzione di comprare della terra e mettere su un albergo. "Giovanni io essere qui mese ottobre ma io chiamare te da Africa, se tu vuoi venire tu mio ospite." Lo stesso invito che mi aveva fatto Adj.

se ho tutti questi amici per il mondo forse non ho seminato solo male

Perché devo ammettere che un sottilissimo senso di colpa stava strisciando da qualche parte dentro me, non che fossi dispiaciuto o mi sentissi un criminale per aver portato via qualche spicciolo a una banca o a un banchiere, era piuttosto la sensazione di aver perduto per sempre quell'innocenza che mi aveva per anni fatto ritenere solo rimandata la rivoluzione.

è la vita tu non c'entri niente e don Chisciotte è morto da un pezzo

Ne ero persuaso ma lo stesso tornavo a sentire l'inadeguatezza e lo straniamento, forse per quello avevo deciso di rimandare la partenza a dopo il G8: in piazza ci sarei andato, a fare cosa non lo sapevo ma sentivo di doverlo fare. Il 19 luglio ci sarebbe stata la prima marcia concomitante con l'inaugurazione; il raduno era previsto in piazza Sarzano ma, dopo aver risalito via San Bernardo già di fronte alla chiesa di San Donato si ammassava una folla colorata, via via snodandosi per stradone Sant'Agostino. Sembrava una festa ed erano moltissimi i visi conosciuti, perché quella prima manifestazione era stata intitolata dagli organizzatori "la marcia dei migranti" e riconobbi molti dei miei clienti africani là in mezzo e tutti mi salutavano con cordialità. Ragazzi di tutte le etnie giravano in gioiosi e insensati girotondi, altri percuotevano tamburi, altri ancora roteavano in aria anelli e palline con perizia circense. Tutto quanto aveva l'aspetto di un circo, tanto che non potei fare a meno di domandarmi il motivo per cui la città fosse stata blindata, spezzata da reticoli tutti intorno al centro occupato da otto dementi eletti papi da qualche altro milione di illusi, nella migliore delle ipotesi. La cosa che maggiormente aveva sbalordito me, come ritengo tutti quanti, erano i container nottetempo eretti a formare una autentica muraglia a protezione dei potenti. Una cosa incredibile che plasticamente rappresentava il distacco dei rappresentanti dai rappresentati.

eccola qua la democrazia

Negli ultimi giorni in città si erano diffuse notizie allarmanti sul numero di bare già stipate in non rammento più quale magazzino, pronte ad accogliere i cadaveri dei caduti, manifestanti o tutori dell'ordine che fossero. Quella mattina per arrivare nei pressi di uno degli ingressi che si aprivano in quella barriera, avevo dovuto faticare non poco a causa dei disagi provocati da controlli e deviazioni. D'altro canto chi aveva potuto era scappato dalla città ed era possibile vedere molti negozi chiusi e addirittura barricati con tavole di legno inchiodate a protezione delle vetrine, e mica soltanto le gioiellerie: negozi di frutta e verdura, pescherie, salumerie, macellerie, tutti quei bottegai dovevano essere a conoscenza di quanto successo a Seattle qualche tempo prima e si erano premuniti, solo le banche e i McDonald parevano non aver tenuto conto degli annunci isterici dei politicanti, di destra per lo più, o degli istant book che spiegavano come sopravvivere al G8, ed erano aperte come in un giorno qualsiasi. Gli sbirri che avevo intravisto durante i controlli ai quali come tutti ero stato sottoposto, avevano facce dure, alcuni occhi di porcellana e movenze di pietra, mascelle contratte come quelle di chi ha tirato cocaina. Non sembrava giustificato tutto quell'incredibile dispendio di mezzi e di uomini. Solo quel gruppo di tamburini sbucati all'improvviso, vestiti di nero con maschere di morte calcate sulle facce e accento teutonico, stonavano in mezzo a tutti quei colori, ma per quanto lugubri, non mettevano più paura di un qualsiasi coglione in maschera la sera di Halloween in discoteca.

tanto rumore per nulla

Durante tutto il tragitto che condusse il serpentone sino a Sturla, allo stadio Carlini, dove il Comune aveva organizzato un campo per ospitare i manifestanti giunti da ogni parte d'Italia e d'Europa, non successe nulla che potesse far immaginare la violenza che di lì a poco si sarebbe abbattuta, sproporzionalmente se non unilateralmente, su quell'evento. La sera mi fermai con alcuni ragazzi clienti del Fitz ad assistere al concerto di Manu Chao, ma ogni mio pensiero era rivolto a Magda

speriamo stia bene e mi pensi

Un po' fumato, visto il numero di canne che giravano lì in mezzo, tornato a casa non faticai a prender sonno. La mattina seguente mi alzai di buon'ora, Magda non si era ancora fatta viva e l'ansia mi stava rendendo nervoso. Se entro sera non mi avesse chiamato avrei telefonato ai suoi. Non avevo niente da fare e solo per quel motivo decisi di andare a curiosare un po' dentro la zona rossa. Arrivato in piazza Cavour, dove la muraglia di container era stata ulteriormente rinforzata, provai a entrare ma mi fu impedito nonostante il pass. "Di qua con l'automobile non si può entrare" mi informò uno sbirro e così fui costretto in un percorso che mi diresse sin sopra Manin. Posteggiai l'auto in cima a corso Montegrappa e mi avviai verso Corvetto, dove si apriva uno di quei varchi tra le grate, sorvegliato da una moltitudine di gendarmi. Scendendo lungo via Assarotti notai in fondo alla strada, a pochi passi dai reticolati, banchetti di varie associazioni là per dimostrare un pacifico dissenso: rete Lilliput, comunità di San Benedetto potevo leggere sugli striscioni colorati. Poi, in un battibaleno piccoli gruppi di giovani incappucciati vestiti di nero che risalivano la via correndo in direzione contraria alla mia disperdendosi rapidi nelle traverse laterali, non prima di aver divelto qualche insegna e gettato in mezzo alla strada alcuni bidoni della spazzatura. Non compresi subito cosa stesse succedendo ma, quasi arrivato alle cancellate, le vidi aprirsi e, come cani troppo tempo trattenuti alla catena, non meno di cento poliziotti bardati di tutto punto, uscire e avventarsi contro ogni disgraziato si trovassero di fronte. Non avessero indossato i caschi, che ne garantivano invece oltre la sicurezza l'anonimato, avrei per certo potuto vedere la bava colare dalle loro bocche. Erano un'autentica orda e picchiavano e picchiavano: uomini o donne non faceva differenza né gli importava che i manifestanti avessero tutti le mani alzate in segno di resa. Si alzò del fumo, lacrimogeni sparati per accrescere la paura e la confusione. La gente adesso correva cercando riparo dai tutori della legge. Ero a circa cinquanta metri da piazza Corvetto ma, pass o non pass, era il caso di darsela a gambe e così presi a correre anch'io su per la salita imbucandomi in via Palestro

che cazzo succede e perché stanno picchiando in quel modo quei bastardi

Feci un giro larghissimo arrivando non so come a Brignole e da lì in via Venti settembre dov'erano altre barriere. Ma qui tutto sembrava tranquillo, non si vedevano manifestanti e gli sbirri non fecero troppi problemi permettendomi di varcare la frontiera, una volta mostrato il pass. La strada principale dello shopping genovese, abitualmente trafficatissima da pedoni e automobilisti, era deserta: un quadro surrealista. Solo pochi carabinieri a cavallo e merda equina a infiorettare l'asfalto. Li osservavo riuscendo solo a pensare quanto cagassero i cavalli e a come tutto fosse tremendamente stupido e i carabinieri dovessero essere lì per dimostrarlo, ma una volta giunto all'altezza di via Fieschi la mia attenzione fu richiamata dalle grida, i fischi, le sirene. Tagliai verso piazza Dante e là, oltre le grate, altri manifestanti, questi decisi a violare la zona protetta, stavano cercando un varco. Quando in pochi momenti raggiunsi gli schiamazzi, gli idranti dei pompieri, o forse delle guardie forestali, erano già entrati in azione con getti potenti respingendo quei venti o trenta rivoltosi che cadevano, scaraventati per le terre dalla potenza di quegli zampilli, ma rialzandosi subito per riprovare nell'impresa di mettere il naso al di là delle inferriate. Ero stupefatto, ma quella violenza annacquata sembrava se non altro non poter uccidere nessuno, e il vecchio clochard che approfittando di un attimo di tregua riuscì a mettere un piede in zona rossa, era innocuo e divertito. Anche i pompieri, o guardie forestali che fossero, ridevano mentre, una volta sospinto il vecchio barbone nuovamente là dove secondo i padroni del mondo doveva stare, questi prendeva a ballare tra gli sprizzi.

Ripresi a camminare e scorsi in piazza De Ferrari le auto degli otto grandi posteggiate sul perimetro di Palazzo Ducale. Quella con le bandierine americane era lunghissima e di un nero brillante

ecco l'auto del cow boy

Giunto all'ingresso del Fitz quattro poliziotti immediatamente mi si pararono davanti. "Tu dove vai?" Il fatto che mi si rivolgessero con quel tono e dandomi del tu come ci conoscessimo, mi stava per far perdere le staffe quando, dal vicolo che tangeva il locale sbucò Jimmy: "Lui è il padrone della discoteca, ha il pass." gli fu sufficiente esclamare perché quelli ritornassero a farsi gli affari loro. Non nego che restai sorpreso.

vuoi vedere che non era un mitomane

"Jimmy, cosa ci fai qua?"

"Il mio lavoro e tu?"

"Anch'io, sono venuto a sistemare la contabilità" gli risposi sorprendendomi intimorito.

"Bene, bene. Non ti preoccupare, avrebbe potuto essere un casino ma invece non succederà niente..." mi rassicurò bofonchiando qualcosa che non mi riuscì di intendere.

Lo salutai ed entrai nel locale ma vi rimasi solo il tempo necessario a bere un rum. Dopo pochi minuti, varcavo l'uscita di sicurezza con idea di far ritorno a casa, e il pensiero di Magda che riaffiorava prepotente.

perché non mi ha ancora chiamato?

Ero già quasi a Brignole un'altra volta quando mi sentii chiamare

"Giovanni...Giovanni!" Marzio, uno dei miei baristi.

"Dove stai andando?" Ho la macchina in cima a corso Montegrappa"

"Ma non vorrai andare a casa?". "Veramente sì."

"Ma no dai sali che andiamo incontro alla manifestazione, dicono che i black bloc hanno preso d'assalto le banche e il McDonald, voglio fare un po' di foto, tu sai guidare la vespa?" E così montai sul vecchio Px e, praticamente senza un motivo, mi avviai incontro alle tute bianche, così si erano ribattezzati i manifestanti capeggiati da Casarini, appartenenti all'area dei centri sociali che non piacevano a Kranz.

Kranz chissà dov'è in questo momento a far casino

Percorremmo senza difficoltà Lungobisagno Istria ma sul fondo fummo costretti a fermarci. Blindati dei carabinieri ostruivano il passaggio. Posteggiai la vespa sul lato della strada. Tamburi rumoreggiavano in lontananza. Alla fine di via Tolemaide stavano sopraggiungendo le avanguardie della manifestazione ma qualche pazzo doveva aver ordinato ai carabinieri di non farli passare, avendo forse preso sul serio le parole dei portavoce del movimento di voler violare la zona rossa, creando in quel modo un tappo: migliaia di persone partite da Quarto stavano sopraggiungendo e non essendo al corrente di quanto stesse accadendo in testa al corteo, avanzavano nella marcia col rischio di travolgere o di essere travolti. In men che non si dica si scatenò un inferno. Lacrimogeni e poi botte sempre più forti. Le ridicole protezioni di scudi in plexiglass e le imbottiture in gommapiuma sulla schiena e sulle braccia, erano lì per bellezza e non resistevano all'urto di quei colpi sempre più forti. La fragile testuggine, che i disubbidienti avevano formato per difendersi, non resse che per brevi secondi. In men che non si dica mi ritrovai in mezzo a quel delirio senza sapere dove andare. Marzio l'avevo perso subito di vista e cercavo di scappare deviando verso Corso Torino, ma anche là pareva d'essere in guerra. Il fumo acre dei lacrimogeni e blindati che si lanciavano contro la gente in mezzo alla via, cassonetti in fiamme in mezzo alla strada e ragazzi smanicati a lanciare contro i poliziotti quel che gli capitava a portata di mano.

"Attento! Attento!"

Le grida di una ragazza mi salvarono da uno di quei veicoli che stavano percorrendo a tutta velocità il viale alberato verso monte.

"Vieni via, vieni via!"

Mi misi a correre ritrovandomi non so come dietro la chiesa di piazza Alimonda e lì vidi alcuni mezzi dei carabinieri partire sgommando. Ma uno era rimasto indietro, bloccato dalla sua stessa manovra sbagliata che lo aveva addossato contro un muro mentre una piccola folla urlante pareva volersi vendicare.

"Bastardi!" "Figli di puttana" "Assassini!"

Avevano rischiato di essere travolti e adesso stavano sfogando la loro rabbia verso l'unico che, forse per l'imperizia dell'autista, non era riuscito a battersela. Uno dei primi a scagliarvisi contro fu un ragazzo che a stento superava il metro e sessanta con un passamontagna calato sul volto. Lo vidi raccogliere un estintore e poi brandendolo con due mani sopra la testa, avventarsi contro la jeep dei carabinieri che intanto era riuscita a uscire dall'angolo, riprendendo la sua corsa. Il ragazzo a quel punto gli era giunto a quattro o cinque metri quando l'aria fu sferzata da un colpo sordo, quello di un proiettile esploso. Lo vidi cadere a terra mentre la marcia della Jeep veniva rallentata da un altro gruppo di persone inferocite, una delle quali impugnava una trave, tanto da indurre il conducente a far retromarcia, schiacciando in quel modo il ragazzo riverso a terra, per poi ingranare di nuovo la prima e travolgerlo un'altra volta, riuscendo finalmente ad allontanarsi tra urla sputi e improperi. Dal passamontagna ormai impregnato aveva preso a filtrare un sottile rigagnolo di sangue.

"È morto, è morto, bastardi assassini!"

Era un cadavere quel fagottino sull'asfalto.

"Siete stati voi con una pietra, lo avete ammazzato voi!"

Feci in tempo a sentire un poliziotto accusare la piccola folla che si stava sparpagliando. Ma io l'avevo sentito quel colpo di pistola.

"Andiamo via, andiamo via!" Marzio si materializzò dal nulla e mi trascinò via, con fatica riuscimmo a raggiungere la vespa.

bastardi bastardi lo hanno ammazzato

Non avevo mai visto un cadavere, tanto meno assistito a un omicidio, tutta quella violenza mi aveva lasciato senza fiato. Marzio mi condusse sino alla mia auto. Non ci riusciva di dire nulla.

"È incredibile, è tutto incredibile" Giunto a casa accesi la tv, la notizia della morte di quel ragazzo non erano riusciti a tenerla segreta ma ancora nessuno era in grado di rivelarne il nome, si parlava genericamente di un black block, forse uno straniero. Gli sbirri cercavano di negare fosse opera loro e accampavano scuse producendosi in ricostruzioni tanto assurde quanto fantasiose

è un po' come la morte di Pinelli chissà che tipo di malore attivo inventeranno questa volta

"Sono state rese note le generalità del manifestante ucciso, si tratta di un genovese di ventitré anni: Carlo Giuliani."

Le immagini passavano su tutti i tg e faticai a riconoscere il volto di Carlo, l'amico di Magda che avevo visto qualche volta al Fitz e poi al Mariguella.

è lui cazzo è proprio lui ma era esile come un fuscello e non avrebbe fatto paura a un bambino

Squillò il cellulare, era Magda finalmente, stava bene e si scusava per non essere riuscita a chiamarmi prima.

"Qui è difficile...ma cos'hai, ti sento strano..."

Scoppiò in un pianto a dirotto quando le raccontai della morte di Carletto, si conoscevano da bambini, erano nella stessa classe alle medie.

"Non è possibile, Carlo era la persona più mite del mondo, era debole, aveva un sacco di problemi ma non avrebbe fatto male a una mosca." Poi cadde la linea.

Era sabato e c'era il sole, la macaia riempiva di sudore Genova, attonita. I politici di governo giustificavano quell'immane uso di violenza scaricando le colpe sui manifestanti facinorosi. Quelli di opposizione ne attribuivano la responsabilità a chi stava gestendo l'ordine pubblico usando toni più o meno duri a seconda di quanto a manca stessero o volessero apparire. I fascisti plaudevano alla repressione e così anche molti genovesi, benpensanti e moderati. In città stavano arrivando o già erano arrivate oltre duecentomila persone e gli organizzatori dopo consulti vari con il prefetto e il questore, decisero che non si potesse disdire la manifestazione, nonostante il lutto e tutto il resto. Si raccomandavano però sperticandosi in appelli, cercando di parlare con un'unica voce e pur con mille distinguo le parole d'ordine erano per tutti: non accettare le provocazioni, da qualunque parte provenissero. Perché Carlo era morto? Per quale motivo il potere aveva messo in campo un impeto degno di miglior causa? Davvero qualcuno si era spaventato per le parole dei no global? Sul serio anche il vertice della catena di comando immaginava che un mondo diverso fosse possibile -come andavano gridando i manifestanti- e a difesa dello status quo aveva risposto con quel furore, quella violenza? Ma com'era stato possibile lasciare che il blocco nero mettesse a ferro e fuoco intere vie? Erano poche decine di persone e nessun carabiniere, celerino, finanziere, o qualunque altro sbirro vi venga in mente, aveva loro, non dico torto un capello, ma neppure messo il sale sulla coda, mentre sui manifestanti che di violento, oltre qualche epiteto, nulla avevano prodotto, si erano scagliati con forza e convinzione e cattiveria e foga brutale. Avevano in quelle ore già preso a circolare su internet, immagini dove un vicequestore spaccava la faccia a calci a un minore reo di essergli passato a fianco e quelle nelle quali gendarmi malmenavano gente inerme e con le mani alzate in segno di resa. Ma anche altre dove si vedevano un paio di persone vestite di nero parlottare con alcuni agenti e a un certo punto uno togliersi il passamontagna: sembrava stessero raccontando barzellette e ridevano come si fa al bar tra vecchi amici.

li hanno infiltrati sono sbirri anche quelli vestiti di nero

D'altro canto il nero andava di moda in quell'estate. Un ministro ex fascista o neo fascista, non saprei dire quale fosse la differenza, dirigeva le operazioni da una caserma dei carabinieri sopra corso Italia e poco lontano, alla Foce, i reparti della celere giunti da Roma facevano bella mostra delle loro divise antisommossa marciando avanti e indietro   per il piazzale della Fiera al grido eia eia alalà

bastardi schifosi bastardi la disoccupazione ti ha dato un bel mestiere mestiere di merda carabiniere

Ma non poteva trattarsi solo di quello. L'odio non poteva generare altro che odio e la miseria chiamare violenza, ma non c'era fame, nemmeno la più intensa, che giustificasse compiere azioni come quelle per professione.

se accetti di svolgere un lavoro che contempla l'uso della violenza devi essere violento intimamente e a prescindere da quanto cibo hai nella pancia da quanti libri hai letto o sino a che multiplo di dieci sai far di conto

se vai in giro armato prima o poi spari

il male è dentro ciascuno ma deve rimanere espressione singolare obbedire all'ordine di spaccare teste a persone sconosciute implica una devianza di cui non credo si possa rivelare la matrice soltanto scomodando l'ignoranza e con essa i motivi che ne sono causa tutti o quasi riferibili a quelle stesse iniquità soprusi angherie a cui il povero è sempre sottoposto dal sistema

*   no c'è di più e di più profondo in quella grettezza che è malattia*

però rimane il fatto che non si fa la rivoluzione
a mani nude né si va in guerra disarmati lo avevo detto a Kranz

Ma nessuna di quelle persone che adesso vedevo in diretta tv manifestare ci pensava a sovvertire il sistema, nessuna era disposta a sparare per quel mondo diverso di cui fantasticavano. E ora erano là che buscavano di brutto da altri giovani, forse ancora più disgraziati ma certamente meglio equipaggiati e addestrati di loro.

Quel giorno avevo deciso di rimanere a casa, l'ultima dimostrazione non mi avrebbe visto in piazza. La sera prima la rabbia mi aveva fatto pensare che forse ero ancora in tempo per far uscire qualche scalmanato in zona rossa utilizzando l'uscita di sicurezza dimenticata dagli 007, ma chi? E perché? No, avevo appena truffato con successo una banca, ero innamorato e per la prima volta corrisposto e a breve me ne sarei andato da questo paese che mi piaceva sempre meno. Avessi convinto Magda avremmo vissuto la nostra vita in un posto per forza migliore di questo.

anche se gli sbirri sono ovunque perché vivono in ogni nazione del
mondo pur appartenendo tutti quanti a un'unica razza

Squillò il telefono "Stai guardando la tv?" Era Marzio. Non eravamo mai stati grandi amici ma la tremenda giornata di ieri sentivo avesse legato qualcosa tra noi.

"Sì, è incredibile."

In diretta tv stava andando in onda un piccolo massacro e, come il giorno prima, ai famigerati black block era stato concesso di tutto, ma ai manifestanti pacifici i celerini stavano ora spaccando la testa. Un elicottero addirittura si abbassava sul mare per bloccare i pochi che, per scampare le legnate assestate con manganelli fuori ordinanza affinché producessero maggiori danni, si erano gettati dal lungomare sulla spiaggia e quindi in acqua. Pensionate, ragazzini, donne incinta, a nessuno venivano risparmiate le botte, anche i cameramen e i giornalisti erano maltrattati.

Quella sera Marzio mi invitò a casa sua e mentre cucinava "Ti piace la pajata?", mi raccontò che era venuto da Roma perché innamorato di una ragazza genovese e che anche dopo la fine di quell'amore, gli era rimasto quello per il centro storico di Genova, dove viveva, forse non per caso, in vico dell'Amor cortese.

"Ma Roma è bellissima..."

"Sì è bellissima, ma Genova mi piace di più."

Intanto alla tv si susseguivano dibattiti dove i politici e gli opinionisti e i giornalisti e i portavoce dei no global e i genovesi indignati e i cittadini perplessi, solo riuscivano a dar aria alla bocca.

"Nun te regghe chiù" canticchiava Marzio mentre cucinava. Non avevo mai mangiata la pajata, tanto meno i sanguinacci al cioccolato.

rigatoni con la pajata

Per due persone: 250 grammi di pajata (budellino di vitello da latte); 200 gr rigatoni;150 grammi pomodori maturi; cipolla, prezzemolo; peperoncino rosso piccante; sale; olio d'oliva; pecorino romano; vino bianco secco.

Spellate lavate la pajata, tagliatela a pezzi lunghi circa 20 centimetri.

In una casseruola fate rosolare una cipolla un cucchiaio di prezzemolo e un pezzettino di peperoncino piccante tritato, quando la cipolla sarà dorata aggiungete la pajata bagnate con mezzo bicchiere di vino bianco e fate cuocere per una decina di minuti aggiungete il pomodoro passato e far cuocere al coperto per circa 2 ore.

Quando la pajata e cotta portate ad ebollizione abbondante acqua salata e cuocete i rigatoni.

Scolateli al dente e condite lì con la salsa preparata aggiungendo del pecorino grattugiato.

sanguinacci al cioccolato fondente

Per due persone: 1000 grammi di zucchero; 70 g di cacao amaro; 30 grammi di farina; 1/2 l di sangue di maiale (colato); 1/2 l di vino cotto; 200 grammi di cioccolato fondente, 25 grammi di grasso di maiale; 100 grammi di cedro o uvetta arancia candita; 25 grammi di noci spezzettate;1 bustina di vaniglia; 1 presa di cannella; 1 bicchierino di rum.

In una pentola alta mescolate lo zucchero con il cacao e la farina e mescolando aggiungete il vino cotto ed il sangue filtrato attraverso un colino fine. Unite lo strutto e il cioccolato fondente tagliato a scaglie piuttosto sottili, le noci e i canditi, quindi avviate la cottura a fiamma bassissima.

Portate a bollore il sanguinaccio mescolando continuamente con un cucchiaio di legno; lasciatelo addensare proseguendo la cottura per almeno 30 minuti.

Spegnete la fiamma e continuate a mescolare insaporendo la crema con la vaniglia, il bicchierino di rum e la cannella.

Fate raffreddare il tutto passando la pentola in acqua ghiacciata.

Trasferite il sanguinaccio in fondine individuali.

Servire con Lingue di Gatto, Savoiardi o Chiacchiere.

Il mio amico Bin

(langosta en salsa picante)

27 agosto dell'anno 2001

Andrea aveva dovuto far ritorno in Italia al capezzale dell'anziana madre che si era fratturata il femore cadendo dalle scale. Avrei voluto partire subito dopo il G8 ma mi aveva chiesto di rimandare.

"Aspettami e andiamo insieme."

Così passavo il mio tempo a sospirare.

Magda non mi riusciva di sentirla più di una volta a settimana, di internet dov'era lei neanche a parlarne. Stava bene, mi descriveva miserie e malattie inaudite, ma si sentiva finalmente utile.

"Questa è la mia vita."

Sarebbe tornata in Italia per laurearsi ma poi voleva ripartire.

"Anche se non ti nascondo che vorrei andare nel mio paese."

"E noi?"

"Noi ci amiamo." aveva risposto allegra. ma come avremmo potuto continuare a farlo? E dove? Avrei certamente continuato a lambiccarmi il cervello non fosse che...

Una mattina fui svegliato da un vigile urbano che intorno alle otto si presentò alla mia porta scampanellando con inutile vigoria. E informando che quella che mi sventolava sotto il naso: "È la notifica relativa a un abbandono di carcassa, è un reato penale, le conviene interpellare un avvocato."

"Scusi?" Mi spiegò che si trattava di un atto relativo a una vecchia auto abbandonata per strada e sprovvista del tagliando assicurativo e perciò fatta portar via col carroattrezzi dalla polizia municipale

"Visto tutto il tempo trascorso è facile sia stata demolita."

Non compresi di cosa mi stesse parlando sin quando non mi rivelò la marca dell'automobile in questione. Tre anni prima ero stato appiedato da un incidente dal quale ero io uscito illeso ma non la Mercedes classe A che avevo acquistato quando ancora vendevo guarnizioni. Non potendomi permettere l'acquisto di un'auto nuova, accettai di buon grado la proposta di un mio conoscente che stava per portare allo sfasciacarrozze la vecchia sua Visa. Pagati il passaggio di proprietà ed è tua." Così avevo fatto un venerdì, confidando di riuscire a stipulare la polizza assicurativa dopo gli incassi del fine settimana e in effetti il lunedì riuscii a pagare l'assicurazione, ma quando arrivai sotto casa dove il mio amico teneva la sua vettura malandata, la trovai distrutta in quanto nottetempo, era stata centrata dal camion compattatore della nettezza urbana. "Ma porc..." I vigili presenti mi domandarono se volessi provvedere a chiamare il carroattrezzi o se dovessero provvedere loro. "Se facciamo noi le arriverà un bollettino di pagamento a casa." Ovviamente avevo speso tutto tra il passaggio di proprietà e la stipula dell'assicurazione e pertanto non potevo permettermi di pagare seduta stante la rimozione.

"Sì, fate voi, grazie."

Ma dovevano avermi preso per il culo se a distanza di tanto tempo mi comunicavano di essere sottoposto a un procedimento, penale addirittura.

"Abbandono di carcassa...incredibile."

Pur immaginandola in vacanza in qualche località da vip, provai lo stesso a chiamare Giovanna, l'unico avvocato di mia conoscenza. Incredibilmente nonostante la stagione era in ufficio.

"Non speravo di trovarti."

"Oh, cosa vuoi, mio marito ama la montagna e io il mare, così facciamo vacanze separate e non vederlo per tutto un mese è la villeggiatura migliore che potrei desiderare, non mi serve andare da nessun'altra parte."

Rise Giovanna della mia sfortuna e mi disse che sì, era un reato penale ma al più si sarebbe risolto oblando.

"Paghi una multa e finisce lì, in galera non ti mettono, stai tranquillo Giovanni, domani faccio un tre tre cinque e poi ti dico." "Fai cosa?" "Chiedo alla cancelleria del tribunale i tuoi reati pendenti, ti è più chiaro?" "Ok, ok."

Il giorno dopo mi ritelefonò: "Giova è meglio che ci vediamo nel mio studio." "Perché, è successo qualcosa?" Lì per lì immaginai volesse approfittare dell'assenza del marito per una rimpatriata. "Giovanna, io sarei fidanzato..." "Ma cosa hai capito? Non scherzare è una cosa seria che ti riguarda." "Ma non avevi detto che al massimo avrei dovuto pagare una multa?" "È meglio che vieni qua e ne parliamo di persona, ti va bene per le cinque?"

Lo studio di Giovanna era in corso Torino, non c'ero più passato dal mese prima e non vi era nessuna traccia di quelle giornate di ferro e di fuoco, il G8 non sembrava essere passato da là. Già i media avevano smesso di parlarne, e anche i genovesi sembrava cercassero solo di rimuovere dalla memoria quei tre giorni di follia conclusisi con la mattanza alla scuola Diaz.

ad agosto si va in ferie chi muore giace e chi è vivo si dà pace

Entrai nello studio dove una brutta segretaria mi fece cenno di accomodarmi in sala d'attesa, cosa che feci prendendo a sfogliare una stupida rivista di gossip ma dopo pochissimi minuti Giovanna fece capolino: "Ciao Giova, vieni, andiamo nel mio ufficio." Era sempre eroticissima. "Sei in gran forma." accennai un complimento. "Tu invece sei ingrassato." "Grazie, sempre gentile." "Ascolta, ma in che casini ti sei messo?" "Perché?" Stavo capendo che non mi aveva attirato nel suo studio per una scopata in memoria dei vecchi tempi. "Facendo il tre tre cinque è venuto fuori che c'è una rogatoria internazionale dalla Svizzera dove ti accusano di furto in concorso e truffa per l'emissione e la riscossione di assegni rubati, se il pubblico ministero non ti ha ancora chiamato è solo perché ad agosto il tribunale è praticamente chiuso per ferie."

cazzo era impossibile andasse tutto così liscio

"Ma possono arrestarmi?" "Intanto dimmi cosa hai combinato." E così le raccontai per sommi capi la vicenda. "Non so come sia stato possibile incassarli, ma sì, se al termine dell'interrogatorio il p.m. non si ritenesse soddisfatto potrebbe far scattare le manette, anche se è difficile senza precise indicazioni degli inquirenti svizzeri. E' un reato grave questo...tu però potresti rifiutare di rispondere alle sue domande dicendo di volerti recare in Svizzera per riferire direttamente alle autorità elvetiche, che sono poi quelle che ti accusano. E le galere in Svizzera sono alberghi a cinque stelle rispetto alle nostre Cayenne." "Ma se me ne andassi?" "Sui reati finanziari gli svizzeri non fanno sconti, dovresti trovarti un paese dove non c'è l'estradizione." "Grazie Giovanna, mi prepari la parcella?" "Quale parcella? Lascia stare la consulenza è gratuita." "Sei un tesoro..." "Mi sei sempre piaciuto perché sei un bandito, ho sempre sospettato che fossi un tipo pericoloso..."

Non l'avessi conosciuta bene avrei pensato mi stesse prendendo per il culo, ma era normale per lei esprimersi come in quei vecchi film con Amedeo Nazzari. Mi si era avvicinata pericolosamente e, pur amando Magda disperatamente, o per meglio dire, a causa di quello, erano mesi che la mia attività sessuale si era andata riducendo sino a scomparire e quando sentii l'avvocato sussurrarmi a un orecchio:

"Tira fuori il tuo mostro..."

non farlo Giovanni resisti cazzo resisti

non riuscii a evitarlo. Scopammo sulla scrivania e lei era ancora più pazza di come la ricordassi. Oltretutto non mi riusciva di finire perché mentre la venere in pelliccia mi ordinava in che modo procurarle piacere, con la testa ero già su un aereo diretto chissà dove.

devo parlare subito con Andrea e andarmene al più presto

"È stata l'ultima, non credo ci rivedremo." mi rivolsi a Giovanna mentre mi richiudevo la patta e anche lei stava ricomponendosi.

"E chi lo sa? Magari ti vengo a trovare, hai già deciso dove andare?"

no e mi sento una merda sono il solito stronzo e lo sarei dovunque andassi

Uscito da là dentro stavo male e non avrei saputo dire se più per la paura di finire in galera, l'aver tradito Magda o il dover raccontare ad Andrea quello che stava succedendo.

non vorrei trascinarlo nella merda

"Andre, è successo un casino."

Ma lo sapeva già: Rezzonico lo aveva chiamato.

"Non pensavo che lo gnomo potesse incazzarsi in quel modo..." "Non avrai anche tu dei problemi?" "No, Rezzonico mi ha garantito di non aver fatto il mio nome e io gli ho detto che mi sembra impossibile un tuo coinvolgimento, che ti conosco come persona onesta e che probabilmente anche tu sei parte lesa. Ah ah ah...sto diventando un grande attore, forse ho finalmente scoperto la mia vera vocazione!"

Avevo immaginato si sarebbe incazzato, o comunque preoccupato e invece era lì che, neanche sbronzo, pareva divertirsi come un matto.

"Sì, ma Andre, io adesso cosa faccio?"

"Mia madre sta meglio, la dimettono domani, vediamoci e porta il passaporto che partiamo per Miami." "Miami?" "Sì, ho comprato una casa e devo mettere a posto gli ultimi dettagli." "Ma io veramente pensavo di andare a Cuba e poi ad Haiti..." "Fai un po' come vuoi..."

Ma non me la sentivo di affrontare da solo la fuga.

"No, ok, porto il passaporto."

Ma la madre di Andrea ebbe una piccola complicazione e non fu dimessa il giorno dopo e nemmeno quello appresso, aveva più di ottant'anni e i medici della lussuosa clinica dov'era ricoverata ci andavano piano. Passò così un'altra settimana che trascorsi macerandomi tra i sensi di colpa e la paura di finire al fresco che alla fine ebbe la meglio.

"Andre, io parto..."

Lo avrei atteso a Miami.

devo dire a Magda la verità se mi ama non potrà che capire

Però non ce la feci e nel corso dell'ultima telefonata la informai soltanto del mio prossimo viaggio negli States.

"E poi mi piacerebbe venire da te..." Ma non ne fu entusiasta.

"Qui è tutto molto complicato non so se è il caso."

Litigammo quasi, ma alla fine, poco prima che cadesse la linea trovammo un accordo: sarebbe venuta lei a Cuba al termine dello stage, prima di far ritorno in Italia. "È molto meglio così, qui non potremmo stare insieme, io lavoro e in condizioni tremende, non ti arrabbiare amore mio, in fondo manca soltanto poco più di un mese..."

Il volo Air France senza scali non aveva avuto sobbalzi, viceversa del mio cuore. Imbarcato alla Malpensa pensavo a quando e se avrei potuto far ritorno, ma non stavo lasciando quasi nulla. Amici non ne avevo più da tanto tempo e con i pochi parenti avevo smesso di aver rapporti quasi subito dopo la morte dei miei genitori. Lasciavo soltanto il Fitzcarraldo chiuso e chiusa là dentro anche la mia vecchia vita che ora, da quell'altezza e a quella distanza, mi sembrava essere soltanto la somma di circostanze, incontri, casualità. Quanto scientemente ero arrivato fin lassù? Era il due settembre quando atterrai all'aeroporto di Miami, che era uguale a come l'avevo immaginata.

sembra di essere in un episodio di Miami Vice

Mi sentivo come Totò e Peppino che sbarcano a Milano, e poi non parlavo l'inglese.

"A parte che si parla americano, in realtà lo spagnolo è la lingua più diffusa." Mi aveva rassicurato Andrea prima della partenza. Passai i primi due o tre giorni senza quasi mettere il naso fuori dall'albergo e non staccando gli occhi dalla valigetta nella quale tenevo chiusi i bigliettoni. Anche in piscina la tenevo con me, nascosta sotto un asciugamano. Ma il quarto giorno mi avventurai fino al porto dov'era attraccata una quantità di yacht inverosimile,

ma qui i poveri non ci sono?

ma bastava farsi un giretto a nord ovest di Downtown, in quartieri come Liberty City, Carol City, Overtown o Opa Locka per capire che non fosse tutto oro quel che luccicava, perché qui i barboni avevano la stessa faccia di quelli che ricordavo dormire in stazione, a Milano come a Genova, e per ciò fu breve il mio giro turistico, perché mi ero ridotto come un borghese qualunque e ormai ossessionato dalla mia piccola fortuna, preferii far rientro in albergo temendo possibili malfattori i disgraziati.

Non ho mai tollerato quelli troppo attaccati al denaro ma è che non ho altro e sono in fuga cercavo di giustificarmi.

"Finalmente hanno dimesso mia madre, arrivo mercoledì alle nove."

Il dieci settembre Andrea scendeva dall'aereo.

"Ho fatto un viaggio di merda, non avevano la vodka! Ma ti rendi conto? Un volo intercontinentale senza vodka!"

Poi osservò la mia ventiquattrore.

"Che è quella?" "Ci tengo dentro i soldi, non mi fido a lasciarli in albergo."

"Ma perché non li hai fatti mettere in cassaforte?" "Non volevo dare nell'occhio..." Scosse la testa ridendo. "Sei proprio della periferia..." Me lo diceva sempre ed era vero: lui era nato ad Albaro, suo padre era avvocato, io a Sestri Ponente, a lungo considerata una piccola Stalingrado, e il mio di genitore il saldatore.

"Ma non hai paura che te la rubino?" "Se vogliono rubarla devono ammazzarmi e a quel punto non sarebbe più un mio problema..." Prendemmo un taxi che ci condusse a South Beach. Andrea lo fece fermare nei pressi di un'agenzia immobiliare.

"Aspettami qui..." disse uscendo dal taxi avviandosi verso quegli uffici.

Dopo pochi minuti fece ritorno, il taxista, un cubano, aveva messo su un reggaeton che il potente stereo dell'auto sparava a tutto volume. "Italiano?" mi aveva domandato. "Sì." mi ero limitato a rispondergli: non avevo intenzione di socializzare con un anticastrista. Quando glielo raccontai Andrea rise, "Tu sì sei un vero rivoluzionario..." quindi mi spiegò che secondo lui gli americani avrebbero potuto impedire l'avvento di Castro se solo fossero stati un po' meno razzisti con Batista. "Era mezzo negro è quello il motivo per cui gli lesinarono gli aiuti."

La casa di Andrea sorgeva in Coral Gables ed era una villetta indipendente all'interno di un complesso residenziale di lusso.

"Ma è bellissima!" "È stato un affare, ma non ho intenzione di tenerla, io dopo Cuba sto pensando alla Cina." "Cina? Ma tu Andre, di cosa ti occupi esattamente?" "Di niente, quindi posso occuparmene in qualunque posto, ma la Cina è il futuro."

Quella sera Andrea volle uscire e mi portò in un bar vicino al porto, non un posto particolarmente chic, anzi, la fauna che lo popolava non aveva l'aria per niente rassicurante, o forse ero io che continuavo a vedere pericoli ovunque. Il mio amico si ubriacò di tequila e per fortuna parlavo lo spagnolo e il padrone era un tipo simpatico, nonostante quella profonda cicatrice sulla guancia destra lo rendesse simile a Scarface, e solo grazie al suo intervento ci furono scampate le botte che un tizio grosso come un bisonte era pronto a scaricare su di noi dopo che Andrea aveva insinuato qualche dubbio sulla sua virilità e invitato la splendida bionda che lo accompagnava a bere qualcosa al nostro tavolo.

"Portalo via che è meglio."

Lo misi a letto e anch'io mi coricai ma senza che mi riuscisse di prender sonno. Restai sveglio davanti alla tv sin quando, erano le otto e cinquanta del mattino, Four rooms, il film di Quentin Tarantino che stavo guardando doppiato in spagnolo, fu interrotto dalle breaking news che passavano le incredibili immagini di un aereo schiantatosi su una delle due torri gemelle di New York. Era l'undici settembre.

"Cazzo non ci posso credere!"

Andrea appena sveglio continuava a ripeterlo. Ma non era finita perché dopo circa un'ora eccone un altro entrar dentro la torre sud del World Trade Center che di lì a poco parve implodere disintegrandosi in polvere grigia ardesia cenere nera, e così la sua gemella poco più tardi. La CNN già stava ipotizzando potesse esserci Bin Laden dietro gli attentati.

chissà che ne penseranno i marocchini di piazza Cavour probabilmente nulla sono uno per l'altro pessimi musulmani e non troppo interessati alla politica tuttalpiù alla cronaca locale per vedere chi hanno arrestato il giorno prima

Non immaginavo che la storia avrebbe anni dopo dimostrato il contrario, visto come le piazze Cavour sparse in tutta Europa avrebbero fornito carne da macello al jihad.

"Qui c'è lo zampino di Bush e degli ebrei, è impossibile che quattro scappati da casa abbiano potuto fare un simile macello..." Ne era convinto il mio amico e non ebbe più nessun dubbio quando si diffuse la notizia di un altro aereo schiantatosi sul pentagono. "Son tutte cazzate, ci vogliono far passare i calzoni dalla testa."

Il mondo era da sempre vittima della follia e delle menzogne, ma adesso il sistema grazie ai media era in grado di far bere qualunque cosa, anche la più assurda.

altro che watch dog del potere

"Bin Laden è socio in affari di Bush, lo sanno tutti." aveva continuato Andrea.

Tutti tutti magari no, io ad esempio non ne avevo neppure mai sentito parlare ma adesso il suo grugno barbuto entrava in ogni casa del mondo attraverso i teleschermi.

"Sarà un casino partire." commentò ancora.

Aveva ragione, gli spazi aerei degli States sarebbero rimasti chiusi per chissà quanto e noi bloccati a Miami senza un cazzo da fare. Passarono due giorni, avevo lasciato l'albergo e preso alloggio in casa del mio amico.

"Almeno di me ti fidi?"

Mi aveva in quel modo convinto a depositare il contenuto della valigetta nella sua cassaforte e sgravato dal peso della valigetta, presi a muovermi con una certa nonchalance. Pranzavo in un ristorante italiano in Española Way, e trascorrevo il pomeriggio sulla spiaggia semideserta o al bar di Omar, lo sfregiato, nato a Miami da genitori cubani, e che sarà anche stato controrivoluzionario come tutti i suoi connazionali fuggiti dall'isola dopo il 59, ma trovavo divertente, come le sue storielle scurrili che volentieri stavo ad ascoltare, per ingannar la noia di quei giorni. Anche il suo bar si era svuotato come il resto della città; più che la paura era lo sgomento che vedevo dipinto sul volto dei passanti. La polizia era schierata ovunque per le strade e la vita procedeva con affanno, non avevano mai subito un attacco a casa loro e che attacco!

hanno seminato vento e raccolgono tempesta gli yankee ma non potevano quei pazzi con i loro ridicoli turbanti aspettare che fossi partito? Chissà per quanto tempo ancora dovrò star fermo qui

Ma la mattina del tredici settembre, Andrea si precipitò nella mia stanza che ancora stavo dormendo.

"Giovanni! Giovanni! Siamo in un casino di dimensioni zamzummite!"

Accese la Tv e dire che mi stupii non renderebbe giustizia al mio stupore! Sulla CNN, quella del tizio sorridente abbracciato a un arabo, era la mia faccia! Chissà dove l'avevano trovata quella fotografia scattata fuori dal Fitz l'ultima sera, quella della chiusura e nella quale, in un sorriso stirato, ero ritratto in compagnia di Jimmy. Nemmeno ricordavo più chi l'avesse scattata.

"Dicono che Jimmy sia il braccio destro di Bin Laden e tu un suo complice. Hanno tirato in ballo anche la storia della Svizzera sostenendo che quel traffico di soldi servisse a finanziare il terrorismo e un presunto attentato poi abortito che avreste organizzato per il G8! Ti stanno cercando per tutta la Florida!"

Impietrito restai letteralmente a bocca aperta osservandomi ancora in primo piano in tv. Ma come l'avevano tirata fuori quella montagna di cazzate?

"Non ha importanza, guarda Oswald? Se chi ha il potere di farlo decide che una cosa è andata in quel modo, finisce che tutti credono sia andata in quel modo. Della verità non importa niente a nessuno."

Avrei riso non fosse che non c'era niente da ridere: io proprio io rischiavo di passare alla storia - che beffa atroce! - come fanatico religioso!

"Devo chiarire mi costituisco, anzi vado all'ambasciata italiana, è un equivoco incredibile! Chi può credere a una cazzata del genere?"

"Lo so, lo so, ma qui il rischio è che ti spediscano, anzi ci spediscano, perché a questo punto sarò ricercato anch'io, in un carcere militare senza neanche farci il processo. No, dobbiamo trovare il modo di andarcene da qui." Discutemmo a lungo. Andrea sembrava calmo come non mai e mi esortava a non perdere il controllo.

"Ma è assurdo Andre, è assurdo..." era tutto quello che mi riusciva di dire.

Lui, certo più lucido di me, ragionò sul fatto che se l'F.B.I. o chissà quali altre forze speciali non avevano già fatto irruzione nel suo appartamento, evidentemente non dovevano averlo ancora collegato a quei fatti.

"Rezzonico deve aver tenuto la bocca chiusa nonostante tutto. Avrà certamente avuto paura per il suo culo."

Avrei voluto chiamare Magda, chissà se era già al corrente e cosa stava pensando ma me lo impedì: "Tu adesso stai qui, non esci e non parli con nessuno, abbiamo di sicuro pochissimo tempo prima che ci piombino addosso ma forse mi è venuta un'idea." Uscì e non fece ritorno sino a sera.

"Sei pronto?" "Per cosa?" "Andiamo, ho trovato chi ci farà arrivare sino a Cuba, poi là vedremo di trovare un posto dove nasconderci, c'è un tizio che mi deve un grosso favore abita in un posto sperduto e...ma a questo penseremo a tempo debito." "Grazie, ma perché lo stai facendo?" "Ci sono dentro sino al collo anch'io e comunque non chiedermelo due volte che potrei cambiare idea..."

Andrea aveva noleggiato una vecchia Mercury Gran Merquis.

"Ha un portabagagli che è un monolocale..." disse invitandomi a far la parte della valigia

"Forza, entra non dobbiamo fare moltissima strada ma è meglio essere prudenti..."

forse dovremmo avere più fiducia forse se mi costituisco come diamine ci siamo finiti in quella merda

Non ero sicuro che scappare fosse la cosa giusta, ma non c'era tempo, non era il caso di perderne e così senza tergiversare oltre mi infilai con la valigia dove avevo chiuso oltre qualche vestito la ventiquattrore coi soldi, nel portabagagli della vecchia automobile.

"E adesso prega che non ci fermi nessuno." "Ma dove stiamo andando?" "A Dry Tortuga." Prima di chiudermi là dentro fece in tempo a spiegarmi che conosceva uno scafista, uno che faceva rotta su Cuba una volta ogni due o tre settimane trasportando a Miami chiunque disponesse di almeno sette o ottocento dollari. Quel passaggio però doveva costare molto di più immaginai, e glielo dissi.

"Non preoccuparti non è il momento di fare i conti, adesso cerca solo di respirare poco che non vorrei finissi l'aria" mi rispose quasi divertito.

siamo pazzi lui di sicuro che stiamo facendo dove stiamo andando?

Percorremmo un bel pezzo di strada perché il viaggio non durò meno di mezz'ora prima che l'auto si fermasse e Andrea riaprisse il cofano aiutandomi a uscire.

"Fino a qua ci siamo arrivati..."

Sotto di noi una piccola baia; scavalcammo il guard rail prendendo a scendere verso il mare. Sulla riva acciottolata ci attendevano un gommone e un giovane biondo che non disse una parola limitandosi a salutare con un cenno del capo. A circa cinquanta metri dalla battigia si intravvedeva un'imbarcazione, un potente fuoribordo, lo raggiungemmo in qualche minuto e vi salimmo, anche se il trasbordo di Andrea non fu affatto agevole, goffo com'era. "Ma la valigia no." disse il capitano, così lo aveva salutato Andrea. "Ma ho tutto là dentro" obiettai, poi rivolgendomi sottovoce al mio amico: "Ho tutti i soldi là dentro..." "Non voglio nulla che rallenti o ostacoli i nostri movimenti, una volta arrivati avremo poco tempo per raggiungere la riva."

Dopo ancora qualche resistenza, che fu vinta alzando il prezzo del passaggio, i potenti motori del motoscafo presero a rombare. "È in fibra di carbonio, praticamente invisibile ai radar." mi informò Andrea. Era una notte senza luna e il mare una tavola di cobalto, non impiegammo più di due ore a percorrere le 90 miglia che separano Miami dall'Havana. Quando l'isola iniziò a rivelarsi davanti ai miei occhi mi sentii come una specie di novello Colombo, certo io sapevo non trattarsi delle indie ma come lui non avevo idea di cosa mi avrebbe riservato.

"Buttatevi, buttatevi!"

Quasi ci gettava in mare il capitano e io mi tuffai ma Andrea non era preparato.

"Ma perché non andiamo in gommone?" "No, è troppo pericoloso la costa è a meno di cento metri dovete raggiungerla a nuoto!" Il capitano fu perentorio e anche Andrea si gettò ma goffo com'era e gonfio d'alcol rischiava di annegare. "Dimentichi questa!" Lo scafista aveva in mano la mia valigia

cazzo!

Ma un attimo prima di lanciarmela ci ripensò: "Vediamo un po' cosa c'è qua dentro." C'erano tutti i miei soldi, i documenti e tutti i miei soldi. "Dammi la mia valigia!" gridai mentre quello rideva dando ordine di partire ai suoi due uomini. "Figlio di puttana torna indietro!" Ma il potente motore stava già sgasando turbinando getti d'acqua fortissimi, dopo qualche istante solo quelli intravvedevo sparita la sua sagoma contro il cielo altrettanto nero della notte. Andrea aveva preso a sbracciare e ora gridava affannato: "Aiutami! Non ti preoccupare dei soldi. Aiutami non sono abituato a bere tutta quest'acqua!" Con qualche bracciata lo raggiunsi, a fatica arrivammo a toccare con i piedi. La spiaggia era distante non più di venti o trenta metri ma Andrea sembrava non potercela fare e così me lo caricai sulla schiena e in quel modo trascinandoci, arrivammo stracchi sulla battigia. Andrea impiegò un bel po' prima di riprendere fiato, le prime luci dell'alba rischiaravano l'oceano in lontananza.

"Sono stato previdente." Dai pantaloni estrasse un sacchetto di plastica nel quale aveva avvolto il portafoglio. "Vado, non siamo lontani dall'autopista, vengo a riprenderti il prima possibile, tu nasconditi là dietro e aspettami." disse ancora prima di avviarsi, indicandomi la vegetazione di palmizi che si apriva alle nostre spalle tra la spiaggia e un muraglione e così feci. Trascorsero tre o quattro ore durante le quali nemmeno mi riuscì di disperarmi: come lobotomizzato fissavo il mare. Pochi pescatori di polpi e due o tre giovani che, armati di strani apparecchi, approfittando della bassa marea, setacciavano la battigia in cerca di tesori abbandonati.

Andrea fece a bordo di una vecchia auto americana guidata da un tizio che mi presentò come Gustavo.

"È un pilota civile, trasporta merci varie a Holguin, se riusciamo a salire sul suo aeroplano è fatta."

"Ma non sarebbe più semplice fare il viaggio in automobile?"

"No, sono ottocento chilometri ed è facile incontrare qualche controllo lungo l'autopista."

"E come facciamo a prendere l'areo?"

"Gustavo sa come farci imbarcare, basta pagare."

Andrea era certamente riuscito a passare da casa perché indossava abiti puliti e si era sbarbato, io invece dovevo avere l'aspetto di un naufrago, quel che ero più o meno, ma avevo una fame tremenda nonostante tutto, e per fortuna anche il pilota, l'uomo nelle cui mani stava la mia salvezza era affamato. Il mio amico avrebbe invece fatto a meno di pranzare e brontolò prima di convincersi a far tappa in un piccolo ristorante non lontano dall'aeroporto.

"Non vorrai mica entrare conciato in quel modo?" mi disse mentre Gustavo fermava la vecchia Pontiac nel parcheggio di quella paradar. Aveva ragione, non sarei certo passato inosservato in quello stato e così fu un pranzo da asporto il mio primo sull'isola. Non sapevo nulla di quella cucina ma, sarà stata la fame, mi sembrò tutto buonissimo.

aragosta in salsa piccante

Per tre persone: 2 aragoste grandi tagliate a metà, 3 cucchiai di olio d'arachidi, 1 gr di zafferano (da sciogliere nell'olio), 25 cl di vino bianco, 1/2 litro di salsa di pomodoro piccante,1 cucchiaino di peperoncino,1 cucchiaino di sale.

Pulite le teste di ogni aragosta e togliete le interiora. Sezionate la coda e piegate le gambe, tagliando via la parte sottostante con l'aiuto di un grosso coltello. Rimuovete le antenne.In una padella fonda, scaldate l'olio a fuoco vivo, fino al rilascio di un leggero vapore. Fate rosolare i pezzi d'aragosta per 5 minuti, girando il tutto frequentemente, fino a quando il carapace diventa rossastro. Fate scolare una parte dell'olio del tegame, lasciando solo un sottile strato. Quindi aggiungete il vino e portate ad ebollizione a fuoco alto. Aggiungete mescolando la salsa di pomodoro, il peperoncino e il sale. Poi, rimettete le aragoste nel tegame e anche il liquido che potrebbe fuoriuscire. Mescolate e girate, abbassate un po' il fuoco e coprite il tutto. Cuocete 10 minuti.Appena prima di servire, aggiungete i fegati e le uova di aragoste, filtrati in un colino e premendo bene con il dorso di un cucchiaio. Cuocete a fuoco lento per circa un minuto, mescolando. Disponete i pezzi di aragosta in modo decorativo su un piatto fondo riscaldato e ricopriteli con la salsa.

Voli pindarici e flussi di incoscienza

15 settembre 2001

Conoscete quella poesia di Bukowski dal titolo: **Volevo rovesciare il governo ma tutto quel che ho messo sotto è la moglie di uno?** Beh, pressappoco all'inizio andò così; per questo ma non solo mi ritrovo con le polizie e i servizi segreti degli otto stati più potenti del mondo alle calcagna e la convinzione, probabilmente errata, che solo riuscendo ad arrivare in quel paese di cui nemmeno ho ben capito il nome, ritarderò la mia uscita di scena da 'sto globo terracqueo gocciolante merda, anche se ora mi sembra zuccherino il fetore, ma dev'essere la fame. Sono due giorni che non mangio chiuso in una cassa al buio in attesa di partire, riesco solo a pensare a quello strano purè di patate e cipolle; fu l'ultima volta che vidi Erica.

Da due giorni ero là dentro, stipato in una cassa.

"È l'unico modo per farti volare senza problemi, ho degli amici in dogana che per cinquanta dollari fanno entrare qualunque cosa..." mi aveva spiegato Gustavo e così avevo fatto e stavo pensando a quello strano purè di patate al brandy quando finalmente udii la voce del mio amico annunciarmi:

"Giovanni, ci siamo tra pochi minuti decolliamo."

"Meno male perché non ce la faccio più."

"Resisti, tra meno di due ore saremo a Holguin, poi ti porto in un posto dove non ti trova nemmeno Sherlock Holmes."

Sentii le eliche del piccolo aereo mulinare e immaginai stessimo prendendo quota poi forse mi addormentai svegliandomi dopo quanto non saprei per colpa di uno scossone e di una forza che mi tirava verso il tetto del cassone dove, tra un frigorifero e alcune televisioni stavo rannicchiato. Ebbi appena il tempo di chiamare il mio amico:

"Andre! Andre che succede? Fammi uscire da qua dentro!"

Poi la certezza che stavamo precipitando, pochi secondi prima dello schianto passando dal buio al buio senza quasi accorgermene, subito addormentatomi dopo l'impatto.

stantuffo piroetta spensierato   *mantice*
estremo e bum

       solo ascolto solo ascolto

      nel silenzio passando la mano salendo verso
quella finestra

      vedo le parole che si logorano e devono essere
sostituite

      da altre più forti e dalla musica suonata da
lontano

      da due tre dieci trenta musicisti di trenta paesi
che suonano il medesimo spartito

      cadauno nella loro nazione li prendo per mano

      e li unisco in un'unica briosa andante melodia

      tutta quella gente balla tutta quella
gente

      gira tutta quella gente
tutta quella gente

      botte botte
forti e Carlo ride e fuma

      e Magda Magda Magda piange ride piange ride
e fuma

mentre Andrea nuota e non sta a galla

ma ci si abitua a tutto

anche alle bastonate

se sin da infanti

ce ne danno

qualcuna

sulla

schiena

appena desti e un altro bel po' prima di coricarci

ipocrisia ed egoismo han giacimenti inestinguibili

sono un minatore senza torcia e gioco a dadi con la

la vita

ma facciamo un patto tu esistenza senza senso

non mi molesti troppo e io non mi suicido

che se muoio muori anche tu

ma quella non risponde e allora trovo riparo sotto piante di gemme morbide e inanimate che però stingendo i loro bei colori acidi corrodon la mia testa di empietà che dio stesso mi esce adesso dalle orecchie

seduto su una panchina in Belgio rileggo il tetro Houllebeck e scambio quattro chiacchiere su quanto triste sia quella regione senza sole e scoprendomi ottimista inizio a correre

marocchini mi inseguono

e sbirri sbirri dappertutto

li tollero li devo tollerare

perché si tollerano anche le zanzare quando non si possono schiacciare

e allora una baia qualsiasi il cielo sopra Roma le cascate africane di cui non ricordo il nome mi tuffo e nuoto con fatica e la gente balla balla e balla su roridi luccichii bruni che sono spari lenti nella notte li schivo e sparo anch'io bum bum bum la rivoluzione non si può fare con le buone maniere

Soffici Palazzeschi Papini Marinetti Apollinaire che incontrano Ungaretti a Parigi nel 1912 lui scrive poesie in trincea ma è già passato un pezzo

ci stanno

   sulla carta

     delle pallottole

       diciassette sillabe

         come aiku giapponesi?

            di che reggimento siete   *parola*
tremante nella notte

fratelli   *fratelli*

       parola tremante nella notte

         follia

appena nata nell'aria spasimante

fratelli

fratellanza universale

                                            solidarietà   tra

naufraghi

                         m'illumino d'immenso

                   mai mi è toccato in sorte

                e più che illuminarmi brucio

                    brucio d'amore

                      amore mio

                       dove sei

che ti vengo a cercare e ti penetro lì così forte che rimani penetrata

                       dove sei

forse in città

       rumorosissima

            eppure silente

                vuota di te

non

ha

incanto

la mia vita

cosmopolita non vuol dir globalizzato

non riconosco più l'uomo di mondo che scruta dal turista che consuma il suo pasto e mi dispero percorrendo l'appassito vicolo in discesa sono cieco cieco e sordo e muto

ecco il mondo che sognava Pasolini ci salutiamo ma lui non mi
conosce e io mi offendo e tiro dritto la prossima volta che lo
incontro e rido rido rido ma son risate finte che poi però inducono
alle risate vere

poliziotti   politici   tornitori
magnaccia

            salumieri   industriali   netturbini

studenti   sedotti   seduttori
abbandonati

        fuggitivi   fucilieri   clown
del circo

            tutti quanti a ritenere il loro mondo

                centro dell'universo

buco nero supermassiccio tombini cosmici alla periferia del
sistema solare disco oscuro cento volte più grande del sole da cui
non sfugge nemmeno una luce e l'idrogeno è esaurito affievolite
le reazioni nucleari sintetizzano carbonio azoto sino al ferro e al
crollo finale con gli strati esterni che cadono verso il centro
e il collasso non si ferma più la materia è svanita
tutto   è risucchiato

                non è l'universo un giardino fiorito

ma un fluido di neutroni così denso che una montagna è ridotta
a una pallina e i buchi neri trasmettono energia e da loro dipende
la produzione

                delle stelle

autodafé al di là del pecos non c'è più legge la strada per il futuro
la indica chi ha il coraggio di intraprenderla e un buon corredo
vitaminico ma quando il banco ti serve un poker punta di più
punta tutto oggi sbanchiamo

come quel grande romanziere che deve dopo aver molto vissuto
scostarsi e come il Caravaggio disegnare Venezia pezzo a pezzo

ma cosa è l'arte non la filosofia l'arte? Jan de Buffet la follia dona le ali alla chiaroveggenza condizione intrinseca all'artista e le droghe Pittigrilli e cocaina una via chimica caro Baudelaire non so se essere d'accordo quando affermi che ogni uomo porta con sé dosi naturali d'oppio che ogni giorno consuma e secerne io non c'ero nella Parigi dell'assenzio le droghe mi annoiano e l'arte è vocazione all'infelicità e se il caviale lo mangi con la merda sa di merda o la merda di caviale?

mamma perdonami mi tatuerò sull'avambraccio una volta carcerato

la deformazione del corpo umano per descriverne il dolore e il godimento vorrei aver per pene un obelisco che Priapo stesso non capisca come faccia un'erezione ad esser tanto eretta il restringimento dei vasi sanguinei e la natura attiva le aree del piacere ma dove mai lo cercheremo ancora pervertiti e maniaci che siamo?

ti immagino immobile odio il movimento che scompone le linee

alle avanguardie attive del Novecento avrei applicato la tortura della capra relativizzi relativizzi

Magda

Magda Magdina

Concita

Erika

Giada

Giovanna

Ginevra

Concita

Magda Magdina

Marilisa

Federica

Magda Magdina Magda

Barbara

Erika

Denise

Magda Magdina

è una puledra gagliarda non c'è da sbagliarsi

la visionarietà rende visibile ciò che alle persone normali non è visibile Kirkner che dipinge all'ospedale e tutta la musica di Fela Kuti e Paolo Conte e Mozart che ad esempio ce la fece mentre Gino Sandri sintetizzava il realismo espressionista la guerra come follia più di Picasso ma poi cos'è successo? sono in un bosco dove si combatte e un drappello scocca frangendo fenditure in cui mi caccio assaporando nettari tra cosce d'ebano

sorseggiare buon rum fumare buon tabacco mangiare buone pietanze

palpeggiare carni fresche

l'orizzonte è finito e banale banale banale

inserzioni trapianti esiziali respiri sospiri vocali

liquido amniotico inserzioni trapianti esiziali respiri sospiri

vocali brusii   oltre una porta socchiusa

la lingua di Cervantes la lingua di Borges la lingua di Neruda e Garcia Marquez hola que tal te quiero mucho por supuesto como si fuera esta noche la ultima vez

la mamma il papà la mamma il papà la mamma il papà il nonno la nonna non li ho più visti dove sono andati? la faccia di tutti

quelli che ho deluso vi ripago in qualche modo vi ripago prima o
poi

      nuoto in un mare grande grandissimo e volo di tanto in
tanto è la   luce unificante

   nuoto   un   grande   e   di   in e   luce
unificante

                come

      il buio

il buio   il buio

     il buio

il buio   il buio

    il buio

    il buio

    il buio

    il buio

"Sara yeye bakuro. Sara yeye bakuro"

Quando aprii gli occhi dovevo esser sveglio da oltre un'ora ma ero rimasto
immobile, come incantato da quella voce femminile che intonava la nenia
di cui solo comprendevo la forza. Era un suono delicato ma al suo interno
una poderosa eloquenza mi convinse a destarmi e spalancando gli occhi...

"I piedi di un uomo sono responsabili per lui: essi lo portano nel luogo dove egli è atteso."

Re Salomone

Libro terzo: il ricongiungimento

Melampo, ultime traversate, gang bang, l'amore sublimato, Allāh e la Cattedrale.

La zattera di Ulises

Havana

29 novembre dell'anno 2014

Avevo ricacciato in un angolo del cervello Giovanni con tutti i suoi casini, ma non è che ci rimanesse sempre al posto suo, anche perché dopo l'incontro con Magda non mi era più riuscito di vedermi così com'ero, se non nello specchio. Voglio dire che quando pensavo a me stesso mi vedevo con la faccia che era di Giovanni ormai più di dieci anni prima, così diversa da quella che avevo adesso e non solo per i baffi, i molti chili in meno, i capelli brizzolati e la carnagione abbronzata. Erano gli occhi a essere cambiati, l'espressione a esser differente, non faticavo a capire perché il mio amore non mi avesse riconosciuto quel giorno al ristorante: ero Ulises adesso, c'era Ulises e nessun'altro nello specchio.

L'incredibile storia che mi aveva condotto sin là doveva rimanere un segreto e non è facile, ve l'assicuro, tenersi dentro tutta quella roba. Più di una volta fui tentato di parlarne con Ivan, ma il timore di essere preso per pazzo mi aveva fatto rinunciare. Però continuavo ad amare Magdina anche se sapevo essere impossibile quell'amore oltre che incredibilmente stupido

era una ragazzetta e sei stato con lei una volta soltanto più di dieci anni fa

e stupida la voglia che avevo di lei e che mai mi abbandonava costringendomi a fantasticare di un ritorno e a far piani incoerenti per poterla finalmente riabbracciare.

sarà sposata avrà dei figli e chissà cosa avrà pensato dopo aver letto tutte quelle incredibili cazzate

povero Andrea

I primi tempi dopo aver ritrovato la memoria avevo pensato spesso al mio amico. A causa dell'improvvisa ricchezza aveva preso ad annoiarsi, a bere

non avesse ereditato quella fortuna forse sarebbe ancora vivo ma è grazie a lui se vivo lo sono io chissà come sarebbe andata a finire se quel giorno l'aeroplano non fosse precipitato

ma era esercizio ozioso quanto del tutto inutile porsi quella domanda e, non saprei quanto volontariamente ma di sicuro non sforzandomi, dopo un po' smisi di farlo: vivevo e basta, alla giornata e senza nutrire i rimpianti. Probabile che l'esercizio quotidiano per la sopravvivenza costituisse la causa principale che faceva di me, ma probabilmente di quasi tutti gli esseri umani con i quali condividevo spazio e tempo, una specie di cinghiale calato in un eterno presente solo intento a cercare cibo sufficiente per riempire la pancia e un tetto che non cadesse sulla testa al primo temporale.

Non avevo più avuto relazioni che fossero durate oltre qualche notte, con turiste per lo più, scopate senza impegno. Non era difficile rimorchiarle dopo cena, la sera al ristorante. Avevo già quarantotto anni ma mi conservavo discretamente, avevo anche quasi smesso di bere e di fumare e difficilmente la mattina mancavo di nuotare un'ora nell'oceano. Mi era venuto in mente di scrivere un'autobiografia, l'avevo iniziata cento volte bloccandomi però sempre dopo poche righe: la mia prima vita, sembrerà un paradosso, nonostante tutte quelle peripezie mi annoiava enormemente. Patrizia veniva in vacanza ogni anno da tre anni, era di Bologna, una quarantenne disinibita e simpatica, mi piaceva la sua compagnia e scopava che non aveva nulla da invidiare a una cubana. "Uli" così mi chiamava. Non so perché continuasse a preferirmi ai negroni che invece si accaparravano le sue compagne di vacanze e io mi guardavo bene dal chiederglielo.

"Tu arrivi da molto lontano. Una donna scura ti sta cercando. È molto innamorata di te." Talvolta mi erano tornate alla mente le parole del padrino di Pablito ma da quella volta non avevo più avuto a che fare con santeri e riti magici, finché un giorno Patrizia volle che l'accompagnassi da un giovane babalawo.

"Si chiama Melampo e sta all'Havana vecchia, me ne ha parlato un'amica, lei è atea, non crede né ai santi né alla magia ma è rimasta impressionata perché dice che Melampo ha indovinato cose, nomi fatti della sua vita che nessuno a parte lei poteva sapere, vieni anche tu dai..."

e così mi lasciai trascinare da questo tizio e dopo che ebbe divinato per lei, Patrizia era entusiasta

"Prova anche tu, Melampo è meraviglioso, mi ha detto cose del mio passato che nemmeno ricordavo." E così mi lasciai convincere. Questo tizio vestito di bianco era giovanissimo e i santi li consultava al computer,

ma guarda un po' cosa mi tocca vedere lo sapesse Aurelio gli scatenerebbe contro Changò come minimo

tirava le caracoles quindi consultava la Recla de Ocha aprendo il file corrispondente alla combinazione determinata da quel lancio e anche lui, padrino tecnologico, mi aveva ripetuto più o meno le stesse cose dell'anziano oracolo di Velasco, tanti anni prima:

"C'è una negra che ti ha cercato a lungo e ancora ti aspetta."

Patrizia c'era rimasta male e per tutta la sera aveva fatto la gelosa.

"E allora chi è questa negra?"

deve essere il mio amore si deve essere lei che ancora mi aspetta

"Non lo so Patty, davvero non lo so..." Poi, a bruciapelo: "Ti andrebbe di visitare l'Italia?"

Non mi aspettavo quella domanda e no, non mi importava un fico di quel paese che ricordavo orrendo ma sognavo Magda ogni notte e se le caracoles avevano ragione, non mi aveva dimenticato come altro avrei potuto rispondere se non: "Sì, certo." "E allora quando torno a Bologna ti faccio un invito, però ti avviso: là fa un freddo cane."

Ma le autorità mi negarono il visto per tre volte e senza fornire spiegazioni. Allora decisi che, se non così, in qualche altra maniera in Italia ci sarei tornato. Perciò, quando incontrai Yuliet, che intanto era divenuta grassa come un balenottero, pensai fosse giunto il momento, perché anche a lei era stato negato l'espatrio e adesso voleva scapparci in America e si sa: l'unione, anche quella tra disperati, fa la forza.

una piccola magari ma meglio che niente

Continuava a far castelli in aria su come rubare i quattrini all'abaquà: "Devi vedere quanti pesos tiene nascosti dentro casa, ha il materasso pieno, anche il divano ha foderato, però quando lo faccio devo andarmene subito da Cuba, perché se mi prende mi ammazza quel vecchio animale. Poi dovrò trovare chi me li cambia in dollari, perché non mi aiuti papito?" Era sempre convincente anche se non poteva più far leva sulla sensualità invasa da tutta quella ciccia. Una volta che avevamo provato a scopare per farmelo rizzare me l'ero dovuta immaginare com'era una volta, ma non ce l'avevo fatta lo stesso.

"Scusami, è che sono vecchio." mi ero giustificato e forse un po' era vero.

"Sì papito aiutami, perché non mi aiuti e vieni a Miami anche tu?"

"Ma che andresti a fare là?" "Una mia amica si è messa a girare film porno, ha avuto successo sai? Se perdo dieci chili pensi che non possa farlo anch'io?" "Tu saresti la numero uno mio amore..." e non mentivo anche se di chili avrebbe dovuto perderne almeno quindici.

"Davvero vuoi andartene?" Ivan cercò in tutti i modi di farmi cambiare idea. "Sì, sono sempre stato qua e tra poco avrò cinquant'anni..." mentii. "Ma cosa vai a fare?" "Non lo so, una gita."

Impiegai parecchie settimane a convincerlo, ma l'idea che qualcuno fottesse il vecchio abaquà, che oltre a essere il re della boleta aveva fama di magnaccia violento, in fondo in fondo non dispiaceva neppure a lui e così alla fine disse che sì, li avrebbe cambiati quei pesos in dollari. "Però devi promettermi di tornare presto." Non faticai ad accontentarlo senza mentire, pensavo davvero che avrei fatto ritorno all'Havana, con Magda però.

"Ok, spero che nel frattempo tu non abbia trovato un cuoco più bravo di me."

"Non ti preoccupare è impossibile, non su quest'isola almeno..."

Sembrava tutto a posto, io avevo circa tremila dollari da parte frutto dei regali delle turiste, di Patrizia in particolare, e il passaggio me ne sarebbe costato circa mille. Ma Yuliet tergiversava ed era lei ad avere il contatto con lo scafista.

"È sempre in casa a contarli, devo trovare l'occasione giusta." che però non arrivava mai.

Quante volte una disgrazia provoca, come si dice accada per un battito di ali di farfalla dall'altra parte del mondo, se non un cataclisma, almeno qualche scossa? E così la morte del fratello del vecchio abaquà e il suo funerale a Cienfuego, diedero la spinta a Yuliet. "Voleva andassi anch'io, dopo tutto questo tempo passato a fargli da serva e da puttana ancora non si fida..." che fingendosi malata scampò il rito funebre e portò via anche i centesimi al vecchio bandito.

"Questi però non te li prendo!" fu irremovibile Ivan sul cambio degli spiccioli.

Ricordavo bene l'imbarcazione che ormai tredici anni prima mi aveva portato sin laggiù da Miami e la faccia di quel balordo che mi aveva rubato la valigia e tutti i soldi.

li avevo rubati anch'io ma non ho mai creduto al diavolo e alle sue pentole ai suoi coperchi

che coincidenza sarebbe stata mi fossi imbattuto in quel tipo anche nel viaggio di ritorno. E invece no, non gli assomigliava per niente questo tizio tutto gentile che dopo aver preso i soldi ci trattò con ogni riguardo. Provai a chiedergli se conoscesse quel suo collega e mi raccontò che ne aveva sentito parlare ma che si era ritirato da un pezzo, da quando un cliente aveva abbandonato una fortuna sulla sua barca.

"Un tipo strano che da Miami si fece portare sino a Cuba..."

Sicuramente sia lui che Yuliet si domandarono il motivo per cui ridessi come un matto dopo aver ascoltato quella storiella, ma forse pensando che matto lo fossi davvero, non mi chiesero la ragione di quelle risa sguaiate.

"Davvero vuoi fare l'attrice pornografica?" domandai a Yuliet mentre il potente motoscafo solcava le onde in direzione Miami

"Sì."

Ci avesse pensato vent'anni prima, talentuosa com'era avrebbe di sicuro sfondato. Aveva l'indirizzo dell'amica e il suo telefono.

"Si chiama Remedios ma il suo nome d'arte è Noemi Sweet. E tu invece cosa hai intenzione di fare?"

Non ne avevo idea, chissà se c'era ancora il bar di Scarface.

"Non so, ma di cuochi c'è sempre bisogno."

Quando arrivammo a Miami appena fuori Dania Beach era notte, lo yacht si fermò a circa un miglio dalla costa, noi ci imbarcammo su un gommone e in breve fummo sulla spiaggia. Una volta messo piede a terra Yuliet provò a chiamare l'amica, ma il cellulare era spento.

"Se non sapete dove andare per stanotte vi posso ospitare a casa mia."

Il tipo che ci aveva portato sin là era davvero cortese, scafista o non scafista. Il giorno seguente ci presentammo in un ufficio dove iniziammo le pratiche per ottenere lo status di rifugiati e i documenti. Un funzionario ci sottopose a una specie di interrogatorio al termine del quale ci fu consegnata una carta che attestava la nostra condizione di richiedenti asilo e ci permetteva di circolare liberamente entro i confini della Florida. La vecchia CAA, la Ley de Ajuste - che faceva dei cubani, disgraziati privilegiati agli occhi dello zio Sam - continuava a funzionare, ma la tempistica per ottenere i documenti poteva variare da sei mesi a due anni.

"Però con questa potete anche lavorare."

Così Yuliet avrebbe potuto girare scene hard e il sottoscritto cucinare ropa vieja ed empanadas. Mi presentai al bar di Scarface che non mi riconobbe, era invecchiato pochissimo e sempre ridanciano. Bevvi parecchio e passai una serata piacevole a parlare di Cuba e di politica ma a parte quello non ottenni altro, perché a lui un cuoco non serviva.

"Però ho un amico che gestisce un ristorante è cubano anche lui e a chi scappa da Fidel se può un favore lo fa di sicuro."

Ma neanche là ebbi fortuna. "Spiacente amico ma ne ho appena assunto uno, torna tra qualche tempo."

Per dormire non c'era problema, ci pensava la Florida a darmi un tetto, seppure in un camerone insieme ad altri otto fuggitivi, ma i dollari iniziavano a scarseggiare. Avevo perso di vista Yuliet che dopo pochi giorni era riuscita a rintracciare l'amica porno star, ma una sera che quasi mi ero pentito di aver lasciato la mia tranquilla povera vita dell'Havana, passeggiando lungo la battigia vicino a Boulevard street la incontrai.

"Hola Ulises"

"Ciao Yuli, come te la passi?"

Mi raccontò che lavorava nel mondo del porno, ma non faceva l'attrice.

"Sono segretaria di produzione della Cats & Pussy, mi sono fidanzata con un tipo che scuce soldi anche quando va al bagno."

Di chiunque o di qualunque cosa si trattasse la doveva far star bene pensai, perché aveva di nuovo la silhouette di una volta.

"Ho ripreso a tirare, ma solo un pochino, giusto per dimagrire." mi confessò.

"E tu cosa stai facendo?"

Le spiegai che un lavoro ancora non mi era riuscito di trovarlo.

"Ci penso io, ne parlo con Ted stai tranquillo, però sei troppo vecchio per fare l'attore." E rise. Ma sul set di un film porno mi ci ritrovai lo stesso, Yuliet non fece fatica a convincere il fidanzato, socio della casa di produzioni pornografiche, a trovarmi un impiego come attrezzista, lo stipendio non era gran che ma meglio di niente. Il problema semmai era un altro: stare in mezzo tutto il giorno a quella gente che scopava in continuazione mi teneva in un perenne stato di eccitazione che non potevo che soddisfare masturbandomi. Mi capitò di poter fare sesso con qualcuna delle riscaldatrici di quella gang bang che aveva per protagonista l'amica di Yuliet, ma ero giunto sin là rincorrendo il sogno di ricongiungermi a Magda e non l'avrei macchiato con altri tradimenti. "Ma il tuo amico è maricon?" mi era toccato ascoltare dalla bocca di una di quelle professioniste della fellatio che lo domandava a Yuliet dopo che mi ero negato alle sue cure.

Erano passati circa tre mesi quando una sera, nel locale di Scarface, mi sentii chiamare.

"Ulises! Ulises sei proprio tu?"

Impiegai più di qualche secondo prima di riconoscere Clemente.

"Amico, ti ricordi di me?"

Ora che lo riconoscevo certo che me lo ricordavo!

Erano passati più di dieci anni e anche lui aveva parecchi peli bianchi sulla testa, quei pochi che gli rimanevano.

"E io che pensavo fossi finito in pasto agli squali!"

Erano riusciti ad approdare sin qui a bordo di quella zattera scalcinata, il corsaro libero, lui e il suo amico.

"Non ci avrei scommesso un peso" "E invece è solo merito tuo"

Lui aveva fatto fortuna non so come.

"All'inizio è stata dura ma quando ho ritrovato mio zio e ho iniziato a lavorare con lui le cose sono andate sempre meglio..."

Non compresi esattamente di cosa si occupasse ma doveva essere qualcosa che rendeva molto bene visto l'abito griffato e il pesante rolex d'oro.

"E Rolando?" "Ah Rolando è un pezzo grosso, ha fatto carriera, lavora con lo staff del governatore"

Il governatore si chiamava Rubio era americano da tre generazioni ma la sua famiglia una di quelle fuggite nel 59 subito dopo la Rivoluzione.

"Tu invece?"

Raccontai a Clemente della mia situazione e dell'aspirazione di andare in Europa, non gli dissi di Bin Laden e tutto il resto, non avrebbe potuto capire, mi inventai invece che mi sembrava di ricordare d'essere spagnolo e per quello volevo provare a far ritorno nel vecchio continente. "Ti aiuto io amico mio e appena lo saprà Rolando, farà salti di gioia, sai quante volte abbiamo parlato di te? Sei il nostro santo protettore, non ti preoccupare..."

Rolando era davvero un pezzo grosso. Il più grosso tra tutti i bodyguard del governatore. E come fu felice di vedermi! Mi abbracciò che mancò poco mi stritolasse.

"A parte qualche pelo bianco, non sei cambiato per niente."

Con i miei due vecchi compagni di mattatoio facemmo baldoria quella sera, bevendo champagne e mangiando aragosta.

"Non preoccuparti per i documenti e neanche dei soldi..."

Dopo una settimana, avevo il passaporto americano.

"Sono diecimila dollari, spero ti bastino e chiamaci quando arrivi."

I miei due amici Rolando e Clemente erano persone serie, gente di parola.

"Non posso accettare tutti questi soldi." ma loro invece non accettavano rifiuti.

"Non ci avessi regalato quel motore oggi saremmo ancora al mattatoio. Saremo sempre in debito con te, prendili e vai dove vuoi andare."

Ci abbracciammo piangendo felici come bambini.

Salutai anche Yuliet il giorno dopo, stava dimagrendo a vista d'occhio.

"Devi finirla con la coca."

"Sì papito, te lo prometto... ti voglio bene sai?"

Sì, a modo suo ero certo me ne volesse.

"Anch'io mamita, anch'io."

Quando salii sull'aereo Alitalia diretto a Milano mi sentivo bene e forte, non ero certo di star facendo la cosa giusta, ma semplicemente l'unica che potessi fare.

Parigi val bene una messa

15 novembre dell'anno 2015

Non era cambiata molto la mia città, a un primo sguardo. I vicoli eterni e non più stretti o sporchi di come li ricordavo, il mare sempre là sotto, scuro contro l'orizzonte di un minaccioso cielo invernale. Faceva freddo e anche il vento di tramontana era lo stesso di sempre.

Avevo preso alloggio all'Alexander, in via Gramsci ed ero subito sceso in strada addentrandomi per via Prè.

chissà che fine ha fatto Razak

Al posto del suo call center adesso c'era lo spaccio gestito da un pakistano.

devo provare a cercare Magda su Facebook

Patrizia mi aveva parlato di quella diavoleria e un giorno all'hotel dell'Havana dove soggiornava aveva provato ad aprire un account a mio nome, ma a Cuba era ancora proibito, non saprei dire se per volontà di Raul o degli americani. Però prima di ogni altra cosa, ero curioso di sapere che ci fosse adesso al posto del Fitzcarraldo e mi venne da ridere, una volta arrivato in piazza Cavour, scoprendo nei locali che erano stati teatro di concerti, danze, risse, amori e varia umanità, un ufficio distaccato della questura.

finalmente i residenti si sentiranno al sicuro

Proprio là a fianco, dove rammentavo una latteria, adesso l'insegna sulla porta indicava un internet point: decisi di entrare. Diedi al gestore, un altro pakistano, il mio fiammante nuovo passaporto americano, e acquistai per un euro un'ora di collegamento internet.

eccola una differenza ai miei tempi erano tutti africani i gestori dei call center mentre adesso vedo solo pakistani

Cercai per un buon quarto d'ora il modo e la maniera di entrare dentro il social network ma senza riuscire a cavare un ragno da un buco.

"Ma porca puttana!" mi lasciai andare all'ennesimo insuccesso, eppure quella volta Patrizia ci aveva messo un attimo.

sono vecchio com'era mio padre quando cercavo di spiegargli il funzionamento del telefonino

"Serve aiuto?"

Per fortuna era gentile quel giovane seduto nella postazione accanto, uno studente della vicina facoltà di architettura intuii per via dello zaino dal quale spuntavano righe e righelli oltre a un tubo di plastica che doveva contenere disegni di progetti et similia. A quel punto mi rimisi a parlare in spagnolo motivando con le difficoltà linguistiche tanta imperizia, "No hablo italiano molto bene." spiegandogli l'intenzione di aprire un account e quello in meno di un paio di minuti me ne creò uno nuovo di zecca: l'account di Ulises Tienesuerte.

"¿Es posible encontrar a una amiga?"

"Sì, se ha un profilo...come si chiama?"

"Magda, Magda De Silvestri."

Il ragazzo digitò il nome nell'apposito spazio e il mio amore apparve sullo schermo con il suo incantevole sorriso.

pazzesca questa roba!

Esterrefatto per la meraviglia di quella tecnologia, mi sentivo come la prima volta quando ero arrivato, guajiro, all'Havana.

"Grazie amico, grazie, posso offrirti qualcosa?"

"Di niente, di niente, non si preoccupi."

Il mio entusiasmo doveva apparire ridicolo a quel ragazzo cresciuto a play station e megabyte. Mi spiegò ancora come fare per richiedere l'amicizia agli altri membri.

"Ma io e lei eravamo più che amici."

E quello rise di gusto

"L'amicizia su Facebook intendevo!" "Ah, sì certo."

Dal profilo di Magda si potevano apprendere parecchie cose: che era pediatra, che lavorava ancora per Medici senza frontiere ed era stata in molti paesi in guerra. Nelle sue foto era quasi sempre ritratta mentre teneva in braccio dei bambini: i piccoli malati degli ospedali dove aveva operato.

Dalle informazioni del suo profilo risultava essere single.

Io sapevo non si è mai sposata proprio come me

Disturbai ancora il mio vicino di postazione:

"¿Como puedo buscar otra noticias?"

Forse un po' scocciato, ma al contempo divertito da tanta ignoranza, mi reindirizzò su Google, dove digitando il nome di Magda si aprirono parecchie pagine. Il mio amore aveva fatto cose straordinarie lavorando per tutti quegli anni ovunque ve ne fosse stato bisogno. Persino a Genova se ne erano accorti e l'anno prima le era stato conferito un prestigioso premio destinato ai miei concittadini illustri. Il problema era che in quel momento risultava essere ad Aleppo.

"Tampoco sé donde está Aleppo." "È in Siria, ma c'è una terribile guerra." mi informò lo studente. "Gracias, muchas gracias..."

Ero nel paese sbagliato. Pagai un'altra ora e dopo un'altra ancora, ero completamente assorbito, impigliato in quella rete. Dell'Italia a Cuba non è che si parlasse molto, sapevo da Patrizia che Berlusconi era ancora vivo e qualcuno mi aveva raccontato cosa fosse il Bunga Bunga, ma non mi era mai importato saperne di più. Ridevo adesso che apprendevo cose inverosimili come che quel comico che da bambino mi aveva fatto tanto ridere con le sue trasmissioni dall'America e dal Brasile e poi più grande, quando sbeffeggiava Craxi e i ladroni del P.S.I., fosse adesso il leader carismatico di un movimento, un partito -la distinzione faticavo a comprenderla- che stava in parlamento e rischiava di vincere le prossime elezioni. Dopo aver visto qualcuno dei suoi video e molti vaffanculo, mi convinsi che era quanto di peggio coi suoi deliri giustizialisti per cui ogni cosa o era bianca o era nera e solo lui e i suoi seguaci i depositari della verità e dell'onestà.

Poi mi imbattei nella Lega, che ricordavo razzista, trinariciuta, ignorante, rozza, con Bossi in canottiera che prometteva di pulirsi il culo con il tricolore, ma che ascoltando, o anche solo osservando la faccia di quel giovane segretario barbuto e paffutello, adesso mi sembrava un moderato. "Per i rom ci vogliono le ruspe!" "I clandestini vanno rispediti al loro paese a calci in culo!" "Ai ladri dobbiamo essere liberi di sparare!" "Bisogna affondare i barconi dei migranti." Quello il suo repertorio giocato sull'ambiguità che voleva la violenza verbale acuirsi nelle piazze sino a farsi hitleriana, e ammorbidirsi nei salotti, più o meno, a seconda di chi fosse l'interlocutore.

cazzo questo tipo mi fa ribrezzo e prudere le mani

"Un'altra ora de internet por favor."

Continuavo a navigare e a non capire perché quel vecchio, Berlusconi intendo, invece di ritirarsi a godersi il poco futuro che ancora l'attendeva, stesse ancora lì, grasso, cadente, la testa sempre pittata di marrone, come la faccia, dove appena più chiaro era il fard sui lineamenti statici, inespressivi a causa di tutte le volte che gli erano stati stirati, ancora lì, e nemmeno più primo ministro, ma all'opposizione adesso, seppur del governo di sinistra più di destra che si potesse immaginare.

forza Italia gli azzurri la discesa in campo mi ricordo la casa delle libertà facciamo quello che cazzo ci pare persino Fidel ha più o meno detto basta possibile che dopo tutto questo tempo sia ancora lì a ripetere le stesse bugie?

Infine vidi la faccia del nuovo leader del belpaese, un giovanotto toscano pieno di grinta, spocchia e buoni propositi non dissimili da quelli che ricordavo lo stesso Silvio avesse più volte enunciato quali priorità: far ripartire il paese da troppo tempo fermo per via della burocrazia, delle vecchie logiche, di una magistratura egemone da dopo tangentopoli e vendicativa quanto ottusa, approssimativa e scansafatiche, un paese impantanato nelle sabbie mobili della corruttela, dato endemico se non fisiologico ma che si doveva tornare a immaginare poter avere un futuro straordinario, viste le eccellenze di cui nonostante tutto disponeva e la fama che ancora godeva nel mondo l'italica stirpe. E le promesse di nuova occupazione, che però non si poteva ottenere senza maggior flessibilità e ridimensionando un sindacato ingessato in logiche del secolo scorso. Il nuovo premier fiorentino che aveva da pochi mesi stravinto delle elezioni e governava adesso col piglio di chi sa di essere vincitore perché, come chi per vent'anni lo aveva preceduto, unto dal signore o giù di là.

cazzo no non ci posso credere!

Anche il giovane primo ministro come me era stato campione in un programma di Mike Bongiorno, La ruota della fortuna ma al contrario mio, al tipo la buona sorte non mancava. E anche la faccia come il culo a giudicare dalla sfrontatezza con la quale facilmente prometteva mirabilia simili in tutto a quelle del Berlusca.

non saranno mica padre e figlio

Il nuovo millennio era iniziato da un pezzo ed era vero, come stavo leggendo nell'illuminato editoriale del quasi centenario ex direttore di un importante quotidiano, che parlare ancora di destra e sinistra fosse ozioso: si trattava di categorie del secolo scorso, anacronistiche! Sì, a giudicare da quello che leggevo, almeno la sinistra non esisteva più.

Esistevano invece nuove destre un po' ovunque in Europa e non solo, spesso deideologizzate ma, peggio -prive com'erano di basi storiche e culturali- antropologiche, e oscurantismi figli di religioni tremende e la stupidità, con l'egoismo che ne è figlio legittimo, sembravano aver la meglio dappertutto.

ma un morto vale più o meno di cento morti?

In Siria, come nello Yemen o in Somalia e in altri cento paesi le bombe, i gas, le mine, mietevano vittime e nessun ordigno era così intelligente o caritatevole da distinguere i colpevoli dagli innocenti, i bambini dai fanatici e anche in Italia, se non d'essere centrati da un missile, bastava farsi un giro per Scampia a quanto stavo leggendo, per rischiare pallottole vaganti. Quali potevano essere gli argini? Il papa peronista citava il pueblo come vittima inconsapevole della secolarizzazione e del relativismo, attingendo però egli stesso, come uno qualunque dei suoi predecessori, a quelle gigantesche sacche di ignoranza, miseria disperazione, facendo poco o niente per porvi rimedio, ma anche esponenti illustri tra quelli che ancora si dicevano di sinistra sembravano attratti da quest'altro argentino che pur somigliava molto poco a Che Guevara. Che la scelta di campo si riducesse tuttalpiù al male minore?

e allora a Cuba non si sta poi così male

Avevo ancora pochi minuti.

"Alle dieci call center chiude." mi aveva avvisato il pakistano, già da tre ore stavo là dentro. E così digitai il mio vecchio nome GIOVANNI ARDIZZONE. Innumerevoli erano le pagine dove compariva. Con stupore scoprii che addirittura su di me era stato scritto un libercolo dal titolo: Il grande fallimento di 007, libello di un giornalista musulmano convertito al cristianesimo che narrava con dovizia di particolari come fossi riuscito a farmi beffe delle intelligence dei più potenti servizi segreti del pianeta. Secondo lui ero ancora vivo riparato a casa dell'amico Bin Laden in Afganistan, dove invece per qualcuno ero morto. Altri mi davano invece vivo e vegeto a far da pontiere tra l'Isis e al Qaeda, tra il califfo e l'ayatollah. Per qualche complottista dovevo essere invece della Cia e forse ora me ne stavo chissà dove e con quale faccia a seminar zizzania o vender armi. Jimmy invece morto lo era davvero: in Libia un drone gli aveva tirato un missile sopra quella sua gran testa di cazzo.

quel figlio di puttana

Nonostante uno di quegli idioti invasati fosse la principale causa della mia folle vita, mai mi ero interrogato veramente sui musulmani -che nei loro rituali mi erano al massimo sembrati solo un poco più matti degli altri matti- ma le cui superstizioni mi apparivano adesso le più nefaste, e che se introiettate tanto in profondità dal fargli sacrificare la vita, difficilmente avrebbero potuto essere sconfitte in tempi brevi da una società mollacciona, invertebrata quasi, come quella occidentale, basata su un modello dove in nulla, quattrini a parte, si aveva fede, dove l'utopia era morta da un pezzo e addirittura non era nemmeno più importante produrre ciò che serviva a essere consumato, ma semmai si consumava, e il più rapidamente possibile, per poterlo produrre nuovamente, riducendo in un percorso tanto obbligato quanto inconcludente, la vita dell'uomo, pardon, del consumatore. Difficilmente sarebbero stati sconfitti da eserciti mercenari quei pazzi. Sì, senza mettere in discussione l'intero modello, sarebbe stato complicato disarmarli i kamikaze, quelli cresciuti sotto i bombardamenti dell'Occidente atti a esportar democrazia a casa loro, ma più ancora quelli nati nelle banlieue delle grandi città dell'Europa, che avevano preso a disprezzarla non avendo il vecchio continente offerto loro molto più che il riflesso della sua opulenza, facendogli scoprire in ultimo, come altro non fosse che miseria, morale e materiale. Ma forse stavo sbagliando e invece la Coca Cola avrebbe avuto un'altra vota la meglio, annegandoli tutti per poi spazzarli via con un rutto potente. Ma in fondo che m'importava? Quella non era più casa mia da tanto tempo ed ero lì solo per amore del mio amore. Per amore dell'amore.

ma se solo potessi far conoscere la verità a quelli che hanno scritto simili panzane sul mio conto non gli resterebbe che suicidarsi per la vergogna

"Signore call center chiude..." mi invitò spazientito il pakistano.

"Sì mi scusi ancora un minuto soltanto..." Feci appena in tempo a vedere cosa avesse fatto in quegli anni Alberto Serra: non era cambiato poi molto, a parte il fatto che ora era assessore regionale del P.D.

colleziona tessere di partito come io da bambino le figurine dei calciatori

Aveva organizzato la sfilata del gay pride l'anno prima e su quel carro allegorico in mezzo a due trans, non indossava più giacca e cravatta. Baget Bozzo doveva essere morto di vergogna.

Magda stava ad Aleppo e la Siria era un posto molto difficile da raggiungere, quasi impossibile farlo da turista, ma io avevo lasciato una vita e rischiato quel poco che ancora avevo da rischiare per rincontrarla e non ero certo intenzionato a mollare, ma come avrei potuto fare? Passeggiando per Genova notavo molte serrande abbassate, la crisi aveva colpito duro e mi sorprese vedere come tante attività, bar, ristoranti, parrucchieri, negozi d'ogni tipo, fossero adesso di proprietà dei cinesi. La Cina, dove si fondevano dando vita a una lega terribile il peggio dell'autocrazia comunista e del capitalismo sfrenato e liberticida.

aveva ragione Andrea sulla Cina ma non era necessario andar fin laggiù bastava aspettare per ritrovarseli vicini

La mattina seguente ero di nuovo al call center. La sera prima in hotel avevo cercato il numero di telefono della famiglia di Magda ma sull'elenco non c'era, avrei potuto provare a recarmi sino a Sant'Olcese, ricordavo più o meno dove fosse quella casa dove un secolo prima avevo finito per innamorarmi di lei, e forse lo avrei fatto nel pomeriggio, ma prima volevo rituffarmi in internet. Ebbi accesso facilmente alla mia pagina Facebook e a un certo punto sopra un'icona apparve in rosso il numero uno, non sapevo che fosse ma cliccandovi sopra, lo compresi: Magda aveva accettato la mia richiesta d'amicizia! Sullo schermo in fondo a destra si aprì una finestrella e una scritta mi avvertì che proprio lei stava scrivendo; dopo qualche secondo apparve il suo messaggio:

"Ciao, ho accettato la tua richiesta di amicizia, ma ci conosciamo?"

Provai a contenere l'emozione e presi anch'io a digitare:

"Sì."

"Perché io non ricordo di conoscere nessuno col tuo nome, di dove sei?"

Stavo parlando col mio amore dopo tutto quel tempo! Non era certo come l'avevo immaginato, anche se devo ammettere che avevo comunque stentato a immaginarlo.

"È una storia lunga e incredibile Magdina, tu mi conosci ma quando stavamo insieme io mi chiamavo in un altro modo."

"Insomma, mi vuoi dire chi sei o devo bloccarti? Ma, come mi hai chiamato?"

Non aveva mai sopportato di sentirsi chiamare in quel modo.

"Magdina, ancora non ti piace?"

"C'era solo una persona che mi chiamava così ma non credo sia tu..."

"Magda, sono io, Giovanni!"

"Se è uno scherzo è di cattivo gusto."

"Sono io te lo giuro, devo parlarti, ti ricordi quando sei stata in quel ristorante a Cuba, la paella alla Urtubia e il cuoco al quale volevi fare i complimenti che è svenuto?"

Ma era off line, così mi diceva Facebook.

Girovagavo senza meta, avrei potuto chiamare Patrizia ma perché? Non avevo più neppure fatto avere mie notizie a Ivan. Sfogliavo un giornale in un bar di San Lorenzo, bevevo e mi sentivo solo, solo da morire.

avrei dovuto restare a Cuba

Me lo ripetevo senza crederci. Il nuovo papa argentino stava programmando un viaggio all'Havana,

eccone un altro che vuol dare forse l'ultima spallata a quel rimasuglio di comunismo?

era un gesuita ma si chiamava Francesco, e Fidel aveva studiato dai gesuiti, insomma, forse si sarebbero capiti. Obama stava dialogando con Raul da qualche tempo e quelle prove di apertura chissà quali effetti avrebbero sortito su Cuba, sui cubani,

chissà se dopo la morte di quei due resterà qualcosa della Rivoluzione

anche se la domanda vera non era se, ma in quanto tempo sull'isola sarebbe tornata a sventolare trionfante la bandiera del capitalismo. L'avevo anche scritto in quella poesia che tanti anni prima aveva rischiato di mettermi nei guai. Se fossi tornato la cosa mi avrebbe riguardato ma adesso no, adesso volevo soltanto rivedere Magdina. Neanche per un attimo mi sfiorò l'idea che lei potesse denunciarmi e comunque se l'avesse fatto avrei potuto finalmente spiegare, gridare a tutto il mondo che si trattava di un equivoco, un enorme, mastodontico, incredibile equivoco.

la storia mi assolverà

lo aveva detto Fidel e perché allora non avrebbe dovuto assolvere anche me? Tornai al call center. Il computer permetteva di fotografarmi e dopo qualche tentativo riuscii a inserire la foto della mia faccia su Facebook. Ero già un po' meno abbronzato e mi ero tagliato i baffi ma ancora non mi sembrava di somigliare molto a Giovanni. Dopo qualche minuto, notai che Magda era on line.

"Ci sei?" "Sì ci sono..." "Non so da che parte iniziare..." "Ascolta, non so chi sei o perché ti diverta a prendermi in giro...qui ho già molti problemi per cui, per favore, lasciami in pace o dimmi chi sei veramente..."

"Magda, te lo giuro, sono Giovanni, come posso fartelo capire? Ricordi quei giorni al mare? Il Mariguela, la sera che ci siamo conosciuti al Fitzcarraldo..."

Per alcuni minuti vidi che stava digitando ma non mi giungeva nessun messaggio.

"Magda, ci sei?" "Se sei Giovanni cosa devo pensare? E dove sei? Pensavo fossi morto..."

Provai a raccontarle per sommi capi cosa mi fosse successo ormai quattordici anni fa e come e dove avevo vissuto per tutto quel tempo...

"È incredibile è tutto incredibile..." "E tu, ti sei sposata, hai avuto dei figli?" Ma non poteva essere normale quella conversazione. "Ma perché sei tornato?" "Per te..."

Così venne a sapere che l'avevo sognata per tutto quel tempo in cui la memoria mi aveva abbandonato e che era stato grazie a lei se mi era ritornato in mente tutto, quel giorno al ristorante.

"Anche io ti ho pensato milioni di volte e non ho mai creduto davvero potessi essere un terrorista." "Hai un telefono? Posso chiamarti, voglio sentire la tua voce." E così la riascoltai e fu una melodia dolcissima. "Sei proprio tu..." "Sì e voglio vederti, abbracciarti..." "Sarò a Parigi venerdì, abito là da molti anni quando non sono in giro lavoro in ospedale."

Mancavano solo cinque giorni a venerdì tredici, ma io già quello dopo avrei preso un aereo per Parigi.

Parigi, c'ero stato solo una volta di passaggio molti anni prima, un viaggio in auto assurdo sino ad Amsterdam, con Giada - di cui ero innamorato pazzo e che la dava a tutti meno che a me- e due suoi amici. Mi ero fatto convincere a portarli fin là nella speranza di riuscire finalmente a ottenere una notte d'amore, notte che invece concesse a uno di quei due in un hotel scalcinato di Lille. Non ricordavo più perché avessimo fatto un giro così largo per arrivare a farci delle canne in un coffee shop di piazza Dam.

Avevo ventitré anni allora e ancora qualche spicciolo della somma vinta a tele Mike, ci stavo pensando adesso, con nostalgia.

come avrebbe potuto essere diversa la mia vita

Avevo quattro giorni per bighellonare. Presi alloggio in un piccolo albergo del quartiere latino. Avrei certamente visitato il Louvre, la torre Eiffel proprio come un turista qualsiasi ma per prima cosa volevo vedere il cimitero dov'era sepolto Baudelaire, ma sbagliai indirizzo: ricordavo fosse sepolto al cimitero del Pére-Lachaise e invece era a Montparnasse.

Io in un cimitero ci avevo lavorato a Santiago, e che lavoro tirar via quel che rimaneva dei cadaveri vecchi per far posto a quelli nuovi, ma il culto dei morti davvero non l'avevo mai compreso.

possibile che abbiano bisogno di una lapide con su una vecchia foto per non dimenticarli?

Però c'era anche qualcosa di buono nella frequentazione dei defunti, il silenzio, che se i primi tempi mi aveva infastidito, dopo poco avevo imparato ad apprezzare.

Ora, camminando sotto i faggi o i castagni, tra le tombe di Modigliani e Delacroix, Balzac e Moliere, solo pensieri banali mi venivano alla mente, come la morte appunto.

l'unica che si distribuisce equamente e senza distinzioni di classe sesso colore della pelle

Non era qui il vecchio Charles che avevo conosciuto sedicenne all'Istituto magistrale e di cui mi ero ineluttabilmente innamorato e chissà che anche quella frequentazione avesse influito nel rendermi l'individuo che ero diventato.

è stato il migliore trai cattivi maestri

Non era qui, ma in compenso c'erano molti altri tristi figuri vocati all'infelicità, e così m'imbattei in Proust e Oscar Wilde. Io perlomeno non avevo scritto praticamente nulla e nulla avrei lasciato in grado di far coltivare a qualche imberbe adolescente il fiore del male ma neppure qualche altra pianta meno indigesta. Sì, dei posteri non mi ero preoccupato e loro non si sarebbero dovuti preoccupare di me, al più avrei potuto scrivere un bel libro di ricette.

potrebbe anche avere successo in tutti questi anni ho sperimentato e reinventato un bel po' di piatti esotici che potrebbero esser apprezzati anche dai palati più sofisticati

In quei giorni passando molte ore in albergo davanti alla tv non avevo potuto fare a meno di notare come i programmi di cucina vi abbondassero.

alla faccia dei morti di fame

Sì, mi sarei messo a scrivere un bel libro di ricette prima o poi.

Continuai il mio giro per il cimitero, quanta gente era morta giovane mentre io giovane non lo ero più, e a tratti in quegli anni mi era sembrato d'aver l'età di questi aceri che ora mi facevano ombra e quante volte mi ero sentito un allocco non poi così diverso da uno di quelli che adesso mi volavano sulla testa?

Ma in quei giorni mi sentivo bene e pronto a vivere un'altra vita, l'ennesima, però finalmente insieme a Magda. Si, noi saremmo stati felici finalmente, me lo andavo ripetendo e se fossi stato superstizioso avrei toccato ferro mentre passavo accanto alla tomba di Abelardo ed Eloisa.

"Arrivo a Parigi alle quattro ma devo fare un salto in sede a Saint Sabin. Possiamo incontrarci verso le nove al caffè Bovary, è proprio sotto gli uffici di Medici senza frontiere, spero di riconoscerti..."

amore mio non ti preoccupare se tu non mi riconoscerai io ti riconoscerò

Alle otto ero già là, non era fredda la sera di Parigi, ma lo stesso mi sentivo tremare: dopo tutto quel tempo l'avrei rivista, forse baciata. A questo pensavo mentre sorseggiavo un calvados. Poi, d'un tratto, i volti intorno a me cambiarono espressione e le sirene di dieci, cento macchine della polizia.

"È scoppiata una bomba allo stadio"

Poi un'altra e mitragliate nei bar poco lontano.

"È l'Isis, è l'Isis!"

Il locale si svuotò, i camerieri pur restando gentili e affettati mi sospinsero fuori, la gente, veloce più che poteva, faceva ritorno a casa. Chiamai Magda, ci eravamo sentiti un paio d'ore prima confermando l'appuntamento, ma non rispondeva.

"Circolare, circolare..." invitava convinto un agente là fuori.

Tornai in albergo e in tv vidi le immagini fuori da quel locale, i terroristi si erano asserragliati al Bataclan dove tenevano in ostaggio più di cento persone, cioè il pubblico del concerto che si stava svolgendo là dentro. Tranne i pochi che erano riusciti a uscire dal locale e dal piano di sopra dove avevano trovato precario rifugio. Alcuni in preda al panico cercavano ora di saltare in strada a rischio di rompersi l'osso del collo. Si sentivano spari ed esplosioni.

non posso crederci ma perché perché

Finalmente riuscii a parlare col mio amore, era scossa ed incredula.

"Sono all'Hopital Universitaire a dare una mano, hanno fatto un macello quei pazzi e continuano ad arrivare feriti..."

"Ma tu come stai? Quando possiamo incontrarci?" "Non lo so, non lo so...certo che è strano...Ma tu c'entri qualcosa?" Il mio amore dubitava di me. "Io? Ma no, sei pazza?" Sembrò dispiacersi

"Scusa sai è che è tutto così folle...vediamoci domani, sentiamoci, ti chiamo io..."

Non mi chiamò e il suo telefono era spento. In preda a un'ansia indicibile continuavo a guardar telegiornali. Era stata rivendicata dall'Isis tutta quella follia.

se pompi troppa merda in un tubo prima o dopo scoppia per forza

Potevo comprendere se la ribellione fosse arrivata a colpire l'Occidente per mano di chi giungeva dall'Africa mezzo morto di fame, schiacciati quei popoli da politiche coloniali mai finite di cui guerre e carestie erano ineluttabili appendici. Avrei potuto comprendere se quelle mani si fossero armate contro chi continuava a sfruttarli in Africa, Asia, America o Europa, la vecchia Europa dove non erano state sufficienti due o tre generazioni per estirpare il degrado e con esso il disagio di chi nelle periferie di Parigi, Londra, Milano vi era nato o viveva da molti lustri ormai. Avrei potuto almeno in parte comprendere, se non giustificare le loro azioni fossero state quelle le ragioni, ma ammazzare in nome di dio e degli astrusi dettami di qualche pazzo - invasato o lucido calcolatore che fosse sugli effetti nulla cambiava- era impossibile.

ma forse gli uomini per ammazzare hanno bisogno di alibi maestosi e se è un qualche dio a chiederglielo la notte riescono a dormire senza rimorsi e pazienza se devo ingoiare fanfaluche che bisognerebbe rinchiuderli rinchiudere il mondo tutto in un grande manicomio

"Tin!" Un messaggio sul mio cellulare.

"Scusa ma sono ancora in ospedale incontriamoci a Versi di fronte alla chiesa di Saint Sulpice alle cinque, casa mia è lì vicino. T.V.B."

Ma cosa vuol dire T.V.B.?

Me lo spiegò la ragazza che faceva le pulizie al piano, una studentessa italiana che già mi aveva fatto da interprete con la receptionist vista la qualità del mio francese, e che incontrai al piano mentre lasciavo la stanza per recarmi all'appuntamento e che a stento trattenne le risa quando glielo domandai.

"T.V.B. è un acronimo e sta per ti voglio bene."

La ringraziai senza spiegarle e probabilmente stava pensando mi fossi materializzato dal secolo scorso o forse anche da quello prima, a giudicare dalla sua faccia, e in fondo era proprio così.

anch'io T.V.B. anzi ti amo!

Questa volta non giunsi in anticipo di molto, la città era ancora paralizzata tra controlli e paura, erano le cinque meno dieci quando scesi alla stazione di Place Saint Sulpice. Mi guardai intorno, Magda ancora non era arrivata. Il freddo mi pungeva e forse per questo varcai il portone di quell'enorme chiesa, non saprei.

da quanto tempo non metto piede in una chiesa

Quanta bellezza c'era là dentro!

Le acquasantiere a forma di conchiglie, la statua della vergine e affreschi da togliere il fiato come l'Arcangelo Michele lo toglie al male infilzandolo con la lancia! Mi avviai verso il grande strumento a canne tutto circondato da statue di angeli musicanti pensando che in un'altra vita non mi sarebbe dispiaciuto fare l'organista. Senza un motivo deviai ritrovandomi sotto la cattedra: avevano bisogno di quella sopraelevazione del pulpito i parroci, e di tutto quel marmo e del baldacchino dorato, così come delle statue di Fede e Speranza e della raggiante colomba sul soffitto, lo spirito santo. Di tutto quello avevano bisogno per dar forza e peso ai loro sermoni. Mi venne in quell'istante alla mente il giorno in cui bambino avevo preso l'ostia dalla mano del prete, non mi sarebbe toccata, dovevo ancora far la prima comunione, ma ero curioso di saper che gusto avesse e il parroco non se ne accorse se non quando già il corpo di Cristo che mi si scioglieva in bocca.

quanto mi aveva rimproverato la volta dopo a catechismo suor Efisia

Senza conoscerne il motivo mi ero inginocchiato, ero l'unico là dentro e chissà se avrei pregato e chi, Obatalà forse o lo stesso dio padrone di quella casa piena d'ori e opere d'arte.

fate che Magda arrivi presto per favore

"Non ti muovere!" "Mani in alto!"

Un frastuono di scarponi e grida e fucili che scarrellano.

Feci in tempo a voltarmi, non a contare quanti fossero i gendarmi.

"C'è uno sbaglio..."

Volevo mostrar loro il passaporto, il mio nuovo fiammante passaporto americano che tenevo nella tasca interna del cappotto.

"Non ti muovere mani in alto"

Poi un colpo, Bum! Uno soltanto. Erano le cinque in punto come, da chissà quanto tempo, indicava la vecchia cipolla di Melquiades.

epilogo

E così sono morto davvero questa volta.

Chissà se è stata il mio amore a denunciarmi o se invece i servizi segreti hanno finalmente fatto bene il loro lavoro...

Certo, che tutti quanti crederanno mi sia fatto ammazzare per Allah non so se mi faccia più ridere o incazzare, anche se, settanta vergini...

Scherzi a parte immagino vi aspettiate qualche rivelazione su come si sta, su cosa c'è da questa parte o roba del genere e mi piacerebbe fornirvi qualche importante informazione ma, per il momento, posso affermare che non vedo nulla di interessante, anzi direi che non c'è nulla e basta. Nemmeno io ci sono più! Insomma, forse aveva ragione quell'egocentrico di Epicuro quando affermava che della morte non sia il caso di preoccuparsi perché quando c'è lei non ci siamo noi e viceversa.

Anche per quanto riguarda qualche riflessione sulla vita, purtroppo non è che mi vengano alla mente trovate illuminanti, ma in fin dei conti, pensatori decisamente più prolifici brillanti e ordinati del sottoscritto, dopo tutti questi anni non è che abbiano molto di cui vantarsi. E mica parlo soltanto dei filosofi, perché anche gli altri, siano fisici, matematici, astronomi e chi più ne ha più ne metta, ci lasciano almeno altrettanto ignoranti per quanto riguarda domande banali del tipo: è nato prima l'uovo o la gallina. E allora direte voi? Giusto un paio di cosette.

Bisognerebbe sempre credersi migliori di un verme per non comportarsi come un verme. O uno stercorario, una iena, un avvoltoio, un pescecane. Financo un uomo. E sarebbe il caso di avere un sogno, ma senza esagerare, nel senso di non perdere di vista quel che di buono ci offre l'universo, godere di quel che si ha più che si può, nella maniera migliore e più intensa, possibilmente senza farsi arrestare, insomma datevi comunque qualche limite. Sì, la penso come De la Matrie, il vecchio Julien Offray: bisogna godere e banchettare tutti i giorni. Poi certo, se ci si ritiene migliori dello stercorario non si potrà non affliggersi un poco per le sofferenze del prossimo e invitarlo a pranzo o a cena qualche volta, anche quando non ci sta molto simpatico.

Ben comprendo come potrà non apparirvi semplice -specialmente se siete nati in Siria ultimamente o in Somalia o in altri mille posti di quel genere- applicare le teorie goderecce del francese e che queste mie modeste riflessioni vi lascino col tempo che trovano, ma è che neanche dopo morto ce l'ho una soluzione: io in fondo a questo tunnel di luce non ne vedo, tanto che non sono sicuro nemmeno che sia un tunnel!

Resto però convinto di una cosa: la Rivoluzione, o almeno qualche azione dinamitarda, auspicabilmente senza mietere vittime innocenti, di tanto in tanto è necessaria. Una alla settimana potrebbe essere la frequenza giusta. Al potere non si dovrebbe mai concedere il lusso di sedimentare.

Sulle religioni avrete capito come la penso e, a parte le birre dei frati trappisti, non mi riesce di trovarvi molto altro di buono, non contando tutte quelle meraviglie -dipinti, statue, monili, costruzioni imponenti o immaginifiche- commissionate da popi, papi e ayatollah.

A ogni buon conto, se proprio avete bisogno di un dio, fate il piacere: sceglietevene uno pacifico. Uno che non sia tanto permaloso e vi comprenda e sappia chiudere un occhio ma soprattutto non ami le compagnie troppo numerose e pertanto non vi chieda di fare proseliti ma anzi, sia curioso verso coloro che non credono in lui ma in qualche altro tizio dotato più o meno degli stessi suoi super poteri; in questo senso mi permetterei di consigliarvi Sanatana Darma che lui almeno vive e lascia vivere. Che poi guardate un po' cosa è successo a me...

Poche cose penso di poter affermare senza timore di essere smentito, una senz'altro: se c'è un tipo, chiamatelo col nome della divinità che più vi piace, che si diverte a darmi in sorte - e dopo tutto quello che già avevo passato - il medesimo destino che tocca a Justine ne Gli infortuni della virtù, deve trattarsi di un gran burlone e dotato di un umorismo nero, ma così nero che non *si offenderà se, quando lo dovessi incontrare, gli darò del sadico, del pervertito!*

Ma fa lo stesso, non è più un mio problema adesso, adesso vedetevela voi che io sono stanco da morire.

Fumo una sigaretta prima di addormentarmi, è l'ultima, non saprei neanche dire come sono riuscito a finire un intero pacchetto, non che abbia importanza visto il destino che ci accomuna tutti quanti, perché che siate ebrei, cristiani o musulmani, che veneriate croci o serpenti piumati con due teste, che per paura non ne pronunziate il nome o, coraggiosi, lo chiamiate invece Yahwé; che vi rivolgiate a lui pregandolo col nome di Alantangana, Allah, Baiame, Baldr, Camaxtli, Centeoti, Dagda, Dagon, El, Eolo, Fatou, Fu Xi, Gbeni, Giove, Hen, Hotei, Imana, Inti, Jok, Jurupari, Kakopelli, Kunapipi, Loka, Losna, Manitù, Mululuku, Nanabozho, Ngai, Obatalà, Odino, Pachamama, Prishiboro, Qamata, Qaus, Rea, Roua, Svarog, Swaigstigr, Tabaldak, Tinia, Unkulunkulu, Ukko,Vayu, Vishnu, Wele, Wuni, Xbalanque, Xevioso, Yam, Yo Zendel, Zeus (rigorosamente in ordine alfabetico) su almeno questo dovrete convenire: chiunque sia ci vuole tutti morti.

Dio ci vuole tutti morti.

FINE

Un grazie va a Chiaki Kataoka, amiga preciosa y adveturera, per la consulenza ispanica e la dolce compagnia; un altro ai miei amici Francesco "Free Soul" Sestito che, non so quanto consapevolmente, ma non importa, mi ha fornito il titolo di questo romanzo, e Sebastiano Tringali per l'impagabile – e di fatto non pagato- lavoro di editing. In ultimo voglio ringraziare la mia famiglia e in particolare mio fratello Fabio, che da sempre mi sopporta e mi supporta.

edizioniFitzcArraldo2021

INDICE:

edizioniFitzcarraldo2021